华　章
传奇派

品味无限不循环的人生

大明神断

狄仁杰祠案

金玉堂 著

图书在版编目（CIP）数据

大明神断：狄仁杰祠案/金玉堂著. — 重庆：重庆出版社，2023.9
ISBN 978-7-229-17656-3

Ⅰ.①大… Ⅱ.①金… Ⅲ.①推理小说—中国—当代 Ⅳ.①I247.5

中国版本图书馆CIP数据核字（2023）第089185号

大明神断：狄仁杰祠案
DAMING SHENDUAN：DIRENJIE CI AN

金玉堂 著

出　　品：华章同人
出版监制：徐宪江　秦　琥
责任编辑：王昌凤
营销编辑：史青苗　刘晓艳
责任校对：李　晖
责任印制：梁善池
装帧设计：末末美书

重庆出版集团
重庆出版社　出版
（重庆市南岸区南滨路162号1幢）
北京毅峰迅捷印刷有限公司　印刷
重庆出版集团图书发行有限公司　发行
邮购电话：010-85869375
全国新华书店经销

开本：880mm×1230mm　1/32　印张：11.125　字数：240千
2023年9月第1版　2024年11月第2次印刷
定价：48.00元

如有印装质量问题，请致电023-61520678

版权所有，侵权必究

目录

第 一 回　要员莅临/1

第 二 回　中秋案发/29

第 三 回　大闹芳湖/49

第 四 回　忍辱求医/71

第 五 回　剖析案情/107

第 六 回　错绑京官/127

第 七 回　得治眼疾/156

第 八 回　僵尸复活/178

第 九 回　出生入死/205

第 十 回　骗图盗信/232

第十一回　掘坟得证/253

第十二回　偷听罪行/270

第十三回　傩鬼现身/293

第十四回　揭开真相/315

主要人物表

彭泽县衙

知县	年唯日
县丞	鱼岸
主簿	乾祥
典史	晋笙
刑房书吏	欧阳一敬
河泊所大使	左执中
厨子	杜老涛
门子	沈见山
衙役	蒋得
皂隶	曹廉

其他高官

江西省提刑按察使司佥事	俞一应
北京大理寺正七品右评事	肇室启
北京都察院正七品都事	鱼跃海
北京刑部江西清吏司主事	万仞峰
九江知府	平无峭
九江府同知	方如许
九江府经历	萧苇

其他人员

画师	梅萼
书生	明睿
掌柜	韩诣
渔婆	吴渔婆
大夫	焦三极
殓工	任贵

第一回
要员莅临

浩浩荡荡的长江水日夜无休向着东海奔流而去，行至九江府彭泽县一带时又被称作浔阳江。此一段江水清澈丰腴，滋养了无数水产，其中以鲫鱼肉质最为细嫩，炖成汤后色白似乳，浓郁自凝，宛若一颗颗珍珠，入口醇旨鲜香，极为当地人所喜食，常作为飨客的佳肴，是以"彭鲫"的美誉远近闻名。

明朝嘉靖年间一个八月十五的下午，晴空无云，烈日炎炎，江畔排排垂柳的万道柔枝上，无数知了在恣意欢叫，树荫下一溜渔船沿岸泊定。一艘竖着单桅的暗红色渔船舱里，四五个渔夫或蹲或坐，围在一人身旁听他说话，地板上一只小花狗闭眼酣卧。

说话的人三十来岁年纪，名叫左执中，是彭泽县衙河泊所大使，被知县年唯日打发来买水产。众渔户不耐炎热，推使一个渔婆去江上捕捞，其余的在舱里纳凉闲聊。

左执中抹了一把额上的汗珠，道："若要论这世上最珍贵的东西，不是金银财宝，也非山珍海味。"他伸出两根指头道："而是'情爱'二字，试问世间男女，哪一个不为了真情挚爱如痴如狂,成疯成魔?很久以前,咱们彭泽就发生过这么一桩事。那是武则天当政的大周年间,县衙有个法曹小吏,跟这如烟绿柳一个姓氏,正是青春好年华,看上了一位盐商的女儿。这盐商姓杨,杨家的女孩长得如花似玉,楚楚动人。小柳做梦都想娶小杨为妻,成就一对杨柳佳配,对小杨那是掏心挖肺的好,一点微薄的月俸全花在她身上。小杨也钟情于小柳,两个人日日花前月下。杨家乃大富之家,小杨打小就是蜡烛当柴烧、糖丸用手掷的人,小柳却是寒窑子弟,那点儿家财哪禁得住花?过不了几月,积蓄如水冲沙般流得精光,还欠了几百两银子的债,给小杨的吃穿用度,也因此不如原来那般大方了。小杨过不惯这捉襟见肘的日子,加之身边总围着一帮纨绔子弟,时时调弄勾搭,没几日就移情别恋,投入一个姓叶的阔少怀中,开始出双入对起来。小柳本来要娶小杨为妻,谁料竟落了个人财两空,自是为情所伤。又过了些时日,小杨姑娘忽然失了踪,盐商父亲带着人苦苦寻找,终于在自家仓库中找到了女儿。小杨被人用砂盐埋在了一口大瓮里,只露个脑袋,好多天都水米未进,眼珠子被挖了去,两只血窟窿里被塞满了盐巴,血水黄浆流得满地都是,只剩下一口气。跟她相好的小叶也不知去向。"

众渔户听得入迷,一个还没成亲的年轻渔汉嘴巴张开一条缝,口水流出来,一条线似的垂到舱板上。小花狗身子一抖站了起来,摇着尾巴对舱外吠了两声。天上大风骤起,吹来一片黑云盖在江上,波光闪闪的江面变得灰暗,翻起朵朵素白的浪花。

一个渔汉走到舱外,对远处一只渔船喊道:"吴渔婆,雨来啦!"

江心一只尖头渔船上，皮肤黝黑的吴渔婆提着渔网，拧腰扬臂，渔网张开大口直扑江面而去。便在此刻，暴雨滂沱而降。吴渔婆从船中取出斗笠和蓑衣穿上，另一只手始终拽着网绳不松。江雨来得快去得也快，片时工夫已是云收雨霁，天空重新放晴。吴渔婆见网脚沉得差不多了，双手交替扯动网绳，渔网徐徐露出水面。

那渔汉回舱再听左执中续道："你们道是小柳气不过，杀了小叶，再折磨小杨？一般人都是这么想的。时任县令将小柳拘来当堂拷打，小柳受刑不过就招了，县令拟了死罪，将案子上报朝廷，只待圣旨一下就问斩。谁知道圣旨没来，狄仁杰他老人家倒来了彭泽做县太爷。他甫一履任就把县里的刑案重新审核一遍，看到此案时顿感奇怪，小柳这般狠毒地残害小杨，为何不逃走？小叶既然被杀死，又为何不见尸首？狄公亲自提审小柳，再度询问证人，一番调查走访之后，真相终于大白，原来凶手并非小柳，而是小叶的妻子。"

众渔户都"啊"了一声。

左执中道："这要从小叶说起。这姓叶的阔少早就娶妻生子，但耐不住生性风流，还扮成未婚到处拈花惹草。小杨起初并不清楚他的底细，而后叶妻发觉二人情事，使人明白告诫她小叶是有家室的人，令她就此罢手，哪知小杨摆出一副娇小姐的做派，全然不把对方瞧在眼里，意欲挤走叶妻鸠占鹊巢。这一来可惹火了叶妻。话说女人不发狠则已，一发起狠来，心肠比这个还毒。"他右手伸出小拇指尖勾了勾，道："黄蜂尾上刺。"他接着说道："叶妻从娘家找来几个心狠手辣之徒，摸黑潜入杨宅绑了小杨，将她强暴折磨，一泄心头之恨。然后叶妻卷起家当，拉着小叶远走高飞，再也没了音讯。狄公将小柳释放出狱，还了他清白。小杨后来保住了性命，但是神志失常，疯疯癫癫了却残生。"

渔户们嗟叹不已，那年轻渔汉一拳砸在大腿上，骂道："这个叶家婆娘真是心如蛇蝎，怎么做得出那样歹毒的事！"

另一个渔汉道："要我说，还是姓叶的太坏，结了婚还色心不改，去勾引人家姑娘。"

左执中道："你们说的都有道理，不过依我看，倘若小杨不是嫌贫爱富、水性杨花，一心一意跟小柳白头到老，哪会有后面的遭遇？再者，她得知小叶已有妻室后，若是能一刀两断撇干净，另找良人嫁了，也不会遭此横祸。她耗光了小柳，再去攀下一个，眼里只有锦衣玉食、绫罗绸缎，把小柳的一颗真心抛在土里，落得如此下场，又能怨谁？可怜小柳对小杨始终是痴心难改，此后再也没有娶妻，孤独终老。"说完怅然望向船外，滔滔江水无语东流。

这时，外间传来数声响，一个妇人的声音道："左大人，您来看看今天的水产怎么样？"

左执中走出船舱，见吴渔婆已捕鱼回来，双手端着一只竹筐站在甲板上，筐中满是鱼虾鳖蟹，十多条厚唇尖鳍、大如纺锤的鲫鱼不停地翻跳，发出一片泼刺刺的声音。他看着筐中道："今晚年大人要宴客，彭鲫自然不能少，拣美味的再来几样。"

吴渔婆从筐中抓出数条鲫鱼，用草绳穿腮系了，又拣出十只青蟹和二十对白虾，装在一个竹篓中，提在手里随了左执中一道下船，直奔县衙而去。

时值中秋，沿路摆有许多售卖糕饼糖果、玩偶山货的摊子，引得来往的行人不时驻足打问，想买几样称心的物品回家过节。

彭泽县衙坐落于县城东北，不一会儿便到。县衙两扇黑漆大门向内而开，两头青石狮子一公一母分踞门外两侧，狞目獠牙，威势摄人。

进得大门，左执中在前领路，道："你这一年来可好？"

吴渔婆并未回答，轻轻叹了口气，眉宇间似有说不尽的哀苦。

左执中又道："婆婆要保重啊。"

吴渔婆道："多谢，你也保重。"

两人来到厨房，里面坐着一个寸脖端肩、凸肚横膘的汉子，光着上身，手拿汗衫正在擦汗。一旁地上放着两个大箩筐，筐中装满菜蔬和鲜果，一根扁担横在地上。吴渔婆认得他，厨子杜老涛。

杜老涛见到左执中，慌忙站起来。

左执中道："这是今晚要烹用的水产，送到这里了。"说完转身离去。

吴渔婆把竹篓放在地上，从里面拎出一条鲫鱼放在厨案上，道："这一条是鱼县丞的。"

杜老涛为厨多年，生性贪婪，总是借机盘剥渔户菜农，见到送来的水产中没有自己的份儿，伸手在竹篓中拣了拣，不满地道："这彭鲫是现打的吗？我看也不怎么新鲜！"

吴渔婆笑道："刚才江上一阵急雨，就是那会儿打的鱼，您看这鱼眼还是鼓着的。"

杜老涛鼓起眼珠子盯着她道:"你就是吴渔婆?"

　　吴渔婆欠身答道:"正是。"

　　杜老涛道:"吃坏了肚子,唯你是问。"

　　吴渔婆笑道:"可不敢开这玩笑。婆子在江上一辈子,打的鱼千千万万,若是吃坏了人,早就给抓到牢里吃牢饭了,哪能站在您面前?"

　　杜老涛道:"嘴巴挺会说的,我且问你,你对鱼县丞做了什么?"

　　吴渔婆微微一惊,继而笑道:"大老爷从何说起?"

　　杜老涛道:"从你给他每日送一条鱼说起。"

　　吴渔婆看着他不说话。

　　杜老涛道:"你每天给他送一条彭鲫,为何不给我送?我虽然比不上他这县丞大人,但你的鱼鲜不鲜,还得我说了算!"说着抬脚踢了踢竹篓。

　　吴渔婆道:"我当是什么,不过一条鱼而已。这个容易,打明天起,每天头一网捕的鱼,我挑一尾大的给大老爷您送来。"

　　杜老涛道:"要跟鱼县丞的一样,也是黑鳍长尾的彭泽大鲫,老子也要炖鲜鱼汤喝。"又盯着吴渔婆道:"不能叫他知道。"

　　吴渔婆道:"放心,婆子懂的。"说着施了一礼,转身出门离去。

　　杜老涛喃喃地道:"这贼婆子,不怎么老实。"

　　上午典史晋笙传话,晚上要做一桌盛宴款待京里来的官员,杜老涛午后便去集市采购,一刻不停地赶回来。他将菜蔬从筐里捡出放在案板上,心里琢磨着今晚要烧的菜肴。

他走出厨房来到大堂西侧的架阁库外，屋内一人正背着身子在书架前翻找卷册，是县衙的典史晋笙。杜老涛轻轻唤了声"晋大人"，晋笙不作理会，从架上抽出一本簿册翻看起来。这位典史大人平日里不苟言笑、沉默寡言，让人不由得生出几分敬畏。杜老涛不敢再出声，立在门外恭候。

少顷，晋笙合上簿册回身道："何事？"

杜老涛道："敢问大人，今晚有多少人入席？"

晋笙道："京里来人，省里提刑司必定派人陪同，再加上随从，八九个人……"

杜老涛道："那我就按九位准备。"

晋笙道："还要加上年大人、县丞、主簿三位，还有我。"

杜老涛伸手拍了脑门一巴掌，自责道："小的糊涂，忘了咱们的几位大人。"

晋笙道："就照十五人预备，务必要菜肴精致。"又道："使出你十二分本事。"

杜老涛连连应声而去。

晋笙手执簿册绕过大堂屏风，来到二堂东厢房外。彭泽知县年唯日正在里面和县丞鱼岸、主簿乾祥商议，晋笙停在门外倾听。

年唯日今年五十出头，去年十月任彭泽知县，至今不满一年，处理县务还多倚仗鱼、乾二人。昨天深夜，九江府同知方如许派人送来一封短信，信里说北京大理寺、都察院两位要员途经九江，明日即赴彭泽公干。在明代，刑部总理天下刑名，都察院职司纠察，大理寺职掌驳正，三个衙门各司其职，合称"三法司"。二法司派员前来，所为必定重大，年唯日阅信后忐忑不安，召来鱼岸、乾祥、晋笙三人商量。

乾祥道："没什么大不了的，这两人多半是来游玩的。"

年唯日道："何以见得？"

乾祥道："彭泽这地方民风淳朴，百姓安居乐业，我任主簿二十多年，省里提刑司很少有事关涉我县，更何况是京里的法司衙门。"

年唯日问道："何以二法司同时派人前来？"

鱼岸道："这不稀奇，法司衙门的高官们夜以继日地理断刑案，想必早已厌烦。京城这个季节正是盛夏，天热难耐，他们找个借口溜出京避暑，也是情理中事。"

乾祥道："说的就是这个。"

年唯日先前官居河南府经历，府治在洛阳县。洛阳乃天下名都，牡丹花事举世闻名，京里大小官员屡屡借公干之名前去游赏，他多有陪同，于此类事情早已司空见惯。但他仍是放心不下，端起茶碗，一手夹着碗盖，把碗沿蹭了一下又一下，却不饮啜。

鱼岸看出年唯日为人愚懦虑浅，想了想道："他们是来玩的，咱们便待之以礼，好生款待一番，再恭送如仪，绝对不难应付。我等在衙中当了许多年差，这一套往来不在话下，大人尽管放心。若他们真是为了刑案而来……"

年唯日问道："那该怎么办？"

鱼岸道："县里净是些偷鸡盗狗、打婆骂汉的小案，并无命案发生，更是无须多虑。"说完瞄了乾祥一眼。

乾祥道："大人英明神武、威镇彭泽，哪个毛贼胆敢作案？"他大手断然一挥，一副高枕无忧的样子。

年唯日道："我来了不到一年，谈什么威震彭泽？"他命晋笙将去年的案件卷宗取来，要复看一遍做到心中有数，在法司官员垂询之际就不会慌乱，当下对着屋外叫道："晋笙。"

晋笙走进来把簿册交给年唯日，他逐页翻看起来。翻到最后一页时，上面赫然记载着一起少女投河自尽的案子，日期是去年的八月十六。年唯日指着这一页道："这是什么？"

鱼岸和乾祥凑过来一看，皆是满脸惊诧，相互对视一眼。乾祥正要开口，鱼岸抢着道："大人有所不知，这并非命案。"

年唯日恼道："死了人还不是命案？净拿瞎话糊弄我。给法司的人查到，可怎生交代？"

鱼岸咽了口唾沫，不慌不忙地道："去年六月，前任知县王大人病重，我不眠不休伺候了他十多天，王知县不治故后我又料理后事，终于积劳成疾病倒在床，县中事务遂无人署理。待我病愈回到衙中，听说有一少女投河自尽，既然是自尽，当然不必立案，也就没有录入卷宗。"

晋笙道："你为何不让我帮忙照顾王知县？你就不用那般劳累。"

鱼岸道："你要处置诸多公务，我一人即可，不必再劳动他人，免得搅乱了衙中事体。"

年唯日暗赞鱼岸为人体贴厚道。

乾祥指着卷宗愤愤地道："不知是哪个好事之徒干的！"鱼岸一瞟乾祥，眼神向窗外看送去，乾祥立时领会，气道："哼，那小子真是油盐不进,我早就对他说过,这件案子不必记入卷宗,他就是不听,真是无法无天!"

年唯日摇摇头道:"那小子倔得跟一根筋似的,谁都没办法。先不去管他,当日那事是谁验的尸,如何断定是自尽?"

鱼岸对乾祥道:"你给大人细细说来。"

乾祥对年唯日道:"这案子说来也简单,去年八月十六那天早上,有人在县城外发现一具女尸漂在水中,我当即前往……"

年唯日质问道:"既然是你主办此案,为何不早说?"

乾祥神色惶窘,一时说不出话来。

鱼岸道:"王知县曾吩咐过,若非命案就不必上报于他,可自行处置,也不必记入卷宗。日子一久便成了惯例,我等自要依例行事。"

晋笙道:"王大人何曾说过这样的话,我怎么不知道?"

鱼岸道:"三年前了,你那时还没来县衙,因此不知道这事。"

年唯日道:"就算不必上报,也要验明尸身,告知家属,不可草率从事。"

乾祥道:"这个自不消说,我当日验过尸体,并无外伤,确是溺水而亡。又遍访附近人家,没人知道那少女的身世,她也没有亲人,是个孤女,我便将尸身火化了。"

年唯日见案卷中并未载明死者姓名,问道:"那少女名叫什么?"

鱼岸道:"没人知道她的名字,应该不是本地人氏。"

乾祥道:"我见她孤苦伶仃,寻了一处风水宝地将她的骨灰安葬了,算是聊表寸心。"

年唯日眉头舒展开来，悦然道："这就好了，她自己投水而死，跟咱们就没关系了。"说着下巴一抬，看着卷宗道："怎么办？"

乾祥道："这还不好办，一把撕掉，丢到茅坑里不就完了？"说着伸手去抓簿册。

年唯日忙喝道："胡闹！"他扫了一眼晋笙，对乾祥道："怎么能这么干？真是胡来！"

晋笙低头走出屋去，任卷宗留在桌案上。

鱼岸道："咱们行事并无过错，法司的人即便是翻查卷宗，又有什么好怕的？撕掉卷宗反倒招惹事端。"

年唯日想了一下，又道："那小子怎么办？别让他跟法司的人碰面。"

乾祥道："我去教训他一顿，让他往后别多管闲事。"

鱼岸道："你这样必然会打草惊蛇，他成天在吏舍中闭门读书，不去理他，他也不会露面。"

鱼岸这样一说，年唯日遂不再忧心，清了清嗓子道："并非我等虚应公事、敷衍上官，咱们为官一方，自然要保百姓平安，人命关天，只要不出人命，其余的都是小事，尔等谨记之。"他适才有些失态，此刻说几句官样话弥补。

鱼岸、乾祥齐声道："谨遵大人教诲。"鱼岸提起茶壶给年唯日添满茶水，道："大人心系黎民百姓，您来做彭泽的父母官，实乃上天厚赐彭泽父老。"

年唯日哈哈大笑，端起茶碗大喝一口。

外间一阵脚步声响起，门子沈见山走进来道："启禀大人，九江府长随前来传报。"

他背后一人，身着青葛衫裤，对年唯日等人施礼道："禀诸位大人，九江府经历萧大人派小的前来通传，江西省提刑按察使司金事俞大人和我府同知方大人，陪同京城二位大人即刻便到。"

年唯日立即命鱼岸打开仪门迎接，晋笙召集衙中吏役在大堂前甬道两旁列队肃立，左执中也站在队中，两个皂隶将两面大鼓擂得山响。杜老涛在厨中备膳，听到动静跑出来观瞧，被鼓声一震又吓了回去。年唯日正冠理襟，穿堂过院，步出仪门恭候来人。

彭泽县衙坐北朝南，第一道门为黑漆大门，门上有谯楼，为瞭望之用；进来第二道门为仪门，每逢上级官员莅临县衙，知县便统率全衙僚属至仪门恭迎。入得仪门，一条青石甬道直抵大堂，大堂乃知县升堂办案、处理要务的所在。若非重要政务，知县常在大堂之后的二堂办理。二堂之后便是三堂，是知县的私宅，平日里起居饮食、宴宾会友都在此处。

年唯日迎立时琢磨：金事俞大人八成就是俞一应，听说此人英鉴明断，极具才干；九江府同知方大人是方如许，和自己私交匪浅，此人敦厚朴直，有他在便宽心了不少；至于九江府经历萧大人，则是乾祥的老友萧苇，乾祥常在人前提起，是何等人物倒是不大了解；最要紧的两位法司要员不知都是何人，脾性怎样。俞一应官阶是正五品，方如许是从五品，他们一起陪同法司要员前来，难不成真像乾祥所说是来游玩的？

便在此时，鼓声戛然而止，大门口闪出一个面目和蔼、须发皤然的老者，年唯日认得是方如许，还有几个人随后进来。年唯日迎上前便欲开口宣话，身后的乾祥却越过他抢上前，冲着对面一人叫道："老螃蟹，多日不见，越发清健了！"

来人之中一个留着山羊胡子的枯瓜般的瘦子抢上来，笑道："哈哈，别来无恙啊，老章鱼！"

二人上前相会，乾祥身材高大，臂膀粗长，将那瘦子揽入自己怀中抱定。那瘦子身躯完全没入他臂弯，相形之下，活像鸡崽入了鹰爪。

按照官场中的礼数，当由年唯日先行拜见，乾祥却僭先搭话，此举极为失礼，年唯日心中不快，倒也按捺不露。他猜这个瘦子就是萧苇。

乾祥和那瘦子萧苇寒暄甚欢，其余几人被晾在边上，一个清癯干练的中年人笑道："老友见面真是亲热，慕煞我等一干旁人。"

萧苇恍觉，道："哎呀，我和乾老弟多日不见，只顾着叙旧，怠慢了诸位。"遂将来人一一向年唯日引荐。

这中年人正是俞一应，一个五短身材的黑脸胖子是大理寺正七品右评事肇室启，看模样在五十上下，另一个温眉顺目的年轻人则是都察院正七品都事鱼跃海。年唯日暗道，原来这两位就是京城法司衙门的官员。他对来人一一行礼，众人拱手还礼，肇室启挺着大肚子，一颗南瓜般的大脑袋架在肩上，勉强点了点头，举止颇为傲慢。

天气炎热，来客均是面带倦容。年唯日命人带着那九江府长随和一名提刑司长随到寅宾馆歇息。寅宾馆在衙外东侧不远处，诸凡来客均下榻于此。

鱼岸和乾祥延请众人到三堂后的西花厅，俞一应走在最前头，不住地打量衙中诸般堂舍房屋。

年唯日和方如许重逢自是欢晤，方如许打趣道："年老弟的官从河南做到江西，可谓河水犯了江水。"

年唯日憨笑道："老哥哥一见面就取笑小弟。"

俞一应道："有道是百川汇海，黄河滔滔，长江滚滚，终归是奔流入海。年大人河南做官抑或江西任职，都是为了黎民百姓。"

年唯日一竖大拇指道："说得好，俞大人这话正是为官的要旨，小弟我抛妻舍子地东奔西跑，还不是为了造福一方百姓！"

进到三堂，院子里遍植花木，绿荫蔽天，树影匝地，一踏入花厅，清凉之气扑面而来，溽热立时消退，浑身上下说不出的惬意。晋笙端来茶水呈给各位，萧苇盘坐在椅子上，将裤管高高撸起，露出两条枯枝般的腿，抓起一碗茶猛灌一通，长舒一口气道："终于凉快了，可要把人热厥过去了。"

肇室启除去外衣，只着一件汗衫，隐隐露出满身的肥肉，瘫在椅背上道："没想到彭泽这地方比京城还热，咱们在船上吹着江风还挺凉快，上了岸没走几步，全身就湿透了。这日头跟火球似的压着人烤，好家伙，年大人也不派轿子来接我们，他奶奶的！"

方如许正身端坐，掏出方巾将额头的汗水擦得干干净净，再把方巾叠好，揣进腰囊，苍鬓雪髯一丝不乱。他料想年唯日会派人到江边迎候，便没有在信中提及。没想到年唯日接信后忧心忡忡，把迎接一事忘得一干二净，这时才想起，忙道："哎哟，我一时疏忽就给忘了，实在是抱歉，诸位大人受累了。"又扭头对鱼岸、乾祥叱道："你们干吃饭不长脑子吗，为什么不去迎接贵客？等回头再跟你们算账。"他城府和涵养俱欠，稍有咎过就迁怒于人。

乾祥道："这要您下命令的，我哪做得了这个主？"

年唯日既羞又恼，白了乾祥一眼。

俞一应神采奕奕，脸上不见一丝倦态，道："年大人言重了，从江边到衙署区区两步路，我们抬脚便到，没什么劳累的。"

鱼跃海意态悠徐，一面喝茶一面关注众人言行，一句话也不说。

肇室启咕咚咚咚把一碗茶喝了个底朝天，恢复了精神，对萧苇道："你这家伙还让咱们骑马陆行，要听了你的鬼话，被晒死了不说，非但今日赶不到彭泽，一干人晚上只能在野地里喂蚊子啰！还是方大人说得对，坐船顺江直达彭泽，比在曲里拐弯的山道上绕路轻省多了。"

萧苇道："你可不晓得，在山里头住一晚可舒服了，躺在野草地上软绵绵的，一点都不热。"

肇室启道："晚上吃什么、喝什么？"

萧苇道："喝山泉，我给咱们抓野兔、野鸡来烤。"

肇室启道："就你这副身板，两手空空，能捉到野味吗？净瞎扯！"又问方如许道："他有这个能耐吗？"

方如许道："他说玩笑话的。"

肇室启道："这荒山野岭的，搞不好兔子、野鸡没尝到，咱们几个倒喂了老虎、豹子。"

众人都笑起来。

沈见山端来水盆、毛巾，众人纷纷上前盥洗。年唯日趁机向方如许低声打听两位京官此行目的，方如许悄悄告诉他，肇室启早在三日前到的九江府治所德化，在城中吃喝玩耍了两日，鱼跃海却是行色匆匆，昨日中午才赶到。京城距离九江较南昌为近，到彭泽宜取道德化，不必途经南昌。肇室启欲启程赴彭泽前，方如许先命人知会江西省提刑按察使司，官场历有规矩，京官若赴某地公干，省府县各级下属务必陪同。俞一应接报后由南昌赶赴德化，今早和他们几人会于码头，一起坐船抵达彭泽。至于所来为何，肇、鱼二人暂未表露，应该不会是来查案的。年唯日心上的石头便去了大半。

时辰已过酉牌，年唯日传话开席上菜。厅中摆着一张八仙桌，桌子每侧都可坐两人。西侧两个位子中北座为首席，俞一应官阶最高，众人推他去坐。

俞一应道："方大人年纪最长，方大人来坐。"

方如许道："这如何使得？俞大人职最大，应该上坐。"

俞一应道："咱们吃饭不论官阶高低，只叙年齿长幼，方大人正当上坐。"

方如许摇头道："不可坏了规矩，为官之人应自修自持，还请俞大人上坐。"

俞一应道："不必讲这些繁文缛节，方大人莫要过谦。"

方如许道："这是礼仪规矩，并非繁文缛节，应该遵行。要连这道理都不懂，老夫这满头白发岂不成了笑话？"

江西省提刑按察使司衙署在江西省府治南昌，先前的提刑按察使司副使平无峒为人嚣张跋扈，事事要占上风，处处欲压别人一头，极不好相处。俞一应和他共事时，私下里多有抵牾，只得颇费心思地周旋委蛇，总算没有撕破脸皮，全了同僚之谊。去年三月，平无峒升任九江知府，成了方如许的上司，方如许此来彭泽，是否为其派来伺察自己的也未可知，是以俞一应心中戒备，尊敬抬举对方。

俞一应又对肇、鱼二人道："有请贵客上座。"一伸手，示意二人中年纪较大的肇室启上座。

肇室启佯笑道："我一介小官坐这个首席，大伙答应吗？"他往每个人脸上都瞄了一遍，右脚向前探出半步，一副跃跃欲试的架势。

官场中以官阶高者为尊、低者为卑，等级森严，在酒宴筵席上也不例外，很少有人逾级僭越，破坏规矩。俞一应一番谦让乃是客气之举，虚礼多过实意，当不得真，各人都是心知肚明。

萧苇道："有啥答不答应的，谁坐还不都一样？"

方如许道："不一样，俞大人身膺佥事之职，手握一省刑案复审重权，这里除了俞大人，谁还能坐首席？"

肇室启笑容一僵，右脚慢慢收了回来。

俞一应道："我审过的案子，还得大理寺肇大人定夺，评事大人比我这佥事不知厉害到哪里去了，且又旅途劳顿，上坐有何不可？"

肇室启强笑道："此乃九江地头，我们打京里来，强龙不压地头蛇，方大人的话我岂敢违背？"

年唯日道："俞大人礼贤敬长，肇大人谦恭有节，这可难办了。"

俞一应又邀请鱼跃海，鱼跃海道："大人不落座，我等都不好入席。"说着上前托住他手臂将他扶到首席，俞一应顺势坐定，招呼众人入席。

俞一应右手的位子，西侧一溜的南位也是面东，是为次座，接下来该是方如许坐。方如许正欲抬腿迈步，就见肇室启绕过自己，大刺刺坐在了俞一应右手边，占了次座。他官阶低于方如许，此举摆明了把自己置于方如许之上。这一幕大出人意，年唯日一惊，嘴里"咦"的一声。方如许神色如常，掉头坐到了八仙桌北侧朝南的位子。

俞一应一指窗外道："这院子里的花儿开得正好，赏花享宴还要属朝南的座位最佳。"花厅南墙上四扇格窗向外而开，外面花园里百花怒放，杜鹃倚红，荷莲偎翠，丁香凝紫，芙蓉攒朱，一派群芳斗艳的景象。方如许正可饱览秀色。鱼跃海听出来，这是俞一应给方如许台阶下，不使他难堪。

接下来众人依次坐定，乾祥和晋笙在旁边一张小桌上比邻而坐，以备侍应。杜老涛不断将烧好的菜送到厅外，沈见山接过来再端上桌。不一会儿各色菜肴就摆满了桌子，但见爆兔筋酥焦迸脆，菊花糕色若黄金晶莹剔透，栗子炒鸡香味直刺鼻管，更有一大碗羊肚羹，羊肚切得跟毛发一样细，黑丝白络漂浮，浓黛清稠溶漾，宛如一幅泼墨山水。

肇室启看得喉头大动，舌头直滑到下巴上，迫不及待地夹了一块鸡肉吞下肚去，连连点头。方如许心想，大家都没动筷子，他倒先吃一口，也忒不礼貌了。

肇室启嘿嘿一笑，道："五脏庙打起来了，绷不住先尝尝。"

俞一应道："大人名中寓行，肇酒席而开，启宴饮之始，当属你先动箸。"说完放声大笑。

肇室启道："那就不客气啦。"说着又夹了一块菊花糕咬在嘴里。

晋笙给众人依次斟满了桂花酒，这坛酒在地窖中窖藏已久，刚刚取出，倒在杯中澄明清澈，气味香醇，沁心润肺。

俞一应举杯道："今次二位法司大人光临彭泽，幸得年大人并衙中诸位同僚设宴款待，给二位大人洗尘，方、萧二位大人一路陪同，分劳在下，多有辛苦，今晚又值中秋佳节，借此美酒，恭祝各位花月齐美、人事两全。"说完与众人一一碰杯，饮尽杯中酒。鱼跃海暗赞俞一应言辞优雅得体，面面俱到。

众人早已饥肠辘辘，开场话说完便不约而同举箸夹菜。没吃几口，就见八仙桌开始晃动，原来肇室启身子肥胖，硕大的肚腩横在身前，活似一口铜缸顶着桌沿。他手臂粗短，吃面前的菜不成问题，夹远处的却是臂长莫及，不得不屏息收腹，菜肴入口后，才放任肚腹挺出，如此不断反复，揉得桌子来回动。满桌子人哑然失笑，肇室启自嘲道："为了逞口舌之欲要连累肚子受气，人生在世，要吃一口饱饭当真不易。"

鱼岸端起近前的一盘蜜火腿放到他面前，肇室启一摆手道："不必。"起身走到橱架前，从自己的背囊中取出一对象牙长箸回来坐下。只见这对长箸长约尺半，通体白皙如玉，箸身镂纹精美，双箸前端用纯银制成，一根长箸末端还镶着一个金汤匙。

19

原来，肇室启以前每次赴宴时都会陷入口舌之欲和肚腹之气难以兼顾的窘境，后来他复核一起命案，随案移送的证物中就有这一双长箸，他一见之下起了贪念，深夜独自提审案犯，构陷其供词含糊不清、案情不明，威胁要将其驳回重审，除非将此长箸借给自己。明朝初年，太祖朱元璋敕谕三法司慎重刑名，每一起刑案须再三审核方可定罪，然而原审衙门和复审衙门往往于案情各执一端，彼此互争，多有扞格。案件被复审衙门驳回后，原审衙门大都敷衍了事，将案犯重刑拷问、屈打成招，这已是路人皆知的弊政，案犯都怕再遭酷刑，所以即便真有冤屈也会认罪，不愿被发回再审。刑律颁布之初，每一条目无不是力求臻于郅治，极尽缔造者公正无私的本意，但自纸端付诸实地之后，大多变了样，甚至与其初衷南辕北辙，这又是明太祖当年始料未及的。该犯听出他话意，无奈将象牙长箸送给肇室启，以求轻判。肇室启颇具心机，担心事情日后被其告发，遂将该犯加重判决，充军到三千里外的极边之地。这双长箸打造时本是做藏品的，非图实用，他一试之下居然极为称手，口舌与肚腹握手言和，再也不起争端，从此将这件宝贝随身携带寸步不离。只见他左手执长箸夹起荤素菜肴，右手握短筷接过，塞进嘴里吞嚼，左右配合自如，长短运用娴熟，直吃得头顶冒汗、嘴角流油，诸人尽皆叹服。

俞一应举止斯文，夹菜时对人谦让有礼，谈笑之际时有话语和邻桌的乾祥、晋笙交流，不使二人受到冷落。开宴后不久，他惦念两个在膳房用饭的长随，年唯日忙遣人去照看。相形之下，萧苇吃得十分肆意，把一大碗羊肚羹舀光后，还嫌不够，又端起碗，把最后一点汤汁尽数倒进嘴里，弄得胡子上汁水淋漓，拿手一抹，去开辟下一个战场。

沈见山又端上来一大碗鲫鱼豆腐汤，年唯日道："这是本地最负盛名的美味——彭鲫，你们看看，这鱼汤这么鲜、这么白，就跟……"

沈见山插嘴道："跟汤药一样白。"晋笙在邻桌听到，扭头向这边看过来，鱼岸连连摆手命沈见山退开。

肇室启道："依我说，这汤白得好比女子的乳汁一样。"说着用长箸末端的汤匙舀了一勺鱼汤送到唇边，伸舌尖舔了舔，咂着嘴道："比乳汁还好喝。"

萧苇也跟着舀了一勺，泼倒进嘴里。

肇室启瞅了鱼跃海和鱼岸一眼，道："加上这道汤，桌子上一共三条鱼。"这是调侃鱼跃海和鱼岸二人都姓鱼，众人都笑了起来。

萧苇用牙咬住一根肉筋，一手扯得老长，道："人家说三羊开泰，咱们今晚就拿这三条鱼开荤，哈，三鱼开荤！"他自创了新词，满脸得意之色。

俞一应道："鱼大人的名字寓意不凡，跃过龙门，飞黄腾达指日可待。"

鱼跃海道："大人言重了，我出身低微，家父期望我长大后可以光耀门庭，就给取了这么个招摇的名字。其实我自知不过是游塘之鱼，哪敢有什么升腾的奢望？"

方如许道："鱼大人太谦啦。"又对众人道："我和鱼大人这一路同行而来，相识虽短，却感到他谦恭有礼，年纪轻轻，甚少浮躁之气，遇事沉稳持重，如此性格在同龄人中殊为难得。"

鱼跃海赧然道："樗材箨质，承蒙方大人谬赞，惭愧。"

见方如许对鱼跃海如此推崇，俞一应心中存念，以后要留意此人。年唯日见鱼跃海满口谦辞，便料想他其实并无过人之处，方如许多半是恭维而已，不足为异。

肇室启虎虎饱鸥咽之际突然停嘴，对候在门口的沈见山一招手，沈见山走到跟前。肇室启对年唯日道："这饭菜的味道蛮不错，但是有一样美中不足。"

年唯日道："大人还想吃什么，我马上吩咐下人去做。"

肇室启道："这厅里比外面还热，我坐的身上跟着了火似的，有劳这个下人给我扇扇凉，你不会不答应吧？"

年唯日对沈见山道："好好伺候肇大人，不得怠慢。"

沈见山取来一把蒲扇，立在肇室启身侧，手抬臂落给他扇起凉来。如此一来，沈见山无法分身取菜，鱼岸便起身在厅口和桌边之间来回招呼，每道菜上桌时，他为众人说介菜名，及时斟酒添茶、调碗换碟，照顾众人享用，自己仅是捡蒜丁肉末随便吃几口。鱼跃海看在眼里，暗道这倒是个心明眼亮之人。

年唯日始终悬揣肇室启和鱼跃海此行的目的，问道："肇大人到我彭泽来，便是宾至如归了，有什么事尽管吩咐，卑职定当全力以赴。"

肇室启瞟了他一眼，没说话。

俞一应接过话头道："方大人若有需要我效劳之处，也请开口，莫要客气。"

方许如道："多谢大人美意，我谨遵平大人之命，此行仅是陪同二位京官，除此之外再没什么事。"

俞一应道："您深得平大人倚畀，我和他以前同在提刑司共事，回德化后还请代问平大人好。"说着端起一杯酒敬方如许。

方如许干杯之后道："我一定带到。"又苦笑道："人家是高高在上的知府大人，我只是奉命行事，谈不上倚畀。"昨日俞一应赶到德化时，有意避开平无崤，并未去府衙拜会，"请代问好"云云实乃试探方、平二人交情如何。平无崤从前就是横霸无礼，如今成了一府魁首，更是盛气凌人、唯我独尊，不把一干僚属放在眼里，方如许不经意间表露出来，俞一应得以察知方如许平日里没少看平无崤的脸色。

鱼跃海道："今早我们坐船顺江而下，观览沿江风景，过湖口时一场大雨，雨刚停一会儿，就到了彭泽，真是比陆路快多了。彭泽地濒长江，山水灵秀，天时地利无所不占，真是个好地方。"

年唯日道："对，比我先前做官的洛阳还要好。"

鱼岸道："诸位大人一来，彭泽便有了人和。"一句话说得众人无不面愉心怡。

肇室启来了兴致，道："这话不假。我早就听说，彭泽是人杰地灵的地方，尤其这里的小娘们儿，个个都是水灵灵、脆生生的，比这豆腐还嫩，一说起来都要馋死人。"他说这话时，嘴脸变得极是猥琐，鱼岸诌笑不语。肇室启又道："前几日，我在德化城里玩，有一条巷子叫什么小乔巷，说是当年周瑜的夫人小乔曾在那起居梳洗,我找了半天,没发现一个女子的容貌能赶得上小乔,大大扫兴。这次在彭泽,不知能不能碰见几个如花似玉的小娇娘。"

年唯日道:"那算是来对地方了,彭泽的女子可是跟天仙一样,个顶个漂亮,我保证大人不虚此行。"

肇室启道:"也不是非要跟小乔一样漂亮,跟小媚奴一样风骚就成,能摸一摸她那滑溜溜的小手,咱也就知足啦。若是她不嫌弃,我八抬大轿娶她回家做老婆。"说着咧开嘴大笑,露出满口的黄牙。小媚奴是京城数一数二的名妓,肇室启酒气上头,已是色相毕现,眯起眼对年唯日笑道:"你这衙中可有……"

俞一应插嘴道:"年大人,今晚是中秋节,肇大人想吃月饼了,快端上来,大家一起尝尝。"

肇室启原本要说"你这衙中可有又白又嫩的小娘们儿,快叫出来陪老子喝酒",俞一应见他言谈越发无忌,后半句话说出来,诸位官人面子上须不好看,县衙里怎会有陪酒女郎?故而抢先把话题岔开。方如许皱了皱眉,显是肇室启的言语很不入耳。

乾祥饮得半醉,拎着酒杯踉踉跄跄走过来道:"我敬……敬大人一杯,你在彭泽要找乐子,包……包在我老……老乾身上。"他一张脸红得跟猴子屁股似的,嘴里唾沫星子到处乱喷,脑袋四处晃悠,分不清是在对谁说话。

鱼岸对乾祥道:"我带你去找乐子。"说着一挽他臂弯,要拉他走。

乾祥长臂绕开,勾住鱼岸的脖子,对众人道:"鱼岸跟我可是在一个水塘从小泡大的,比亲兄弟还亲。这么些年来,他辅佐了好几任知县,可谓劳苦功高,现如今只是个小小的县丞,就是升不上去,真是好没道理……"

鱼岸怫然变色,喝道:"没来由的,你说这些做什么?"

乾祥道:"为你打抱不平啊,知县的位子早就该你……"

鱼岸怒道:"满口胡呰,快闭嘴!"他抱住乾祥就往边上拉,乾祥胳膊一挣,杯中的酒顿作一道水线,朝萧苇飞射过去。萧苇刚夹了三块猪肝塞进嘴里,正闭了眼睛咀嚼,酒线不偏不倚恰好洒进嘴里,一滴都没落在外面。突然尝到了酒味,萧苇一个激灵,睁圆眼睛心想,这猪肝定是用酒泡过,所以才这般好吃,忙又夹了五块填进嘴里。

年唯日生怕乾祥说出更加不堪的话,叫道:"来人哪,快把他弄出去!"

乾祥伸手将鱼岸推到一边,冲着萧苇扑上来。萧苇起身离座,双臂叉开,右腿往身子右侧滑开一步,左腿跟上一步,右腿再滑一步,左腿跟着再挪一步,学着螃蟹在厅中横着走路。

方如许道:"这厮一喝多,就这么作怪。"

乾祥从背后抱住萧苇,两只长臂伸在前面,绞缠住萧苇的身子。鱼岸上前用力拉扯乾祥,乾祥双腿盘在萧苇的腰间,活像一只章鱼,紧紧吸附在其背上。晋笙忙上前帮忙,二人合力把乾祥扯了下来。乾祥发了性,猛回手抡了晋笙一记耳光,只听"啪"的一声脆响,众人均想,晋笙定会大怒还击,不料他却浑若无事一般,和鱼岸一左一右架着乾祥出了花厅。

萧苇意犹未尽，还在喊叫："老章鱼回来，咱们再大战三百回合！"

沈见山给肇室启扇凉，站了将近一个时辰，已是腰僵膝颤、手酸腿软。见到乾祥三人出去，他也想趁机到外面歇息一会儿，刚挪一下腿，肇室启就喝道："干啥去？"

沈见山道："小的去给他们帮个手。"

肇室启道："不必了，叫你扇凉就别停。"

沈见山道："张大人，小的实在太累了，能否歇口气……"

方如许见他劳累多时，正欲开口应许，肇室启一颗肥颅转过来，笑道："你称呼我什么？"

沈见山这才省到自己叫错了，忙回道："称呼您'肇大人'。"

肇室启满脸笑容立时如潮水般退得一干二净，道："当我耳朵是聋的吗？你叫的是'张大人'。"

沈见山心里打了个突，赔笑道："小的该死，一时不慎走了嘴，大人恕罪！"

鱼跃海暗道，这可真是个老实人，你咬死不认，他倒也不能奈何于你，你认了就是授人以柄。

肇室启厉声道："老子行不更名，坐不改姓，肇建帝业之肇。你倒好，一开口就给老子换了个祖宗！"

沈见山颤声道："肇大人，小的该死！我给您赔罪，您千万别见怪。"说着连连给肇室启作揖。

肇室启冷冷地道："鄙人的贱姓不值几个钱，却是世代家传，你给我改了,难不成你要当我的祖宗吗?"话音刚落,他一掌猛拍在桌子上,"砰"的一声,萧苇牙口一颤,咬着的一块蹄骨掉在桌子上。

沈见山本性老实和善,做事任劳任怨,往来的都是一些柴汉挑夫之类的,极少侍应外面的大官,今晚的事更是第一次碰上。他知道闯下了滔天大祸,吓得连连摆手道:"我绝不是那意思,大人……不……不是的,小的绝对不敢!"

肇室启道:"你以为你们彭泽是天高皇帝远,我这个京里来的小官无权无势,便拿你这恶吏没办法吗?"

沈见山鼻子一抽一抽地道:"我给您扇凉扇了好久,到现在一口饭、一滴水都没得入口,又饥又累,没防住恍了神,才叫错了大人的贵姓。望大人看在小的服侍您的分上,饶了小的,小的感激不尽!小的给您扇凉,小的接着伺候大人凉凉快快、舒舒服服。"说着弯下身子不停地给肇室启鞠躬,额头几要触到地上。

肇室启道:"你给我扇凉,我就该饶了你?老子在京里,多少人求奔于我,下面多少知府、知县为了案子踏破门槛想见上一面,老子都不肯,你算哪个坑里的石头?笑话!"肇室启自诩以京官的身份到彭泽来,一众地方官员必会恭恭敬敬,然而俞、方、年等人言语之间固然客气,却非俯首帖耳,开席时自己意图坐首席,方如许却出言另推俞一应,摆明了是不把自己瞧在眼里,因此心中憋了口气。正好逮到沈见山出错,他便顺势杀鸡给猴看,显出官威,压一压座中这几人。其实,肇室启在京里并非如此张狂。

俞一应看穿他心思,沈见山着实委屈,但是出言为其开脱,必会拂了肇室启的面子,当下便不作声。鱼跃海更是缄口不言。年唯日漠然瞧着沈见山,毫无求情之意,一副事不关己只看热闹的神色。萧苇盯住桌上剩下的一只青蟹,他已吃了三只,还想把最后一只也清剿干净。他平日买不起螃蟹,此时一有机会,自然要饫甘餍肥。

方如许道:"这个门子实属无心之过,肇大人你大人不计小人过,何必跟他计较呢?"

肇室启脸上的怒相转为喜色,笑着对沈见山道:"难得啊,方大人都为你求情了,看来我不原谅你不行啊!"沈见山顿时如释重负,正欲感激肇室启的宽恕,就见对方端过一盘猪蹄骨递到他面前,道:"既然你还没吃饭,那这么办,你把这盘骨头吃下去,刚才的事就算揭过了。"

第二回
中秋案发

这盘卤水猪蹄是刚才杜老涛送到厅口，鱼岸接上桌的。沈见山平时最爱吃猪蹄，巴巴地看着肇室启把筋肉啃得精光，再把蹄骨一块块吐到盘中，馋得溜舌吮唇，好不容易才把溢到嘴边的口水咽了回去。他万万没想到，自己半晚辛劳竟换得这个结果，一下子怔住了。

在座之人都觉得肇室启太过恶毒，让人吃自己嚼过的骨头，除去侮辱不说，仅那硬硌如石的蹄骨就难以下咽，咽下去都难以消化。方如许看不过眼，道："这个门子服侍你老半天，没有功劳也有苦劳，你骂他一顿就算了，没必要这样欺辱他。"

肇室启嬉笑道："让他吃骨头就是欺辱他？我家里养的狗，我喂它骨头，它啃得可高兴了。"

方如许见他纯是无赖口吻，不禁心中来气，正待开口反驳，就看年唯日微微摇了摇头，默默地说了两个字，方如许辨出是"不要"。年唯日心中盘算，自己和方如许交情深厚，倘若方如许开罪于肇室启，肇室启心里记方如许一笔不说，指不定带着恨上自己。更何况沈见山本来就是自己的手下，稍不留神就会惹祸上身，因此他暗嘱方如许不要多管闲事，一个门子又有什么大不了的。方如许一拂衣袖，起身径直出厅，再不多说一句话。

沈见山焦眉皱眼地看着盘中蹄骨，仿佛看着毒药。肇室启道："你不吃的话，我肇某人也不能拿你怎样，不过你这辈子最好别落在我手里。"

沈见山怯怯地道："要是落在大人手里会怎样？"

肇室启道："你把骨头吃下去，那就没什么。"

俞一应道："门子，你把骨头端下去吃。"他此言实是暗示沈见山一走了之，肇室启自持身份，必不会追出去，也就没了下文。鱼跃海也道："听俞大人的话。"但沈见山被肇室启唬得动都不敢动一下，自是懵然不解其意。

"你若是不吃，" 肇室启瞪起一对枭目注视着沈见山，缓缓地道，"哼！老子在大理寺对付你们这些恶棍，就是把一根长钉在炭盆上炼得通红，钉在你舌头上，看你以后还敢胡说不敢！"

沈见山打个冷战，跪倒在地，接过盘子，抓起骨头接连塞进嘴里，蹄骨入口不能咀嚼，只得囫囵硬吞下去。有几块骨头较大，卡在喉间，他双手反钳在颔下，拉得脖梗老长，龇牙咧嘴，喉结剧烈起伏，生生地咽进肚子里，已是脸色煞白，汗水淌遍了额头。肇室启乐得眉开眼笑。

俞一应道："还愣着干吗？快出去吧。"意是让沈见山赶快出去把骨头吐出来。

沈见山仍跪在肇室启面前，恳求道："我全吃下去了，大人该饶过我了吧?"

肇室启阴森森地道:"饶了你?想得倒轻巧!今晚这事都是你咎由自取,你不再胡言乱语便罢,若是今晚的事你敢对外边提上一个字,嘿嘿,当心你的舌头!"说完示意他离开。

沈见山撑起身子,捡了蒲扇虾着腰往外走,在厅门正撞见鱼岸和晋笙进来,晋笙看到沈见山颓首丧面的模样,也不多问,转身又搀着他出去了。

鱼岸走过来道:"各位大人,适才乾主簿喝醉了,失礼之处,我在这里赔个不是。"

肇室启道:"你们把老章鱼抬到河里放生啦?"

鱼岸道:"大人说笑了,他正在前院吏舍中休息。"又弯腰对年唯日低声道:"在欧阳一敬房中,由他照看着。"年唯日点了点头。

这么一来,在座中人大都酒足饭饱,没心思再吃下去了。年唯日大拍肇室启的马屁,道:"肇大人司职命案的复核,讯问的都是一些顽凶巨寇,定然是耗时费力吧?"

肇室启拿小拇指掏着牙缝道:"平日里,我都是在屏风后的躺椅上品茶纳凉,让手下几个典吏审案子、作笔录,供证大致差不多就过了。老夫年老体迈,嘿嘿,不再耗那个精气神了。"

年唯日赞道:"肇大人超脱俗务,垂拱而治,下官佩服。"

肇室启剔出一片菜屑,一绷指甲弹了出去,道:"老夫这把年纪,已不再奢望升官发财了,每日一口饱饭、一席热枕便足矣。"又对鱼跃海笑道:"不像你们年轻人那般前程似锦。"

鱼跃海道:"肇大人久居京城,能做到如今的位子,岂是等闲之辈？'不再奢望'怕只是韬光养晦的谦词,随口说说而已,否则以大人的才干,别说是仕进一级,纵然跻身寺卿也如拾地芥,不在话下。"

肇室启心花怒放,笑道:"啧啧啧,这番话说得我这心跟翎毛撩过一般舒服。才干什么的倒不敢说,不过咱要搏一个区区六品的位子,他倪允棠还得给个面子。但老夫自问并非那种痴迷官位的小人,所以还是让道给年轻人吧。"倪允棠是当朝大理寺卿,手握天下所有刑案的复核大权,位列九卿之一,一言定人生死,在官场中无人不知。

萧苇惊道:"啊？原来倪大人是肇大人的靠……靠山,哎呀呀,如此……肇大人日后的前程还用说嘛,真是真人不露相！"说着冲肇室启竖起大拇指。

肇室启志得意满,打了个哈哈安然受之。他刚才对沈见山做了恶事,担心在座的人背地里告他一状,有意炫耀一下自己在朝中有人撑腰。然而在官场中,官员对自己的背景后台向来是绝口不提,肇启室纵然酒醉,也不至于糊涂到这种地步。之所以说出倪允棠,恰恰因为其并非自己的靠山,说出来纯是声东击西、迷惑于人,这是他的狡猾之处。但精明如俞一应姑且听之,浅薄如萧苇才轻易上当。鱼跃海听人说过肇室启的底细,看出了他在耍小把戏,对其人更深知一层。

肇室启道:"咱在京里便是再厉害,到了彭泽,还不得仰仗年大人这位一县之长？"说着装模作样地对年唯日拱了拱手。

年唯日慌忙道:"不敢不敢,肇大人有事尽管吩咐便是。"

肇室启抬头望着屋顶道:"好多年前,有一位清正廉明、爱民如子的官员做过彭泽县令,年大人可知道?"

年唯日脑中飞快地思索着开国以来历任彭泽的知县,想不起来他说的是谁,道:"这个……不知大人说的是哪一位?"

肇室启道:"狄仁杰。"

年唯日恍然道:"哦,原来大人说的是大唐梁国公狄仁杰,这个我知道,狄公当年确是做过彭泽县令,哪一年倒是说不上……"

俞一应脱口道:"大周长寿到证圣年间。"

大唐睿宗载初年间,皇太后武则天篡唐为周,自立为皇帝,驯驭臣下手段酷厉。狄仁杰正身立朝,被来俊臣等人构陷入狱,平反后被贬至彭泽为县令,这一段史实彭泽当地尽人皆知。

肇室启道:"我还听说彭泽有一座狄公祠,年大人可曾去过?"

年唯日道:"实不相瞒,下官近来冗务缠身,未及有暇前去祭拜。"

肇室启道:"狄公当年在彭泽为官的日子不长,却给彭泽人做了不少好事,他离开后,老百姓为他建了一座生祠。再后来,有人给他立了碑,刻了一篇颂扬他的文章在上面,叫《唐狄梁公碑》,据说现下就立于祠中。不知有没有这件事?"

年唯日心想,好端端的为何提起狄公祠,这家伙又要干什么?他拿眼睛看鱼岸:"你知道吗?"

鱼岸道:"那祠堂年淹日久,从来都没人去过。况且狄公老人家名垂千古,赞扬他的碑石到处都有。"

俞一应博览群书,看过彭泽县志,当下对众人娓娓道来:狄仁杰被贬到彭泽后,甫一到任便访疾问苦,深入百姓人家,踏遍田间地头。彭泽是个穷县,地瘠民贫,狄仁杰是秋天到任的,当年开春以来,彭泽饱受旱魃肆虐,没有下过一场雨,眼看着农田歉收,已然成了荒年。即令是以往稻谷丰收的好年景,交过官粮后,农户剩余的粮食尚且不够支撑半年,如今禾苗枯焦,稻田被晒得龟裂,村村都有饿死之人,若再强行征缴税粮,老百姓势必会家破人亡。农户们无不忧心如焚,惶惶不可终日。狄仁杰悯恤民情,以百姓事为己事,当即向朝廷上疏,陈奏彭泽的灾情。武则天阅后,颇为嘉许狄仁杰怜佑民生的一片心意,下旨免去彭泽县三年的赋税,彭泽百姓闻之无不欢喜雀跃。狄仁杰断案如神,深知狱讼关系重大,亲自审问县衙监牢中所囚的罪犯,察辨案情,不使一人有冤。狱中三百多名囚徒,狄仁杰在年近除夕之日将他们全部释放回家,使其与家人各自团聚,并相约过完年再回来伏法认罪。春节过后,这三百多人全部如约归来,每人怀中揣着一抔黄土,放在牢房一侧的空地上,聚沙成塔,三百多抔黄土竟然垒成一座小丘,后人称之为"纵囚墩"。后来狄仁杰被起复为宰相离开彭泽,老百姓感念他的高义与浩德,在纵囚墩边为他建了一座生祠,以缅怀他为彭泽带来的福祉。纵囚墩早已不复存在,狄公祠历经风吹雨打,仍屹立至今。

又是三百多年后的宋仁宗年间,北宋名臣范仲淹与狄仁杰同遭罪谪,也被贬斥出京,途经彭泽时听说了狄仁杰当年的仁政,感慨之余，撰写文章称颂他，这就是《唐狄梁公碑》，狄公的贤望和令誉也由此流播更广。这又引得一位书法大家、苏门四学士之一的黄庭坚逸兴遄飞，他挥毫书成此文，墨宝被后人勒碑立在祠中，以志其迹。狄公人事卓绝，范公文章高绝，黄公墨宝精绝，这座石碑汇狄、范、黄三家珍迹于一身，故而被后人称为"三绝碑"。

俞一应说完后叹道："仰不愧于天，俯不怍于人，狄公人如其名，真乃一代人杰。这样的人自该流芳百世，让后人景仰。南昌府提刑司衙门大堂的东侧，就挂着一幅他的画像，我衙中同僚还时时瞻拜，这一次来彭泽，定要去祠里祭拜一下他老人家。"听完这一段掌故，众人不禁为狄仁杰的徽范所感。

肇室启拿起毛巾，抹去满脸的肥油，道："去年三月，京里有一桩命案，刑部审结后把人犯和供词一并移送至我寺复核，接手的正是在下。我审酌案情校勘供词，发现原审的官员撰写的判词中引用了'不义不为'这么一句话，我隐隐记起，这是出自《唐狄梁公碑》一文，找来碑文的拓本一看，原文乃是'不疑不为'，并非'不义不为'，那官员写错了一个字。"众人听到这里都是一头雾水，不明白他究竟要说什么。

此时天光尽落，酷热渐渐消去，园中的花草树木披上了一层青霭。鱼岸将纱灯尽数点起，厅内灯火通明。桌上菜羹早已冷却，一只苍蝇停在杯沿上搓脚。

肇室启续道："我理所当然将案子驳回刑部令其重审，那官员却矢口否认，反咬我这拓本是错的，那个字是'义'不是'疑'，他写的才对。我跟他理论起来，那人言语极是蛮横，硬不承认是他错了。"他抖了抖两腮的肥肉，一脸正气地道："事情的真相就该是判若黑白，错了就是错了，想在我手里蒙混过关，门儿都没有，鄙人不是吃素的！碑石就在贵县的狄公祠，看来该字之正误，只有验过碑上的原文才得确凿。放任一字之误而不纠，如何当得起皇上的重托，如何对得起天下人的期待？肇某人今次造访贵县就为了这么一件事，我倒要看一看，这个字到底是'义'还是'疑'。呜呼，世人哪个不是趋名逐利、曲意逢迎？唯有在下独任艰难，此行并非触蛮之争，而是为了天下人的公正而来。"

他说完这番话后，在座众人无不感到诧异，想不到他来彭泽竟是这个原因。俞一应早年读过这篇文章，时隔久远，一时想不起这句话中究竟是用了哪个字。鱼跃海暗道，前一句话刚说把案件甩给别人代劳，后一句就标榜自己秉公无私、恪尽职守，真是善变。

年唯日道："有一点我不明白，衙门审案拟罪是依据犯人的供词，而大人说那个字，不论是'义'还是'疑'，乃是写在判词而非供词中，以在下的浅见，即便真是写错了，对案件的判决恐怕也关碍不大吧？"

萧苇手持一根蟹螯，塞在嘴里咬得嘎嘣响，从齿缝里吐出一句："唔唔，有……有道理。"

肇室启眨巴眨巴眼睛道："我的年大人，虽说这个字是在判词中，但你怎么就能断定和最终的刑罚没有关系？审案之人连一个字都写不对，试问他审的案子还能算数吗？问出来的供词还可信吗？你不会没听过'差之毫厘，谬以千里'这句话吧？"

萧苇又掰开一块蟹壳，舌头舔得吸溜吸溜的，拿腔作势地道：

"不错，不错。"

年唯日道："大人的话言之有理，如此咱们明日就去狄公祠验看碑文。"他心里悬着的石头终于落了地，语气顿时轻松。

肇室启道："何需明日？我已经吃饱了，左右是闲着，不如借着赏月散心，今晚一趟子去了，今日事今日毕嘛。"说着靠了椅背仰起脑袋晃悠，一副听由己意、不容他人置喙的派头。

年唯日看一眼俞一应和鱼跃海，见二人并无异议，才道："好，我这就命人准备轿子，稍后咱们一同前去。"

肇室启道："再四处溜达溜达，看看哪里有漂亮的小娘们儿。"又是一副猴急难耐的面孔，与刚才义正词严的神态判若两人。

俞一应说了句净手，撇下满厅的酒味走了出来，踱到前院大堂，但见庭除冰净，院落霜缟，一株丹桂正植在大堂前的右侧阶下，树干粗壮，拔地而起，树冠如伞张在半空，一股馥郁的香味扑鼻而来。他走近观看，密密丛丛的枝头缀满了一簇一簇的橘红色小花，人道是八月桂花香，这株丹桂值时盛开，芬芳氤氲，阖庭郁然。他心想，无怪有诗赞曰"世上无花敢斗香"，真乃果不其然，合上双目仰面品闻，不觉心平意静，通体舒泰。

这时，不远处传来一阵说话声，一个人道："你整日价抱着那些破书看，连这么浅显的道理都不懂？"说话的正是乾祥，看来他的酒已经醒了。

又有一个人道："我当然知道，人命重于泰山，这就是至正之理。"此人语气轩昂，听起来很年轻。

俞一应掉头看去，东面一间吏舍里亮着灯，声音正是从里面传来的，当下悄立于树后留神倾听。

乾祥又道："我早就说过，那女的是投河自尽，又不是谁害……害死的，你为何还要录到卷宗里？"

那年轻人道："为何不能录，自尽的难道不是人命吗？"

乾祥道："谋财害命的才要录入卷宗，自尽的案子没必要记，这是大人的命令，你一个小小的刑房书吏又何必多问？"又补充道："县务如此繁重，这等琐事无关紧要，没必要枉费精力去管它。"

那年轻人道："人命是琐事，那什么才是大事？"

乾祥道："升官发财，在女人身上使劲，这才是正事。"

那年轻人道："无耻！你这么轻巧的一句话，就把一起命案摒弃不录，这不是草菅人命吗？"

乾祥冷冷地道："是又怎样？上官的命令，你做下属的必须听从。"

那年轻人道："人死万事休，案子录卷是在人世间仅存的记载，如今单凭上官一句话就令死者湮灭无闻，日后即使想查看都无从着手。一朵花凋谢了，尚且有人作诗怀念，一条活生生的人命，难道连草木都不如吗？"

乾祥道："少来这些调调，我就问你，上官的话你听还是不听？"

那年轻人道："上命若是对的，我当然奉行；但是此等弃人命于不顾的谬论，我为何要听？"

乾祥道："你说上命是谬论？"

那年轻人道:"难道不是吗?"

乾祥道:"我第一次见有人敢违抗上命,欧阳一敬,你真是读书读傻了!"

那年轻人道:"你说错了,不识字的田夫都知道,对命案绝不能草草了事,读书人更应该光明磊落、无愧于心,不对的事就不应该做。"

乾祥道:"真是倔得可以,那你为何来衙门当差?"

那年轻人道:"先父曾经垂训,要我投身公门,做一番事业报效国家,这也是我自己的志向。"

窗户上映出乾祥的身影,他掏出两页纸,捏在手中扬了扬道:"这是一份举荐信,如果你把卷宗里那起命案撕掉,我就向上面保举你做官,你就可以鲤鱼跃入龙门平步青云了,否则的话,你这辈子只能当个小小的书吏。"

明代政体中,员僚分为官员和吏员。但凡要踏入仕途当官,必经科举考试,由朝廷授任官职,吏员则无须科考便可录用。官员在衙门中掌权秉政、决断事体,职位可逐级登进;吏员则有掾吏、令吏、书吏等诸多品流,遍布于南北两京、五府六部及十三布政使司、府州县各级衙门中,亲执钱粮征收、册籍书写、文案出纳等诸般庶务,贯行政令,地位卑下且薪俸微薄,终日辛苦劳碌,擢进之道远不似官员那样容易。因此,为吏者无不想脱吏为官,步入宦海生涯。吏员每满三年就要经本衙门官员考察一次,两考合格后,转迁到京城衙门做事,再三年考满之后,才获得当官的资格。然而普天下攒集待授的吏员何止千万,职位少之又少,要等到官位授予己身的那一天，苦熬几十年都未必有机会，青丝早已成了白发。另一条路就是有人举荐，不必等到九年考满就可入仕为官，比前一条路快了不止百倍，对于一介书吏而言，可谓最光明的一条坦途。

年唯日、鱼岸、乾祥等人是官员，屋里的那个年轻人看来是吏员，此刻他的前程命运全系于乾祥手中。俞一应明晓此中利害，静待那年轻人作出抉择。

就见窗户上又映出一个正直的身影，伸手接过纸页。乾祥道："这就对了，识时务者……"话没说完，纸被撕作两半，拧作纸团从门里飞了出来，落在院中。

乾祥怒骂道："你他娘的还想做一番事业？做梦去吧！"

那年轻人昂然道："我的前程确是由你决定，我在公门当差，遵奉上命自是无可厚非，但上命若是有违我的良心，请恕我不能听从。君子有所为有所不为，逼我去干违心之事，就算许做封疆大吏，我欧阳一敬也不稀罕。"

乾祥说不出话来，只从嗓子里发出几声怪笑。

那年轻人道："不义而富且贵，于我如浮云。主簿大人请了。"一拍门板，下了逐客令。

乾祥重重哼了一声，走出吏舍。那年轻人像是想起什么似的，追问道："那自尽的少女是不是叫梅萼？"

乾祥身子一震，没有回答，加快脚步向后院而去。那年轻人也再没有说话。

俞一应偷听之后不便立即返回，穿过仪门又向外走去。县衙的两扇大门早已关闭，他在谯楼门洞处散了几圈步，才往回走，就听东首库房的门"吱"的一声开了，晋笙和沈见山一前一后钻了出来。

晋笙挽过沈见山的肩头，低声道："今晚的事不可以对第三个人讲。"

沈见山弓着腰答应下来，悄然离去。晋笙低头思索片刻，朝着西边的厨房走去。俞一应暗道，看来沈见山身体没什么大碍，晋笙是怕惹出事端，才替肇室启安抚于他，这个典史心思蛮周到的。

待俞一应漫步回到三堂，众人已移出花厅，在外面花园的六角亭里纳凉。肇室启身子肥胖，躺在竹榻上脑袋枕着胳膊睡着了，鼾声此起彼伏。方如许倚着亭柱子，观赏园中景色，之前他出来后就一直在这里。余人围着石桌而坐，鱼岸、晋笙、乾祥在边上垂手侍立，乾祥一脸的愠容。

年唯日已然知道肇室启此行的目的，转眼又想鱼跃海所为何来，斜乜了一下鱼跃海。

鱼跃海为人精乖，立时察觉，主动道："年大人，我有一桩私事，还需借重贵手帮个小忙。"

年唯日道："鱼大人但讲无妨。"

鱼跃海笑道："说来也是一桩小事。我一位朋友家里有春、夏、秋、冬四幅锦图，他倍加珍爱。锦图的画布用的是上等锦缎，作画用的不是水墨，也非丝线，乃是用一根根鲫鱼的鱼骨粘制而成。"

萧苇奇道:"鱼骨头还能作画?我平常都是把鱼骨埋在花盆里做肥料的。"

鱼跃海续道:"一个月前冬图取下来清扫时,不慎被烛火燎了一下,已然成了废品,不能再挂在墙上了。"

年唯日道:"锦图从哪家店铺买来的,可以拿去哪家店铺修补。"

鱼跃海道:"我也是这么想的,即刻拿了锦图到那家……嗯……买来锦图的绣庄求助。掌柜的告诉我,这四幅鱼骨锦图是从一位画师处购得,她是江西彭泽人氏,锦图正出自其手,如今只能找到此人想办法了。"说着起身走回花厅。

俞一应心想,鱼骨锦图是什么东西从没听过,能遭动这位都察院都事大人千里迢迢来补一幅图,他这位朋友又是何等人物?

转念之间,鱼跃海已返回,臂上搭着一匹锦缎,众人围上去观看,肇室启蓦地醒转,挣起身子也凑上去。晋笙手持烛台照亮,鱼跃海和年唯日各执一端,将锦图徐徐展开。

此图长约五尺,宽不过三尺,是一方淡青色的真丝重缎,经丝细腻,纬丝绵密,光润泽悦,织工极是精湛,一看就非凡品。画上是一座位于半山腰的书院,院中学堂里有一少年书生伏案苦读,屋外飘着鹅毛大雪,院墙外一角栽有一树红梅,在隆隆冬日里开得如霞似火,梅丛中一根寒枝斜倚而出,枝头立着一朵花蕾,花瓣外四片萼叶迎风而立。院外是一方巨岩,向外伸出丈许,雪地上两行蹄花脚印,一头白鹿立在崖边呦呦而鸣,岩下就是万丈深渊。美中不足的是,花蕾外一片萼叶被燎得焦黑。

乾祥在边上看见这图,眼睛瞪得跟铜铃一般大。鱼岸一拉乾祥,示意他不要乱说话。

方如许赞道:"真是巧夺天工!"

鱼跃海道:"诸位请看,这鹿、梅、雪全是由鱼骨做成的。"

众人不约而同伸长脖子近看,果不其然,画中所有的景物,全是用数不清的鱼骨上色后,一根一根密密麻麻粘在锦缎上的。千毫鳞萃,万刺栉比,鹿角、梅枝、书生、雪景无不精微毕肖,栩栩如生,整幅画作浑然一体,全无人饰之匠气。

俞一应仔细端详后,叹道:"完成这么一幅画,所需的鱼骨怕不止千万,把恁多的鱼骨一根一根拣剪、着色、缉排,再粘缀成图,可见作画之人何等灵心妙手,可谓神乎其技!"

肇室启道:"能把京里织染局那帮工匠给羞死,他们哪有这般能耐?"

方如许道:"能做此画的必是一位丹青妙手,不知这位画师姓甚名谁?"

鱼跃海道:"那位画师当时打了个哑谜,让掌柜的猜一猜。"他伸手指在一片梅花的萼叶处。

肇室启撇了撇嘴,有点看不起这种小花招。

方许如道:"由画而猜名字,颇是费解。"

鱼跃海道:"倒也不难猜。"

萧苇叫道:"啊,我猜到了,画师的名字叫花骨朵。"众人都蔑笑着摇摇头。

俞一应心有所触,脱口道:"梅萼。"

鱼跃海道:"大人真是智识过人,画师的芳名正是梅萼。"

方如许道:"这画师是一位女子?"

鱼跃海道:"恰如大人所言,梅画师是一位美貌少女。"又对年唯日道:"贵县可有这么一个人?"

年唯日道:"这个要打听一下才知道。"

鱼岸道:"既然待会儿要去狄公祠祭拜,事不宜迟,我和乾祥这就去打扫祠堂,恭候诸位大人。"

年唯日允了,鱼岸、乾祥转身离去。俞一应看着两人的背影心想,刚才在前院,吏舍中那个年轻人也提到梅萼这个名字,不知跟这位画师是否为同一人。

又歇过一炷香的工夫,众人方才动身。狄仁杰祠距彭泽县衙有七八里路,年唯日命晋笙备了数顶轿子,俞一应等坐入轿中,年唯日、晋笙率衙中皂隶曹廉、雷动随行左右。

出得衙门,外面已是通衢如沸,举市欢腾,彩灯映天,锣鼓震地,妇媪携村童进香礼佛,绿女挽红男登楼赏月,熙攘的人群将一条长街挤得水泄不通。曹廉和雷动在前面分开人群,队伍才得以前进。

行至一座酒楼下时,楼上一名少女身着白裙,头插珠花,扮作嫦娥,双手捧了物什往下抛洒,楼下早有一群年轻后生呼哨着跳起来去抓。

曹廉奋力抢到一把,捧到俞一应轿帘外道:"都是些葡萄、毛豆、鲜枣之类的果子,请大人品尝。"俞一应笑而拒纳。萧苇唤了曹廉过去，尽数要走他手中的零食吃起来。

沿途不时有人吹奏乐曲，曲调清越悠扬，肇室启在轿中和着调哼唱道："小娇精，乖又乖，钻入哥哥的怀里来；小浪娃，嫩又白……"

走不多时，轿子停住，前面一大群人在街心拜月，挡住了去路。俞一应遂命落轿，众人步出轿厢，纷纷询问狄公祠还有多远。

曹廉指着前方道："再有二里即到，这群乡巴佬真不长眼，小的去赶开他们。"说着摆出一副猛虎扑羊的架势，便欲冲上去。

俞一应拦道："百姓们祭拜月神，祈佑丰衣足食、阖家团圆，这是一年当中的大乡俗，不宜打断，咱们且等他们拜完再过去不迟。"

肇室启道："说得对，咱们也借此领略一下风土人情。"

众人走上前观看，就见当街设着一方香案，案上供着一尊香炉，炉内插着三炷香，左右各立了一盏烛台，两支红烛燃得正旺，桌案上还摆着月饼、瓜果等一应供品，一伙村民身穿汉服肃立于香案前。此时，星河宛若一段银绸飘在头顶上空，蓝莹莹的夜空镶着一轮晶盘，光华耀烨，朗照中天。一个打扮成赞礼的村民，高声唱喏："祭酒！"扮作主祭那人迈着方步走上前来，边上一人呈上酒爵，主祭双手捧过酹之于地，再将空爵恭置案上。又一人呈上祝文，主祭接过，借着月光大声颂读起来，满口是江淮官话，唇齿间接连蹦出"嘎哆喔呀噶嘞"之类的字音。

俞一应、方如许是本省人，大略听得明白，肇室启、鱼跃海等外地人只觉得耳边似鸟啭莺啼一般。曹廉趁机译释给鱼跃海听，原来这篇祝文为村民自己所写，他们识字有限、文采不高，祝文并非一篇辞藻华丽、句章优美的韵文,而是净把一些家长里短的琐事堆砌成章,向月神陈说,诸如"祈愿儿子兔腿哥莫要再和他娘子吵架","保佑老婆石轱辘妹今年再给自己添个大胖小子",等等。鱼跃海边听边笑,其间有一句"家婆,尔侬个伢儿的尿片落脱哆",百思不得其解,便问是何意。曹廉道:"这句的意思是'外婆,你小孩子的尿布掉了'。"鱼跃海霍然明了,不由得感叹彭泽方言艰涩难懂。

祝文读毕,主祭带领众村民一起揖拜,俞一应等人也随之揖拜,赞礼唱一声"礼成",拜月才告结束。话音甫落,人群中钻出来七八个翘着角辫的村童,拥到香案前,你抬我顶、手攀脚蹬地爬上去争夺供品。俞一应掏出一把铜板,招唤村童们过来,在每人手中放了两枚,村童们欢呼雀跃,个个将铜板紧紧攥在手心,高高举过头顶,追嬉而去。众人相视而笑。

俞一应道:"我小时候家里很穷,吃饭都是饥一顿饱一顿,母亲疼我,每在中秋节的晚上往我枕下压两文钱,次日我便拿去买好吃的,跟这些孩子一样开心。人生最好还是童年哪!"他待人随和亲切,举止平易近人,鱼跃海看在眼里,心想为官正宜如此。

祭众散去,曹廉在前头带路,众人随行于后,轿夫们抬着空轿赘在末尾。一行人穿过闹市到了郊外,曹廉指着前方道:"喏,那就是狄公祠。"

众人举目望去,前方不远处是一大片旷野,蓬蒿芜杂,片片银絮在秋风中飘飞,地上遍布着半拳大小的鹅卵石,一条青石步道曲曲折折地通到一座不十分高大的祠堂前。

曹廉为人浮浅,有意在众官员面前卖弄见识,道:"我是老彭泽人,打小儿就在这附近玩耍。这祠堂背后是河床,每年这时候,我率领一帮半大小子在河里游泳,我胆子最大,也游得最好,一个猛子就能扎到河底,别人都比不过我。"

一行人来到祠前,祠门石阶上爬满了一道道粗粗细细的裂纹,两扇大门一开一闭,门板已褪去了原色,一道昏光从门里透出来映在地上,门楣处挂着一块匾额,白月光照出四个字"狄梁公祠"。

年唯日道:"鱼岸和乾祥应该布置停当了,各位请进。"

一行人鱼贯而入,迎面是个门厅,晋笙打着灯笼四照,厅中空荡荡的,两壁徒然。众人穿厅而过,后面是个幽森的小院,左右两侧是院墙,砖道上生满了青苔。曹廉、雷动打着灯笼在前照亮,提醒众人留神脚下湿滑。年唯日心中老大不高兴,这当口鱼、乾二人早就该出来迎接的,怎么还不见人?

方如许四下里望了望,道:"看起来平常没多少人来啊?"

曹廉道:"这祠堂荒废好久了,哪个人愿意来这地方?"

肇室启道:"都快一千年了,老百姓早就把狄仁杰给忘啰!"

俞一应道:"这是因为彭泽治下讼理政平,老百姓生活祥和安乐,极少有刑案发生。如果这里香火不断、门庭若市,人人都来求狄公保佑平安,那必定是土匪横行、强盗丛生,怕也未必是好事情。"

这时,曹廉指着前面一座双门紧闭的殿堂道:"这就是享堂。"说着上前推开门走进去,道:"奇怪,怎么有股子药味?"

年唯日在他身后,正要说"废话,那是霉腐味"时,曹廉尖叫一声,回身一头钻进年唯日怀里。年唯日骂道:"不长眼的戆头,发什么癫疯!"说着搡开曹廉走进享堂,一见之下登时身子如坠冰窖,从头凉到脚。

俞一应拨开年唯日上前,只见一个人躺在地上,一方月光自屋顶的天窗洒落,照得那人浑身惨白,正是彭泽县衙主簿乾祥。

俞一应伸指在他鼻下一探气息,又摸了摸他脉搏,道:"已经死了。"

# 第三回
大闹芳湖

一行人俱是格外震惊，退到小院中商议。

方如许道："究竟发生了什么事？乾祥好端端的，怎么成了这样？"

肇室启道："咱们之前还和乾祥在县衙里闲谈，他和鱼岸离开顶多一个时辰，这里面大有古怪。"

方许如问道："鱼岸何在？"

年唯日茫然道："我……我不知道。"

俞一应触到乾祥的身体尚有余温，断定其刚死不久，当即道："年大人，你速回县衙召集捕快、衙役并仵作来此，勘验现场，搜捕凶手，我们在这里等你。"又道："曹廉、雷动，你二人把守享堂大门，封锁现场，任何人不许出入，直到年大人带仵作来验尸。"

俞一应处置过数不胜数的命案，临变经验极是丰富，分派人手指挥若定。年唯日如魔怔了似的站着，双脚挪不动一步，直到俞一应伸手在他肩头捏了一把，这才醒转，依言领着晋笙离去。

雷动和曹廉二人守在享堂大门外。雷动身形魁梧，手握铁尺正视前方，宛如一尊门神。曹廉却好似守着阴曹地府，已吓得腿软肝颤，不住地回头张望门里乾祥的尸体，瞅一眼往前挪一步，再回瞅一眼，再往前挪一步。

肇室启正自思索如何验看碑文时，突然听到一阵淅淅沥沥的声音，细看之下，是曹廉尿在了裤裆里，两只脚下湿漉漉的一大摊。

肇室启嘲道："树叶打头，尿成蔫狗。你小子就这点胆量，还当什么捕快，回去逮家雀玩吧。"

俞一应和鱼跃海走出祠堂在周围搜寻，以期能发现蛛丝马迹。萧苇和乾祥相识多年，猝然撞见老友丧生，发了半天愣，回过神来后抓着方如许痛哭不已，方如许扶他坐在祠门石阶上稍事歇息。

俞一应绕到祠堂一侧，环祠一周是一条二尺来宽的青石步道，通往祠堂背后，石道再外就是褐泥地面。他打着灯笼弯下腰，一步一步仔细察看，发现有一串清晰的脚印直奔祠堂背后而去。顺着脚印来到祠后，眼前是一陂池塘。他小心踏到塘边，眼前是田田的莲叶，一朵朵娇荷红腮粉颊，亭亭玉立，池中央一汪碧水安澜无波，泛着幽幽的清光，浑如一块大翡翠镶在塘心。微风拂过，挨颈并肩的莲叶霎时发出一丝颤动，荷塘深处传出几声蛙鸣，一片硕大的莲叶上，两颗晶莹浑圆的水珠一先一后顺着叶槽滚落，无声没入塘中。脚印至此就不见了，留印之人是否已经跳入莲塘潜水逃走，荷塘的出口又在何处？他不禁感叹，如此色清景丽之地，怎的偏偏出了命案？

鱼跃海走了过来，伸手给他看一物件，道："我在那一侧地上发现了这个。"

俞一应拿过来看了看，道："这是文房中物，何以在此出现？"

鱼跃海道："会不会是凶手或某人遗落的？"

俞一应把那物还给鱼跃海，道："收好吧，兴许是重要的证物。"

便在此时，旷野中一队人明火执仗而来，是年唯日带人赶到了。他一扫颓态，昂首挺胸立于祠前，官威十足地喝令众捕役分散搜巡，不可遗漏一角半隅，见到可疑人物立刻拘拿到衙，鱼岸和晋笙分站在左右。分派完人手，年唯日命晋笙搬拿出几个竹墩和一个竹几放在地上，请俞一应、方如许等人落座，鱼岸从随身携带的一个木匣中取出点心、果干并数个茶碗摆在几上。年唯日随时惦念几位上司，唯恐在荒郊野外怠慢各位，回衙后首要之事就是命人备好茶点带来侍奉。鱼岸取出一壶热茶，年唯日忙接过依次将每个茶碗斟满，请众人饮用。

萧苇抄起一碗吞了一大口，咂舌叹道："真是渴杀人了。"

年唯日道："各位大人，不知卑职如此安排是否妥当？"

俞一应却不饮茗，眼睛早已将鱼岸全身上下扫了个遍，见他眉头紧锁，面容哀戚，道："让仵作赶紧验尸。"

年唯日道："衙中原有一个仵作，已是老态龙钟，不能任事，衙中会验尸的就只有鱼岸和乾祥……"

方如许对鱼岸怒道："你干什么去了？刚才发生了什么？你和乾祥一起来的，为什么他出事了？"

鱼岸道："容我细禀。我和乾祥一起出衙后，他让我去买祭品，自先来狄公祠打扫布置。我二人分头行事，他东奔祠堂而

51

来，我掉头向西。我跑了好几家店铺，今晚香烛等物全部卖光，不得已便回家中取来自家用的香烛，延误了时辰，碰到知县大人时，才知道乾老弟已经遭……遭遇了不幸。"他脚边木匣里放着香火、蜡烛等祭物。鱼岸又悲声道："早知道这样我就和他一起来了，凶手定然不敢行凶，今晚的事全赖我。卑职甘愿领受责罚，还望诸位大人准许卑职给乾祥验尸，早日抓到凶手为他报仇。"

俞一应道："先去验尸。"

鱼岸得令忙转身跑进了祠堂。

年唯日对方如许一使眼色，匆匆几步走到边上一处空地。方如许说了句："唉，一喝就要方便。"也起身慢悠悠地踱了过来。

年唯日急不可耐地道："老哥啊，这可如何是好？你得救我！"

方如许道："救你什么？"

年唯日一把攥住他的手，恳求道："京城法司的人在场，提刑司的人也在场，我手下的主簿却被人杀了，这让我如何交代？万望哥哥看在咱们多年情分上，好歹给我个主张。小弟我来彭泽还不到一年，时运不济呀，唉！"说着连连跺脚。

方如许道："为今之计破案才是首要，逮到凶手，一切都好说。"

年唯日道："这是自然，但那几个人怎么办？俞一应和鱼跃海倒是很和善，那个黑胖子阴阳怪气的，摸不透他心思。"

方如许道："你倒看走眼了，黑胖子是最好办的，充其量就是个财迷加色鬼，你备一份重礼给他，他自然不会唱歪调了。倒是俞、鱼二人不好对付。此时此地俞一应最大，他心里清楚得很，什么都瞒不过他，今晚的案子要上报到他跟前由他复审，你把案子破得干净利落，他就没什么好说的。鱼跃海这个人看起来平常无奇，很谦和，但我总觉得他城府不浅，不可等闲视之，他来是为了锦图，你只要着力寻访梅萼这个人，找到了交给他，到时候再看他怎么说。"

年唯日道："我知道了。"

方如许道："你要随机应变，我也尽力给你说好话。"

年唯日感动不已，深深鞠了一躬，道："大哥的情谊，小弟深深谢过。"又凑到耳边低声道："来日厚偿。"

这时从祠堂里传出一阵吵闹声，里面似乎发生了什么事，几个守在外面的捕快拔腿奔了进去。

萧苇道："八成是抓到凶手了。"

年唯日大喜，一拍巴掌道："太好了，这帮小子真是能干！"

肇室启道："二位刚在那边商定了擒凶妙策，这边凶手就落网了，真是运筹荒草之中，决胜百米之外呀！"

方如许也不接话，报之以微微一笑。俞一应却想，难道是凶手杀了人不逃走，却躲在祠堂中，以致被捕役搜到了？

就见几名衙役推着鱼岸从祠堂走出来，他满面怒容，不住地回头朝祠中呵斥。

年唯日问道："凶手呢？"

鱼岸一愕，道："不是啊！"又气冲冲地道："大人可要给我做主。我正在祠堂里验尸，欧阳一敬不知怎么就闯了进来，我怕他搅乱现场，命他走开，他不由分说，上来就把我右手腕给扭脱了臼。"

年唯日气得身子打抖，骂道："这个顽性恶徒，胆敢在这紧要关头捣乱，你们还不把他给拿下！"

鱼岸道："他力气极大，没人拉得动他，非得大人您出面。"

衙役蒋得在一旁道："刚才在衙门里大伙倾巢而出，他听到动静说是死了人，就跟着来了，想是趁乱混进了祠堂。"

年唯日牙齿咬得咯咯响，正欲下令将欧阳一敬押出来，转而一想，这是衙门的事，不能让俞一应等外人看了笑话，便道："看来凶手一时半会儿还逮不到，不敢耽搁诸位大人，不如先请大人们去街市上游逛，我一人在此守候。"

肇室启站起来拍拍屁股道："早该走了，一竿子人戳在这里喝风也不是办法。"

年唯日把晋笙叫到一边吩咐道："你跟他们一起去，务必要服侍得妥妥帖帖的。"说着塞给晋笙一个锦囊。晋笙摸到里面全是银子，登时会意，点了点头，陪着众官员离去。

年唯日目送俞一应等人走远，一甩袖子，咬牙切齿地对一众衙役道："跟我进去将他捆了，押回县衙发落。"说着带头走进祠中。

之前轿夫已随年唯日返回了县衙，此刻俞一应等人又步行来到了长街上，行人依旧热闹如常，全然不知几百米外的狄公祠出了命案。没走几步，肇室启目光掠过一个首饰摊时，锁在了一名女郎身上。这女郎姿容艳冶，媚态四溢，正捏了一只耳坠子往耳朵上戴。肇室启一看到那雪芽嫩菇般的耳垂，身子如被施了法术，定在地上再也迈不开脚步。

俞一应等人又行了一段，前方传来一阵"哪哪哪"的响声，走近看时，一个货郎摇着一面拨浪鼓在招徕顾客，脚下摆着两个竹篮，里面堆放着折扇、蒲扇、团扇、羽毛扇等各色扇子。俞一应笑道："要躺就有炕，要吃鱼就有网，正热的人百般难耐，就碰到卖扇子的。"

几个人围在竹篮前，各自挑拣起来。俞一应打开一把折扇，扇面上画着一位女子，袒胸露腿，全身只穿着一件肚兜，便合上放回篮中，直挑到一把山水画的，随手折合舒卷自如，这才满意。方如许和萧苇同时看上一把檀香扇，萧苇抢在手中连着扇了几下，沾沾自喜道："拿着檀香扇，果然是气度斯文，大大超出凡夫俗子了。"又对鱼跃海道："你不挑一把吗？"

鱼跃海道："我不那么热，挑一把也无妨。"见竹篮里一把羽扇是由一根根细羽编成，和锦图上那根根鱼骨有几分相似，当下便挑了。

俞一应打趣道："当年蜀汉丞相诸葛亮纶巾素舆，羽扇不离手，看来聪明的人所好也相同。"

鱼跃海笑道："岂敢，我见这羽扇新奇，就想买一把回去送给家父。"遂对俞一应讲起自己的身世。原来鱼跃海为人孝顺，成亲至今已有三年多，膝下仍是空空，鱼父年事已高，盼孙子已是望眼欲穿，是以他每每出京公干时，便买当地的物产回家，以慰老父。鱼跃海性情深沉静默，不在人前多说一句话，此刻随口漫谈，才自然而然地说出心事。

方如许连着挑了几把都不满意，问道："还有没有檀香木的？"

货郎道:"有是有的,在小人家里。贵客真想要的话,我这就去取。"

天热难耐,方如许实在想要一把称心的扇子,于是点头应允。货郎央了旁边一个卖菱角的小贩帮他照看生意,转身就往家中跑去。

就在这时,蒋得和一名衙役从人流中钻出,急匆匆行来,边走边伸着脖子四处张望,见到俞一应几位,跑过来问道:"大人们可有见到欧阳一敬吗?"

晋笙道:"他不是在狄公祠吗?"

蒋得道:"你们离开以后,年大人狠狠骂了欧阳一敬一顿,命我二人将其捆回县衙。但大家都是同僚,怎好真的拉下脸动手?我们便一左一右架着他走,不料他趁着街上人多拥挤,猛地一下挣脱,兔子一样窜得没了影,这可如何向大人交代?唉,这小子可害死人了!"

今晚听到的尽是欧阳一敬捣乱的事,俞一应不禁问道:"这是个什么样的人?"

蒋得道:"嗐,一言难尽啊!他是刑房书吏,去年八月才入职县衙,刚来第一天就和乾祥吵了一架,脾气冲得没法说。从来没见过他那样的人,脑子里只种着一根筋,他想到的事无论如何都要干下去,完全不计后果,也不顾忌旁人,一百头牛也拉不回来。给他说好话也不听,嘴里还一套一套的歪理,他跟好多人都合不来。"

萧苇骂道:"这样的恶徒还不快撵了出去,留着做什么?"

蒋得苦笑着摇了摇头。晋笙在一旁道:"他倒不是坏人。"

当下蒋得别过几人,沿着长街继续找下去。众人又待了一会儿也不见那货郎来，方如许道："不敢久耽大家，各位请便，我一个人留在这里等候。"

晋笙掏出一锭银子放在小贩手中，让他交给货郎结账。几把扇子不过数十文钱，一锭银子绰绰有余，小贩托着沉甸甸的银锭生是不敢相信，咬了咬舌头，明白不是在做梦，才把银子妥妥揣入怀里。

四人过市穿巷向南而行，来到一片明滟滟的大湖前。相传当年唐初大才子王勃坐船路过彭泽时，正逢落魄失意的低谷，兼之羁旅困顿，一病不起，孤舟泊在此湖中，任由风吹浪打。这一日傍晚，船舱中忽然现出一位仙娥，妙相庄严，馨芳绕体。王勃强撑着病躯起身，对她诉说自己壮志凌云却又怀才不遇的苦闷。仙娥听罢道，世人哪个不是饱受风霜、遭遇坎坷？冯唐垂垂老矣才被朝廷起用，李广武勇一生百战匈奴，直至白首仍是未享爵，每个人的际遇不同、时运各异，命途的达逆远非个人所能左右，唯有见机顺命才是可取之道，你这么消沉下去又于事何补呢？纵然这一辈子功名不成、穷老终已，只要志向如青云一般永不坠落，人生便无憾无悔。王勃幡然省悟，心中的悒郁顿时消散。仙娥又道，不久之后的重阳佳节，洪州府赣江边上的滕王阁即将重建落成，都督阎伯屿大宴宾客，你何不去大显身手一番？彼时高朋满座，以你的文采定能一鸣惊人。王勃追问她为何能知道数日后的事，那仙娥再不答话，走去船头纵身一跃，盈盈身姿幻作了漫天彩霞，只留下无尽的芳香在湖面飘绕。原来，这位仙娥乃是圣母元君座下弟子九天玄女，她见王勃仕途蹉跌，满腹的诗文无处施展，起了惜才之心，下凡来为他指点迷津。王勃望着天外云霞心神激荡，身上的病痛霍然而愈。重阳当日，他在滕王阁诗宴上铺瀚摘藻，写下了传颂千古的名篇《滕王阁序》，其中"落霞与孤鹜齐飞，秋水共长天一色"的佳句，就是由湖中奇遇引发的灵感。此湖也因之名为"芳湖"。

晋笙在埠头雇了一艘小画舫，四个人上船到舱中坐了，艄公在船尾摇橹驱舟，伴着咿咿呀呀的声音，画舫漾开柔波向湖中驶去。

俞一应观望四周，无边无际的湖面上泊着无数舟船艇舸，桅灯灿亮，渔火闪烁，千千万万，点点盏盏，耀得水面金光滢滢，脚下的灯湖与头顶的星河交相辉映，直至水天相接的无穷远处。今晚在狄公祠中目睹了乾祥的死状，他浑然没了过节的兴致，此时置身于欢湖乐水之中，凉风送爽，说不出的舒畅惬意，心头的烦恼一扫而光。

画舫驶出不远，前方一座七孔桥下停着一座高大的游船，敞阔的船头搭着一个戏台，一位女伶站在上面唱《琵琶记》，四下里几十艘舟船载满了游客看戏。他们也把画舫泊在近前，戏文正唱到蔡伯喈赴京赶考高中状元，做了牛丞相的乘龙快婿，蔡妻赵五娘背着琵琶，一路上弹唱乞食，去往京城寻夫。

但见这女伶左手搭成兰指，微绽绛唇，薄露贝齿，自喉中飘出一丝幽咽之音，好似百丈冰峰上滚下来一滴小水珠蹦跃向前，划过冰冻的河面。冰河慢慢消融，水珠飞滴溅玉，越滚越大，跃为溪流，飞湍煎盐，迅濑叠雪，涨成了一条哗哗流淌的大河。一旁的乐人早把羯鼓敲得促如急雨，间伴以弦声冷涩凄绝，河水汇成江流，沓浪竞奔，层波争涌，顷刻间已是鲸涛澎湃，巨浪一个又一个打过来。自鼓弦声底钻出来几响清笛，江水流到一处开阔之地，水势渐缓，澹澹荡荡的江面上浮着无数的漩涡，鼓弦渐歇，一朵浪花落在江滩边碎掉，津滴渗入礁石中，清悠的笛声徐飘徐远，再也听不到了。

一曲终了，女伶自到尽情处，云袖舞得翩飞，纤指做抱月式，划过半个圆弧翻在乌鬓之上，明眸扫过台下，戚容而立，把一众游客看得神越魂飞、如痴如醉，连喝彩都忘了。不想女伶的左袖倏的一下滑落肩头，露出白莹莹的一条玉臂，游客们正自愕异之际，只听"扑通"一声，一个人一头栽进湖中，在水中扑腾，大呼救命。

落水的竟是萧苇。适才他为了看得真切，大半个身子探出舷窗，双手扳住窗沿。见到女伶露出玉臂，他犯了痴症，隔空要去摸人家，双手放开了窗沿，于是跌入湖中。几百名游客一齐放声大笑，湖面一片哗然。

艄公是个五十多岁的老汉，戏谑道："吓了人一跳，我还当钓上来的王八又下水逃生了。"说着拉了萧苇爬上船来。萧苇全身湿透，颏下的山羊胡子被水拧成一束，湿答答地甩来甩去，刚买的檀香扇漂在水面上，斯文丢得一干二净。

女伶掩袖胡卢退了下去。一个童子站在划子上荡了过来，倒捧着一面铜锣道："打扰则个，赵五娘要去京城寻蔡伯喈，望大爷们施舍几文做盘缠。"

晋笙晓得是在讨要戏文钱，掏出四个铜板丢了上去，划子又荡到一边去了。

晋笙道："我送萧大人回去。"

萧苇道："用不着，大爷我……阿嚏……从小在江水里泡大的，这点事……阿嚏……算什么？"话没说完，一阵湖风吹来，他酒后落水，身子尽湿，冻得在船头抱肘缩肩地跳脚。

俞一应道："萧大人喝酒真是海量，县衙里还剩一坛烈酒，你若回去喝他个干净，定让人佩服之至。"

萧苇身子抖个不停，实难再撑下去，却还不示弱地道："别说一坛，就算再来两坛……阿嚏……都不在话下。我这就回去清坛，这湖水一点也不……阿嚏……冷。"晋笙招来一只小舟，扶着萧苇过去，又掏出银两给艄公，预付船资，和俞、鱼二人告辞而去。鱼跃海看着俞一应颔首而笑，俞一应对视回笑。

此时，台戏已唱到赵五娘和蔡伯喈相认的一出，扮蔡伯喈的男优唱了一曲，正待女伶上场，就听七孔桥上有人大喊："哎哟，你干啥子，这是谁啊？"只见看戏的人群往两边跌开去，一个少年跳了出来，左右四顾一下。接着又有人喊："别跑，你往哪里跑？快抓住他！"蒋得和另一名衙役自人群中跟着钻了出来，分抄他两侧。那少年背靠桥栏惕然盯着二人。

蒋得摊开双手走向那少年，笑道："欧阳一敬，你这是做什么？你要去哪里告诉我嘛，我又不会拦着你，你跑什么呢？没来由叫哥哥担心。"

那少年欧阳一敬道："我刚才对你说过的，你明明不许我去，为何现下又同意了？"

蒋得道："大街上吵吵嚷嚷的，哪里听得清楚？咱们一起去，我陪着你。到时候有了结果，功劳簿上可得有我一份哦。"

欧阳一敬道:"那就辛苦蒋大哥啦!"言语间放下了戒备。

蒋得又道:"那东西究竟抵多大用?可不要白跑一趟,给我瞧瞧。"说罢伸出手来。欧阳一敬从怀中掏出一物,毫不犹豫地交在他手中,蒋得顺手接过,另一只手却猛地一抖,只听哗啦啦连声响,一条铁链自他腰间飞出来,蟒蛇一般缠上欧阳一敬的脖子。

欧阳一敬一怔,道:"这是干什么?"

蒋得道:"跟我回去,今晚叫你在牢里过节。"

欧阳一敬大怒,喝道:"你怎么骗人?"

蒋得轻蔑地笑道:"就骗你这傻小子,谁跟你黑灯瞎火地乱跑,蒋大爷可没那个闲工夫。"

话音未落,欧阳一敬大喝一声冲了上来。蒋得手臂一扬,把那物事抛给边上的衙役。欧阳一敬掉头冲其而去,蒋得在后面一拖铁链,欧阳一敬刚抓到那衙役,喉咙突然一紧,似被一双大手勒住,前进不得。那衙役拧腰转身挣扎,欧阳一敬憋得满脸赤红,瞋目决眦,死死抓着对方不松手。蒋得抽出一把铁尺,照着欧阳一敬脊背就打,想迫使他放手。欧阳一敬给打得痛贯心膂,反倒激起了天性中的倔强之气,哪怕被打死,也要把东西抢回来。有围观的游人不由议论,这少年长得一表人才,可惜去做贼,偷了人家的宝贝,现下被逮到,讨来一顿好打。

那衙役见势不妙,把那物事又扔回给蒋得。欧阳一敬返身来夺,蒋得撒开铁链,直把铁尺舞得虎虎生风,不让欧阳一敬近身。欧阳一敬毫不畏惧地冲上去,蒋得发了狠,拿铁尺照头劈下,心想我不信你不疼。欧阳一敬抬臂格去,只听一声闷响,蒋得手掌被震得生疼,铁尺握持不住,脱手倒飞了出去。欧阳一敬却似钢筋铁臂一般浑若无事,猛身扑来,蒋得一扬手,把那物事往桥外丢了出去,欧阳一敬不及多想,跨上桥栏纵身跳下。旁边有游人不由叹惜,真是人为财死,鸟为食亡,这少年吝财至极,这一跳可是凶多吉少了。蒋得扑到桥边俯身望向桥下,暗想为了这么个东西连命都不顾了,这小子真是倔得不可理喻。这七孔桥高约两丈,桥下泊满舟船,掉下去哪里还有命在?

  见此情景,桥上船头几百号游客个个屏息不语,戏台上的乐人都不约而同停下吹奏,满湖男女游客都目不转睛看着这一幕,湖面上鸦雀无声。只见欧阳一敬抓到那东西塞回怀中,身子如大鸟一般飞在了明月夜空中。恰在此时,那艘唱戏的游船桅杆上一面彩旗被风扯得笔直,说时迟那时快,欧阳一敬凌空飞近,疾伸手抓住旗角,彩旗"哧"的一声裂成两片,他身子在空中荡了个圈子,下坠之势立减,轻轻巧巧地落在了船头的戏台上。几个老人不由发出"哇""哎呀"的感叹声。

  艄公奇道:"天降了个雄赵五娘,没记得《琵琶记》中有这一出啊!"

  台上的乐人喝道:"你是哪来的?捣什么乱,还不快下去!"

  蒋得已在桥上喊道:"快抓住他!他是逃犯!"

  游船上骚乱起来。欧阳一敬跳到甲板上,一个莽汉张着双臂扑了过来,欧阳一敬把手中的断旗向他抛去,身子闪在一边。那莽汉头盖着旗布,来势劲急,奔出船边落入水中。欧阳一敬担心他不会水,抓起一根船桨抛在水中,让其攀浮。没走几步,迎面是个黄发矮子，持着一根长长的鼓槌堵住去路。欧阳一敬飞步登上一面大鼓，那矮子不到大鼓一半高，拿着鼓槌跳起来还是打不到欧阳一敬，他取来两个竹凳，摞起来爬上去，欧阳一敬早已在十多米之外的一只花船上了。矮子气得哇哇大叫，矬手矬脚地溜下去，又奔花船而去。游客们看得津津有味，嘻嘻笑了起来。

湖上的舟船连片而泊，欧阳一敬身手矫捷，不停地在各船之间蹦跃，把追赶的几个乐人甩在身后。蒋得带着几名闲汉摇了三条小船紧追而来，喊道："欧阳兄弟，你听我说嘛，哥哥跟你开个玩笑，你怎么耍孩子气呢？"语气跟适才哄骗欧阳一敬时一样和善。

欧阳一敬斥道："少来骗人，刚才就上了你的当，再也不相信你的话了！"他质性淳朴，长这么大从来没说过假话，对撒谎骗人的人最是厌恶。

游客们纷纷命船夫将游船划开，免得惹事上身，湖面上登时空出一大片地方来，只剩下欧阳一敬站在一只划子上。俞一应所乘画舫与其相距尚远，自和鱼跃海站在舫尾远眺湖面的动静。

蒋得指挥船只把欧阳一敬围在当中，见他已无路可逃，恶声骂道："小兔崽子，看你往哪里跑！真是敬酒不吃吃罚酒，你乖乖过来给我磕三个响头，大爷我就饶了你，否则的话，叫你吃三个月的牢饭。"

欧阳一敬道："要我向你投降下跪，休想！"

蒋得恼羞成怒，抄起一根长篙往欧阳一敬当胸捅去。欧阳一敬避也不避，只手攥定篙尖回臂一抽，蒋得只觉得双掌生疼，长篙已被欧阳一敬夺了过去。蒋得慌忙退到船尾，招呼另外两只船掩过来保护自己。欧阳一敬持篙四望，见到东北方几丈开外有一艘画舫，蒋得的坐船正隔在当间，阻住了去路。

蒋得用桨敲着船帮道："兄弟啊，你看你今晚弄的这一出，赶紧跟我回去吧，我替你向年大人求情也就没事了，你再这么闹下去，大人怪罪下来，你小子担待不起。我真是为你着想啊！"他没想到眼前这个总爱抱着书看的小后生一出手就挫败了自己，不敢再贸然进击，又拿软话诱骗。

欧阳一敬不理睬他，一把将篙尖撑在蒋得的船头。这篙长约两丈，乃深山毛竹所制，极富韧性。他用力一扳篙头，长篙如弓一般咯吱吱弯了下来，"噌"的一声又复挺直，他身子借势而起，越过蒋得头顶弹射出去。

俞一应正和鱼跃海站着叙话，夜空中欧阳一敬从天而降，不偏不倚落在舫头，舫尾随之一翘，又沉了下去，画舫在水中起伏不定。二人还没回过神来，就见舱口垂帘掀动，欧阳一敬已钻过船舱来到舫尾，一把推开艄公，抢过橹柄用力摇起来。

艄公叫道："你怎么抢我的船呀！救命啊，来人哪，有强盗！"

俞一应对欧阳一敬道："你要做什么？"

今日在县衙迎客时，欧阳一敬见过俞一应和鱼跃海，没想到他二人居然在船上，不由大为惊诧，忙道："我发现一条重要的线索，现下要去追查，来不及送你们上岸，委屈二位大人陪我一程，还请见谅！"说着不待俞、鱼二人同意，就摇着画舫调了个头，朝湖水深处驶去。

俞一应已闻知欧阳一敬的作风，却没想到他竟敢强挟自己和鱼跃海去往一个未知的地方，不由啼笑皆非。一个正五品的高官，从没遇到过这样的事，若是换了别人，定然大发雷霆，治了欧阳一敬的罪。然而俞一应为官二十载，性情早已历练得谦冲克让、豁达自如，当下也不动气，问道："你找到了什么重要的线索？"

蒋得满拟能将欧阳一敬抓回去，不想瓮中之鳖竟从自己头顶上飞走，立时气急败坏地喝令手下掉头紧追。他立在船头高声喊道："欧阳兄弟，我是跟你闹着玩的，哥哥哪舍得把你关进牢里，千万别当真啊！你要是回来，哥哥给你磕头，好酒好肉招待你，听我一句劝嘛！"他一面拿话麻痹欧阳一敬，一面小声催促船夫加力划桨，一定要追到画舫。那船夫使臂如轮，一桨快过一桨，紧跟在画舫后面。蒋得又喊道："你回来吧，哥哥出钱找个小娟妹给你泄泄火，瞧你这生钢硬铁的。"

欧阳一敬跳起身来冲着后船骂道："真是不知廉耻！你自去淫乐吧，少来侮辱我。"说着除下缠在脖子上的铁链，挥手甩了过去，不偏不倚正好缠住了蒋得的双脚，可谓物归原主。蒋得站立不稳，跌入湖中。船夫忙停下划桨，去救蒋得。欧阳一敬回身加力摇橹。船家有云，三桨不如一橹，画舫越驶越快，将叫嚷声、嘶喊声远远抛在了后面。时辰已过午夜，皎月高悬，湖水如镜，孤舫伴着哗哗的水声凌波而行，舫尾拖出两道长长的浪花，复又碎在湖中。

俞一应摇头轻笑道："莫听湖波卷浪声，何妨戴月且徐行，请坐。"伸手一指船舱，和鱼跃海进舱坐了，又招呼欧阳一敬道："你也进来坐吧。"

欧阳一敬把橹柄交给艄公，掏出十文钱给他，道："有劳大叔一直向东去，到岸边的象鼻峰就是了。"艄公今晚得了不小的赚头，心情大悦，回望一眼挂在船尾的明月，辨明了方位，开始摇橹。

欧阳一敬进舱拣了一角正襟而坐，一道明净的波光映在他脸上，俞、鱼二人才看得清楚，原来是个眉宇峥峥、气势虎虎的少年，双眸精耀，透出些许稚气，鼻峰云亭，带有几分英伟。

俞一应道："可不可以把你的东西让我看看啊？"

欧阳一敬掏出那物事刚要递出，又缩回手道："你看它做什么？"

俞一应见他一脸犹豫之色，道："你放心，我不会抢走你的东西，咱们现下同坐一条船，我能去哪里啊？"

鱼跃海笑道："你今晚劫了我们，我们没有责怪你，你反来戒备我们？"

欧阳一敬心生愧意，把东西放在俞一应手中，是一把锁子，锁孔里插着一把钥匙。欧阳一敬道："这把锁子挂在狄公祠大门上，钥匙是我从乾祥怀中搜到的，就足以断定这是乾祥锁祠堂用的。"

俞一应回想之前进入祠堂时，两扇祠门一开一闭，年唯日侧身延客，挡住了门板，是以未曾留意到门锁，问道："那又怎样？"

欧阳一敬道："我小时候常去狄公祠玩耍，那里无人看守，从来也没上过锁，乾祥把门锁起来必定有原因。"俞一应看到锁背阴刻着"三斤"两个字，只听欧阳一敬又道："彭泽有个锁匠叫陈三斤，我在他手里买过锁子，但凡经他打造的锁，背面都有这两个字。他就住在湖东头的峰上，找到他打问一下，定能查到一些蛛丝马迹。"

鱼跃海道："你要去查案可以对蒋得明说嘛，何必如此大动干戈呢？"

欧阳一敬道："我在长街上对他说了，他不让我去，要把我押回县衙。破案是十万火急的事，一刻都迟不得，要是把我关上三天，凶手早就不知跑到哪里了！"

鱼跃海道："所以你就不管不顾地大闹了一场？"

欧阳一敬道："说来更是气人。我是刑房书吏，破案缉凶本就是我的职分，狄公他老人家在我心中尊然若神，狄公祠出了命案，我当然义不容辞。年大人却不带我，衙役们来吏舍中取沙盘，我才知道乾祥出了事，就随着他们一同前去。当时鱼县丞正在享堂里检验乾祥的尸体，我要帮他，他硬是不让，我无意中从乾祥怀里发现了钥匙，他扑上来就抢，我和他推搡时不小心扭伤了他的手腕，现在想来莽撞了点儿。"

俞一应听过他和乾祥的争吵，知道他是个眼里没有官位大小，只认是非对错的人，把锁子和钥匙还给他道："若乾祥就只为看护祠堂才把门锁起来呢？"

欧阳一敬道："他那人大大咧咧的，做事情一向粗枝大叶，自己的廨舍从来都不锁，怎么会去锁一座废旧的祠堂？他这么做大不寻常。"

俞一应道："乾祥为人如何？"

欧阳一敬道："人品不正，平日里总喜欢吃酒作乐，好说大话，眼中只有钱财和女色，媚上欺下，为了上官一句话而做昧良心的事。哼,我看不起他。"

见他言语间颇为鄙薄,俞一应暗道,这少年天性刚正,肯定和乾祥那种人合不来,于是问道:"所以你们时有冲突?"

欧阳一敬道:"没错,去年八月十六,我入衙的第一天,正在吏舍中看书时衙役水宽匆匆跑来院中,大喊乾祥的名字,说在河里发现一具女尸。我出门看时,乾祥脸色煞白,指着水宽喝道:'小声点,谁让你这么大嗓门的!'我是刑房书吏,出了命案,当然要去现场,哪知乾祥却不许我去。我跟他理论,他对我发起火来,要我滚出县衙少管闲事,他越说火气越大,好像疯了似的,后来大家把我俩拉开了。到次日下午,我又见到乾祥,他像换了个人似的,笑着告诉我,有个少女投水自尽了,一桩小事,要我别在意。他还命我不要把这事写在卷宗里,说改天请我喝酒。"

俞一应瞄了鱼跃海一眼,道:"不知那少女姓甚名谁?"鱼跃海暗道,这话似是冲着我来的。

欧阳一敬道:"他说没有打听到少女的名字。几天后的一个傍晚,我去观音寺把庙祝借我的一本《礼记正义》还回去时,庙祝告诉我,之前有一位老婆婆神情焦急地跪在大殿观音像前祷告,说她的一位亲人不见了,寻遍彭泽也毫无踪迹。老婆婆一连磕了九九八十一个头,黝黑的额头渗出殷红的鲜血。在大殿的神案上,我看到她留下的签条上写着'祈愿梅萼安归'。老婆婆见不到亲人,尚且这般忧心,那投水少女永绝于世,她的家人日后得知又该多么难过?回衙后,我取来卷宗把案子录了进去。今晚我和乾祥争吵,无意中想起一年前见到的这个名字,说出来问他一问。"

鱼跃海道："你可知老婆婆家住何处？"

欧阳一敬道："不知道，我后来再没见过她。"

鱼跃海听后凝思不语，俞一应道："老婆婆要找的梅萼跟鱼大人要找的梅萼，不会是同一个人吧？"

鱼跃海犹豫了一下，对欧阳一敬略述了自己此行的目的，反问道："你以为呢？"

欧阳一敬道："这可就难说了，天下同姓同名的人多的是。"

鱼跃海道："天下之大无奇不有，彭泽却是个小县，能有多少人重名重姓呢？"

欧阳一敬道："这倒没错，倘若彼梅萼真就是梅画师的话，修图之事就不好办了。"

俞一应笑道："友人一言相托，鱼大人就远赴彭泽倾力相助，此交谊之深厚不输管鲍。"

鱼跃海道："大人取笑了，朋友开口，我不好推脱，谁都会有求人帮忙的时候。"

俞一应道："那位女画师真的叫梅萼吗？毕竟她只是虚指一下，以画景寓芳名，倘若会错了意，误把冯京当马凉，可就天差地远了。"

鱼跃海道："离京之前，我特向绣庄掌柜的求证此事，他将锦图的来历细细道明，确定无误后我才动身赶来。"

俞一应欲知鱼跃海那位朋友的根底，想让他详述原委，便道："这锦图是贵友家藏，必然牵扯其私密家事，不可轻易对人言说。"

欧阳一敬少年性急，忙道："鱼大人把无关隐私的事情讲一讲，我好看看梅画师到底是不是老婆婆要找的人。"

鱼跃海心想，我把那人的大名隐而不提，外人就听不出来，于是道："讲出来也无妨，还请俞大人和欧阳小哥帮我指点一二。那家绣庄的掌柜姓韩，单名一个诣字。去年那天晚上，那位少女画师指图作谜，韩掌柜猜不出，她便笑着说了自己的名字，梅萼。"

欧阳一敬问道："梅姑娘有没有说她住在哪处村落？"

鱼跃海道："韩掌柜说，梅姑娘去年那次到京城是来看病的，只自述是彭泽人氏，并未细说住址。她和韩掌柜约定四月再来北京见面，但是自那次别后就再无音讯了。"

欧阳一敬道："是梅姑娘生了病，故而去京城求医？"

鱼跃海道："不是，是另一个人生病，她带了那人从彭泽一路求医到京城。"

欧阳一敬道："由赣至京何止千里，她一个弱女子带着个病人，真不容易啊！"

鱼跃海道："她是一位情深意重的好姑娘。"说着转头望向淼淼湖水，娓娓道来。

第四回
忍辱求医

"绣庄的韩掌柜早年经商奔波在外时伤了身子,落下个腰疼的毛病,去年翻过年,清明过后没几天腰又犯了病,疼痛难忍,想是天气寒冷所致。那天一大早,韩掌柜挣扎着起来,雇了辆大车去找陈可善。姓陈的那人是太医院辖下惠民药局的一个吏目,他本人不懂医术,却跟太医院的许多医士有交情,得了不少大内秘方,私下里开了一家医馆,配制许多丸散膏丹挣钱,治疗腰疼腿痛之类的陈年痼疾很是灵验。韩掌柜去向他买几服救急。陈可善为人贪卑下流,跟他打交道要格外当心,韩掌柜除医金外,又备了十尺吴绫作为额外的馈赠。到了医馆一瞧,屋里没人,陈可善也不在。大雪从昨夜一直下到今晨,丝毫没有停的迹象,幸好屋中炉子烧得正旺,才得以驱寒。看样子屋内刚才有人,这会儿出去了,韩掌柜便躺在一边的炕上等候。

"他脑袋刚挨着枕头,就听门外响起一个甜润的声音:'应该就是这里。'说话间,门上挂的棉帘子一动,寒风卷着十几颗雪粒子扑进屋来,四散飞舞,一个人探了下脑袋,回头道:'里面没人,你先进去,我在外面等。'外面没人说话。那人又道:'天这么冷,你快进去烤火,我在外边迎着大夫。'韩掌柜对我说,那天清晨北风咆哮,刮在脸上像刀割一样,要是站在冰天雪地里等人,肯定会被冻僵的。只听外面一个愣倔倔的声音道:'怎么我一个进去,为什么不一块儿进去?'先头那人道:'咱们来看病,应当在外面迎候大夫,这是礼数,否则就怠慢了人家。'后面那人道:'这话倒说得好,我坐在屋里烤火,你却站在风雪里挨冻,我能舍得吗?还不如不看了!'先头那人有点不乐意了,道:'你又跟我使性子,咱们到京城好多天了,连太医院的门也没摸到,今天在东江米巷好不容易碰到了好人愿意帮咱们,叫咱们先来这里等,他随后就到,你却又不看大夫了,叫我怎生是好?'又和言劝道:'快进去嘛,我在外面活动活动身子,不冷的。听我的话,乖——'后面那人不再说话,也没进来。先头那人服了软,道:'好,我拗不过你,咱们一块进去。'厚厚的棉帘被掀得老高,一个仪容秀美的少年扶着一个人走了进来,让他坐在椅子上。这秀美少年只穿了件棉袄,再没有保暖的护具,一张小脸冻得发青。另外那人比少年高出许多,浑身上下裹得严实,头戴一顶大皮帽子,脖子上围着护颈,眼睛上缠着一圈白布,刚坐下便扯着脖领子道:'好热啊。'那秀美少年摘下他的帽子和围巾,拿去屋外抖干净积雪,不使室内生污,而后又拿出一方锦帕小心拭去他脸上和肩头的雪粒。韩掌柜躺着没作声,中间又隔着桌案等器物,是以二人没有发觉他。

"那人道:'你不热吗?'秀美少年嗯了一声。韩掌柜心想,他只套了件薄袄,这么冷的天,不冻坏就算好了,哪像你穿得这般厚实?那秀美少年从那人脸上解下白布,道:'松一松吧,老这么捂着也难受。'韩掌柜这才看到,那人面容白净,是个书生,一双眼睛如同两颗熟桃一般高高肿起,眼皮被撑得稀薄发亮,皮下的血丝清晰可见,眼眶被挤得只剩一条细缝。韩掌柜心里"哎哟"一声,暗道这人怎么成了这个样子?书生左腿上有一处污泥,那少年蹲在他身前,问道:'还疼不?'书生道:'疼呢。'少年道:'我给你揉揉。'一边用手指轻揉,一边怜惜地道:'你往后遇到事情再别犯急了,眼睛看不见就不要拉我,也就不会摔下去了。'书生道:'巷口的石阶那么高,我不拉你,你摔下去怎么得了?'少年道:'我眼睛看得见,摔一跤不碍事。你为了拉我,自己摔了下去,又是何苦呢?若是磕到眼睛,岂不是雪上加霜?'那书生出了力没落到好,登时气呼呼地道:'我摔我的,与你何干?'少年不再说话,抬头看着他的眼睛。屋里蓦然静了下来,一丝淡淡的清香飘在屋中。半响少年才道:'我没有怪你的意思,我是说这半年来咱们跑了那么多冤枉路,让你挨苦遭罪。老天保佑,今天可得治好你,不再受这恶疾的折磨。'书生语气也软下来,道:'你尽着对我好,我哪里受苦了?反而你为我日夜劳累,定是憔悴了不少吧?让我看看。'说着伸手去摸少年的脸。少年害了羞,身子一缩,握住他双手道:'这是人家的地方。'又柔声道:'这一路伴着你,苦也是甜。'书生:'我爹娘走得早,我一个人孤单单在世上,只有你疼我爱我,贴了命地对我好,可我偏生是个没出息的人,除了读书,连一粒稻子都不会种……'少年打断他道：'不许这么说，男儿家再怎么着也不能低看了自己。古往今来，哪一个大人物不是从书本中立身的？一个人有志向学就是最大的出息。等治好了眼睛，来日蟾宫折桂，让天下人都知道你的本事，这就是我最想看到的。'那书生重重地点了点头。"

欧阳一敬平日里嗜爱读书，心底也有求取功名之想，这番话说得他心生共鸣，胸膛中不由得激起一股书生意气，发奋读书的意志自此更为坚定。

俞一应道："我怎么觉得那少年有点古怪，他的举止似乎……更像是位女子。"

鱼跃海道："那秀美少年正是梅萼姑娘。这一点韩掌柜一开始并没有看出来，大人明见。"

欧阳一敬道："梅姑娘为何要女扮男装呢？"

俞一应道："这不难想到，她一个弱女子带着个罹患眼疾之人四处求医，途中难免有诸般不便，扮作男子就省事多了。"

鱼跃海道："正是这话，梅姑娘和那书生明睿是一对情侣，她扮作男子为的是无微不至地照顾他。"又接着讲下去。

"明睿问：'你说我的眼睛能治好吗？'梅姑娘道：'怎么治不好？京城的大夫医术何等高明，常日里都是给达官贵人瞧病的，什么病症没见过？你这点小恙在他们手下还不是药到病除？你现下就想着复明以后怎么把落下的课业补上吧。'梅姑娘说这话时声音发软，韩掌柜听出她是在安慰明睿，治不治得好，其实她心里也没底。梅姑娘拿起白布'哧'的一声撕作两半，往明睿的双耳中塞去。明睿抬手一挡，问道：'你做什么？'梅姑娘道：'把耳朵塞起来。'明睿道：'这是哪门子道理，给眼睛瞧病要把耳朵塞起来？'梅姑娘看似有事瞒着他，支吾道：'嗯……大夫就是这样叮嘱的，大概是……待会儿给你诊病时怕吵到你。'明睿道：'我眼睛看不见，你又把我耳朵塞起来，闷都要闷死了。'梅萼道：'你稍微忍耐一会儿，看完病马上就好。'明睿有点烦躁，问道：'大夫还要多久才到，那人是怎么对你讲的？'梅萼脸上现出一丝忧色，道：'就快到了，你只管等着便是。'明睿道：'要等到什么时候？换个大夫给我治不成吗？'梅姑娘道：'明弟，咱们头一回到京城来，一根草都不认识，能请到大夫已是万幸了，去哪里再换一个呢？颠簸了大半年，怎么临到跟前你却忍不了了呢？你一定要耐住性子，要听我的话，待会儿大夫来了，万不可任性撒气，否则我就白受这一回了。'韩掌柜心想，这书生真不懂事，多少危病之人来京城求医，无不是四处碰壁、走投无路，他以为自个儿是皇亲国戚，想让哪个大夫看就让哪个大夫看？这少年年纪较轻，处事可成熟多了。这番话语重心长，说得明睿平静下来，不再躁动，梅姑娘遂把布条塞进他左右耳中。韩掌柜看到这里，以为是陈可善要她这么干的，陈氏人品不佳，韩掌柜以为他诓了这二人来此。韩掌柜为人古道热肠，自己身患腰疾，很能体会到求医的难处，不忍他们上当，便要起身告知实情。

"这时，就听外面脚步连声响，一个人跳进屋里来，连连搓手叫道：'我的亲娘啊，这天冷的，都冻出屁来了！'来人正是陈可善，梅姑娘忙不迭行了一礼。陈可善指着明睿道：'他就是你那个瞎子情郎？'梅姑娘道：'正是，明弟他去年为了应试秋闱，昼夜苦读，考前突然就病倒……'陈可善打断她道：'这些就不说了，一会儿等大夫来了你再对他讲。'原来陈可善给他们请了一位大夫，并非骗他们，韩掌柜这才放下心来。刚要出声打招呼，就见陈可善瞅瞅明睿耳中的布条，问道："为何塞起来？"梅姑娘神色忸怩，道：'之前应了你的那……那事，我……我没让他知道，你也别告诉他。'明睿端坐在椅子上，全然听不到他们说话。陈可善登时露出色相，笑道：'他不知道更好，不过嘛，你答应给我做老婆是当真吧？'韩掌柜这才明白，梅姑娘是个娇滴滴的女儿身。梅姑娘羞得低下头，小声道：'刚才在东江米巷，您承诺给明弟请大夫医治，当大夫来时要我扮作您夫人，明弟扮作您的内弟，否则延医治病的事就不能成，因此我才应……应了您，当然是假的，不能作真。'陈可善涎脸笑道：'刚刚我可给你的情郎请了一位名医来瞧病，你光是名义上假扮一下怕还不够吧？'梅姑娘道：'我不是付过您五两银子的酬劳嘛。'京城中，纵然是太医院的院使亲自坐诊，诊金也不过一两银子，陈可善一抬手就收了梅姑娘五两银子，分明就是狮子大开口。梅姑娘又道：'多承大人恩惠，等治好明弟的眼睛，小女子这里另有两幅锦图相赠……'陈可善转身闩上门，两只眼珠子贼兮兮地把梅姑娘全身上下瞟了一遍，道：'我不图什么锦图，我就图你。'说着一步步逼近。梅姑娘又惊又怕，不住地往后退，道：'陈大人，您这是什么意思？'陈可善淫笑道：'大夫还没来，不如咱们先做一回真夫妻，你都答应了的。'说着突地抓住梅姑娘双臂，对她的脸就亲了下去……"

欧阳一敬瞪大双眼道："这姓陈的要干什么，他要强暴梅姑娘吗？"

鱼跃海续道："梅姑娘大惊失色，极力挣扎，左躲右闪，一边叫道：'您……别这样！只是名义上假扮，不算数的！你再这样我喊救命了！'陈可善凑近梅姑娘鼻尖，狞笑道：'他耳朵被你塞住听不到，你想得还挺周到！'梅姑娘叫道：'陈大人你是好人，你给我们请大夫治病是帮人忙的，怎么能这样？！快放手！'陈可善呼吸急促地道：'你还真说错了……嗯……老子是看上你才……哦……给他请大夫！'"

欧阳一敬胸中的无明业火腾地冒了出来，骂道："他竟敢强暴梅姑娘，他怎么能干这种事？真是无耻下流！"

鱼跃海道："陈可善对梅姑娘又啃又嘬，梅姑娘奋力将头躲向一边，粉颈被抓出一条条血痕。那姓陈的欲火更盛，将她双腕交在左手攥定，右手就去撕她袄襟。他压着梅姑娘靠在药橱前，药橱被撞得来回摇晃，咣当咣当响，梅姑娘尖叫道：'明弟，救我，救命啊——'可惜明睿仍是安坐在旁，完全不知道屋里生了变数。"

欧阳一敬霍地站起身子，急道："即便他耳朵被塞起来，难道一点声响都听不到吗？"

俞一应道："明睿被病痛淹缠日久，听觉难免较常人迟钝一些，这也是无可奈何的事。"

欧阳一敬急道："他呆呆地坐着干什么，站起来走动走动呀！"

鱼跃海道："你别着急，接着听我说。当时韩掌柜看到这里，再也躺不住了，撑起身子，用力咳嗽一声。陈可善和梅姑娘没料到炕上居然还有个人，都是一惊。陈可善认出了韩掌柜，对他轻松一笑，道：'原来你早到了，先躺下歇会儿，完了给你敷药。'要继续干那淫恶之事……"

欧阳一敬道："边上有人瞧着，他怎能接着干这种事？"

鱼跃海道："有的人不知道世上有'羞耻'二字。"

欧阳一敬道："他是朝廷的官员，怎么如此寡廉鲜耻？官场中竟然有这样的人！"

俞一应道："天地化育万物，这世上什么人都有。"

欧阳一敬激愤道："要是我在当场，一定要他好看，非狠狠治他一顿不可！"他气得鼻子直喷粗气，在船舱中不住地来回走动，踩得舱板咚咚直响。

鱼跃海继续道："梅姑娘对韩掌柜叫道：'救命啊，救我救我，求求你！'韩掌柜顾不得有求于陈可善，忙道：'陈大人你别这样，你这样可不好啊！'陈可善扭头骂道：'给老子闭嘴！'完全没把他放在眼里。这一来韩掌柜倒是老大难堪，道：'光天化日的，小心外头有人。'陈可善头也不回地道：'怎么着？你还想管闲事？正劳你帮我盯着外头。'说完继续肆行凌辱。梅姑娘头顶脚踢、膝撞肘击，拼死反抗，不让陈可善碰自己的身子，陈可善欲求不得恼羞交加，双手卡住她脖子，头埋在她胸口乱拱。梅姑娘拼命去掰他手指，陈可善手粗劲大，一个弱女子哪里掰得动？她被卡得不能呼吸，脸颊涨得紫红，不过须臾工夫，喘息渐渐变弱，手臂软了下来。"

欧阳一敬道:"怎样了,梅姑娘不会被他……"

鱼跃海续道:"明睿有一会儿没和梅姑娘说话,出声询问:'梅儿,你在哪里?到我这里来。'说着伸出左手四处摸索,梅姑娘伸出右手尽力去与他相触。二人手指刚一碰到,明睿紧紧握住她的手,梅姑娘想捏他的手指示警求救,怎奈气弱至极,纤纤玉手被他握在掌中,使不上丝毫力气。明睿道:'你的手好冰,我给你暖暖。'梅姑娘心知自己即刻命丧黄泉,任由陈可善在胸口蹂躏,转头凄然望着明睿,眼里含着无限柔情,一滴清泪自眼角流下。"

欧阳一敬紧咬嘴唇,一言不发地听着,神情极是悲切。

鱼跃海续道:"韩掌柜从炕上挣下来,撑着腰板挪到陈可善跟前,拽住他喝道:'你要把她掐死了,快放手啊!'陈可善一甩胳膊,韩掌柜站立不稳摔倒在地。就这么一松劲,梅姑娘稍得喘息,但陈可善又掐住她脖子,比之前更加用力。眼看梅姑娘就要断气,就听门板被人啪啪拍响,外面有个声音道:'陈可善,大清早的你请我吃闭门羹吗?'陈可善猛地惊觉,松开双手,梅姑娘瘫倒在地,右手从明睿掌中抽离。明睿道:'怎么了?'陈可善吐了口唾沫,悻悻地道:'呸,来的真是时候!'他对韩掌柜道:'你扶她起来。'韩掌柜从地上爬过去,扶了梅姑娘靠在自己肘弯查看她的情形,只见她双目瞠愕欲出,连咳带喘,既呛且呕,眼中布满血丝,涕泪、唾沫流得满身都是。"

欧阳一敬长舒一口气,叹道:"幸好没事。"随即又骂道:"真是丧尽天良的东西!"

鱼跃海道:"陈可善理了理衣衫上前开门,就见一个长着鹰钩鼻子的老头披着寒风迈步进来，韩掌柜认出此人是惠民药局的医士张苍耳。这张苍耳打量一圈屋里的情形，拍着肩头的落雪道：'这是在作法招魂吗？'陈可善赔笑道：'内子受了寒，刚才晕倒了，没听到您的脚步声，怠慢了，恕罪恕罪！'张苍耳也不客气，掇来椅子坐在火炉前，叉开了双腿烤火。韩掌柜和张苍耳见过一面，知道他医术精湛，对眼疾和腰病尤有独到之处，但此人性情乖戾，仗着一手妙手回春的本事，骂起人来毫不留情。他还有个怪癖——不给不认识的人看病，请他视疾只能由朋友引荐自己的朋友，若是陌生人贸然前去，必定被严词拒绝，因此有人背地里叫他'见死不救'。"

欧阳一敬道："这却是为何？但凡学医之人无不是心怀善念，他怎么如此冷血无情，难道陌生人的命就不是命吗？陈可善手辣，张苍耳心狠，怎的惠民药局里净是些虎狼之辈？！"

俞一应见他满口的孩子气，微微一笑。

鱼跃海道："我也觉得此人特立罕见，但韩掌柜对我讲了这么一件事。张苍耳初负青囊时，曾立志要倾尽所学全力救治每一位病人，他乐善好施，看病从来不计回报。在他三十七岁那年的一个春夜，他在回家路上见一人僵卧道旁，气若游丝，身上覆了一层白霜，看样子好多天没有人管，就毫不犹豫地将那人背回家，连夜为他询症号脉，抓来草药熬汤煎剂喂他服下。那人神志清醒后，说自己是个赶赴春闱的外地举子，来京后水土不服，又受了风寒，一病不起，身上的银两花得精光，被店家赶出了客栈，昏倒在街头。张苍耳捧饭奉浆、衣不解带地悉心照料他，二十多天后，那人渐渐恢复了生气，身体得以康复。临别之际他跪谢道，若非张苍耳搭救，自己早已客死异乡成了孤魂野鬼，他现在身无分文无法报答，发誓将来若能出人头地，定当结草衔环以报救命之恩。张苍耳不以为意，又感他苦心向学，反赠了他十两纹银作为回家的盘缠。此事过了就忘，转眼间又是十年，张苍耳的独生子在外地与人起了争端，被人绑了，张苍耳和夫人火速赶去解救，见到的却是爱子的尸体。原来对方是当地一位豪强之子，自恃财雄势大不把王法放在眼里，将张苍耳之子殴杀。张苍耳悲愤交加，将那恶少告到当地衙门，高坐堂上听理此案的知县，正是他当年救起的那个人。散堂后张苍耳在衙中求见那知县与其相认，并跪倒在地痛陈冤情，恳求对方为自己报仇雪恨。那知县主动提及往事，言道张苍耳的恩德自己至今铭记在心，一定为他严惩恶少，伸张正义。张苍耳犹如在黑夜中望见一盏明灯，心中大为宽慰，感叹世上还是好人多，当年做下了善事，现在终得回报，庆幸自己没有救错人，过去这么多年救死扶伤真是为所当为。

"次日知县升堂问案，谁知那恶少并手下一干仆佣众口一词，直指张苍耳之子是入户劫财妄图杀人，情急之下主家才奋起反抗围追堵截，其子乃畏罪自杀，己方并无过错。那知县立判恶少无罪，当堂释放其归去。张苍耳呆了半晌，才省悟到是恶少勾结那知县徇私枉法，反咬了一口，盛怒之下当众揭出救助知县的往事，大骂对方忘恩负义、狼心狗肺。那知县勃然大怒，判张苍耳咆哮公堂之罪，命衙役将他杖打三十大棍，丢弃街头，并将十两银子抛在他身上，说日后两不相欠。张苍耳被打得血肉模糊、气息奄奄，更甚于那知县当年病卧街头的惨状，亏得张夫人在身边悉心照料才捡回命来。孰料祸不单行，张苍耳伤势刚刚养好，张夫人又病倒了，她先遭受丧子之痛，后睹丈夫惨被辱打，加之日夜不眠照顾张苍耳，心力交瘁，身子终于垮了。张苍耳所受为皮外伤，休养之后并无大碍，张夫人却是揪心扒肝的巨创，滴水不进，没几日人就去了。张苍耳的处境可想而知，草草掩埋了妻儿，拖着残躯返回家中。历劫之后，他深感人心凉薄，自己并没什么大错大非，却为何受到这样的惩罚？苦思过往，想到唯一可能做错的事，就是在街头救了那个不相识的知县，才罹此丧妻亡子之祸。于是他立下重誓，今后无论坐堂问诊还是外出行医，绝不施手救治不认识的人，只接诊经由熟人引荐的病患。"

鱼跃海说完后良久不语，欧阳一敬一拳击在舱壁上，气道："岂有此理！人家救了他，他却恩将仇报，难道不记得自己当年发过的誓？"

艄公在船尾摇着橹道："同村的乡亲借了我二两银子，三日后再见已记不起来，更别说都过了十年，谁还记得那么远的事？"

欧阳一敬道："一个人只有一条命，救命之恩难道不该一辈子铭记吗？"

艄公笑道："那是书本上的道理，有几个人做得到？"

欧阳一敬道："那也不能反过来害自己的恩人！"

俞一应道："他早已不是当年的文弱书生了。"

欧阳一敬道："那又怎样？做了官也不能没有良心。"

俞一应知他年少识浅，不与细论，道："这么一来就明白了，陈可善和梅、明二人不期而遇，答应给他们帮忙，又深知张苍耳的怪癖，便要梅萼假扮他老婆，企图瞒过张苍耳，否则张苍耳绝对不会接诊素昧平生的明睿。"

鱼跃海道："说得没错，梅姑娘为了心爱之人，迫不得已才应允了陈可善，但仅仅是一时假扮而已，绝不是真要做他老婆。否则，梅姑娘如此端庄娴雅之人，怎会答应如此荒唐的要求？"

俞一应道："怎奈明睿性子暴躁，他若知道自己的爱人扮作他人老婆，绝对不会答应。梅姑娘为瞒住此情，才把他的耳朵塞起来，实在是用心良苦。"

欧阳一敬道："梅姑娘以为遇到了好心人，没想到姓陈的是一头披着人皮的畜生，真是世道险恶。还好张大夫来得及时，姓陈的没有得逞。"

鱼跃海续道："这边厢梅姑娘喘息略平、心绪稍宁，面对眼前情形，觉得还是以治病为重，遂把屈辱强咽下去，对刚才的事绝口不提，在韩掌柜的搀扶下勉强站了起来。张苍耳呷了口陈可善泡的茶，悠然问道：'是哪一位身子不舒服啊？'陈可善一指明睿道：'这是内弟，他得了眼疾，双目失明，麻烦您老给瞧瞧。'张苍耳打量了一下明睿，道：'啧啧啧，这一对招子，活似法海寺山门前的那尊怒目金刚。'又问道：'病由是什么来路？'梅姑娘理了理凌乱的鬓发，道：'去年九月间，我……弟弟他日夜刻苦攻读，突然就病倒了，唇焦嘴裂，身子像火一般烫，请郎中开了方子，吃了几服药烧便退了，没想到眼睛成了这样。'说着拉过明睿的手摊在桌上。张苍耳伸指搭上他右手腕，审视他双眼，之后又

83

换切左脉，问道：'一点东西都看不到吗？'梅姑娘道：'起初还能略微见到光影，现在……'她叹口气，说不下去了。诊了半响，张苍耳收手执笔在纸上疾写，梅姑娘小心翼翼地问道：'复明该没大碍吧？'张苍耳道：'想得倒轻巧，耽搁了将近半年，病势行深，怎能没有大碍？'梅姑娘抖着嘴唇，泪花已涌在睫畔。张苍耳写好两张药方，交给她道：'令弟的病是急火攻心的由头，心火没祛干净，移到了眼睛上。我给他开了安神散毒的药，第一个方子七服，每天一服，都是煎服；第二方也是七服，每一服用水煮开，三沸之后将水沥干，用白纱裹了药渣敷在患处，七日后再来找我。'梅姑娘把方子捏在手中，脸上仍是一副失意的表情。张苍耳又道：'眼部的病不是一朝一夕就能治好的，七日后我看他的病情再开药方，如此反复七次，七七四十九天之后应该就能看见了。'梅姑娘两道泪水滚到腮边，泣道：'这一路来不知道看了多少位大夫，今日在先生手里有望重见光明，真是老天爷有眼，小女子感激不尽！'说完对张苍耳深深道了个万福。

"张苍耳端起茶碗喝了一口，跷着二郎腿道：'你们都看过哪些大夫？'梅姑娘道：'走方的游医、坐馆的郎中都看过，求问过的神婆巫汉数都数不过来，寺庵的山门不记得进过多少回，每一次都让人的心一凉再凉。'说着忍不住又流下泪来。张苍耳斥道：'生了病只管找大夫看就是了，求神拜佛有什么用？那些牛婆马汉能治病的话，要我们这些人做什么？真是病急乱投医！'梅姑娘连声应道：'说得是，小女子福薄，没能早遇到先生。'张苍耳对陈可善道：'你为何今日才领着他们来找我？'陈可善斜睐着梅姑娘道：'给他们多吃点苦头，就知道我有多好了。'张苍耳不无揶揄地道：'你对老婆和内弟仁义到这般地步，真不愧是乏善可陈。'梅姑娘又问道：'先前开的方子就不再吃了吧？上个大夫开了许多甘草，还没吃完呢。'张苍耳道：'哼，得了眼疾怎么能吃甘草呢，这岂不是要命吗？哪个坏了心肠的庸医给你开的这方子，拉他去见官！天底下数不尽的半吊子，翻了几页医书就给人乱开方子，成斤成两地用药，不顾病人的死活，都是些见钱眼开的贪鬼，一说起来我就生气！'他声音激亢，手中的茶碗泼了大半碗水出来，稍稍消了消气又道：'万病皆从心头起，令弟的心火太盛，依我看来，病根多半还是在性子上，若是能改一改，兴许会好得快些。你把那甘草什么的全给我扔到沟里去，别的堂馆再莫去，只管到药局来找我，你们现下成了我的病人，我就管他到底，一定治好他！银子你们无须操心，我看病一向不问钱财。'梅姑娘感动得说不出话来，只是使劲点头。陈可善道：'张医士说能治好就一定能治好，天下的大夫数京城，京城的大夫张医士是个中翘楚。'张苍耳道：'这是恭维人的话，老夫殊不敢当，不过区区纤芥之疾我还是手到擒来的。'他意态甚为自得，把茶碗中的茶叶抠出来塞进嘴中嚼着，忽想起一事，问道：'听说近来京里有个小姑娘，医术很是了得，你知道这事吗？'陈可善道：'一个小姑娘，多大年纪呀？怕是连《伤寒论》都看不懂呢，哪有那么悬乎？您才是这个。'说着冲张苍耳竖起大拇指。张苍耳笑道：'我也不大相信，多半又是吹的。'这时，他一抬眼见韩掌柜站在一边，问陈可善：'这位想必是令岳吧？'韩掌柜上前道：'不是，鄙人贱名韩诣，城北的嘉福绣庄便是在下的营生，我与先生在……'"说到这里，鱼跃海突然一卡壳，跟着咳嗽一下，才又道："'咳……一个朋友府上见过一面。'"

俞一应心念触动，鱼跃海如此掩饰，这位朋友想必就是锦图的主人，当是一位大人物。这般避讳其名，定与之有莫大的关联。

鱼跃海道："张苍耳见他和陈可善并无关系，马上板起面孔。韩掌柜又道：'鄙人年轻时得了腰伤，多年来拖延成了顽疾，不意今日走了大运，幸遇华佗，斗胆恳请先生略施圣手，舍仙方以赐。'说着硬撑着给他作了个揖。张苍耳拉下脸来，冷冷地道：'我认识阁下吗？'韩掌柜刚要说见过面，张苍耳又道；'纵然见过又怎样？老夫活了一把年纪，见过的人多了去了，见过就须得给你瞧病吗？'他如此不近人情，韩掌柜沮然退到一旁，不再作声。张苍耳当下不理会别人，从随身的药囊中取出一枚银针，用白绢拭了拭，对明睿道：'你眼里涨满了脓血，我给你放一放就不那么难受了。'说着双指拈银针，对着明睿右眼浮肿处捻转着刺了进去。明睿骤然受痛，惊叫道：'谁啊？干吗扎我眼睛！'手臂一抬，拂中张苍耳下巴。张苍耳道：'你干什么！给你扎针消肿，没听到吗？'明睿挥手乱打，喊道：'梅儿，快来救我！有坏人扎我眼睛！'梅姑娘急忙拉住他双手，道：'是先生给你扎针消肿，你别动！'怎奈明睿听不见，嘴里犹自喊叫。只这么一下，张苍耳已发现他听觉有异，左右一看，将明睿双耳中塞着的布条扯了出来，问道：'为何塞住他耳朵？'此时明睿已能听见声音，答道：'是大夫让塞起来的。'张苍耳还当是陈可善指使，对陈可善道:'这是你做的?'陈可善一指梅姑娘道:'不关我的事,是她让塞起来的。'梅姑娘道:'明弟脾气不好,我怕他发作起来闹人,因此……'说着对陈可善使了个眼色,又对明睿道:'先生给你治病,你却打了先生,还不快赔不是。'张苍耳一摆手道:'小孩子嘛,用不着。'他摸了摸下巴,道:'这一下力气不小啊,陈可善,今后你若敢寻花问柳,可当心你小舅子的拳头。'明睿张嘴便道:'我不是他小舅子。'张苍耳犹自对陈可善笑道:'听见了吧?往后要好好做人,莫再干那些阴损的勾当,否则连你这位美貌老婆都不会认你。'明睿道:'哼,梅儿是我的未婚妻子,怎么能是他老婆!'梅姑娘忙道:'安稳坐着,不许你多嘴!'张苍耳一愕,问陈可善:'她不是你老婆?'明睿叫道:'梅儿怎么能是他的老婆?我们今早才在街头碰到这个人,他引我们来看大夫的,之前全不认识,你说什么疯话?!'"

欧阳一敬道:"不好,这下露馅了。"

"明睿一股脑儿把实情说了出来,梅姑娘阻止不及,气得直跺脚。张苍耳拉下脸来,起身盯着陈可善道:'这么说来,你刚才到药局里请我给你老婆内弟瞧病,全是骗我的?'陈可善羞愧得无地自容,勾着头干笑了两声。张苍耳厉声道:'诓我给陌生人看病,你不知道我行医的规矩吗?哼,没看出来你这刁棍居然还是个助人为乐的活菩萨。'陈可善被讽得无言以对,只瞪着梅姑娘,眼里满是怨恨。张苍耳收回银针,背起药囊就走。梅姑娘抢在前头拦住张苍耳,道:'先生请留步,我知道您不给不认识的人治病,但明睿他笃志求学,一心想要考取功名来报效国家,突然间双目失明，就如天塌地陷一般跌入了绝境。我们从偏远之地一路求医来到京城，跋山涉水、历尽艰难，这其中的悲苦真是一言难尽。还好天无绝人之路，有幸得先生搭救，只因先生有这个忌讳，小女子不得已才出此下策，绝不是有意欺瞒，万望先生原宥。先生要骂要罚，只管在我一人身上，与旁人无关，求先生施以慈悲之手救救明睿！'她苦苦哀求，泪水涟涟而下。明睿愤然道：'梅儿你说，是不是这大夫逼你做别人老婆才肯给我治病？'梅姑娘道：'没有人逼我，是我自愿的。'明睿叫道：'你为什么要那么做？你是不是心里没我了，你说！'梅姑娘道：'我不这么做，人家肯为你看病吗？'明睿不明就里，立时迁怒在张苍耳身上，骂道：'天底下竟有如此荒唐的大夫！真是可恶，我就算死了也不要你治。哼，咱们走！'他扶着椅子站起来，伸出手摸索梅姑娘。张苍耳慨然道：'姑娘，我跟你讲实话，我这个人并非铁石心肠，咱们的确素不相识，如果你一开始对我直言相告，我可以把你们引荐给别人，惠民药局里还有好几位精于眼疾的大夫，他们医术高明，也能治这个病。我是发过誓不给不认识的人看病，但我也不是个见死不救的人，试问天下谁人不得病？老夫活了一大把年纪，这个道理都不明白吗？你不该串通陈可善一起骗我，医患相交贵在坦诚相待，你信任我，义无反顾地把身子交在我手，我定会尽心救治你，绝不有欺；若是我心存私欲，为多挣几个铜板，在药方中多列上几味药，害你吃下去病再也治不好了，试问你能原谅我吗？你们这一路过来，遇到的不都是这种庸医吗？你不推诚相待，我又如何医你？'梅姑娘道：'您说得都对，小女子眼孔浅，小看了先生，先

生大人不记小人过，原谅我们这一次！'张苍耳抬起头若有所思地道：'对不住了，姑娘，老夫平生最恨别人骗我。'

"此时明睿道：'梅儿，你跟这个假仁义废什么话，咱们去找别的大夫，天底下就他会看眼睛吗？死了张屠户，不吃混毛猪！'梅姑娘气得脸色寡白，冲明睿喝道：'能不能别说了，叮嘱你的话，你一句都不记得！'张苍耳道：'好啊，不愧是读书人，真有志气！你不稀罕我治，那就另请高明。'说罢抬脚就走。梅姑娘"扑通"一声跪下，抓着他衣袖道：'他是个书呆子，不会说话，先生千万别跟他计较！'张苍耳愤然道：'我不怪他无礼，他反倒来抱怨我，这样的人即令我治好了他，他还不害死我？！'明睿叫道：'怨你又怎样？你这庸医，跪下求我我也不要你治，快走！'梅姑娘喊道：'还说！你要气死我吗？'张苍耳衔着无限恨意道：'笃志向学与我何干，一心求取功名又与我何干？到头来一个一个还不是恩将仇报，你道我还会再屈枉一回吗？'转而对陈可善道：'我的还睛膏和清肝名目饮，今后你别再想要！'说罢甩开梅姑娘跨出门去。梅姑娘伏在门槛上，对着张苍耳的背影哭喊：'天可怜见，难道先生忍弃垂死之人不顾吗？'张苍耳淡淡地道：'我怜你，谁怜我？'说完快步消失在风雪中。"

欧阳一敬不住地摇头，懊叹道："明睿太不懂事了，梅姑娘饱受屈辱才求得这个机会，他一点儿都不知道珍惜。"

俞一应道："他终日闭门读书，处世的经验很少，所思所为难免太过幼稚，世间的艰难困苦绝非从书本上就能体会到的。"这句话机带双敲，也是说给欧阳一敬听的。

欧阳一敬懵然不觉，反道："呵，张苍耳也未免太过偏激了，混蛋的是那个知县，他不能一竿子把一船人都打翻，对每个人都这么绝情。鱼大人，你说是不是这个道理？"

鱼跃海不予置评，继续道："韩掌柜目睹了整个过程，深自同情梅姑娘，上前扶起她。明睿问道：'梅儿，你有没有事？到我这里来。'梅姑娘含泪看着他道：'你骂痛快了，你的眼睛怎么办？'明睿道：'这有什么？咱们去太医院再找个大夫，等我的病好了，我要亲眼看看那个庸医到底是个什么样的人。'梅姑娘苦笑道：'咱们是命如蝼蚁的草民，能撼动太医院的大门吗？'明睿道：'为什么不能，难道他们不给人看病吗？'陈可善道：'太医院是给皇上请脉视疾的，你这狗蚤蝇虱般的东西也配？不怕闪了舌头！'明睿循着来声的方向道：'就是你，你为何说梅儿是你老婆？真是癞蛤蟆想吃天鹅肉。'韩掌柜听陈可善被骂作'癞蛤蟆'，心里竟是非常痛快。陈可善道：'若不是我请来张医士给你看病，你们这会儿还在东江米巷喝西北风呢，还能在这大屋子里烤火？你他娘的一句感谢的话都没有，还骂老子！'明睿道：'我哪怕眼睛再也看不见了，也不会让梅儿做你老婆，你休想！'陈可善道：'你这瞎子倒是蛮痴情的。'梅姑娘拉起明睿的手道：'咱们走。'陈可善横过身子道：'慢着！'梅姑娘一惊，问道：'你要干什么？'陈可善道：'我好心好意给你们请来了张大夫，你们气走了人家不说，还害我断了日后的财路，难道就这么一走了之？'他脸色霎时间变得极为阴狠，话里透出一股歹毒之意。"

欧阳一敬一颗心登时吊在了半空中，紧张地看着鱼跃海，很是为梅、明二人担忧。

"韩掌柜知道他今日不会善罢甘休，灵机一动，假装腰疼哀叫起来，试图引得陈可善分身来诊治，让梅、明二人好借机逃走。但陈可善哪儿在乎这个，他一只脚踏在门槛上，道：'不留下一百两银子，你俩今天别想走出这间屋子。'梅姑娘倒吸一口冷气，道：'我们总共就带了十余两散碎银子，路上花了许多，给了你五两，已经所剩无几了，一百两银子是无论如何也没有的。'陈可善道：'不如我跟你做一回真夫妻，你让我睡一觉，一百两银子就勾销了。'梅姑娘听得这话适才受辱的遭遇又袭上心头，泪水夺眶而出。明睿破口骂道：'你……你真是无耻之尤，真……真是……'他气得身子直打抖，张着嘴却骂不出什么难听的话来。陈可善不躁不恼，嬉皮笑脸地道：'骂得好，冲你这"无耻之尤"，我再多睡她一次。'梅姑娘颤声道：'陈大人，你为何要这么苦苦相逼，人生在世还须多行善事！'陈可善道：'好啊，你就当做善事，让老子睡一觉，我就给你了账。'明睿再也忍不住了，冲着陈可善扑过去，陈可善轻轻一闪，明睿眼睛看不到，立时摔倒在地。陈可善骂道："你这猪脬眼还敢动我，找死吗！"说着扑在明睿背上抡起拳头就打，梅姑娘冲上去拦住陈可善，叫道：'住手，别打了，住手！'韩掌柜劝道：'陈大人，你是有身份的人，何必跟个病人计较呢？'陈可善揪着梅姑娘的头发，将她丢到一边，咬牙切齿地骂道：'这个丧门星冲走了我的财神，不活剥了他，难消我心头之恨！'挥着双拳狠狠地照明睿头脸打去。明睿被压在地上，奋力拧肩扭腰，想要翻过身子却无济于事，双足不住蹬踏，在地上跐出一条条印痕。"

欧阳一敬已是怒气难遏，一双眼睛直要冒出火来，牙齿咬得嘎嘣作响，拳头紧攥，似要赶去解救明睿一样。

"梅姑娘飞身扑在明睿背上，喊道：'不能打，他身子不好，你要把他打死了！'韩掌柜拦在陈可善身前道：'你刚才欺辱人家姑娘，现在又这么打他，弄不好要吃官司的！'陈可善听他这么一说，停手站了起来。梅姑娘慌手忙脚扶起明睿，问道：'明弟，你怎么样？要不要紧？咱们去看大夫！'就见明睿惊骇欲绝，面如土色，跟着一口鲜血吐在地上。梅姑娘把明睿紧抱在怀中，决绝地瞪着陈可善，凛然道：'姓陈的，我们今天犯在你手里，你有种就把我二人的命拿去！'韩掌柜央求道：'陈大善人，他都成这样了，您就高抬贵手饶了他们吧！'陈可善看看梅、明二人，不耐烦地挥挥手道：'都给我滚，别死在我屋里头。'二人刚要转身，陈可善一步欺到梅姑娘跟前，劈手夺过她手里攥着的药方扔进火炉中，梅姑娘凄然看着两片薄笺在烈焰中瞬间化为灰烬，只好架着明睿离去。陈可善冲韩掌柜笑道：'闹了一早上，嘴边的肉还是飞了。'又道：'让你看了一出好戏。'他从药橱上的坛坛罐罐中择出一瓶，边给韩掌柜上药边道：'张苍耳迟来一会儿就好了。'又舔舔嘴唇，意犹未尽地道：'小姑娘身上的味儿真是香得很！'陈可善的药膏乃是依照大内御方所修合，一敷上去疼痛立时减轻了许多，但他用药仅至痛势稍杀即可，不肯多给药膏，存心要吃定韩掌柜。韩掌柜不齿其为人，不多时便告离去。

"韩掌柜接下来去和人谈生意,在外面奔波了一天,回到嘉福绣庄时天已经黑透,咆哮了一天的北风还在呼呼地刮着,长街上的店铺全关门了,路上一个人也没有。韩掌柜出门去倒炉灰时,听到旁边的窄巷中传来说话的声音,他向里张望,乌漆麻黑的根本看不清,又往里走了两步,见两个人蹲在一小堆炉灰前取暖,余火早已熄灭,灰堆里仅剩几点火星子明灭可见。一个人捏着片枯叶,抖抖索索盖在灰堆上,好一会儿枯叶上才透出一苗弱焰,微光映在二人脸上,韩掌柜认出正是梅姑娘和明睿。梅姑娘把枯叶交给明睿举着,从地上捧起一抔雪,用手指撮一点儿,凑到嘴边呵了口气,轻轻擦在明睿的脸上。明睿道:'不要紧的,都是皮外伤,就是我的舌头咬破了,吐了一口血。'梅姑娘没有说话。明睿又道:'还在生我的气?'梅姑娘仍是不作声,只仔细给他擦着血迹。明睿道:'我不该使性子骂人,都是我不好,我给你赔不是,成么?'梅姑娘停下来,默然看着别处。明睿一手握住她的手道:'梅儿,你说句话,别不理我,要不你狠狠地骂我一顿,把气撒出来!'梅姑娘叹了口气,道:'我生你的气做什么?'明睿支支吾吾地道:'我……我没听话,让你不高兴了呗。'梅姑娘呵了一声,道:'这又算是什么事?'明睿道:'难道不是吗?'梅姑娘道:'咱们千辛万苦来到京城,就是为了治好你的眼睛,这是最要紧的。你骂走了张医士,谁来给你瞧病呢?'明睿垂下头不说话。梅姑娘又道:'你从去年患病至今已过去了大半年,病情丝毫不见好转,复明更是遥不可及,你眼睛看不见,又何谈科考?一想到这些,我便如油煎火燎一般,哪里是生气?我是舍不得你,舍不得你的眼睛,你难道不明白吗?'明睿道:'我知道,你都是为了我,但你扮作人家老婆,我怎舍得你受那种委屈?我……我气都要气死了!'梅姑娘想了想,轻声道:'既然你这般在意我,却为何不真心对我好?'明睿急道:'这是什么话!我恨不得把心肝肠子都掏给你,你死了我绝不独活。天地良心,梅儿,我对你是十足的真心!'梅姑娘道:'你莫急,听我说,但凡两个人真心相爱,无不是替对方着想的。现如今我最难过的就是你的眼睛,你若然真心对我,就该为我着想,听话早日治好眼疾,我才过得去。你真心对我好的话,就要先对自己好,你好了我才得好。'明睿啜泣起来,手中的枯叶落在地上,梅姑娘伸手揽他入怀,道:'现下你该懂了吧,以后再别说"与你何干"的话了,咱们是能分你和我的吗?'"

鱼跃海讲述时语气颇为平淡,但梅萼这一番濡沫深情却是溢于言表。欧阳一敬听得感怀之余,深羡明睿能有这么一位知心爱人陪他同甘共苦。

"韩掌柜这时上前道:'姑娘,你们没事吧?'梅、明二人已成惊弓之鸟,突然有人出现,吓得紧紧抱在一起。韩掌柜温言道:'我是老韩,今早咱们在医馆中见过,还记得吗?'梅姑娘道:'你是韩大叔?'韩掌柜道:'正是。'梅姑娘道:'您怎么在这里?'韩掌柜道:'舍下就在隔壁,天气如此寒冷,二位不如去我家中取暖歇息。'梅姑娘迟疑道:'不知贵眷是否方便,贸然前去,恐怕多有打搅。'韩掌柜道:'不妨事,内子尚未就寝,还在操持家务。'梅姑娘犹豫再三,还是同意了。她早晨饱受凌辱,此时再有人相邀,心中自是戒备,是以出言试探韩家情形,听得韩夫人也在,兼知韩掌柜为人善良,才放心前往。韩掌柜和梅姑娘扶着明睿来到绣庄,韩夫人正在灯下做女红,她照顾梅、明二人盥洗,又端来汤饭让他们饱餐一顿。韩掌柜对韩夫人简述了明睿求医之事,将梅姑娘被辱一节略去不提。明睿满脸淤青,眼角、唇边凝了好几处血痂,韩夫人取来消肿的清凉散敷在他伤处。梅姑娘和明睿离开陈可善的医馆后遍寻不到地方求医,身上的银子又不够住店,饥寒交迫,只好流落街头,所幸又遇到了韩掌柜。饭后叙话,梅姑娘见到韩夫人的绣绷子,拿起来看了看,道:'大婶的绣工好精湛,我也喜欢作画,请您给我指点一下。'说着从包袱中取出《瀑飞匡庐》《鹤翔鄱阳》《夕照浔江》,还有《白鹿鸣簧》这四幅鱼骨锦图。"

欧阳一敬疑惑地道:"之前梅姑娘不是说两幅锦图吗,怎么拿出了四幅?"

鱼跃海眼睛一眨,忙道:"之前是在下口误,是拿出了四幅图。韩掌柜和韩夫人看后赞不绝口,韩夫人见梅姑娘聪慧善良、乖巧懂事,着实喜欢,与她言谈甚洽,但一说到明睿的病,梅姑娘又是一脸愁容。忽而,韩夫人对韩掌柜道:'哎呀,真是人老忘性大,我记得那个……'"鱼跃海顿了一下,才又道:"'那个谁的眼睛前些日子也染有微恙,太医院和惠民药局一众御医的方子都不见效,最后还是一位民间的女医士给治好的。'"

俞一应猛地想起一件事来。前年十月中,北京都察院右都御史莫如泓的夫人颜妍,右眼突然肿胀流泪不止,昏眩不能视物,当时俞一应还专程赴京探望。去年三月他再去莫府时，颜妍的眼疾已被一位女医士治愈，莫如泓还笑言，这么多的大国手竟然比不过一位小小的女医士，看来高人埋没在民间。这么说来，莫夫人患疾一事，极可能就是鱼跃海转述韩夫人所说的事，经少女医士出手治愈的"那个谁"当是颜妍无疑。兼之鱼跃海又在都察院供事，莫如泓是他顶头上司，他一提及要紧处，适才卡壳，此又语顿，足见他"那位朋友"十九就是莫如泓，否则他怎会一再地隐去其名？若所料不错，这鱼骨锦图就是莫如泓的家藏私物，鱼跃海此番必受其命而来。

莫如泓乃杭州嘉兴人氏，早年中举之后，乘船由京杭大运河进京赶赴会试。一日清晨，船至京畿水域时，莫如泓见宽宽荡荡的河面上一只白鹭舒翅而起，掠过茫茫寒烟凌云而去，张口就吟出一句"采寮雍雍，鸿仪鹭序"。这是以鸿鹭自喻来日金榜题名，随着百官群僚井然有序地进宫朝见皇帝，莫如泓向往功名，此一句可谓直抒胸臆。同船的友人吟了另一句"振鹭于飞，于彼西雍"，进取的意味相较而言就淡了些。放榜之日，莫如泓果然高中魁元，友人反而落第不取，此后莫如泓便深以白鹭为祯祥之兆，于禽鸟中独爱此类，更把自己的书斋取名为"鹭轩"，凡与人书信落款皆为"鹭轩"，而非本名。他如今官居正二品，手握纠核百官、监察臣僚的大权，在朝廷中地位自是举足轻重，都察院为三法司之一，和刑部、大理寺分理刑案，他说的每句话任谁都不敢轻视。但莫如泓人位高却不自傲，举止雍雅，气度温蔼，与人谈笑无间又不失礼度，十二年前俞一应和他结识，当时他还只是正四品的左佥都御史，从此便过从频密。莫如泓十多年来一路升迁，俞一应和他越走越近，三年前正是得益于他的提携，俞一应才自提刑司经历升为佥事，官职跟品秩更进一步。俞一应历次去莫府拜见，都和莫如泓倾谈，也曾数落过平无峭的为人和行径，莫如泓亦是颇有微词，劝勉俞一应以和为贵，勿与其正面冲突。

鱼跃海续道："韩夫人又道：'何不让梅姑娘他们去找那位女医士？保证能治好明睿的眼疾。'韩掌柜道：'话是不错，可是去哪里找呢，她在哪里开馆坐堂？'韩夫人道：'我记得那位女医士的方子是在王大锦那儿抓的药，去王锦记打听一下，想必有她的下落。'韩掌柜一拍巴掌道：'对啊，我怎么没想到呢？今日天色已晚，明早我雇辆大车送他们去王锦记。梅姑娘，你看如何？'梅姑娘喜出望外，道：'我和明弟正走投无路，想不到能遇到大叔和大婶，救我们于危难之中。小女子无以为报，请受我们一拜。'说着拉明睿起来行大礼。韩氏夫妇连忙制止他们，韩掌柜道：'你们处境困厄，任谁遇上了都会帮一把。'又愤然道：'陈可善那样的人，若非为治病，我绝不屑跟他有半点瓜葛。'明睿也是怀恨不已，握着茶碗的手不住颤抖，茶水在杯中漾出一道道波纹。韩夫人见状，蔼然慰道：'世事多是祸福相倚，今日所受的苦难定然换来日后的福报，你们明日必得良医克疾。'梅姑娘道：'但愿借您吉言，不枉此行。'韩夫人道：'是你们吉人自有天相。'嗯……梅姑娘感激韩氏夫妇的义助，次日临别时将四幅锦图送给了韩掌柜，韩掌柜回赠了她一大笔银子，这便是锦图的来历。"

说话间，艄公脑袋探在舱门口，对欧阳一敬道："前面要靠岸了，不知道是不是你说的那地方。"

三人起身出舱，见到前方半射之地一座山峰巍然屹立，欧阳一敬不待船近岸，一个箭步跳下船跑上滩去。艄公知道俞、鱼两位身尊体贵，一路上柔橹轻棹，不敢稍有差池，他摇着船慢慢拢了岸，先跳到滩上，摆好踏凳，再伸手接两位下船。

上岸后，俞、鱼二人抬头望去，但见峰崖高峻、峭壁如削，临水一侧的山体中弯出一根石柱直插入水，绝似一头伸出长鼻子饮水的大象，一轮皎月宛如象眼，映得岗峰雪亮。

欧阳一敬往上一指，道："就是这里。这就是象鼻峰，陈三斤家就在半山腰，咱们赶快。"说着拔腿就要往峰上奔去。

艄公道："敢问三位官爷，可要小的在这里等候吗？"

欧阳一敬回头道："当然了，否则我们怎么回去？"

艄公搓着手，呵气道："湖风这么大，干等下去可不是滋味啊。"说着挤眉弄眼，一副笑相。

俞一应掏出十文钱给艄公，道："夜晚天凉，你先在舱里暖着，我们稍时就回来。"

欧阳一敬讶异道："我已给过船资，为何还要给？"

俞一应推了他肩头一把，令他继续往前走，道："他送咱们来这么远的地方，多给他几文辛苦钱又有何妨？"

他这么一说，欧阳一敬立时转过念头，这艄公年过五十，还在深夜跑船谋生，让他多赚点儿可改善一下家境，这么做正是应当。

欧阳一敬大步在前领路，山路陡峭盘曲，满道都是尖硬的小石子硌脚,俞、鱼二人跟随其后,不得不放慢了脚步小心行路。欧阳一敬全然不顾,蹚着道紧赶,还连连催促俞、鱼二位加快脚步,仿佛凶手就在陈三斤家,稍迟片刻就会令其逃走,再也抓不到了似的。

攀到峰腰,转过一个大坡,来到一处场坪前,一个老汉佝偻着身子,正带着一个男童在院子里放烟火,身后是三间草房。那男童约三岁大,抱着老汉的右腿,钻出半个脑袋。老汉点燃了放在地上的烟花,药捻燃尽,烟花呼哨而起蹿至高空,"砰"的一声爆开,焰火四射,结成一朵云彩,灿灿银光将半个天空照得如同白昼。云形还未消散,又是一声响,一朵莲花自云端开了出来,男童拍着手欢叫,欧阳一敬也抬头向天空望去。云莲才开已逝,不过短短的一瞬,绚丽焰景就已消失,老汉这才看到来了三个外人,颇有些不安,把男童拉到自己身后。

欧阳一敬上前搭话,原来那老汉是陈三斤的父亲老陈,那男童是陈三斤的儿子。老陈听到陈三斤的名字,登时一脸怒色,开口骂道:"那嫖疯的货,这会儿不知道又窝在哪个窑子里快活!"原来陈三斤是个浪荡混子,一挣到钱就去外面嫖娼,终日不进家门,他老婆忍受不了他这恶习,抛下襁褓中的儿子离家而去,剩下老陈一个人独自照顾小孙子。

俞一应对老陈道:"今夜我们贸然造访,多有打扰,这小玩意儿就给你小孙孙戴着玩吧,不成敬意。"说着解下腰间一块小玉佩,塞在那男童手中。

老陈推辞道:"这……这个如何敢当!"

俞一应笑道:"若是不要,必是嫌礼太轻了。"

老陈羞赧得不知说什么好,慌忙请三人到屋中坐。

欧阳一敬不想停留,急欲再去别处寻找,俞一应知道他没有查案的经验,低声道:"咱们跟老人家盘盘话,也许会有所获,既来之则安之。"欧阳一敬一时想不到去哪里找陈三斤,觉得向老陈打听一下亦无不可,才随之进屋。

小男童自在院中玩耍,老陈在三只粗碗中倒了水请客人喝。俞一应见屋内四壁萧然,桌椅陈设俱是破陋,料想祖孙二人的生活定是相当清苦。

欧阳一敬掏出锁子和钥匙递给老陈,道:"老伯,您看这是不是陈三斤打的?"

老陈将东西凑在烛前一瞧,道:"没错,是他的手艺,我认得。"

欧阳一敬又问道:"他跟您提过吗?"

老陈仔细端详了一番,道:"这锁子和钥匙是用生铁打的,看起来不小,而且很坚固,多半是做门锁的。"

欧阳一敬道:"您说对啦,这锁子就是用来锁狄公祠大门的。"

老陈道:"狄公祠?那地方还用得着锁?"

俞一应听他话里别有意味,问道:"你去过狄公祠?"

老陈道:"何止去过,我在那里干过二十多天的活儿,吃睡都在里面。狄公祠享堂的后墙上有个洞,人都能钻进去,哪儿还要上锁?"

欧阳一敬惊道:"这是怎么回事?"

老陈笑道:"年轻人不必大惊小怪,听我慢慢给你说。好多年以前,彭泽闹过一场蝗灾,稻田被吃得光秃秃的,那时我就像你这么大,逃荒去了外地,学会了两门手艺——锁技和木工,老汉我是既会打锁子又能做木工。后来我有了三斤,木工比锁技难多了,那小子懒得下功夫学,只挑简单的,学会了打锁。去年的黄梅天里,雨一直下个不停,浔阳江水暴涨,灌进祠堂背后的荷塘,荷塘水泛滥,漫上了堤岸。狄公祠的后墙经不住水泡,陷出了一个洞,从祠背后进去就能到享堂,再到门厅。"

欧阳一敬点点头道:"没错,去年黄梅时节下了好多天雨,都发了山洪。"

老陈道:"祠堂里那座狄公像原是泥塑的,被风霜侵蚀了多年,雨季过后,有人发现塑像塌毁在地上。县里几个乡绅出钱找来了工匠,要给狄公重塑一座像,我也是其中之一。大伙儿一合计,觉得再用泥塑的话,说不定以后又会塌掉,便决定用木头重新刻一座狄公的像。干了一个多月,雕像还差一只胳膊,木料用完了。一个小木匠会抡锤凿石,提议从江边采来大石头凿成剩下的那条胳膊,我说这不是笑话嘛,哪有一座雕像既用木头又用石头的呢?我跟他争执起来,他推了我一把,我踩在一根木棍上摔倒在地,跌断了左腿。"

欧阳一敬见他左腿枯瘦,较右腿细很多,确是受过重伤的样子,心生怜悯之意,伸手按在他左腿膝头,用掌心温暖嶙瘦的膝骨。

俞一应道:"老人家,你做的事造福后嗣,狄公在天之灵定会福佑你的小孙孙平安长大。"

老陈向门外看去，目光里尽是慈爱，小男童正手举着玉佩，跟天上的月亮比看哪个圆。他回过头来道："但愿能如大人所言，他长大了以后出人头地，将来和你们一样在公门做官。"

欧阳一敬道："您的腿后来怎样了？"

老陈道："小木匠带我去了德化，在一家跌打大夫那里上了夹板。狄公像还没有完工，他陪了几天就走了，留下我一个人在德化养伤。"

欧阳一敬道："您一个人，陈三斤没来照顾您？"

老陈脸色暗淡下来，显然是陈三斤对他的腿伤不理不问。

欧阳一敬道："父亲摔断了腿，他竟然不管不顾，这算什么儿子？！"

老陈道："不提他了，世上还是有好人的，我在德化就遇到了一个，她一路护送我回来的。当时我休养了一个多月，勉强能下地行走了，就想着坐船回家。那日午后，我拄着拐棍去跌打医生那里复诊，刚走到小乔巷口，迎面猛地跑来一人，眼见就要撞上，那人急忙闪身避开，我没有碰着一点儿，她却扑倒在地。我才看清楚，原来是个穿着淡黄衣衫的少女，她看我是个老人，腿脚又不便，忙起身过来询问我有没有事。她自己手肘和腕子蹭破了好大一块皮，反倒来关心我，我蛮过意不去，我说不碍事的。她听出我是彭泽口音，便说自己也是彭泽来的，问我有没有见到一个手拿碎花包袱的人，那包袱是她的，被人骗走了，里面有很重要的东西。我没有看到，她心急火燎朝四周张望，路上没几个人，又抬头看了看天色，叹道：'算了，都过了大半个时辰，追不上了！'我问她包袱里是什么，她一副难以割舍的样子，道：'东西丢了就丢了，大不了我再画，关键是没钱给他看病了，唉，只得先回家了。'告别时，她和我约定了明日一道坐船回彭泽。

"次日阴雨绵绵，江风打着旋往人怀里钻，凉冰冰的雨水拍在脸上很不好受。我在江边等了好一会儿，那姑娘才撑着把小油纸伞，搀着一个书生模样的少年磕磕绊绊走来。她一见到我就说：'对不住啊，老伯，我们路上走得慢，让您久等了。'那书生的眼睛被一圈白纱布蒙住，身上披着那件淡黄衫子，应该是那姑娘怕他着凉，把自己的衣裳给了他。一把小油纸伞倾在书生那边，姑娘大半个身子被雨浇湿了。她要我和书生躲在伞下避雨，我一个糟老头子淋点雨算什么，这如何能够？那书生也不乐意，姑娘道：'老伯的腿脚不便，咱们受过那么多人的帮助，也应该帮助别人。'正在谦让时，来了一艘乌篷船。那姑娘依次搀我和那书生在舱中坐了，小小的船舱连块帷布都没有，她坐在舱口，用身体挡住灌进来的江风，冻得不住地打喷嚏，却把她脚边的小炭盆推过来给我们烤火。书生伸手揽她入怀，她有些难为情，忸怩着瞟了我好几眼，最终还是顺从了，投进他怀中，只是头低低的，两颊都羞红了。小船儿在江上一颠一颠的，我不知不觉睡了过去，过了好久，迷迷糊糊中听到那书生说：'咱们该怎么办，还去不去京城了？'姑娘道：'肯定要去。眼下王大哥遭了不测，要找到那位女医士，肯定会费尽周折。咱们的钱不够，还得回家想法子筹点钱，等攒够了盘费，咱们再动身去京城。'书生道：'王大哥不在了，咱们去哪里找那女医士呢？'姑娘道：'王大哥没说她的名字和居所，只能问人打听了。'书生道:'咱们连她的面都没见过,去向谁打听呢?'姑娘道:'那女医士凭借一纸书呈就能给你诊病下药,开的方子极是灵验,她的医术当真了不得,咱们继续向她求治,你的眼睛就一定可以复明。咱们再去找韩大叔,他为人那么好,肯定会帮咱们的……'"

欧阳一敬听到这里,插嘴问道:"老伯,你遇到的莫不是梅萼姑娘和明睿?"

老陈道:"你别怪老汉我糊涂,从头到尾一路上,我竟然忘了问那姑娘的名字,不过……我听她唤那书生'明弟'。"

欧阳一敬欣喜地叫出声来:"真的这么巧,就是他们,太好了!"他于画舫中一路听来梅、明二人的故事,对他们的遭际深抱同情,此刻又恰好得知二人下落,自是开心不已,一指鱼跃海道:"这位大人来彭泽,正要找梅姑娘呢。"

老陈对鱼跃海道:"哦,大人找她做什么?"

鱼跃海早已听出端倪,只道:"您接着往下说。"

老陈"嗯"了一声,续道:"书生道:'你忘了吗,韩掌柜也不知道她的音讯,才送我们去找王大哥。'那姑娘听后,望着江水皱着眉不说话。书生问道:'王大哥究竟是怎么死的?'姑娘道:'我前日路过府衙大门,见一群人围在八字照壁前,我过去一看,是一张京城南城兵马司发布的谕民告示,说是王锦记失窃,宅主人王大锦被人打死,凶手盗走了半斤牛黄。凶手已然归案,牛黄却下落不明,特此告谕诸省州府县百姓,但凡知其下落,皆应举之官府衙门,若敢窝藏私售者,立即拿至官衙重责,绝不宽贷。'书生叹口气,道:'王大哥看过你的春、夏二图,喜欢得不得了,还让你日后作好秋图、冬图拿给他看呢,可惜他再也见不到了。唉,为什么好人偏偏没有好报?!'姑娘道:'等你眼睛好了,咱们寻到王大哥的家人,好好偿还他的恩情。'"

欧阳一敬心想,梅尊和明睿本来要去京城,为何到了德化却又折回,这其中又有什么故事?还有那锦图……当下开口问道:"老伯是不是记错了,梅姑娘和明睿是这么说的吗?锦图已留在嘉福绣庄韩掌柜家了,王大锦又怎么会见到?"

老陈想了想道:"一年多前的事,兴许是我记错了。"

俞一应却想,锦图若留在嘉福绣庄,就不会被王大锦看到,王大锦没有看到,何来"他喜欢"一说?老陈纵然记错,也绝不会说出没听过的事。况且这里说锦图才只两幅,另外两幅还没作成,跟鱼跃海前言相违,梅姑娘去京城应是只带了两幅锦图,且并未赠予韩掌柜。那么莫如泓所有的四幅锦图,得来之处并非嘉福绣庄,而是另有他途。

老陈续道:"从德化到彭泽,一路上那姑娘和书生对我照顾有加,书生问起我的腿伤,我对他说了狄公祠遭雨和重雕狄公像的事。到彭泽后,那姑娘不放心我一个人回家,和家婆摇了船送我到湖岸边,祖孙二人一左一右搀着我上峰。"

欧阳一敬喃喃自语:"家婆……家婆……老伯,这梅家婆可是一位皮肤黝黑的老婆婆?"

老陈点点头道:"是一位农家妇人,应该是终年在烈日下劳作,皮肤被晒得黝黑。"

欧阳一敬点了点头道:"八成就是在观音庙祷告的那位老婆婆。"他转而对鱼跃海道:"看来您要找的那位少女画师梅萼，就是那位老婆婆要找的梅萼姑娘。"

俞一应道:"两片萼叶生自一枝，两位少女原是一人。"

鱼跃海一时沉吟不决，暗道，果如是言，梅姑娘的下落可就难测了。

老陈道:"三位官爷再见到那位姑娘时，劳烦替我带个好，请她来舍下喝杯清茶。"

欧阳一敬心直口快，张嘴就道:"那个梅姑娘怕是凶多吉少……"

鱼跃海赶忙打断他话头，对老陈道:"时候不早了，我们也该告辞了，老人家您早点安歇。"

三人站起身来作别了主人，出门下峰而去。没走几步，欧阳一敬忍不住道:"那具女尸是去年八月十六发现的，隔不几日，老婆婆就到观音庙求祷，由此来看，梅萼姑娘定是投水少女绝不会错，咱们不该瞒着陈老伯。"

鱼跃海道:"投水少女的身份还需查证，不能轻易下定论。"

三人下峰行至湖边，艄公蜷在船舱中睡得正香，梦中一脸的倦容。欧阳一敬不忍唤醒他，自去船尾摇橹驾舫返程。

途中，鱼跃海暗自琢磨，梅萼倘若真是投水自尽了，须得查清楚前因后果，才好回去复命。

第五回
剖析案情

回到县衙时，天还未大亮，夜色蒙蒙，只有县衙门口的两盏大红灯笼犹在闪烁。门前一人来回巡走，不时抬起头四处张望，正是蒋得。欧阳一敬从他手中逃脱，在湖上又捉捕未果，他一夜未眠，正犯愁如何对年唯日交代，忽见到欧阳一敬，急跑上前将其一把抱住，骂道："你个闹秧子，还知道回来！看我不禀报大人将你撵出衙去，省得再连累我等一干好人。"说着用双臂牢牢箍住欧阳一敬，再也不容其逃走。

欧阳一敬道："我和两位大人去查访命案的线索，并没有逃跑。你放开我。"

俞一应对蒋得道："他今晚和我们在一起，我对年大人解释。"

这时晋笙挑着灯笼走出来，对俞、鱼二人道："年大人正在二堂恭候。"说着将他们迎了进去。

蒋得在芳湖追赶欧阳一敬时，并不知道画舫上还有俞、鱼二位，见他们一同归来，且俞一应出言为欧阳一敬开脱，便暗自琢磨，欧阳一敬怎的和俞大人在一起，难不成他逃走是受俞大人所使？这样的话，二人的关系就不一般了，欧阳一敬找到个大靠山，就不能再像以前那样对待了。欧阳一敬资浅望轻，蒋得平日里对他多有排挤，此时立即转变了态度，松开硬似铁环的手臂，用软如棉花的口吻道："欧阳兄弟奔波了一晚上，我担心得紧，今后若再去查案，叫上哥哥我给你做个帮手。"说着伸手去揽他的肩膀。欧阳一敬平素极是厌恶势力之人，反手将蒋得推开。蒋得一个趔趄，往后退了两步险些摔倒，倒也不恼，仍觍脸笑道："哎呀呀，兄弟攀上了高枝，不认哥哥啦？兄弟你太势利眼了。"欧阳一敬瞪了他一眼，径自入衙。

　　年唯日不会破案，对公务不大放在心上，昨晚俞一应等人离去之后，他也赶回县衙睡觉，只让手下一干人在外奔命，分派出去搜捕的差役跑了一宿，皆疲惫不堪，才陆陆续续回衙休息。年唯日彻夜高枕安眠，睡得神完气足，起了个大早，吃饱喝好之后来到二堂东厢房，做出一副夙夜在公的样子给众人看。蒋得担心责罚，并未将欧阳一敬逃脱的事告知年唯日，他已打定主意，若年唯日问起来，就用俞一应的话来回答。

　　厢房中方如许拿着一把紫檀扇子和年唯日低声交谈，肇室启昂着头，悠闲地望着屋顶，手边的茶碗冉冉冒着热气。萧苇已换了身行头，双手负在身后，迈着方步走到厅边一干垂手侍立的差役面前，长长叹了一口气，两道枯眉拧成一条麻花，一副操心案子的表情。差役们一个个无不恭敬服帖，萧大人立时威望大增。

　　见俞一应等进来，年唯日上前道："二位大人这一夜玩得可尽兴？"

俞一应一指欧阳一敬,道:"我们和这个小朋友出去走了走。"

年唯日已将命人关押欧阳一敬的事忘之脑后,只请俞、鱼二人去馆舍歇息。俞一应摇摇头,转而征询鱼跃海,鱼跃海笑道:"一叶孤舟任来去,料峭湖风吹酒醒,不睡。"说完,二人相视大笑。俞一应一宿未眠,依旧神采焕然、燕笑如常,年唯日心中暗暗称奇,殊不知俞一应在提刑司时多年熬夜审案,早已练就一身通宵达旦的本事,哪像他那般庸碌无能。

这时,鱼岸悄然走进来,站在一边默察众人的言语举动。自从去年八月以来,乾祥就失了常性,时而萎靡不振,时而情绪激亢。昨晚二人出衙来到狄公祠,在祠门前起了争执,继而大打出手,乾祥气势汹汹,撕扯中咬伤了鱼岸的右臂,然后跑进祠中。鱼岸起了杀机,捡起一块鹅卵石藏在袖中,进了享堂后,趁着乾祥在狄公像前跪拜时用石头重重击中他的后脑,乾祥毫无防备,当即倒在狄公像前。这时门厅处传来脚步声,想是年唯日等人到了,鱼岸急逃出祠堂,跳入荷塘游回家中,那块鹅卵石被他抛在塘底。他匆匆洗净身子,换了一身一模一样的外衣,再拿着香烛等物赶往狄公祠,在长街上刚好碰到年唯日,年唯日正急火惊风地赶回县衙,被他几句话轻易就糊弄了过去,完全没起疑心。

实际上鱼岸的手腕并未脱臼,他借机在右臂外裹上白纱布以掩盖咬痕,又带领十多名捕快在县城各处大肆搜捕,有意张扬行事,以使众人并不对自己起疑。他要将事情弄得满城风雨、鸡飞狗跳,从而转移视听,折腾了一夜方才收兵回衙。

肇室启早已瞧见,道:"凶手尚未拿住,鱼县丞就已光荣负伤，真是好汉一条，赛过当年的李元霸。"

鱼岸赧然道："惭愧，卑职瞎忙了一夜却徒劳无功，哪里敢跟什么李元霸相提并论？大人说笑了。"

肇室启道："我觉得你尤胜于他，你是李完霸。"他故意将"完霸"二字说得像"王八"来讽刺鱼岸，鱼岸脸色如常，心中却甚是羞怒。

年唯日问道："你的手腕如何，伤势要不要紧？"

鱼岸道："腕子动弹不得了，要个把月才好。我受伤倒是次要，就怕延误了捉拿凶手。"言语中很是惋惜。

年唯日瞪着欧阳一敬，怒叱道："你口口声声说验尸是为了破案，这就是你干的好事！如果抓不到凶手，本县唯你是问。"

欧阳一敬一脸惭色，对鱼岸郑重道："鱼县丞，昨晚在狄公祠我情急之下失手伤了你，实在是对不住，欧阳一敬在这里给你赔罪了。"他深深一揖，起身又道："你年纪长我许多，算来应是长辈，扭伤你我愧悔莫及，你请大夫的钱由我来出。"

鱼岸伸左手拍拍他肩膀，温颜道："不必了，我已包扎好。你年纪尚轻，待人处世多有稚嫩之处，着急破案才犯了无心之过，并非有意为之，改过了就好。咱们为同衙僚属，往后要和睦相处，替年大人分忧解劳才是正事。"

鱼岸这一番话说出来，厅内不少人暗赞他宽容厚道，年唯日心里的气也消了不少，只有肇室启不阴不阳地道："廉颇给蔺相如请罪，好一出将相和啊！"

年唯日对鱼岸道："诸位大人都在这里，你且将昨晚勘查乾祥尸体的情况细细禀来。"说完若无其事地瞟了他一眼。年唯日此举实是暗示鱼岸,不要把实情全部说出,关键之处要隐瞒下来,当着众人的面说话务必要留有转圜的余地,等回过头来二人私底下再从长计议,否则就无法收场。这等官场中的关窍人皆谙熟,年知县一个眼神,鱼县丞心照不宣。

鱼岸叹了口气,哀声道:"乾祥老弟全身上下没有伤痕,似乎……嗯……这个……似乎是暴毙身亡的。"他昨晚在祠堂验尸时,看到乾祥后脑被自己打起的肿块,心知面前这几位都是火眼金睛、明察秋毫的破案高手,自己务必要十分小心,稍有疏忽就会露出马脚,因此早就盘算好隐瞒乾祥的伤情,将其死因说成暴毙。

话音刚落,欧阳一敬就道:"怎么没有伤痕?乾祥后脑就有一处瘀肿,那是被人打的。"

年唯日唯恐他抖搂出难以收场的事,斥道:"闭嘴,谁让你讲话的?这儿都是朝廷命官,有你个书吏说话的地方吗?"

欧阳一敬道:"我是刑房书吏,又验过尸,为何不能说话?"

年唯日勃然大怒,骂道:"王八犊子,你给我滚出去!"

肇室启暗道,这知县真是个草包,遇到屁大点儿事就大呼小叫的,太没城府了。

俞一应道:"既然欧阳小哥碰巧参与其中,又验了尸,对案情所知必较旁人为多。少年何幸,躬逢命案,说说也无妨,多个人出主意对破案当有助益;纵然说得不对,他山之石,亦可攻玉。"年唯日只得悻然不再说话。

欧阳一敬接着道:"我先察看他全身,并无一处外伤。接着翻抬他尸身时，手掌无意中摸到他后脑，感到触手异样，才发觉他后脑勺肿起了一个包，拨开脑后毛发细看，肿块的表皮微微裂开一道创口。"

俞一应道："创口有多大？"

欧阳一敬用手指比画道："大概半指宽、一指长，极像是被某样坚硬的器物击打造成的。"

昨晚在祠中，鱼岸把身边的捕役都遣出去，自己一人留在享堂里验尸。他拨开乾祥脑后毛发，看到的伤情即如欧阳一敬所述，正要掩盖伤痕时，欧阳一敬闯了进来，直到年唯日带人进去逐走欧阳一敬。短短片刻工夫，没想到欧阳一敬居然把伤口验得一清二楚，鱼岸不由暗自吃惊。

年唯日道："昨晚那会儿你一个人在享堂里，边上又没有别人，你想怎么说就怎么说，谁知道是真是假。"

欧阳一敬道："我亲眼所见，大人若是不信，去验看乾祥的尸身便可，我欧阳一敬若有半句假话，天诛地灭。"他言语间满是至真至诚的气概，任谁听了都无可辩驳，年唯日也不好再发威斥责。

俞一应道："欧阳小哥为了破案奔波了一整夜，可谓满腔热忱，料来也不会拿这种事作假。"

年唯日道："那鱼岸为何没见到呢？"

鱼岸苦笑道："这个……卑职昨晚被欧阳一敬扭伤了手腕，疼痛难当，后来验尸的时候可能疏忽了，没有发现后脑的这处伤势。"欧阳一敬当众揭出了乾祥脑后的伤情，鱼岸再也不好掩饰，只得承认下来，又对欧阳一敬道："多亏欧阳兄弟检出这处伤痕，咱们正可以此作为线索抓捕凶手，太好了！"

方如许道："我昨晚看那享堂里没有血迹，也没有挣扎的痕迹，既然欧阳小哥检出乾祥脑后有伤，且又是全身的唯一伤处，那么或许这处脑后的瘀肿就是乾祥的致命伤。"

萧苇道："没有血迹就一定是被打死的吗，也许是被掐死的呢？"

方如许道："这个你有所不知，但凡人被掐死后，其脖颈周围必有或淡或深的黄色扼痕，死者面容也多呈紫绀色。若乾祥是被掐死的话，欧阳小哥必会验出征象。"

欧阳一敬道："大人说得是，乾祥的脸和脖颈处肤色如常，没有被勒扼的痕迹。"

方如许捋了捋白须，道："仅仅是脑后的一处轻伤就能致死，这个……倒是不多见。"既而又道："不过人的后脑极为质弱，猛击一下将人打死也不是没有可能。"

萧苇听到"一下"这两个字，顿时来了劲，道："为啥只是打一下呢？为啥不是打了很多下呢？"

方如许道："如果打了很多下，后脑勺必定会皮开肉绽、鲜血淋漓，就不仅仅是一处瘀肿了。"

萧苇不依不饶地道："假定他脑后的皮肉很厚打不烂呢？"

方如许道："再怎么厚也是肉长的，遭硬物反复击打肯定会被打烂的。"萧苇欲再反驳，方如许又道："你见过的命案很少，所以体认不深。今年一月，德化有一起'姑嫂夺金'命案，凶手是一户人家的儿媳妇，为了占有婆家祖传的一对金耳环，用田里挖出来的一根粗大的山萝卜，把小姑子的后脑打得稀烂。一根萝卜就能对

113

人的后脑造成如此重创，更何况是其他的硬物？捕快们搜了好多天，都没找到凶器。"

萧苇诧异道："一个萝卜还找不到？卧房和厨间没有吗？鸡窝跟猪圈找了吗？"

方如许不答他的话，道："彼案中儿媳妇和小姑子积怨很深，才会下手那么狠毒，而乾祥被打了一个肿包，且只有一道小创口，这是不是说凶手和乾祥没有积怨过节，只是临时起意加害呢？"

俞一应道："世上没有两片树叶是完全一样的，也不会有两起完全相同的命案，这两起命案彼此迥异，不可拘于死理做出推论。乾祥的伤口微创或许有多种原因，凶手并不一定对他没有怨结。"

萧苇心痒难耐，穷追不舍地问道："凶器找了吗？在哪里啊？"

方如许道："那个儿媳妇招了，却找不到。"

萧苇道："咦，她都招了怎么还找不到？那些捕快难不成都是酒囊饭袋吗？"

方如许笑着道："她把萝卜吃进了肚子里，化为肥料施在了田间，你说能找到吗？"

萧苇一愣，半张着嘴再也说不出话来。

欧阳一敬道："凶手全程只作一击，击在乾祥的后脑上，显是意欲一击致死，由此看来，这凶手似乎和乾祥认识。"

肇室启一撇嘴道："你们都忽略了一件事，乾祥是躺在地上的，凡人脑后受击，身子必向前栽，为何他却仰面躺在地上？"他环视众人一圈，才道："鱼县丞，你可验到乾祥身上是否有财物？"

鱼岸道："没有财物。"

萧苇却暗自记得,昨晚见到乾祥死状时,他腰间鼓鼓囊囊的,似乎里面有件财物。

肇室启道:"这就对了,当然是凶手翻过他尚热乎的身子,劫走了他的钱财。那这凶手和乾祥必不相识,是偶遇之下才害命谋财的。"

鱼岸昨晚一记重击,打得乾祥扑在狄公像前,后来再进享堂验尸时乾祥的身子一如众人所见,仰躺在狄公像前的地上。这倒也不足为怪,想是断气后身子向后瘫倒使然。此刻肇室启断定凶手另有他人,鱼岸心中稍宽。

鱼跃海道:"依肇大人推论,咱们昨晚临时起意才去狄公祠,凶手无意中撞见乾祥进祠,趁着四处无人的当口潜入祠堂行凶?"

方如许道:"这个也有道理,凶手见乾祥孤身一人,贪念作祟,打倒了他之后劫走钱财,此样的命案也很常见。"

欧阳一敬听到这里,还是觉得昨晚的命案多半凶手和乾祥相识,但自己搜到锁子和钥匙和夜访陈家之行,对肇室启的论断并无质力,不如以后再说。

年唯日问道:"可有找到凶器?"

鱼岸道:"卑职在祠堂内外各处仔细搜查,并未发现什么可疑之物。"

年唯日道:"没有凶器,人是怎么被打死的?"

肇室启道:"不是没有凶器,是凶器被凶手带走,自然就找不到。"

萧苇故作深沉地道:"会不会是凶手用拳头打在乾祥后脑处,所以根本就没有凶器?"

肇室启道:"不可能。"

萧苇道:"为啥不可能?"

肇室启道:"这还用说嘛,拳头是皮肉包裹,人的脑袋也是皮肉所覆,以皮肉打皮肉,只会打肿,不会打成开裂的创口。"

俞一应心想,这肇室启看起来肥胖臃肿,分析案情却是一针见血,不愧是大理寺的人。

萧苇揪着唇边一根长髭,道:"若是凶手的拳头比较硬,那会不会打出创口呢?"

肇室启道:"老夫在大理寺这么多年,过手的案子比你嘴边上的毛都多,如果凶手是赤手空拳杀人,一般都是勒人脖子、扼人咽喉、抠眼珠子、踹裆掐下阴,用拳头打后脑的从来没见过。"

萧苇扁了扁嘴,反驳道:"如果凶手乘着乾祥转过身去起了杀机,但手中又没有凶器,情急之下只能用拳头呢?"

萧苇不懂推理断案,一味地瞎抓冒问,肇室启心生不耐,道:"你的话貌似有理,实际上并不会发生。假如我是凶手,要杀害乾祥,他正好背对着我,我手中又没有器物,那我必定扑上去掐住他咽喉,将其扼死。因为用拳头打人后脑,不见得能立时致命,一击之后,受害人定会大声呼救,岂不是引人注意?掐扼咽喉使其不得发声,久之便能致命,这是人之常情,难道萧大人你认为不对吗?"

肇室启这一番剖析入情入理,众人皆点头称是。萧苇仍是一副刨根究底不罢休的模样,问道:"万一凶手是个膂力强劲之人,就是能将人一拳打死呢?"

肇室启眼睛瞪得刀子一般,在萧苇脸上刮了一遍,冷冷地道:

"万一真如你所说,便是我孤陋寡闻了。喳喳叫的家雀老夫见得多了,聒聒不休的癞蛤蟆却是第一回遇到。"

萧苇张嘴接道:"这个你有所不知,癞蛤蟆叫起来并不是聒聒不休,而是咕咕地……"话没说完,猛省到肇室启是在嘲讽自己,立刻改口道:"这个嘛……嗯……癞蛤蟆若是叫个不停……唔……那必不是寻常的癞蛤蟆。"

众人无不掩口窃笑,方如许嘴里刚含了一口茶,冷不防一下喷了出来,鱼岸忙将毛巾递给他。

明朝初创时,太祖朱元璋将大都督府分置为前、后、左、中、右五府,统率天下兵马,在南、北两京及十三个省皆设都指挥使司屯军驻守,司下设卫,卫下设所。江西省都指挥使司下辖南昌、袁州和赣州三卫,每卫额员五千六百人,每所额员一千一百二十人,另有九江卫直隶于北京前军都督府。萧苇原本是九江卫的一名草场大使,干的净是些置备刍草、秣饲马匹的琐务,整日头顶柴草的尘灰、脚踏牲口的粪溺,既脏又累,苦不堪言,每晚带着一身屎膜尿臭味回家。当年萧苇娶妻过门时曾许诺,要时时给妻子胭脂花粉搽脸、绫罗绸缎裹身,二十多年过去了,新妇熬成了老妻,非但诺言半点没兑现,还每晚熏得妻子元神出窍。他那老妻生性泼悍,本就对他怨天嫌地,如今新怨旧恨一齐发作,手执烧火棍将他撵到了柴房去歇宿,从此不让他近身。萧苇虽说上了年纪,渴求却盛,刚挨了两天,已是抓心挠肝,身子如着了火一般难受。再者他也暗自盘算,草场大使这一职位太过辛苦,大半辈子也没捞到多少油水,不宜再干下去,于是央人调他到九江卫司狱司做了一名司狱。

司狱司原有一位老司狱，为人恪尽职守，将狱事管理得井井有条，不必借助他人。萧芋不懂狱政，到任后也插不上手，反乐得清闲，日日买来烧酒和狗肉吃喝，老司狱自做己务，对他听自其便。日子一长，萧芋百无聊赖之余，拎着酒壶四处溜达，跟监牢里关押的一名姓苏的囚犯搭上了话，倾谈之下意趣颇为投合，继而引为知己。萧芋每日隔着木栅栏和苏囚胡侃海聊，吹嘘自己从前在草场时曾上战场大败倭寇，俘房了倭寇首领，立下赫赫战功。当时倭患极为严重，倭匪聚众大肆侵扰沿海地区，烧杀淫掠，荼毒生灵，老百姓提起倭寇无不切齿痛恨。听说萧芋竟然是抗倭英雄，狱中犯人都对他推崇备至、顶礼膜拜。不想萧芋前半生一个潦倒梆子，受人嘲弄，此时在一众囚徒中威风八面，人生好不快意。不仅如此，他还疏通家眷探监，借机收受钱财中饱私囊，有了余裕可以贴补家用，在家中重新拾起尊严，老妻也恩准他搬回卧房共寝，于是他每晚飘飘欲仙，身子再也不火烧火燎了。

不为人知的是，这名苏囚乃是倭寇派至九江的一名奸细，初到地头时，因不懂乡俗和居民起了事端，打伤了人被关了进来，正自发愁如何作祟时，萧芋就送上门来。这苏囚既为奸细，心计和眼光是何等敏锐厉害，言不过三句就看出萧芋头脑昏聩，实则饭桶一个，又当过草场大使，这样的人物正宜利用。自苏囚被关以来，外面策应之人时时进来探望，里外合计之后，苏囚让萧芋每日赊来酒肉享用，命外应付账。萧芋得了这吃白食的甜头，越发信任苏囚，两人无话不谈。苏囚趁萧芋喝得忘乎所以之际，将九江卫草场粮秣的储量、仓房的位置轻轻松松地套问出来，再将情报口授给来探监的外应，外应绘成图后火速呈送给倭寇首领。

彼时倭寇正拟大举进攻福建全省，和明军正面开战，明军的主力是骑兵，冲锋陷阵无往不利，倭寇对此大是头疼。骑兵胯下马匹所饲的草料正来自九江卫草场，若能将草场付之一炬，马匹的饲料难以为继，明军的战斗力必定大大受挫。倭首接报后立即召集部众，携带硫黄、烟硝等物赶到草场。萧苇成事不足，败起事来却绰绰有余，他把草场的分布情形说得一丝不差，倭寇照其所述，趁深夜看防松懈之际，毫不费力摸到各处仓房引燃了大火。九江卫指挥使带人赶到时，草场已是一片火海，熊熊烈焰将夜幕吞食殆尽，草场所储备的粮草全部化为灰烬。嘉靖皇帝龙颜大怒，下旨将指挥使罚俸三十六个月，贬为千户。这千户身领刑罚之余不免心中犯疑，为何倭寇对草场情况掌握得如此详尽，就连仓库的储量都一清二楚，储量较多的仓库火势就大？他隐隐觉得似是九江卫内部人做的，于是派人秘密调查，但查来查去，并未发现任何迹象。

此后不久，苏囚也出狱回家了。一个月后的一天，城里一家酒馆的店伴来找草场大使讨要酒钱。萧苇离开后，继任的草场大使从不饮酒，更没去过酒馆赊账，但那店伴不依不饶，说自己是新来的，今天才到酒馆中，店主人派给他的第一桩差事就是找草场大使讨账，讨不到就不走。这位继任的草场大使猛省到店伴要找的人，可能是前任草场大使萧苇，忙将此事禀报给千户大人。从前这种小事千户根本不会过问，但草场着火之后他事事小心，于是亲自到酒馆询问店主，这才知道赊账的果然是萧苇。店主人说，近来萧苇每日都在店中买酒买肉，但结账的是另一个人，最近一个月那人再也没有出现，酒账越欠越多，店主人耐不住了，就命新来的店伴去找萧苇。店主人只是言道去找以前的草场大使，这店伴听岔了，找到了现任草场大使处。千户再一问结账之人的样貌，店主人告诉他，那人从举止言谈看并非九江人氏，多半来自沿海，且每次来时仅是掏出铜板如数结付，从不多说一句话。千户感到事情有异，于是把萧苇请来吃酒，将他灌得半醉后套问起了近况，萧苇便竹筒倒豆子一般把和苏囚的交往告诉了千户，连带着将透露草场情报的事也一五一十地讲了出来。千户听后心惊胆战，火速带人扑拿苏囚，彼处早已人去楼空，他恍然大悟，苏囚是倭寇的奸细，萧苇泄露了情报，引来倭寇焚烧了草场，那个新来的店伴误打误撞找上门来，才阴差阳错地揭开了整件事的来龙去脉。

千户大人盛怒过后自思，萧苇在自己手下当差，如果将事情真相上奏朝廷，萧苇的脑袋搬家自不必说，自己多半也咎责难逃，说不定会被流放千里，再也没有了眼下的官禄，还不如将事情悄悄压下去，何必惹祸上身？这千户投鼠忌器，对此事三缄其口，但他恼恨萧苇无知无德，无端引来了一场大祸，岂能容他继续逍遥自在，一番运作之后将他调至九江府衙门。九江府理民政，受辖于江西省承宣布政使司，九江卫统军事，直隶于前军都督府，上下互不统属，军政彼此分离，如此一来，萧苇离开了行伍，再犯下什么事就与自己无关了。虑及萧苇那口无遮拦的毛病，千户不敢对他说实话，而是假意盛赞他多年来劳苦功高，如今九江府衙中缺出一名经历，力荐他去上任。萧苇目前的官阶是正九品，经历之职是正八品,越过从八品连升两级,真是天上掉下一大块肉骨头!萧苇二话不说,卷起铺盖欢天喜地奔逐而去。事后千户连连感叹世道不公,国家遭殃反让烂人行了好运。

萧苇在九江府衙门中仍是旧日行径,此次到彭泽来就是他主动请缨,言道自己在此地人头颇熟,和主簿乾祥相识多年。平无峭新任不久,不了解他为人,便顺势允了。萧苇本欲借乾祥的地头反客为主,招待两位京官和俞一应,当着方如许的面显显能耐,大捞一笔满载而归,不承想刚到彭泽乾祥就被人杀死,如意算盘落了空。他于断案一窍不通,见众人研讨案情,意欲显示自己很在行,日后破了案便可以借此邀功,博得平无峭的好感,于是对众人的言论横加指摘。

方如许对他道:"你不懂查案,听肇大人的就好,别乱插嘴。"

萧苇不满地道:"谁说我不懂?前年九江卫草场着了大火,草料被烧得一干二净,我就知道肯定是九江卫内部一个好卖嘴的骚驴泄的密。"

年唯日道:"肇大人的分析入木三分,确是高见。"

肇室启心道,吾乃堂堂大理寺的高官,你萧苇一个小小的经历竟敢诘问老子,真是不知道马王爷长了三只眼。他高高跷起二郎腿,脸上满是倨傲。

年唯日问道:"那么凶器是什么东西呢?"

肇室启对萧苇道:"萧大神断,年大人问你呢,凶器是什么?"

萧苇想不出,磕磕巴巴地道:"这个嘛……唔……还是要派人好好调查一番。"

俞一应道："凶器是极为重要的证物，可指出破案的线索乃至凶手的行踪，因此凶手作案后大都会消灭凶器，不授人以柄。"又道："欧阳小哥以为凶器会是什么？"

欧阳一敬略一沉思，道："鹅卵石。"

鱼岸万没想到欧阳一敬竟能一口说中，一颗心突突地惊跳不已。

方如许道："嗯，祠外河滩上全是大大小小的鹅卵石，凶手就地捡起一块行凶，应是有可能的。"

欧阳一敬道："鹅卵石大小不过一拳左右，正适合人手持握，且打在人的后脑，差不多也就是肿起个包。"

方如许连连点头，赞道："你这是由伤情反推凶器，想法很有见地。"他见欧阳一敬行事稚嫩，说起案情却头头是道，提出的见解也颇为中肯，而且脑袋很灵光，想到什么都敢说，说了什么都敢做，身上有一股初生牛犊勇向前冲的劲头，这副浑朴未开的样子和自己年轻时极为相似，对他油然生出喜爱之意。

肇室启道："用石头打人也不稀奇，任谁都能想到，找到凶器才算厉害。"

欧阳一敬道："这是当然。不过昨晚一时没来得及在祠堂周围查找。"

俞一应道："祠堂外没有发现凶器，有一行脚印。"

萧苇叫道："肯定是凶手留下的！"

鱼岸一招手，雷动将昨晚的脚印取了一对，盛在沙盘中端了上来。众人围上去观看，只见两只脚印边缘圆整，不似俞一应、年唯日等所穿的方头官靴那样棱角分明，右脚印的前脚掌有个铜钱大小的"全"字。

方如许道："这人的鞋底怕是刻了个'全'字。"

年唯日道："那么此人应该姓'全'，或者名字里有个'全'字。"

鱼岸接道："县里姓全的人家倒有几户。"他猜想这脚印是某个闲汉溜达时留下的，便取来以迷惑众人。

年唯日道："凶手肯定就在这几户中，赶快去拿人。"说着便欲派遣人手。

欧阳一敬道："这脚印并不是凶手的。"

俞一应道："怎么讲？"

欧阳一敬道："诸位请看，这脚印落迹沉稳，脚跟处并没有踩踏时滑溜趾动的痕迹，此人看来是不慌不忙地走路，并非杀人后着急逃走的样子。"

俞一应昨晚见到脚印后也觉得没那么简单，欧阳一敬说的正合己意。

肇室启问鱼岸："脚印从哪里开始，又到哪里为止？"

鱼岸道："紧围着祠堂外墙是一圈青砖路，再外面是褐泥路，脚印正是从祠门一侧的泥路上出现的，直走到荷塘边就不见了。"

肇室启道："这么说，此人是先从祠堂里出来，再顺着褐泥路走到祠堂背后的荷塘，然后跳入塘中凫水逃走了，这必是凶手的脚印无疑。"

年唯日道："没错，大人这么一说就清楚了，凶手就是这样逃跑的。"

俞一应和鱼跃海对视了一下，均想这么轻易下结论，恐怕草率了些。

欧阳一敬道："凶手为何在褐泥路踩出一串脚印呢？这不是故意引人来捉吗？道理上讲不通啊。"

肇室启道："有什么讲不通的，凶手不熟悉地形，这才踩在褐泥路上逃走，难免留下了脚印。"

欧阳一敬道："祠堂外石阶下先是青砖道，然后才是褐泥路，凶手出祠下阶，必先要走过青砖道才到褐泥路。昨晚明月朗照，凶手纵然不熟悉地形，也不会走错。"

肇室启道："凶手杀了人后急着逃跑，慌乱之下来不及分辨，当然会走错了。"

欧阳一敬道："这对脚印步履沉稳，并非慌不择路的行迹，这难道不是大相矛盾吗？"

肇室启道："这个嘛……或许……凶手当时跑得太急，根本不知道留下了脚印。"

他语气很是牵强，欧阳一敬摇摇头道："大人的话我不敢苟同。"

肇室启笑道："一桩案子的真相有时候极其曲折复杂，常常有一些说不清道不明也解释不通的东西在里头，只要最后破了案能交差就行，欧阳小哥不必太较真。"

欧阳一敬道："您这话就不对了，咱们断案追凶，对每一桩案情都要研析真确、纤毫必究，丁就是丁，卯就是卯，绝不能有半点含糊，否则就会放过凶手，抓错了无辜的人。"

肇室启被说得面腆耳赤，却也不好反驳，只得干笑道："哎呀呀，我说你这小子，真……真是个……老夫身为大理寺评事，难道这点道理还不晓得，还用你说？"说着笑容散去，不悦地道："我的意思是，逮到凶手才是首要之务，到时案情自然真相大白。否则，你干坐在这儿扒瞎，凶手如何作案、如何逃跑、叫什么、长相如何，你一个黄口小儿说得清吗？哼，真是不知天高地厚！"

欧阳一敬道："可若是连案情都弄不清楚，推论和真相南辕北辙，又如何能捉到凶手呢？"

年唯日对欧阳一敬斥道："肇大人堂堂朝中大员，那是何等尊贵，你有什么资格跟人家理论？不要再说了。"

萧苇刚被肇室启刺得不敢出声，憋了半天，见欧阳一敬势处下风，附和道："肯定是凶手的脚印嘛，这么明白无误的事，你却不承认，不懂装懂的硬是要逞能。小伙子，老哥哥我给你个忠告，做人一定要实事求是，少耍些花枪！"他边说边摇头摆脑，眉眼间一副趾高气扬的神态，仿佛数落欧阳一敬几句，自己便高升了一级。

肇室启咧嘴蔑笑，年唯日眼含怒意，萧苇一脸讥色，三个人对欧阳一敬均是眈眈虎视。

欧阳一敬面无一丝惧色，道："我据线索、依常理来推断案情，本就是实事求是，大人如何说我是耍花枪呢？这话好没有道理！"

肇室启不理欧阳一敬，自道："这么一来整个案子就清楚了，凶手起意劫财，在河滩上捡了一块鹅卵石，摸进祠堂打死乾祥，不过……乾祥也忒不耐受,一下子就被打死了。凶手盗走他身上钱财,绕到祠后跳入塘中凫水逃走,顺手把鹅卵石扔在了塘底。咱们赶到之后,俞大人摸到乾祥的身子尚温热,那就是说凶手逃离只早了咱们一步,若非停下来看那伙乡民拜月,咱们就能当场捉到凶手。"说完看着手中的茶碗,眼皮更不抬一下,言下之意是指俞一应延误了时机。

俞一应将此番话听在耳中,却依旧镇定自若。

年唯日道:"对,凶手图谋钱财、杀人害命,当真是歹毒。当然,这也怪乾祥自己不小心,与旁人全无干系。"说完瞟了众人一圈,这意思是自己并无过错。片刻后,年唯日对鱼岸道:"你把人手再分派出去,按这脚印去搜那几户姓全的人家。"

肇室启一扭头,见鱼跃海坐在一边,自始至终都没说几句话,便问道:"在下一番愚见,不知鱼大人意下如何?"

鱼跃海笑了笑,道:"就按大人说的办,马上派人捉拿凶手。"

话音刚落,就听外面有人喊:"抓到凶手了!"

第六回
错绑京官

就见曹廉满脸喜色，颠颠地跑进来，对着诸人施了一圈礼，道："启禀年大人、俞大人、方大人、鱼大人、肇大人并萧大人诸位大人，小的已将那凶手亲手抓住。"

年唯日道："真的吗？快仔细说来。"

曹廉道："昨晚小的驾舟在塘中彻夜搜寻，今日一早，天刚蒙蒙亮时，发觉这凶手正潜在水中，藏在莲叶下。小的舍身与他一番殊死搏斗，才将其拿下，人现绑在大堂前，请大人犒赏……嗯……示下。"

年唯日大喜，起身离座道："太好了，真是天网恢恢，疏而不漏！走，咱们这就去审问凶手。"又对曹廉道："你这是立了一件大功，本县要重重犒赏于你。"

鱼岸的脑中冒出一连串的猜想，乾祥明明是自己打死的，那曹廉捉到的又是何人？

肇室启白了欧阳一敬一眼，道："纤毫不究照样能捉住凶手，哼！"

欧阳一敬正自推想凶手是何人,没听见他的话。俞一应见曹廉的衣着整洁,不像是与人拼斗的样子,不免心中存疑。

此时天已大亮,旭日东升,朝霞将衙中的墙砖屋瓦涂成了金色,晨起的鸟雀在枝头旋飞啾鸣。衙中的吏役脚步匆匆往来穿梭,预备一日之始的公务,听说抓到了凶手,纷纷围拢过来观看。

众人跟随年唯日来到大堂,只见堂下缩肩低头跪着一个被缚的人,身形瘦高,衣衫尽湿,身上不断地往下滴水。他胸前衣襟上挂着几根水草,头顶粘着一小片莲叶,两只裤腿上全是淤泥,跪身之处一片狼藉。旁边立着两名捕快,浑身也都是水洗泥裹。

众人在堂上坐定,年唯日喝道:"凶手报上名来!"

曹廉对那人骂道:"狗贼,你叫什么名字?快回大人话。"

那人抬起头向堂上看来,因为乱发披面,相貌看不十分清楚。

年唯日道:"为何不回话?"

萧苇跳下堂去,抢上前骂道:"哪来的腌臜畜生,瘪生的禽兽东西?你杀了我好友,还不快快招认罪行!若有半句假话,瞧我不割了你那两颗卵蛋。"他揪着这人头发一连就是五记耳光,直打得手麻腕酸才停下,道:"可清醒了些?爷爷乃是九江府经历萧苇,你给我记住了!"

欧阳一敬抢过来拦在萧苇面前,道:"住手,你怎么可以打人?"

萧苇挥着拳头道:"不打死这恶贼给乾老弟报仇,还等什么?"

欧阳一敬道:"他是不是凶手要审过之后才知道,你问都不问就把人打死了,那怎么行?"

那人赫然暴怒,身子蹦起三尺高,冲着萧苇呜哩哇啦地乱骂,似是要生吞了萧苇。萧苇被他的气势所慑,不敢再动手,揉了揉手腕道:"那就暂且留下他的狗命,让他明正典刑。"

欧阳一敬见这人说不清话,口里似乎有什么东西,便伸指头进去一勾,从他喉中扯出一只袜子来。曹廉接过袜子,除下左靴套在自己左脚上,道:"刚逮到这恶贼时,怕他聒噪,就塞了他的嘴。"

这人含了老半天曹廉脏污不堪的臭袜,连吐口水,直骂道:"呸呸呸!不长眼睛的蛆虫,也不瞧瞧绑的是谁?快给老子解开!"

肇室启听着声音很是耳熟,轻轻"咦"了一声。

那人对年唯日道:"你就是彭泽知县?"

年唯日还未答话,鱼跃海已惊叫道:"这莫不是北京刑部江西清吏司主事万仞峰万大人?"

那人道:"阁下是?"

鱼跃海飞步下堂,道:"在下北京都察院鱼跃海。"

那人思索了一下,道:"五年前洛神香妃案,三法司会审太医云景生,我坐在大堂一侧录口供,在门口唱名传唤证人的那个司务是你吧?"

司务是京中高等衙门里处理日间庶务的从九品官。八年前鱼跃海由国子监学正转任都察院司务,掌管案牍承发、文书出入、考校勤惰、稽查违旷。他处事稳重,为人精明细致,渐得莫如泓青睐,一手提拔他当了都事,今次正是受莫如泓之遣而来。鱼跃海道:"大人好记性,不知您怎么会在这里?"

这刑部主事万仞峰狠狠瞪了曹廉一眼,道:"我在荷塘中追踪凶手,这混账不容分说将我当凶手绑起来,还塞住了嘴,却又奈何!"

俞一应和鱼跃海一齐叫道:"快……快松绑!"

几个人一起走下堂来,边上两名捕快七手八脚解开万仞峰身上的绳子。

方如许怒道:"曹廉,你何以断定万大人就是凶手?"

曹廉面如死灰,僵立着一句话也说不出来。

方如许喝道:"你看见他杀人了?你问过他吗?你一句话都没问就认定万大人是凶手,真是人头猪脑!你身为捕快,行事怎么如此马虎!"

两个捕快一齐跪倒在地,捣蒜般连连磕头,道:"大人恕罪,不关小的事,都是曹廉下令我们做的。"

原来,昨晚衙役捕快们被尽遣而出侦捕凶手,曹廉不敢临危趋险,只带了两个捕快在塘中泛舟虚应差事。天快亮时,水面突然冒出一个人,命案发生之地就在附近,故而曹廉认定其必是凶手无疑。他昨晚尿了裤子,被肇室启出言嘲讽一通羞愧难当,盘算着将此人捉回衙中肯定是大功一件,亦可挣回失去的颜面,便当即命人跳下水捉拿,自己只在舟上挥桨持索地策应。三人将万仞峰捉住捆牢,万仞峰欲要自辩身份,曹廉急扯下袜子堵住他口舌,兴冲冲地将他解回县衙报功。他自觉行动迅捷,大反往日懦钝的常态,没想到捉的人居然是堂堂的刑部主事,这一来请赏的功绩变成了致罪的祸端。

明朝开国伊始,太祖朱元璋命人将五府六部等诸衙门所司掌的职事编纂成典,定名为《诸司职掌》,颁行天下,其中明载听讼鞫凶、审案判罪、量刑谳奏、录囚理狱及处决典刑等一应刑政皆由刑部操执，两京及各省的命案必经刑部审判、复核，才能拟定罪名。在两京诸衙门中，北京刑部因得以司掌刑名大权而震慑世人，尤为声威煊赫、处尊居显。而今一个连品秩都没有的小捕快，竟然将正七品的刑部主事给绑了押来，无异于犯了以卑凌尊、以下辱上的悖逆之罪，再加上他诬指万仞峰为凶手，这在官场中根本就是前所未有的舛谬之事，若传扬出去，必定举国哗然。曹廉在彭泽县衙当差，归根到底是彭泽县衙绑了万仞峰，这罪责最终要落在知县年唯日的头上，万仞峰回奏朝廷，将年唯日、曹廉等人以重罪下狱，那是板上钉钉的事。年唯日心知已是大祸临头，两眼直冒金星，脊背上渗出的汗水湿透了衣衫。

方如许忙命鱼岸去三堂给万仞峰烧水备沐，万仞峰横眉怒目，冷冷地道："慢着，我这个杀人凶手还等着知县大人发落呢！"说完背过身去双手负在身后，昂首望天，一时无人敢上前搭话。

俞一应对年唯日使个眼色，示意他上前请罪。年唯日视万仞峰如虎狼一般，畏得欲死，战战兢兢地道："这……这……这可怎生了得？"

俞一应暗道，这个年知县可真是不中用，事到如今，纵然面前是油锅滚水也要走过去。他凑到年唯日耳边低声道："你现在不过去将事情化解，等到朝廷降旨解你去刑部大堂可就来不及了。"

年唯日猛然省悟，稳了稳神，走到万仞峰面前。万仞峰转了身子，仍是背对着他。年唯日跪倒在地，拱手道："卑职彭泽知县年唯日给万大人请罪，今日我麾下捕快愚昧无知、鲁莽行事，侵凌了大人贵体，使得尊驾受辱，此皆由我统率无能所致。卑职无地自容、愧悔无极，在此谨请大人重重降罪，责罚于我，勿存恤念，所有过错皆由我一人承担，就算是枷锁系身、投牢下狱，卑职也躬身领受，绝无怨言。"说完额头磕地长跪不起，边上围观的一众衙役呼啦啦全跟着跪下了。

年唯日料想万仞峰此时心中必是一团怒火，如果再出言狡辩推卸责任，反倒会令其怒气更盛，那就再也无法收场了，不如索性摆出坦承过错、甘愿认罚的姿态，反正是福不是祸是祸躲不过，以退为进或许会有不同的结果。年唯日在官场混了大半辈子，这点儿心计还是有的，若非如此，他定会把罪责全推在曹廉一人身上，再落井下石踩上一脚。

果然是有理不打笑脸人，见年唯日如此卑躬屈膝、言辞恳挚地请罪，万仞峰的怒气登时去了一半，正思如何发落时，俞一应道："大人不妨先去洗沐，之后再作处置也不迟。"万仞峰身上脏污，情状狼狈，便依了俞一应，随鱼岸去了三堂。

众人稍稍松了一口气，年唯日抬起脑袋，压着嗓子对俞一应道："我该怎么办啊？"

俞一应道："看他回来怎么说。"

方如许道："你快命人置备早膳。"

年唯日起身命衙役速去厨房端来膳点，又命衙役将一套珍藏多年、仅由自己享用的紫檀方桌和黄花梨木雕背太师椅搬到院中，太师椅上还铺了一张白狐皮坐垫。年唯日亲手将茶点果品一一置于桌上，又弯腰前后左右仔细检查，见座椅扶手上落了点儿灰尘，忙卷起官服的袖子反复揩拭。

鱼岸碎步跑来道:"沐浴已毕,正找了身干净衣裳在换,大人预备妥当。"说完又一溜烟地跑了回去。

年唯日跪回原处,刚伏下身子忽又起来走去大堂,拿来一根拷打犯人的刑杖置于身侧,再跪在地上,意思是让万仞峰来责打自己。鱼跃海暗笑道,亏得年唯日还能想起这么一手。

片刻之后,万仞峰装束一新地来到前院。众人这才看清楚,他身材甚高,一副长脸削颊、凸颧瘪腮的相貌。俞一应暗道,这副尊容真是不敢恭维,无怪乎曹廉将他认作了凶手。万仞峰见到桌案等物,一张长脸又挂上了怒容。俞一应等一干人皆肃立在旁,只有肇室启一人独坐堂上,优哉游哉地品着茶,似乎眼前发生的一切与己无关。

万仞峰道:"这摆的是什么阵势?"

年唯日伏拜在地道:"请大人享用早膳。"

万仞峰道:"彭泽县衙的饭我可不敢碰。"

方如许明白今日之事不会轻易揭过去,当下对他拱手施了一礼,把众人一一作了介绍,简述了来此的因由,又道:"昨夜出了命案,死者又是县衙主簿,衙役捕快都忙成了一锅粥,顾头不顾尾,不识大人尊颜,才酿成了大错。"

万仞峰道:"哦,昨晚祠堂里的死者是县衙主簿?"

方如许道:"正是,所以他们全乱了阵脚,像没头苍蝇一样乱飞乱撞,还望大人饶恕年知县冒犯之罪。"他目视俞一应,望他也出言求情。俞一应身为正五品的高官，岂有不顾身份去触这个霉头的道理？当然没有丝毫的举动。无奈之下，方如许又道："说起来我和贵部侍郎赵北辰颇有几分交情，前年他来九江我还陪着他赏花钓鱼，还望大人看在……"

方如许抬出赵北辰本是要套近乎，万仞峰反意会为仗势压人，打断他道："不知方大人跟尚书大人徐阶交情如何？"

刑部尚书徐阶乃是当朝首辅夏言的门生爱将，今后入阁拜相成为国之宰辅是指日可待的事，他的名字如雷贯耳，不可轻易直呼。众人听到这里心头微微一惊。

方如许道："惭愧，稗官微吏哪攀得上名公巨卿？卑职只闻其名，从未有机缘拜谒过徐大人。"

万仞峰道："那对不住了，本部的事徐大人一言而定，我饶不饶恕年唯日不听他赵北辰的。"

方如许一张脸白里泛红，很是难堪。鱼跃海暗暗摇头，方大人这话说得不太妥当。

这时就听萧苇道："益王朱厚烨跟徐大人可是拔毛带血的交情，很是不一般，他亲口跟我提过，我跟益王也是称兄道弟的。"刚才万仞峰揭开身份后，萧苇就畏缩在方如许身后一直没敢吭声，此时听到徐阶的名字，猛想起自己还有一条线能搭得上，忍不住显摆一下。

万仞峰本来暂忘了被萧苇打过耳光的，这一下登时记了起来，当即怒喝："跟王爷称兄弟，你是皇上吗？！"他声劲气足，好似一个焦雷在半空中炸开，院中所有人都为之一震，枝头的鸟雀也停止了叫声，整个院子鸦雀无声。曹廉跪在人群中，胆水已吓得快要倒流。

萧苇惊怔地看着万仞峰，万仞峰也不废话，上前揪起他的衣领，右手就是一记响亮的耳光，萧苇左半边脸登时高高肿了起来。万仞峰问道："你打了我几个耳光，还记得吗？"萧苇如蔫鸡一般，大气都不敢喘一口，伸出左手慢慢叉开五根手指，万仞峰点点头道："对，还差四个。"说着抬手就要再打。

突然万仞峰的手臂被人一把抓住，耳边传来一句"不能打"，他扭头一看，正是刚才制止萧苇打自己的那个少年。

万仞峰一甩胳膊，摆脱了他的手，怒道："为何不能？"

那少年一脸正气地道："打人就是不对。"

万仞峰道："他刚才打了我，难道我还不能还手？"

那少年道："不能。"

万仞峰上上下下审视对方一遍，不无诧异地道："阁下是何人？"

那少年道："我复姓欧阳，草字一敬，是刑房的书吏。"

万仞峰道："你们彭泽县衙的规矩是只能挨打不许还手？"

欧阳一敬道："我并不是这个意思。这里是县衙官署，并非市井之地，您这么动粗打人有辱斯文，真是不成体统，还望大人息怒。"

万仞峰耸了耸眉毛，道："哼，刚才这姓萧的打我时，你们县衙的体统又在哪个鸟窝里？"

欧阳一敬道："萧大人不知道您的身份，对您动手实属不该，但他是不知者不罪，您此刻打他却是殴打朝廷命官，是明知而故犯。

他打了您固然有错,您再打回去是错上加错,就更是不对了。"

万仞峰道:"他打我在先,我还手是理所当然,你连这道理都不懂,还来跟我论理?"

欧阳一敬道:"不是这么回事,萧大人他若是一直在打您,到此时仍未停手,您自当还手;但适才他早已罢手,没有再出手打您,您打他就纯是报复,并非还手了,这个当然不可以。"

万仞峰道:"你这一套说辞用在过堂审案时没错,在乡间野外遇到这种地痞流氓,老子想怎么打就怎么打,就不必拘这个死理了。"

他这话甫一出口,立觉不妥,果然欧阳一敬道:"这里不是乡野之地,而是彭泽县的衙署。"

万仞峰正欲回辩,欧阳一敬又道:"即便是乡野之地,也须遵行堂上的理法,不可以肆意妄为。"

万仞峰道:"这又是为何?"

欧阳一敬道:"大丈夫为人做事应该表里如一。"

万仞峰道:"话说得不错。"随即两眼一翻,瞪向欧阳一敬道:"不过老子就不如一,你待怎样?"后一句话语气极是强横。

欧阳一敬道:"好,那我请问大人,您身为刑部主事,是愿意看到狱舍一空、百姓奉公守法,还是牢房中满是囚犯、囹圄若市?"

万仞峰道:"这还用说,哪个人不愿意过安生日子,想吃牢饭?"

欧阳一敬道:"既然如此,咱们处世行事就要时时依理守法,否则铸成大错,可就追悔莫及了。大人审过的命案怕是比我听过的还要多,如果案犯跪于堂下供述,他杀人是因为别人先打了他,他为了发泄怒气才打死人，和您眼下之举如出一辙，试问万大人高踞堂上，心中会作何感想？"

院中所有人全然想不到欧阳一敬居然说出这么一番话来，都觉得其言虽然唐突，却句句在理。俞一应心中感慨，这话当是不错，只是书生气重了点儿。

万仞峰此次因了一桩命案才来到彭泽，听得欧阳一敬的话，心中若有所思，一时间没有接话。

俞一应凑过去小声道："大人的身份，犯不着同他正面交锋。"

万仞峰暗道，对啊，不说我还真忘了，老子堂堂的正六品刑部主事，跟这个干瘦橛子较什么劲，这若是传到京中岂不是笑柄？以后慢慢跟他算账不迟。可是要饶了他，自己又如何下台？想到这里，万仞峰抬腿对着萧苇的肚子就踹了一脚，萧苇仰翻倒地滚了两滚，冲着弯腰跪倒的曹廉直扑过去，一张脸不偏不倚直撞在曹廉的屁股上，摔了个马趴。

万仞峰冷冷盯着欧阳一敬道："这一下叫你记着，爷爷乃是刑部主事万仞峰！"

曹廉被顶得猛一哆嗦，腹中好似大锅烹煮，肠胃翻腾，脾肺绞滚，捂着肚子只是呻吟。

方如许走过去扶起萧苇道："老萧啊，以后可要谨言慎行，切不可再这么浮夸做作了。"

萧苇眼中含泪却嘴巴死硬，忸声怩调地道："这……这个怎么能怪我？我……我生性疾恶如仇，全是为乾祥出气，谁能知道他是朝廷命官？"又指着曹廉骂道："都是你这瞎蛆惹的祸！"

方如许见他仍是狡辩,气得一甩手,站开了好几步,不再理会。

万仞峰扭着右手腕,缓缓道:"在下为官二十三年来,从未被人半个指头加身,当今圣上的廷杖也无福领受过,不承想今日在彭泽倒开了荤。听说九江知府现下是平无峭,来日我倒要去拜会拜会,问问他'这位益王的兄弟'是什么来头。"

俞一应心想,平无峭若得知此事,将萧苇削成苇秆也说不定。

年唯日见万仞峰怒意稍减,忙道:"大人受累了,还请坐下来享用茶点。"话还没说完,忽然一阵恶臭袭来,气味浓烈,顷刻间弥漫整座大院,院中那株丁香树的清香被驱逐殆尽。跪着的衙役们受不住恶熏,纷纷站起来捂着鼻子手挥袖扇退避开来,院中登时空出一大片场地,只剩曹廉一人不知所措地跪在原地。

肇室启在大堂上指着曹廉叫道:"八成是这孬包溺下了!"

众人目光齐齐射向曹廉,果然臭味是从他身上发出来的。原来万仞峰威恶十足,打得萧苇连滚带爬,曹廉被吓得腹肠痉挛,将屎尿排在了裤裆里,骚臭难闻。

肇室启笑道:"哈哈哈,这厮动不动就使出熏天蒸地的一招,这样的捕快去拿人,凶手早就没影了。"

年唯日对两名捕快一使眼色,二人笑得身子发抖,一左一右架着曹廉去了茅厕。

萧苇撅着鼻子四下里嗅嗅,悄悄问方如许:"是茴香味儿吗?我咋就没闻到?"

万仞峰道:"适才在荷塘时拿腔作势,那么威风,我还当是一位虎士,没想到比鼠辈还不如!"

方如许道:"公门中狐假虎威的人比比皆是,大人真金不怕火炼,不必同这种人一般见识,放过他们也就是了。"

万仞峰道:"放过?今日他把我这刑部主事给绑了,我放过他;明日把通政司使给绑了,也放过他;后日他去京里将六部五寺诸衙门尽数拿下,那还了得?"

方如许道:"大人言重了,今日的事只怪曹廉他眼珠子长在了屁股后面,才误判误绑,纯属无心之过。他若知道您的身份,借他一万个胆子也不敢这么干。"方如许不忍年唯日被降罪责罚,接连开口求情。

万仞峰低头踱了几步,道:"你说的也在情理之中,任谁都有疏忽大意的时候,正所谓人非圣贤,孰能无过嘛。"

年唯日心头如释重负,正要说几句感激的话,只听万仞峰又道:"曹廉失察的错暂且不论,我要说的是,今晨我在荷塘被缚住时,他就将我的嘴塞住,令我不得申辩,直至我被带到这里仍是有口难言。我朝律法明令,每一桩刑案必得案犯的口供与罪证勘核无误方能定罪,尔等不让我开口说话,请问如何录得口供?没有口供又如何给我定罪,是凭这屋檐上的鸟叫声吗?也不难猜想,必定是捏造罪证、伪造口供了。若不是有人取出我嘴里的袜子,继而鱼大人认出鄙人这张脸的话,恐怕已被严刑拷问,我这清白之躯早就成了戴罪之身。鄙人第一次南来彭泽,就见识到你们是如此草菅人命,可想而知,这堂上不知炼成过多少起冤狱,这院中又流下了多少枉者的血泪!"

万仞峰看出曹廉行事中大有瑕疵，决意不肯善罢甘休，寥寥几句话就给年唯日乃至彭泽满衙的官吏安了个大大的罪名。他审案断狱无数，法条律令烂熟于胸，干这种事简直比吃饭喝茶还要容易，否则以他浸淫官场几十年的能耐，岂有被欧阳一敬这个毛头小子三言两语就说服，白白受辱于人的道理？

话说到这里，谁都知道用袜子塞住嘴巴事小，意图制造冤狱可是要掉脑袋的大罪。年唯日冷汗自额头涔涔而下，自觉一只脚已踏在牢门边上，他想把过错全推给曹廉，无奈已当众言明由自己来承担，心下不由得叫苦连天。他巴巴望着面前的几个人求助，却见俞一应目视别处，方如许神情焦灼，对他摇了摇头，示意无法可施，鱼跃海则脸色淡漠，往远躲开一步。

这时，就听欧阳一敬道："您说的根本就是子虚乌有，彭泽县衙并没有对您严刑拷问，更没有捏造罪证、伪撰口供这样的事发生。您拿没有的事来指责我们彭泽县衙，请问是不是冤枉无辜呢？"

年唯日已惧得战战惶惶，唯恐激得万仞峰怒上加怒对自己更为不利，即刻对欧阳一敬破口骂道："遭瘟的脑气筋，你还敢这么放肆，滚出去！"他只顾保全自己，却不知欧阳一敬恰是在维护彭泽县衙。

万仞峰道："年大人，这就是你不对了，咱们审问犯人有来言也有去语，只有取得口供才能结案，怎么能不让人说话呢？否则的话，我这冤枉无辜的罪名岂不就给坐实了吗？"他说话的语气凌傲，已然把彭泽县衙一干人当作了过堂的案犯。

年唯日恶狠狠地瞪着欧阳一敬，恨不得剜他两块肉下来。

欧阳一敬道:"不敢,我只是跟您讲道理,绝不是要给您定罪。"

万仞峰道:"你跟萧苇私交不错嘛,一味地护着他。"

欧阳一敬道:"我跟萧大人今日是第一次见面,之前从没交往过,何况我全是为了公道。"

万仞峰道:"怪不得刚才只有你一个站出来阻拦他打我,这份人情万某在此谢过。"说着拱手对欧阳一敬施了一礼。

欧阳一敬忙还一礼,道:"我是县衙的刑房书吏,每一个案犯过堂时都不得滥施私刑,拦他是我的职责所在,大人不必客气。"

万仞峰点点头,道:"很好,看来彭泽县衙里也不全是废物。"言毕脸色陡作严厉,好似罩上一层寒霜,道:"你说的乍一听有些许道理,实则根本站不住脚。即如你所言,彭泽县衙没有做出严刑拷问的事,但没有做就不能据而定罪吗?从来都不是这样!清晨你撞见某人在青石上磨刀霍霍意图夜里杀人,难道眼睁睁看着他去行凶而不捉他?小毛贼在街上尾随路人欲要扒窃钱财,难道坐视不理任他得手?若吾等不能阻止坏人作恶,不能防患于未然,跟那些庙里白受香火作壁上观的泥塑神又有何异?这么简单的道理你都不明白?"

周围衙役们平日捉贼拿凶也是同样的做法,都觉得万仞峰的话很是在理,方如许也微微点了点头。

欧阳一敬却摇头道:"您说的这两件事都是坏人预谋作恶而尚未施行,当然可以定他们的罪,但是曹廉并非有意冤枉您,没有捏罪陷害您,这完全是两回事,不可相提并论。"

万仞峰道："他塞住我的嘴巴难道不是要曲打我？"

欧阳一敬道："刚才他自己也承认，此举只是不让您喊叫，带您到衙后，还没有开始审问就取出了袜子，根本谈不到屈打成招。您所谓的捏造罪名、伪撰证据，请问可有一个字落在纸上了吗？"

万仞峰道："笑话，那是你取出的，又不是他，他就是这个意思。"

欧阳一敬正要开口相驳，万仞峰又道："是非全为多开口，烦恼皆因强出头。这件事跟你没有关系，你非要管闲事吗？"欧阳一敬站出来维护自己，万仞峰对他尚有一丝好感，故而强压着怒气相劝。

欧阳一敬道："我只知道凭空给人定罪不是一桩闲事。"他平日里遇见欺压良善或是不公之事，无不烈火填膺，第一个冲上去管到底，要他袖手旁观、置身事外，那是绝无可能的。

万仞峰道："哪里凭空定罪了？我的嘴被塞住难道不是他干的？"

欧阳一敬道："那是他在荷塘抓您时做的，诬陷冤枉您的事，他可一点儿都没干。"

万仞峰心头火起，喝道："就算没做也有这个心。"

欧阳一敬昂然道："他根本就没这个心，全是你臆想臆断。"他语气激切，称呼万仞峰也从用"您"变成了"你"。

万仞峰盛气凌然地道："你敢这么对我讲话？！"

今晨万仞峰乍一露面就气势汹汹，加之相貌怪异，所有人无不被他所威慑，莫敢拂逆其意，谁知冒出来欧阳一敬这么个认理不认人的倔小子直撄其锋，刀锋本自锐利，谁知偏偏碰到了钢针。肇室启心里一乐,又有好戏看了。方如许手心里却不觉捏了一把冷汗。

欧阳一敬道:"我没有乱讲,更不敢胡乱给人定罪。"

万仞峰道:"只要他有这个心,就能定罪!"

欧阳一敬道:"没有形迹,怎么定罪?"

万仞峰道:"做坏事论心不论迹。"

欧阳一敬斩钉截铁地道:"不对,没有形迹就不能定罪,做坏事论迹不论心!"

万仞峰怒不可遏,暴喝道:"你不是他,怎知他没有?"

欧阳一敬烈声对喝道:"你不是他,又怎么知道他有?"

一轮朝暾当空照下,欧阳一敬身子沐在万道金光里,满脸刚毅之色,对万仞峰瞋目以视,一副绝不退让的气势。两个人剑拔弩张在院中对峙,眼看就要动起手来,在场的人都惊呆了。

年唯日这才明白过来,欧阳一敬在帮自己说话。想开口劝开二人,但万仞峰这架势,自己是碰都不敢碰,欧阳一敬英威凛凛,宛若神将一般,令人望而生畏,他也不敢搭话,只得向方如许努了努嘴。

方如许咳嗽一声,清了清嗓子道:"欧阳一敬,你一个小孩儿怎么跟万大人这般争执?你先退下再说。"

欧阳一敬道:"小孩子又怎样?从来都是有理不在年长,更没有公正向偏私退让的道理。"说完反向前踏上一步,毫不畏惧地正视着万仞峰。

俞一应来彭泽本是出一趟闲差,不想碰上这许多事,年唯日窝囊无能,彭泽县衙乱成一锅粥也就罢了,自己压根也不想蹚这池浑水。但他在这一干人中官位最大,官员群处自然要奉其为尊,行事举止都要观其脸色而动。万仞峰和欧阳一敬吵得面红耳赤,到了无法收场的地步,完全没顾忌到俞一应,他再不说两句,颜面上就极是挂不住了,这是官场中历来的规矩。俞一应略一思忖,道:"有时候家里的小子们也不听话,气得人暴跳如雷,忍不住就想动手狠揍一顿,不过眼下有正事待办,就先顾不得了。"他说话的声音不大,却是每个字都清清楚楚地传到了万仞峰耳中。

万仞峰被点中心怀,盛怒之下以为还是正事为要。他年近半百,脾气固然暴烈,却并非不知道轻重缓急,否则也不会做到主事的位子,当下冷笑两声,道:"那又怎样?要是在北京,你这小孩子早下了刑部的大狱,嘿嘿!"说完转过了身子。

就听身后欧阳一敬道:"万大人你潜身荷塘,如果有人说你要杀人,请问你认是不认?"

万仞峰闻言震怒,转身喝问:"你什么意思?"

方如许抓住欧阳一敬的胳膊劝道:"你怎么如此固执,非要往石头上碰!你不要吵了,先走开好不好?完了我再跟你讲。"欧阳一敬惹下万仞峰,日后必没有好果子吃,方如许实不愿他遭受报复,语气已几近恳求。

欧阳一敬挣脱方如许,直视万仞峰道:"你说论心不论迹,那么想必你在荷塘中是有杀人之心了?"

这一问是以子之矛攻子之盾,万仞峰当然没有杀心,但若矢口否认,无疑是自证前言为谬。他正思忖如何反驳时,围观的衙役们已经嘀咕起来:"这话也蛮有道理。""对啊,看他怎么说。""长成这副面孔,纵然不是凶手,也不会干什么好事。"……一院子人都盯着他看，目光中多是质疑。上级官员下临地方，通常要知会当地的官员迎接，万仞峰这么背过人地独来独往不免惹人猜疑，他若提前告知彭泽官方，也不会有今日之事。

肇室启笑道："堂堂的刑部主事被判作杀人凶手，玩了一辈子鹰，倒叫鹰啄了眼，实在是有趣。"

万仞峰见他一副幸灾乐祸的嘴脸，这趟彭泽之行全是因他而起，再跟欧阳一敬吵下去，自己蹚的这身水怕真会有点儿浑，不如先说明来历再行定夺，于是道："我在荷塘中那是替彭泽县衙尽职分。"说完环视一周，稍稍平复了一下心情，才又道："我到彭泽来，原是为了一件私事，私不费公，也就没有打扰地方官府，只是自行赶路。昨日傍晚时分到得彭泽地面，在小店草草用了饭，寻人问明了狄公祠的所在后就匆匆赶去，只想着完事之后便离去。"

俞一应心念倏动，万、肇二人俱自京城奔狄公祠而来，两者必有关联。

万仞峰续道："我才推开门走进祠堂，就听到祠堂深处传来一声惨叫；我穿过门厅，来到天井中四处打量时，享堂中又传来'啊'的一声惊叫。"

鱼岸心想，这姓万的该不会路途劳累，以至于听错了吧？自己打中乾祥时，他惨叫倒地，哪有再次惊叫？

欧阳一敬急忙道："那是凶手正对乾祥行凶，你快进去抓他！"

万仞峰对其犹有怒气，瞪他一眼，转头对其他人问道："昨晚是谁第一个发现命案的？"

年唯日道:"是曹廉,是他带我们进享堂,他头一个看见的。"

万仞峰鼻孔嗤了一声,一脸不屑,不知是对年唯日还是对曹廉。

俞一应道:"昨晚我们一行人同去狄公祠,曹廉在前面领路,年大人和我跟着进去,其他人随后也都见到了当时的情形。"于是将昨晚的经过复述了一遍。

万仞峰听后沉吟一下,问道:"鱼大人,你在都察院时可曾审过那种闹鬼或是……灵异的案子?"

鱼跃海道:"没遇到过。"

万仞峰道:"我也不大信这种事,不过昨晚那一声惊叫过后,享堂里有一位女子飘过。"

鱼跃海道:"昨晚我进去时,只见到乾祥躺在地上,没见什么女子。"

万仞峰摇了摇头道:"说得更明白点儿,我看见一颗少女的人头,从享堂中横飞而过。"

方如许惊道:"万大人不会看错了吧?"

万仞峰道:"那少女容颜清丽,我绝不会看错。"

众人无不觉得此言匪夷所思,但唯有他一人见到,故而都无从置辩。

万仞峰续道:"我走进享堂,就见一人跪在狄公像前,当时我并不知他就是贵县的主簿乾祥,扳过一看,已是气绝身亡,但身子尚热,当是前一刻才死的。月亮照得享堂光亮亮的,我打量四周，没有一个人，这才放倒他的身子，关上门走到祠堂外察看。"

俞一应道："万大人应是先我们一步到达，我们赶到时享堂的门是关着的。"

万仞峰道："门是我关上的，那是以防有闲人进去破坏现场。"

俞一应道："这么说乾祥的死状是跪在狄公像面前，而非躺在地上，是你放倒了他的尸身。"

万仞峰道："正是。"

肇室启先前推测乾祥被劫财一说看来全错了，他忙端起茶碗挡在面前，低下头装作喝茶。众人在院中聚议，倒也没人留意到。欧阳一敬想起后墙上有个洞，欲开口询问万仞峰，又想到自己应该去实地查看后再得出结论，便不再声张。

万仞峰续道："我出祠绕到堂后，只见荷塘中蛙声此起彼伏，水面犹有余波荡漾，凶手定是凫水逃走，我也和衣跳入塘中，紧追在后。我本以为这凶手就在前头不远处，甩几下膀子就能赶上，哪知游到荷塘的出口还没见到人。这塘口极是狭窄，我连日来赶路，已是疲惫难支，就爬上岸，靠在礁石上歇息，眼前唯江水茫茫，凶手早已不知去向。我躺了大半夜，待精力回复才又从原先的水路游回，准备到祠堂查看一下死者再去报案，那时天已破晓，谁知便中了曹大人的埋伏。总算他手下留情，没有把骚屎臭粪的法宝布在荷塘中，否则的话，鄙人被熏死也未可知。"

众人嘴上不说什么，心里都暗暗觉得好笑。鱼岸心中好一阵惊悸，昨晚的脚步声原来是万仞峰的，自己潜入荷塘逃走时浑然不觉身后有人跟来，幸好游到中途上岸，才逃得一条生路，否则此刻早已成了阶下囚。想到这里，他暗骂自己太过大意，眼前这些人个个是断案缉凶的老手，今后行事定要打足十万个心眼，否则只有束手就擒的下场。

俞一应合掌一拍，笑道："解了！这一下可清楚了，万大人是替彭泽县衙捉拿凶手的，毫无疑问是一番好意，却无端遭人冤枉，唉，大人太受屈了。"

万仞峰缓缓点了点头，没有说话，转而盯着欧阳一敬，冷冷地道："请问欧阳大人，能否洗刷掉我这杀人的嫌疑？"

欧阳一敬道："您言重了，我之所以这么说，全是论理设譬之故，并非要诬蔑您的清白。大人秉正为官，行事光明正大，绝无可疑。"

俞一应生怕二人再吵起来，赶忙道："请万大人上座奉茶。"说着伸手拉起万仞峰的右手，用力握了握。

俞一应几句好言劝慰，说得万仞峰胸中的积怒消去不少，心里大为舒坦。二人携手走上大堂落座，方如许等人也跟着陪坐在左右。一名衙役沏来一杯热茶，放在万仞峰近前。肇室启高跷着二郎腿，目光淡漠投向别处，对万仞峰其人全然无视。座中一时间无人说话，场面尴尬。

年唯日欲起话题攀谈，随口道："这么说祠堂外一侧的那串脚印，是大人您留下的？"

万仞峰道："不是我的难道是凶手的？哪个蠢货认为凶手会故意留下足迹引人来捉？"他当是欧阳一敬得出这样的谬论，大骂之以解气,却不知出此言者原是肇室启。众人皆侧目向其看去,肇室启面沉似水,目不转睛地盯着前方,脸上的皮肉动也不动一下,对其言置若罔闻。

年唯日又问:"脚印上为何有个'全'字?"

万仞峰顿了顿,道:"此事说来惭愧,不才矻矻半生,将近天命之年尚孑然一身,令家中老母时时忧心牵挂。她老人家年事已高,对我疼爱之心却并未稍减,一如幼时,慈母手中线,游子身上衣,我身上的衣服、鞋子均是她亲手缝制的。她为我做脚上穿的这双鞋时,把我名中的'峰'字一分为二,用麻线在左鞋底缝了个'山'字,右鞋底缝了个'夆'字。我穿着这双鞋跋山涉水,左鞋底的'山'字早都磨掉了,右鞋底的'夆'字也磨得差不多了,'夆'字磨去了上面的笔画,踩在地上的脚印就成了个'全'字。"说罢抬起右脚亮出鞋底,鞋底果然有个"全"字,跟狄公祠外采到的脚印上的字迹一模一样。他适才洗沐后只换了衣裤,脚上仍穿着旧鞋子。年唯日忙命晋笙取来一双干净合脚的鞋子给万仞峰穿,将这双旧鞋拿去后院清洗晾晒。

俞一应心想,把名字缝在鞋底踩在脚下似是颇为不妥,转而又一想,这是万母爱子之举,或许有其特别的用意。

此时,肇室启一手握拳至嘴边,干咳了两声,道:"一路风尘,彻夜扰攘,万大人可查到那个字是'疑'字还是'乂'字?"

众人这才明白,跟肇室启起了争端的那个刑部官员原来就是万仞峰。

当日，肇室启为了一桩卷宗去找万仞峰，甫一碰面，他言语倒是颇为客气，只是婉言指出判词有误，但万仞峰科断刑案向来严谨，讯人务细、勘证必微，经手的案件几十年来从未出过纰漏，怎会自承其谬？二人你来我往过了几句话，没待肇室启言及正题，万仞峰暴脾气就冲将上来，怒斥肇室启吃饱了没事干无理取闹，肇室启脸上挂不住，跟他对吵起来。万仞峰怒道："既然你说我引文有误，范文正公的原文如今就在江西彭泽县狄公祠中，你敢同我前去一验对错吗？"话说到这个份儿上，还有别的官员在场，肇室启如何能拒绝？他自忖自己参照的拓本绝不会错，便一口应允，二人遂打下这个赌来。肇室启还言明，输的人必须替赢家做一件事，为的是一定要万仞峰把判词改掉。二人随即启程，肇室启行事张扬，由一众官员陪同而来，万仞峰单骑独行。昨晚肇室启一干人酒足饭饱坐轿出衙游街时，万仞峰已先一步到祠中。鱼岸刚打倒乾祥，心慌胆怯，误把万仞峰的脚步声当作年唯日等人，跳塘水遁，万仞峰随后跟去，肇室启等人才到来。三拨人相继抵达却互不照面，才生出了这么一场闹剧。

万仞峰本不欲搭理肇室启，无奈对方开口，只得道："当时的场面肯定要先捉拿凶手，我没顾上验看碑文。"

肇室启道："万大人跑了上千里地，在塘子里扑腾了一晚上，还被人五花大绑了来，遭了这么多罪都没看到碑文，有点划不来呀！"

万仞峰道："倒也不然，三绝碑就立在狄公祠中，改日再去也行，可惜的是让凶手跑了。"

肇室启哈哈笑道："一个字而已，有什么大不了的？万大人和我不打不相识,今日同在异乡,你我何不坐下来一起喝杯故人酒呢?"

万仞峰一摆手,道:"非也,我辈身在法司衙门,手握生杀予夺的大权,案犯的生死、刑罚的轻重全系于咱们手中的一支笔,对一个字就能活人,错一个字就能令人身首异处、家破人亡,这样的先例还少吗?一个字写错了等于是一件案子判错了,核正天下的错案是我刑部职责所系,慎刑慎刑,岂能不慎之又慎!若是一个字的正误都不能纠校,任其留在卷宗里贻笑后人,我等还有何颜面坐在大堂上判人的生死?"

欧阳一敬已得知万、肇二人打赌之事,对万仞峰这番话极是赞许,重重地点了点头。俞一应却暗道,明明是肇室启先挑的刺,此刻语气又软下来,他葫芦里卖的定是另一味药,昨晚席间"并非触蛮之争"那番话当是矫言欺人。

肇室启笑道:"万大人在京里被风沙吹得久了,脾性未免太过耿直,到了彭泽这水乡之地,可得改一改,官阶指定更上一层楼。"

万仞峰道:"万某人一把年纪,根骨早已腐朽不堪,京城的风还是彭泽的水于我又有何异?江山尔自改,秉性愚难移。"说完看着肇室启往后退了一大步,摆明跟他硬杠。

肇室启拉下脸冷笑道:"阁下的面子这般难买,是否因为尊荣上额撑天、下颌拄地,世间少有,所以奇货可居呢?"

万仞峰反唇讥道:"肇大人前脐直抵南国、后腰据守北疆,肚子里想必是应有尽有,又何以稀罕在下的薄面!"

萧苇闻言,指着二人爆笑道:"哈哈哈哈,一个驴脸一个猪肚,哈哈哈,笑死我了……"方许如在一旁连连使眼色,示意他不要火上浇油。萧苇挨了耳光后，左半边脸高高肿起活似紫茄子，一道阳光穿过树叶间隙恰照在上面，亮闪闪的，好不光彩夺目。他兀自笑个不停，眼泪流到脸上，伸手去拭，又疼得叫起来，笑声变作惨叫声。

方如许劝道："天底下一千个人就有一千个样子，相貌不同也是常事，嗯……老夫这张脸也不怎么中看，二位大人和气为贵，没必要拿这个说事。"

俞一应道："古人对诗业精益求精，才有了'一字之师'的美谈。而今两位不辞辛苦，为订一字之讹千里而来，实则是审慎刑案，恪守律法，我朝法司之公正由此可斑窥矣！二位大人一个宰相肚里撑得船，一个将军脸上能跑马，一起坐下来吃块月饼，团团圆圆、和和睦睦，来日流传后世，也不失为一段佳话。"说着他拿起碟子中两块月饼，分递给肇、万二人。

肇室启全然不理俞一应，盯着万仞峰冷冷地道："你笑我肚子大又怎样，我大肚能容天下不平之事。"

众人齐声劝道："那就请大人海涵。"

肇室启怒道："我大肚能容，眼里却不揉沙子，最看不惯那些背地里暗算害人的卑鄙之徒。"此言一出，众人都惊诧莫名，不知他为何这么说。

万仞峰一愣，道："我如何暗算害人了？你把话讲明白。"

肇室启道："今年七月十三那一天，有人给皇上上了一道奏疏，你可知道？"

万仞峰摇了摇头，道："不知道。"

肇室启道："当真不知？"

万仞峰道："什么奏疏，与我有何干系？"

肇室启道："上奏的人是江淳。"

万仞峰微微一怔，没有说话。

肇室启缓缓道："万大人可认识他？"

方如许道："肇大人，我多一句嘴，这江淳是何许人也，难道他参了你一本？"

鱼跃海与江淳私交甚笃，知道此人是吏部考功司的员外郎，想到在场的人多半不知道，也就不作声张。不料年唯日道："江淳是吏部考功司从五品的高官，年纪轻轻，手里握的可是咱们这些人升降罢黜的大权。"鱼跃海暗暗称奇，这个年知县身远地偏，居然对京中官员的信息这般了解。

万仞峰道："他是我的同窗。"

方如许"哦"了一声，顿时会意。

肇室启道："那你还不承认？"

万仞峰愕然道："承认什么？"

肇室启道："你背地里指使江淳上奏。"

万仞峰眉毛一横，斥道："一派胡言！万某人要参谁，向来都是堂堂正正地具名上奏，不会玩阴招。"

肇室启盯着万仞峰眼珠子来回转了三圈，道："当真没有？我可是查得一清二楚。"

方如许道："肇大人，江淳参你何事呢？"

肇室启脸色顿作激傲，道："想我肇评事为人清正自守、操行峻洁，从不干贪赃枉法、作奸犯科的勾当，他想参劾我却还没有把柄。"

这么一说，众人又是迷惑不解，方如许道："那到底是为了什么呢？"

万仞峰低头沉思片刻，道："该不会是为着'甲辰年季春丙子'号命案吧？"

肇室启哼了一声，不置可否。

万仞峰道："所以你疑心我指使他上奏，这才一而再，再而三地来找我的麻烦？"

肇室启被万仞峰说穿了心思，立即否认："不是。"

万仞峰道："还有一事我也不明白，既然你指摘我写错了一个字，把该字勾出来就是了，却为何把通篇的判词都用朱笔涂掉，难道全案都判错了不成？"

肇室启诡笑一下，道："错了一个字，全篇判词还不得重写？我就帮你全涂掉了。"

鱼跃海听到这里，隐隐觉得并非一个字那么简单，肇室启定然别有企图。

方如许道："到底是什么案子呢？万大人若是不介意，不妨讲出来给大家听听，也好有个公允判断。"

当日，肇室启前脚将命案驳回刑部，后脚就去找万仞峰面谈，欲让其成全己意，不想万仞峰却是案积如山、堂务缠身，多次登门都不获见。肇、万两人素无私谊，只是点头之交，京城中官员彼此来往大多互留余地，颇讲情面，少有为难之举，故而他并未介怀，盘算着改日再去拜会。哪晓得没过两天，他就从一位相好的宦官口中得知了江淳上奏一事，陈奏的内容和自己心中图谋之事居然是同一件事，而且反己意行之。肇室启不禁大为惊异，自己还没对万仞峰开口，江淳如何能预知此事先行上奏？正自不解时，这位宦官又告诉他，江淳和万仞峰是同乡，二人年少时曾一道在村塾读书，同窗共砚达五年之久。由此看来，一定是驳回案件使得万仞峰心生警觉，继而嗅出味道，暗地里嗾使江淳把事情捅到御前，以此来将自己一军令那事泡了汤，万氏之所以屡屡拒见，全是故意拖延。肇室启万没想到万仞峰竟然如此阴险，玩了一手明修栈道，暗度陈仓，摆明是跟自己对着干。官场中除非有极深的过节，否则绝少会有人这么下绊脚，肇室启想通此节，气得暴跳如雷，径直闯去刑部面质万仞峰。

呈送刑部的案子无不是情节重大的，即便审结后也很少公之于外，但一来"甲辰年季春丙子"号命案并不牵涉要人密事，只是一桩寻常命案；二来万仞峰自京至赣，饱受肇室启不少责难，憋了一肚子窝囊气，索性就顾不得许多，要一吐为快了。他起身往前走了两步，立于堂檐下，思忖片刻后道："去年三月初三的深夜，京城东南郊的烙铁胡同出了一桩命案，主人被杀死在自己家中，南城兵马司不日就将凶手抓到，他潜进一家店号为'王锦记'的药铺，打死了主人王大锦。"

第七回
得治眼疾

欧阳一敬"啊"了一声,插话道:"原来是王大锦,梅姑娘和明睿正是到王锦记去治眼睛的,他是怎么死的?"

万仞峰白了他一眼,道:"欧阳一敬,适才你训斥我还手之举是不成体统、有辱斯文,此刻你打断我说话,你有没有礼数?!"他对欧阳一敬犹存怒气,是以出言责问,若欧阳一敬再敢顶撞,必会严厉苛责。

欧阳一敬拱手对他施了一礼,恭恭敬敬地道:"我一时心急,失言冒犯,给大人您赔礼了。"

见他言语谦卑,万仞峰顿了顿,讪讪地道:"你占理处,称呼鄙人为'你',不占理处,便称'您',哼哼,改得倒快。"说着白了欧阳一敬一眼,又接着道:"南城兵马司的人把案子送到部里来,由我主审。我验了尸体,死者额头上有一道青色伤痕,上面留有些微草药粉末,仵作将其头皮剖开,见死者的前额骨碎裂,且皮下有凝血,通常这是硬物击打的迹象。移送的物证是一把熟铜铸成的药杵,是王大锦家中用来捣药的,杵头沾满药末,两相佐证，可以断定这把药杵就是凶器。凶手名叫乔冲，是个有名的光棍混混，长得狼耳豺目，一颗门牙只剩了半截，人送外号'豁牙狗'，一看就不是善类。那厮果然是油锅里打滚的搀性，非但不承认杀了人，还反咬南司的人诬陷他。犯人初次过堂时都是这么一副声口，这也常见，我赏了他三十大棍，他被打得皮开肉绽，这才对我开口交代。"

欧阳一敬心想，这么痛打人犯，岂不是让他说什么就说什么，还要证据何用？

万仞峰续道："他供说王大锦是他多年相识。前年腊月初八，王大锦要进一批药材，着急用钱，问他借去二十两银子，约好不日即还。年后立春那天他去讨要，王大锦非但没还钱，又借走他十两银子，答应三月里一并偿还。于是三月初三这晚，乔冲又去王锦记要债，王大锦却翻脸不认账，声称自己从未借过钱。乔冲跟他理论，王大锦却出言詈骂，言语极是难听，跟着动起手来，他被逼无奈，夺门逃出王锦记，至于王大锦如何身死，他是全然不知。"

万仞峰说完后，众人觉得似有地方不妥，一时间却又说不出什么来。

万仞峰道："肇大人，若你主审此案，请问接下来该如何处置？"他被肇室启挑了刺，逮个机会便欲还以颜色。

肇室启岂会不知其意，复核此案时他看过卷宗，当然知道乔冲不会轻易招认，于是笑道："既然招了，那结案啰。"

欧阳一敬捺不住性子，急道："万大人，乔冲的话漏洞百出，很多地方都不对，绝不能相信。"

萧苇在边上哑了半天，见他们推断案情，立刻将疼痛抛之脑后，一抖精神，抢着道："你这小子净说瞎话，王大锦明明有错嘛，先是失信于乔冲，后又出口骂人、动手打人，他完全是咎由自取。"

万仞峰对他的话充耳不闻，只对欧阳一敬道："哪些地方不对？你说。"

欧阳一敬道："头一条，王大锦向乔冲借钱就不可信。想那王大锦身为王锦记的店主，必是腰缠万贯、家财丰厚之人，没道理会向一个泼皮无赖伸手。"

萧苇道："如果他手头上一时周转不开着急用钱，所以向乔冲求助呢？"

欧阳一敬道："第一，王大锦能开得起药铺，岂能没几个生意上的伙伴？他要筹钱，首选是向他们借钱。第二，京城里的钱庄少说也有几十上百家，以王大锦的手面不会筹不到银子，道不同不相为谋，他这般人物不可能自降身份和乔冲一个泼皮无赖相交；再退一步讲，即便他真的缺钱，那必是一个很大的数目，绝不仅仅是二三十两银子，乔冲是个找米下锅的人，怎能一下拿出二三十两银子？他这么说，是想王大锦死无对证，把过错都推在对方身上，妄求减轻罪责、从轻发落。"

万仞峰以为欧阳一敬不过是个乡野后生，见闻寡薄，故而想考校得他言语失措、理屈词穷，令其当众出一番丑，却不想欧阳一敬这段言辞条分缕析，讲得头头是道，颇出己料。

欧阳一敬又道："依常理而论，生意人借钱都会立下字据为证，写明债目和偿期，乔冲完全没有提到借据。试想若王大锦真的问他借了钱，以乔冲混迹市井多年、那般刁滑的为人，怎会忘了这档子事？"

萧苇道："凡事总有例外，假如乔冲真就忘了呢？"

欧阳一敬道："王大锦借了两次钱，第一次违约之后又借了十两银子，乔冲先后两次讨要，分明很惦记这笔钱，既然如此，怎会忘了写借据？可见乔冲的供述当是自说自话。"

万仞峰问道："你平日里常断案子？"

欧阳一敬道："自去年入衙以来这是头一回。"

万仞峰盯着他看了半晌，道："你从没断过案，只听我复述一遍案情，就说得合情入理，真是不敢相信。"万仞峰平日里务办刑案，对推理断案的本事最为看重，见欧阳一敬所言所断鞭辟入里、出人意表，语气中禁不住透出一丝赞许。

欧阳一敬谦逊道："言有不及之处，还请大人指正。"

万仞峰道："我当时想的和欧阳小哥说的完全一样，当场戳穿了乔冲的谎言，既然三十棍还不够他吃的，那就给他'加官晋爵'。"

欧阳一敬问身旁的晋笙"加官晋爵"是什么，晋笙摇摇头，示意自己也不知道。

方如许坐在椅子上冲他一招手，欧阳一敬走过去蹲在他身侧，方如许低声解说，"加官晋爵"是一种刑具，用生铁铸成一个圆箍，行刑时紧紧套在人脑袋上，用两块尖锐根厚的木楔，插进铁箍和头骨左右两处之间，命人持铁锤用力夯砸木楔，铁箍越夹越紧，直至木楔将头颅挤压开裂脑浆溢出，铁箍外形好似一顶乌纱帽,故而有个美名叫"加官晋爵"。欧阳一敬想到乔冲受刑的惨状,不由打了个寒噤。

万仞峰讲完行刑的过程,道:"砸了七八锤后,他那对乌青珠子鼓出来一寸有余,两只耳朵血流如注,鬼嚎般求饶。我命人又砸了几下才停手,他在地上昏死过去,大半个时辰后方醒转过来,这才招认说他过年后患了病,在家中躺了好多天,有心看病却没钱求医,挨到初三那晚,不得已强撑着爬起来去看大夫。路过王锦记时,见是一家药铺,他便进去想寻几味药材救急,不想王大锦撞见后当他是贼人,拿起药杵打他,他极力辩解,但王大锦就是不信。后半截供词和之前一样。"

方如许道:"还是没有提王大锦的死。"

万仞峰点点头道:"别看那厮受了两番刑,心里可亮堂得很,无论如何也不承认王大锦是他打死的。"

方如许道:"他若是承认了,必被判处极刑,如果咬着牙硬是不认或许还能留一条命,他心里早就抱定这一信条。"

肇室启笑道:"欧阳小哥再来说说,这一次乔冲说的话是真的还是假的?"

欧阳一敬略一思索道:"供词上看不出有什么破绽。"

肇室启道:"这么说,乔冲说的是真话了?"

萧苇抢着道:"万大人威风八面,气势这个嘛……如狼似虎一般,量他乔冲不敢不招,这一回说的肯定是真话。"他畏惧万仞峰报复,因此对其极力谀词奉承。

欧阳一敬摇摇头道:"供词上没有破绽未必就能采信,大人不妨问问乔冲他是何时进入王锦记，又是怎么进去的。"

万仞峰道："那又怎样？"

欧阳一敬道："一个人去别家偷东西，多半是鬼鬼祟祟趁夜潜入，他的供词固然找不出漏洞，我觉得应在这两处对他再行鞫问。"

万仞峰眼含嘉许之意，对他道："你能这么想，真强过了很多人。"又道："我以这两处疑点再讯乔冲，他一口咬定是傍晚时分，大概是酉时去找的王大锦，彼时王锦记尚未打烊，他从大门走了进去。"

方如许道："谎倒撒得挺圆的。"

欧阳一敬道："随案移送还有别的证据吗？"

万仞峰道："没有了。"

欧阳一敬道："那就得去现场再行勘察，看能否发现新证，以跟他的口供相验。"

万仞峰道："不用那么麻烦，这样的顽劣之徒，不炼他个痛不欲生不会说实话。重刑之下必吐真言，历来如此。"他语气很是淡定，显然精于此道。

欧阳一敬心想，接下来的刑罚较之"加官晋爵"势必更为残忍，用这般酷刑逼供到底对还是不对？

万仞峰道："我刚要发签动刑，南城兵马司副指挥夏侯谦突然来了，原来此案又查到两处新证。一个是王锦记前院的东墙头上发现了爬痕和脚印，我把拓下来的痕印一比对，根本就是乔冲本人留下来的。另一个是王大锦的邻居农甸花。他在王锦记的隔壁开了一家醋坊,初三那天深夜,农甸花正在自家后院蒸麦制曲,忽听隔壁王锦记传来喊叫声,接着是屋里花瓶案几跌翻的声音。他说那时已是次日丑末寅初,夜深人静,听得很是清楚,没过几下声音骤停,隔壁再无响动。"

欧阳一敬道:"太好了,这两个证据正可戳穿他的谎言,墙头的印痕足以确证他是翻进王锦记的,而农甸花的证言也可佐证他是深夜摸黑前往。"

萧苇抢着道:"试问既然是出门看大夫,哪有丑时出门的道理?若他真是去找药的,又为何要翻墙进去呢?乔冲那厮分明就是存心做贼,居然还强言狡辩,真是可气!给他动大刑,再给他'加官晋爵',让他多吃点苦头才解恨。"

俞一应插话道:"其实还有破绽的。一个人生了病,便是最孤弱无助的时候,任他常日里如何凶横,必定收敛了贼性、泯息了恶意,一心治好身子再说,岂会生出翻墙偷药的念头?况且乔冲不通医术,怎能找到对症的药材?他第二次的供词乍一听貌似合理,深思之绝不可能。"

俞一应洞察人性,比欧阳一敬的推断更深一层,欧阳一敬听得连连点头:"的确,他那举动不像是患病之人所为。大人切中肯綮,卑职受教了。"

俞一应微微一笑,道:"你若细心点儿,还能看出一处漏洞。"

鱼跃海道:"路过。"

欧阳一敬一点即明,脱口道:"不错。乔冲说自己路过王锦记,他既是'路过',黑灯瞎火的,怎会看到王锦记是一家药铺、里面有药材呢？'路过'两个字正好反揭他是此地无银,偷盗之举乃是蓄谋已久,之前定去王锦记踩过点。"

万仞峰伸手一拍脑门,道:"我怎么就没想到呢？定是给乔冲那厮气昏了头。"

肇室启笑嘻嘻地道:"欧阳小哥真是断案如神、言必有中啊！这等本领窝在彭泽做个刀笔小吏太委屈了,去刑部做个主事都绰绰有余。"

万仞峰冷笑一声,道:"何止是刑部主事,最好去大理寺做个右寺副,好好管教手下那些个尸位误国、利欲熏心之徒。"

肇室启对他的讥讽付之一哂,问道:"据我所知,南司的人一件案子向来只查一次,这次何以补充新证？"

万仞峰道:"当日我也有此一问,夏侯谦讲道,大理寺卿倪允棠大人的贵眷倪夫人有一个忘年之交,是一位少女医士,她和死者王大锦有兄妹之谊。王大锦遭遇不测,那少女心中难过,她在倪府做客时和倪大人、倪夫人谈及案情,倪大人即派人垂询。夏侯谦备感惶恐,生怕对上无法交代,便又带人去了一次王锦记。"

俞一应听得暗暗称奇,这少女先被莫如泓极口称赞,后又成了倪府的座上宾,莫如泓和倪允棠是冰炭不同炉的两路人,这是举朝皆知的事,难得她居然和莫、倪两家交游融睦。这少女究竟有什么背景,是何来头？

万仞峰续道:"诚如欧阳小哥所说,我以此鞫问乔冲,他仍是一味狡辩,我一怒之下,就给他穿了'绣花靴'。"

方如许道:"敢问贵部的'绣花靴'靴筒有多高?"

万仞峰道:"脚踝之上还要一尺。"

方许如点了点头,道:"我们九江府衙倒不是那么高的靴子,只是一双平底鞋。"

欧阳一敬道:"为什么要给乔冲穿女人的绣花鞋呢?难道是羞辱他,令他招供吗?"

方如许哑然失笑,道:"你在公门中时日尚短有所不知,我说的'绣花鞋'不是布做的寻常鞋子,而是一双铁鞋,在火中烧得通红,穿在人犯两只脚上,行刑之后除下铁鞋,其双脚被烫得溃烂,脚上一片片的血疮好像丝绣上的红花一般,因此这种刑具就叫'绣花鞋'。这只是我们九江府衙是这样,各地衙门的制式不一而足,刑部审的都是要犯,自是要比下面州县的刑具更胜一筹。"

欧阳一敬问道:"受了这样的刑,以后还能走路吗?"

方如许没想到他有此一问,道:"这个……怕是不能。"

欧阳一敬道:"犯人狡辩乃是人之本性,打他几棍都是太重,这么残忍的事如何下得去手?"

《大明律》《明会典》中载明,鞠犯过堂时当可刑讯逼供,审案官员为了获取口供,无不是对人犯严刑拷问。方如许投身公门以来,于这类事早已司空见惯,他以为只要不做伤天害理的事,便一辈子也不会遭受类似的酷刑,至于刑罚是否残忍从没想过。欧阳一敬这么一问,他不禁愕然,继而道:"不然呢?"

欧阳一敬道:"把烧红的铁鞋穿在人脚上已令其生不如死,铁靴子更是想都不敢想。"

万仞峰见他纯是书生口吻，又好气又好笑，道："小兄弟，你这话真是孩子气，你同情乔冲固然应该，但是他杀了人，就得严惩不贷。你替他抱屈，又可曾想过王大锦，他还能走路吗？"

欧阳一敬道："王大锦之死无可挽回，乔冲却是大活人一个，即便他真的是凶手，也要举证论罪，对他施以这么残忍的刑罚，难道就是审案之道？"

万仞峰轻叹一声，道："适才我都讲了，乔冲这样的人，我用铁箍夹他的头，他还不肯招供，我朝的律法规定，要有口供才能定罪，撬不开他的嘴，得不到供词，如何能定罪？难不成放他走？犯案的都是些恶棍凶徒，他们负隅顽抗，口风之严紧远非你所能想象。证据摆在眼前还死不认账，换作你，又待怎样？"

欧阳一敬一愣，不知该如何回答。

万仞峰续道："用刑之后，乔冲的两条腿皮焦肉枯、血水四流，他在牢房中卧了三天，明白了再不招认的话怕是连命也保不住了，才终于交代了事实——他摸黑翻进王锦记盗取钱物，被王大锦发现后狗急跳墙，用药杵打死了宅主人。"

众人早就猜到案情会是这样，但要听到乔冲亲口招认才始觉此案大功告成。

万仞峰道："乔冲为求从轻发落，把先前到王锦记踩点偷听到的情形一五一十说了出来。一如欧阳小哥所料，乔冲三月初一晚上头一次翻进了王锦记，在前屋摸了一圈，都是药材，味道腥涩难闻，一无所获后又摸去后宅。当时王大锦在屋中和另一个人对坐叙话，他想探知财物放在何处，便贴在门外偷听，只听那王大锦道：'老弟啊，你觉得怎样？'另一人道：'眼皮上凉丝丝的，跟清风拂过一般，很舒服。'王大锦道：'明睿老弟，今天是第六次给你敷药，你双眼的瘀肿已消了很多，汤剂和膏药内外夹攻，看来很是奏效，我看很快你就能复明。'那个叫明睿的人兴奋地道：'这位医士的药方真是厉害，真要多谢王大哥的指引。'王大锦大笑道：'言谢就见外了，你和梅姑娘二人病苦无依，我碰见了怎能袖手旁观？你一说病状，我就知道有的治，便写了你的症状拿去给我这妹子瞧。别看她年方妙龄，一身赛华佗的本事任谁都不敢小瞧，看看，果不其然是药到病除。我这神医妹子得施其技，明老弟你是得愈其疾，老王我乐见其成，咱们三个各如其意，真是快慰人心，哈哈哈！'"

欧阳一敬没想到再次获知梅、明二人下落，听到明睿眼疾得治，心里有说不出的高兴。

只听万仞峰又道："明睿问：'她为何不肯来给我把脉呢？'王大锦道：'这个还望你见谅，我这妹子近日侍疾一位病患，那人病情危重，须臾不得离身，我那天赶去都没见到她，只把你的症状让人传进去给她。她书下方子又递出来给我，还捎口信说，若不是分身乏术，她一定亲手为你把脉诊病，叮嘱说一旦你病情有变，要我立即告之，她再开方换药。小老弟啊，我这妹子对你很够意思了，你要体谅人家的难处，她虽从业为医，年纪比你的梅姑娘还小呢。她要我带话给你，劝你今后遇事莫要动怒，说话之前宜先平静心绪，静为躁君，要学着以静制躁，慢慢改善脾气，眼疾自会渐渐向好。'王大锦又道：'她还送了一本《心经》给你，待你能看见了，要你好好读一读。'明睿忙道：'这如何使得？她给我看病，还赠佛典给我，我不能收。'王大锦笑道：'你别不要，我这妹子可说是，嗯……人家有句话夸她，说是嫣然淑灵之列，懿德迥出尘表，不是个凡人。"说到这里，万仞峰环视众人，笑道："乔冲当日供述出这句话时，我还纳闷，这厮何以能口吐珠玑，一问才知，他早前也曾听人以此语盛赞这位女医士，故而记在心中，话说那王大锦又道：'她医人用药向来是在所不惜，只要治得好病，别说一本书，再珍贵的药材，哪怕我这店中的牛黄，她也舍得给你用。'"

肇室启听到"牛黄"二字，心中微微一惊。

"明睿道：'我们跟您二位素昧平生，你们分文不取给我治病，还收留我们白吃白住，我……我嘴笨，不会说好听的，这份恩情真不知道怎么报答才好……'王大锦爽朗地笑道：'几服药而已，能值几个钱？我孤家寡人一个，成天守着这整屋子药材，好不难挨，你们来了，正好陪我说话解闷，我倒要谢你们俩呢。'明睿一时语钝，只是叨叨地道谢。王大锦道：'其实你最该谢的是梅姑娘，我店里的玄参今晚用完了，不够明天给你上第七次药的。我对她说，城北谨源堂的玄参最好，她二话不说，用罢午饭骑了匹瘦骡立即动身而去。从这里到谨源堂要横穿京城，天又这么冷，她薄衣单骑，在雪里冲风冒寒，换作大男人也受不了。她生怕误了给你用药，还要连夜赶回来，我说那怎么成，一个小姑娘孤身走夜路，多让人放心不下？我劝她别着急，明天一早回也来得及，谨源堂的掌柜和我相熟，就让梅姑娘今夜宿在那里了。老弟啊，她对你的这份情意，你真要好好想想该如何报答。'明睿道：'她只说去外面一趟，晚点回来，没有告诉我她去找药，这下我知道了。'王大锦道：'她是不想你担心，我看得出来，梅姑娘把心事藏得很深，从不对你表露，她这全是为你着想，让你安下心来读书。世上不少的情侣，一个患了病，没几日另一人便会离去，像梅姑娘这般不离不弃的还真不多。'明睿道：'何止不离不弃，她对我是生死相随。我眼睛瞧不见，从彭泽来京城，一路上都是她服侍我，我们还没成亲，为不惹人非议，她穿粗服扮作男子，胭脂水粉从此再没沾过。'王大锦道：'她跟你同饮同食，既要时时照料于你，又得处处小心避人耳目，当真是不容易。'"

堂上众人听了，心里均如是想。

"明睿道：'我这人从小到大都改不了孩子脾气，犯起性子来，什么都不管不顾，自打眼睛成了这样，就时不时冲她发火，她无不是逆来顺受，我长她一岁，反倒是她似姐姐一样，包容我、维护我。我和她结识之后，她便做绣活供我读书。有一回我看中了别人的一支檀香管雕花鼠须笔，喜欢得不得了，非要买下不可。那人开价二两银子，梅儿和我三个月都用不到一两银子，当时已是深秋，她省吃俭用为我制了一件冬袄，花去不少积蓄，便劝我暂缓一缓，等过些时日攒够了钱再给我买。我固执得很，任她说尽道理都不听。为了让她服软，我只穿了件单衣顶着秋风赌气跑出门去，她拿着冬袄在后面追，直追出一里地才拽了我回来。我和她都染了风寒，我卧病在床，仍是拗着不喝药，她委实没了法子，只好买来那支鼠须笔，我才消了气。她为此借了一大笔钱，不得不揽下许多绣活,日夜赶制,豆灯荧荧,将她羸弱的身影映在墙上。我对鼠须笔甚是珍爱,每每在课间搁管挥毫,县学张教谕的侄子见到后就想据为己有,我当然不给了,他来寻我的不是,我也不是怕事的主,每次都狠狠还了回去。有一天他趁我不备,抢走我的一本《孟子》丢在池塘中,书上有程颐的注疏,是我从一位老秀才那抄来的,我扑进塘中救起书册,书中的墨迹被水一浸已然看不清了。哼,大丈夫威武不能屈,我和他大打一架,散学回家后,我把事情告诉梅儿,她非但不宽慰我,反而说我不该和人打架。书本毁了,肯定耽误明日的课业,她当晚借来原本,又是终夜未合眼,次晨我醒来一看,枕边放了一本新誊好的《孟子》,程颐的注疏一个字都没少,全抄在上面了。梅儿又找到张教谕,重重赔了不是,把过错全揽在她自个儿身上,张教谕原本很是不悦,梅儿这么一斡旋,脸色和缓了许多,也数落了几句自己的侄子。明明我占理,却要给他们道歉,真是不分是非,你说气人不气人,王大哥?'王大锦道:'傻小子,这你都不明白,你在张教谕手下读书,得罪了人家侄子,这个结若是解不开,你还能安稳读书吗?梅姑娘自己忍气吞声,全为了成就你。'

"屋里静了下来,过了良久,明睿自语道:'我好不懂事。'王大锦笑道:'你赶紧把眼睛治好,便是去了梅姑娘的心头刺。'明睿道:'说起这个病,唉,真是……三年前那次大比,我去南昌赶考,满以为中举不在话下,摘下解元也是十拿九稳,哪知发榜之日却名落孙山,我跟个孤鬼一样飘了回来。梅儿她开导我说,考场就是战场,自古输赢乃常事,哪有人一次就考中的?这次不行下次再来，仙桂高枝昆山片玉，不熬苦受难，就不会轻易被采折到，愈为艰难的事，才愈加可贵，你能做成就更显本事！她的一席话暖热了我，我又重振精神，从早到晚下帷苦读，却不想这双眼睛就……就成了现下的模样。我发了疯，打瓮撒盆，指天骂地，手里抓到什么就扔出去什么，她"啊"的一声惨叫，我抱起书册堆在院中用火点着了，我的志向乃至功名随之化成了飞灰，那本《孟子》也焚于火中。梅儿默默看着火苗燃尽，她问我，是不是再也不想考了？我说，眼睛瞎了，这辈子就是个废物，还有什么念想？她来了气，用从没有过的严厉语气对我说，人吃五谷就会生病，这是再寻常不过的，得了病咱们就去看大夫，彭泽看不好咱们就去德化，去南昌，再不行就去北京，天底下医馆那么多，咱们一家一家地进，我就不信医不好你的眼睛，你怎能轻言放弃呢？我说我什么都看不到，今年的乡试又要误了，三年的辛苦换来这么个结局，还能有什么盼头？梅儿气道，咱们这就去治病，误不了的，你千万别泄气！你这么年轻，有的是机会，还怕考不中吗？古往今来哪个大人物不是历尽万难才得一番成就的？师旷天生目盲，最终做了晋国的太宰；左丘明眼睛失明，仍著就了《左传》。她一把抱住我，贴耳对我道，往后你要看书时我给你念，我念一个字，你听一个字，我做你的眼睛。她脸上有热乎乎的东西黏上我的脸，用手一摸是血，原来我刚才抓起笔筒扔出去，打破了她的额角，梅儿对我那么好，我……我真不是东西！我扑到她怀里大哭起来，她轻抚着我的后背柔声道，你是读书种子，将来要出人头地的，眼下遇到一点小小的挫折，骂我几句、打我几下，只要你心里能舒坦，我都行的。'说到这里,明睿抽泣起来。

"过了半晌他,才止泣道:'梅儿四处寻法子给我治眼睛,她每日午后去江边家婆的船上挑几尾彭鲫,带回来炖了汤给我补养,还特地攥出鱼目给我吃,说有明目的功效。彭鲫的刺很多,我眼睛瞧不见,被刺扎到喉咙,又暴躁起来,连汤带碗扔了出去,后来她将每条鱼上的一根根鱼骨全都剔除干净,再给我吃。要剔去那成百上千的刺太过费事,我要她别再炖鱼汤,她却不听,过了些天,她笑着塞给我一样东西,我摸到是一幅锦帕,上面密密麻麻无数的攒刺,原来她把剔掉的鱼骨洗净晒干,然后浸染上色不使之腐坏,再用鱼鳔熬成的胶一根根地粘在锦帕上做成画。好多人一见之下极为喜欢,均想出高价购买,她一一婉拒,只把锦帕给了一位相好的大姐。给我看病正需用钱,她精心赶制了两幅锦图,带着我奔京城而来。'王大锦说:'明老弟呀,上完第七次药你们就要暂别京城了,我这里有几句话嘱咐你,今后可一定改掉你的脾气,不能再对梅姑娘撒气了,再要发脾气时,心里想想她是怎么对你的,气自然就消了,唯愿你二人相濡相响,此生相伴相依。'屋内自此再不闻语声。灯熄人眠,乔冲偷听已得,悄悄溜回了家。"

说完这一段,阖座众人都沉浸在这一对情侣的甘苦情事中久久难拔,欲再聆他们后来之事,只听万仞峰道:"我细辨乔冲的供词,断定他这回说的都是实情,便拟了死罪,将其收监候决,把案子审结,送去大理寺复核。"

堂上众人一时静坐无语,过了许久,肇室启才叹道:"哎呀呀,我老肇年轻时咋就没碰到个这么好的女人?白活了半辈子,老天爷何其不公啊！"

欧阳一敬一直没有插嘴，此时听完感叹之余又想，鱼大人之前说梅姑娘随身带的是四幅锦图，怎的万大人说只有两幅，会不会又是口误？

俞一应却暗道，似鱼跃海这般精明之人，把两幅锦图说成四幅，怕不是口误，而是说漏了嘴吧。

万仞峰冷冷地道："肇大人是嫉妒人家小两口柔情缱绻，才把案子驳回吗？"

在满堂人的目光中，肇室启翻了个白眼，蔑笑着从怀中掏出一卷簿册，对众人出示一圈，翻开了大声念道："宋朝散大夫行尚书吏部员外郎、知润州军事上骑都尉、赐紫金鱼袋范仲淹撰，天地闭，孰将辟焉？日月蚀，孰将廓焉？大厦仆，孰将起焉？神器坠，孰将举焉？岩岩乎！克当其任者，惟梁公之伟欤……"

至此，众人才听出他读的是《唐狄梁公碑》一文。

肇室启出京时将此拓本随身携带，只听他"公讳仁杰，字怀英，太原人也……"一路读下来，直到"于嗟乎：陷阱之中"处停住，把簿册递给方如许道："有劳方大人帮我看看下文是什么？"

方如许接过来，往下念道："不疑不为，况庙堂之上乎。"

肇室启起身离座，脑袋高高扬起，好像一只斗胜的公鸡，神情傲然地在大堂上转了一圈，才道："万大人，怎么讲？"

万仞峰道："鄙人不敢自承学养深厚，范文正公这篇文章我早先也曾诵读，文中这句四言警格，乃是告诫世人违背道义的事绝不能为之的意思,字字如风似雷,印在我脑海中从未或忘,原文是'不义不为'而非'不疑不为',绝没有错。既然拓本上是'疑'字,咱们即刻就去狄公祠验碑。"

肇室启一甩袖子道:"去就去,叫你输得心服口服。"

万仞峰一伸手道:"请!"二人说着便要起行。

方如许把拓本拿在手中从头至尾看了两遍,问道:"肇大人,不知您这拓本是从何而来?"

肇室启笑道:"拓本,当然是从石碑上拓下来的。"

方如许摇了摇头,把拓本递给俞一应。俞一应接过细细翻阅之后,先是愕异,继而好笑。原来这拓本的每一页中都有几个字字迹歪斜,墨气浓淡不一,比如这个"疑"字,拓文清细,着墨淡雅似蝉翼,一看就是楷体,而接下来的"堂"字,笔致宽扁,墨色浓深,分明是隶书。然而碑文通篇为行书写就,这许多字间杂其中,与全文的笔体大相迥异,好似涅在白沙,鱼目混珠,显得格格不入。

俞一应抬起头道:"肇大人,这拓本不像是黄山谷所书。"

肇室启道:"这版碑文是赵松雪所书,书者不同而已,文章没有错。"

俞一应道:"为何拓工如此拙劣……"

方如许接道:"不像是正本。"

肇室启走上前一把抓过拓本,从首页看到末页,又翻回首页,脸色渐渐灰下来,进而沉得比锅底还要黑。

当年范仲淹这篇文章广传于世,历代的许多书法大家曾书写其文,黄庭坚书过,赵孟𫖯也书过,赵帖还较黄帖先为刻碑,但赵孟𫖯身为赵宋皇裔,后来却做了元朝的官,大失气节,被世人鄙夷,元亡明兴后其书法因人而废,有好事者将赵帖刻碑砸碎,以泄愤慨之气。肇室启所持的拓本是明初一位金石学家将碎碑拼整拓下,再裱册售卖的,但赵碑散佚日久,好几块碑石都失落无寻,碑上许多字也因此不可再集,那位金石学家便找来赵孟𫖯的各样书帖遗墨,从中挑出碑文中缺失的字,阑入正文充数。那句"不乂不为"中的"乂"字也遭佚失,工匠摹印时想是记音忘形,一个不慎,捡了个"疑"字填了上去,成了"不疑不为"。拓本后文还有几处纰缪,只是万仞峰并未引用,肇室启自是不会在意。这卷拓本是几年前一位友人相赠,肇室启对金石碑器本就无甚意趣,拓本在手后草草翻了几页就丢去一边。他为人贪禄好色,怎会像万仞峰那样通读全文?待得见到判词,一翻拓本,看到两不相符,自然认定万氏援引出错,他一心要驳回原判,拓本便是再好不过的凭仗,却不知己方有误,对方读的才是正本。

肇室启此刻仔细一看,才发觉这拓本根本不靠谱,当即不慌不忙地合上簿册,故作镇定地道:"疑者,觉悟之机也,一番觉悟才得一番长进,所谓疑生二,二生三,三生万物,没有疑,哪里会有乂?"说着返身回座,将拓本压在屁股下面,再也不提去狄公祠的话,眉间一副若无其事的神态。

万仞峰看着他道:"胆怯了?"

肇室启道:"笑话,肇某人敬天畏祖,长这么大还没怕过谁。"

万仞峰道:"那为何不去验碑,你我这个赌还打不打了?"

肇室启一转眼珠子，道："王子猷雪夜访戴，又何必见戴！我劝万大人学一学旷达率性的魏晋风度，少去计较那鸡虫得失。"

万仞峰不顾他反唇相讥，问道："既然江淳没有参你，为何你对我这般动怒？"

肇室启暗悔适才一怒之下失言，此刻朝着天上一指，掩饰道："这日头晒得要命，换了是谁火气都大，你先前不也暴跳如雷嘛。"

万仞峰见他语气突然变软，似乎另有隐情，追问道："我将乔冲拟刑为斩监候，莫非江淳上奏也要将乔冲处以此刑，倒了你的胃口，这才把我的判词全涂抹掉？"

鱼跃海听到这里，脑海中蓦地闪过另外一事。约莫七个月前，江淳的母亲罹患中风，江淳心急火燎地四处打问，寻求良方医治母病，只是不知为何要将此事上奏皇上。想到这儿，他以眼角余光向肇室启瞥去，只见肇室启状若无事，却又紧闭嘴唇，神色中透出一丝隐忧，他当下开口问道："万大人，此案仅是判处案犯吗？"

万仞峰道："没错。"话音未落，急忙又道："差点忘了，乔冲那厮还盗走了王锦记中一味药材，杀人和窃财同属一案，应由我一并鞠审，但顺天府又送来一件十三尸命案，急催讯办，我便将此案交给手下人收尾。他们从乔冲口中审得失窃药材的下落，我才写就了判词，判词乃是处刑和追赃两层意思。"

方许如道："那厮居然还偷了药材？"

万仞峰道："想必是杀人之后顺手牵走的，那药材是什么我一时半会儿想不起来了。"

欧阳一敬道："牛黄。"

万仞峰道:"对,就是牛黄,你从何得知?"

欧阳一敬道:"听说南城兵马司发了告示,广谕此事。"

南司发告寻药之事,肇室启早已知晓,此刻又听众人提及,强行抑住内心的惊惶,脸上故作淡然。

方如许自言自语道:"非是有大用,南司不会这么兴师动众地找一味药材。"

站在一边的左执中道:"牛黄是一味极为珍贵的药材,于震惊止癫有奇效,小人的姨娘早年患有痫厥之症,就因为买不起这个药,痫症至今没有治好。"

方如许道:"这药有多贵?"

左执中道:"一两黄金也买不来一钱。"

萧苇道:"二两黄金呢?"

左执中笑了笑,没再回答。

鱼跃海心中暗忖,如此看来,这姓肇的之所以驳回案子,此中缘由怕要落在案判上。乔冲判什么罪处什么刑,肇室启绝不会放在心上,能令其如此兴师动众,必是此案的判词触到了他的忌讳,会不会是……那赃物牛黄的缘故?可拿贼追赃乃天经地义之事,万仞峰这么写又犯到他什么了呢?

正在思索时,就听得肇室启腹中"咕咕咕咕"一阵乱响,他对年唯日道:"都傍午了还不开饭,要饿死我们这些人吗?"年唯日立即命晋笙去厨房传席。

肇室启笑眯眯地对万仞峰道:"万大人秉性难移,不知肚子饿不饿呀？"

　　万仞峰从昨晚到现在滴米未进，经此一问，立觉腹中饥肠辘辘，连连咽了好几下口水。俞一应起身上前扶他落座，道："先用过午膳再作道理。"

第八回
僵尸复活

欧阳一敬在吏舍中匆匆用过午饭,急出衙门向西赶去。他步履飞快,不多时便到狄公祠,进门穿厅直入享堂,只见虚堂复静,满地的脚印凌乱杂沓。昨晚鱼岸命人将乾祥的尸身抬走,暂厝于漏泽园中,狄公像座前的青砖地面上被洒了一圈白灰,依稀可以看出乾祥躺过的身形。堂中的狄公像头戴黑纱幞头,两只幞脚分垂脑后,身着圆领红袍,足蹬皂靴,上半身微向前倾,左臂横在胸前,左手半握成拳,右臂沉在小腹处,右手向下成掌,凝肃而立,端俨若生。

欧阳一敬素来景仰狄仁杰,常到祠中瞻拜,重雕木像后却还是第一次见。他抬头凝视雕像,心中钦慕不已,心想:狄梁公匡正朝纲,泰安天下,功德昭如日月,我在他老人家面前,好比萤火之映北辰,这辈子若能像他那样成就一番伟业,也就不枉此生了。

他出了一会儿神,口中念着"巍巍像身,悠悠我心",跪倒在地磕了三个头,站起身子来,却总觉得有什么地方不对。他拍了拍膝头的尘土,发现原来是像座前供人跪拜的蒲团不见了。他点起一支蜡烛，四处找寻，除了雕像后的三绝碑，堂内空无一物，抬头向上打量，也没见到异样的东西，更没有什么少女的人头。他还怕看不清楚，将蜡烛置于窗台上，走出堂去找梯子，只见墙根处堆着数十片青砖，那是去年老陈等人铺设享堂地面时剩下的。他挽起袖子把砖块全搬了进去，一片一片垒了大概两尺来高，取过蜡烛衔在齿间，蹑手蹑脚攀上砖台，颤巍巍地站直身子，左手高高举起烛火张看。

黑黝黝的堂顶也不十分深阔，梁柱纵横，椽檩交错，上面全覆着一层厚厚的尘垢。屋角挂满了大大小小的蛛网，一根长长的蛛丝自梁间引出，在屋宇上方浮游。堂顶远角开了一扇天窗，大小不过尺方，远望出去，遥见一寸青天。他察视片刻，又拧身查看四周情形，左手微晃几下，几滴蜡油滴落在手背上，他被烫得猛一哆嗦，脚下一时不慎，只听"哗啦"一声，砖台垮散开来，身子重重跌在地上。

就听门外有人急切地问道："是欧阳小哥，没伤着吧？"

俞一应和鱼跃海从外面走进来。俞一应扶起欧阳一敬道："要不要紧？去边上歇息一会儿吧。"

欧阳一敬拍了拍身上的灰尘，满不在乎地道："才半脚高的台子，哪会有事？油皮都没蹭破一点儿。"又道："多谢二位大人关心。"

俞一应道："没事就好，你赶到前头来了，比我们先到。"

欧阳一敬道："南司重勘现场发现了新线索，因此，我也来看看能否再有所获。"

俞一应点点头道:"你有新发现吗?"

欧阳一敬摇了摇头。

三人转到狄公像背后,就见那三绝碑端然屹立,碑身高与肩齐,宽过腰膀,多年风染尘蚀,石碑早已是衣苔被薛,古貌苍然,不过碑文仍是清晰可见。鱼跃海从地上拾起蜡烛,重又点燃了上前照亮,俞一应秉正看碑,但见碑上每一个字无不构体端紧,笔力劲拔,字迹跌宕多变,不失舒展俊朗,笔法回锋藏颖,更显纵横洒逸,一股道俊豪迈之气扑面而来。俞一应也临过黄庭坚的法帖,此时见到碑身真迹不由感叹,如此换鹅之作,极具兰亭之神、瘗鹤之骨,文节公当得"楷圣"之誉。

欧阳一敬只听肇室启读过一遍《唐狄梁公碑》,就已牢记在心,此时有意显露一下好记性,当下站在一边,闭上眼睛朗声背诵起来。

俞、鱼二人一边听他背述,一边盯着碑文从头开始,逐字往下看。一路背到"于嗟乎:陷阱之中"时,欧阳一敬停下问道:"'不'字下面是'义'字还是'疑'字,是万大人赢了还是肇大人赢了?"

俞、鱼二人却盯着碑文半晌不说话,欧阳一敬凑近一瞧,碑上"不"字接下来的那一处碑面凹陷进去,他大为奇怪,再仔细一看,"不"之后的那个字不见了。

俞一应站直身子,左右审视了一下碑身,喃喃道:"这里面大有名堂。"

欧阳一敬道:"怎么会这样,这一小块碑石为何不翼而飞了?

肇大人和万大人问起来该怎么说?"

鱼跃海道:"实话实说。"

欧阳一敬道:"这么一来,他们的结就更是解不开了。"

鱼跃海瞥了他一眼,似是不以为然。俞一应久思不得其解,只得道:"也罢,咱们看看老陈说的那个洞。"

三人移步到享堂后墙处,鱼跃海秉烛四照,就见后墙上垩粉脱落,露出斑驳的墙坯,墙根处有一大片墙土和周边墙体不同,似是后来补砌上去的,其中又有个木盆大小的洞,仅够一人出入。欧阳一敬摸了摸墙体,触手不硬,抠下一块泥土,手指一捻成了碎渣。三人钻过墙洞来到祠外,祠外红日吐火,一塘娇荷沉沉似睡,这才看得清楚,那洞是被人从外面掏开的,洞口处还留有数道指痕。

欧阳一敬道:"老陈说过,这个洞是被水淹泡开的,怎么会有指痕?"正自费解时,荷塘的远处来了一只小船,一人头顶一片大荷叶,坐在船中划桨,是衙役水宽。

水宽将船拢岸,跳上岸来禀道:"二位大人巧了,小的和左大使正在巡查水道。"

俞一应道:"为何不见左大使?"

水宽道:"他在岸上巡查。"见欧阳一敬盯着后墙发怔,水宽笑道:"欧阳小哥,又跟南墙过不去呀?"

欧阳一敬对他说了因由,水宽笑道:"这有什么奇怪的?这是个大洞,遭塘水泡塌后,被人用泥土封上,之后又让人从外面掏开个小洞,这是大嵌小两个洞。"他从洞口处抓下一块泥壤,放在鼻尖下闻了闻,道:"这么松软,还有荷香味,定是这荷塘中的淤泥。"

俞一应点点头,道:"我想也是这样。"

欧阳一敬道:"这么说堵上大洞的人和挖开小洞的人,不是同一个人。"

俞一应道:"昨晚在狄公祠,行凶之人早万大人一步逃走,定是从这个小洞里钻出来的,万大人当时没有察觉,迟了一步。"

鱼跃海道:"小洞不是昨晚才挖的,凶手昨晚慌不择路,肯定来不及挖洞。"

左右等不到左执中,俞一应对水宽道:"咱们去看看河道。"

四人一齐上船,水宽划动小船往西边塘口驶去。他边划边向俞一应等人说介,这一塘碧水乃是浔阳江自西面一个罅口灌进来的,汇成这茫茫荡荡的大荷塘,每逢江水上涨,水流从外江注入塘中,每月十五前后江水回落,塘水反溢,流出江外,彼此把注循月相复。

俞一应立在船头眺望,问道:"离塘口还有多远?"

水宽道:"前面八里多水路有处罅口叫鹤嘴渡,那便是塘口,从那儿出去就是浔阳江。"

俞一应沉吟道:"鹤——嘴——渡——"

说话间,小船不知不觉驶出了荷塘,河面缓缓收窄,水流渐为幽蓝,南畔的水湄生的一丛丛水草逼靠了过来。

突然,欧阳一敬手指一处道:"那是什么?"

俞一应等人顺势望去,就见船头西南方向,丈许远的水面上漂着几个亮闪闪的东西。还没等别人开口,欧阳一敬一个猛子扎进水中游了过去,他熟悉水性,自然不会有失,但俞一应仍命水宽快桨驱船紧跟上去。

欧阳一敬颈浮肩没,游到跟前抓起那几样东西,回头挥动手臂喊道:"大人,您看这是什么?"

待船划近,鱼跃海伸手将他拉上船来,就见欧阳一敬跟水猴子一样,浑身精湿,滴水如雨。

俞一应道:"快把衣服脱下来晒干,塘水很凉,会生病的。"

欧阳一敬用手使劲拍了拍胸膛,道:"我身子骨很壮实,从来不生病。"说着把东西递给俞一应。原来是三枚用锡纸糊成的纸锭,在阳光下闪耀夺目。

水宽道:"这是给死人烧的,为何漂在这儿?"

欧阳一敬道:"昨晚凶手若是跳塘逃走的话,八成是他遗落在水里的。"

水宽道:"凶手为何要带纸锭呢?"

欧阳一敬道:"当是要烧奠死去的人吧。"

鱼跃海道:"去年的八月十六有一起少女投水的案子,是不是?"

水宽道:"没错,是我发现的,尸体就在鹤嘴渡。"

欧阳一敬道:"原来是那里,你说说当天的情形。"

水宽道:"去年那天一早我在巡查河岸,巡到鹤嘴渡时,水面上晓雾刚刚散去,我无意中看见一具尸体浮在水中。我将尸体打捞上岸,那头脸已被水泡肿了,不过还能认出是具女尸。我立即回去禀报主簿,他派我去找县里的殓工任贵,等我和任贵赶到时,他已验了尸,他说这女的是投河死的,命我在外围把守,不许闲杂人靠近。后来事毕我自归去,其余的就不知道了。"

水宽说完这一段,欧阳一敬道:"乾祥这一番举动真是反常,他似……似乎不欲旁人知晓,想要草草了事。"

小船再向前驶,南北两岸渐渐趋合,收拢为一条二尺来宽的狭长水道,水流至此又泛作青白,一丛一丛丈许来高的芦苇自水面挑出来,细细密密的,在风中摇曳。小船挤不进水道,停了下来,水宽带三人舍舟登岸。他在前面带路,小心避开地上带刺的野蔷薇,又行了半里多路走出了苇丛,浔阳江霍然出现在眼前,漭漭江水横无际涯。

水宽道:"这儿就是鹤嘴渡,它原是个古渡口,废弃了好多年。"

众人打量之下,果见江水穿过罅口,流经褊狭的水道再注入塘中,水道长且窄,好似鹤嘴一般尖长。近岸的水中栽着一根圆木桩子,出水三尺多高,原作拴系缆绳之用。

鱼跃海盯着木桩道:"这条水道如此狭窄,尸体怕不是从浔阳江外流进荷塘的吧?"

俞一应道:"江水既然每月中旬回落,那么尸体应该是自荷塘方向顺水流过来,被卡在了渡口。"

欧阳一敬道:"难不成是从荷塘那头漂过来的?"

鱼跃海又问道:"那少女有没有姓名?"

水宽道:"主簿说那女尸是外地人氏,打听不到名字。"

鱼跃海摇了摇头,显是对此说不予采信。

俞一应道:"任贵当日殓葬了尸体,定然知道详情,咱们去找他一问究竟。"

欧阳一敬道:"我知道他住在哪儿,我带你们去。"

天色已然不早,红日的力道也弱了许多,不似正午时那般炽烈。众人来到大道上,水宽拦下一辆农人的马车,四个人坐上去,欧阳一敬指引那农人赶着马车,一路弯弯折折地向西而驰。行了约一个时辰来到西山脚下,四人下了车,欧阳一敬结付车钱,农人自驾车离去。

欧阳一敬指着山腰一座低矮的山房道:"那就是任贵家。"

此时日头已偏在了山后,夕霞透过云隙照射下来,山林如披紫绡。一行人来到房前,两扇屋门大开,屋中亮着灯火,水宽喊道:"老任在吗?"

灯火闻声而灭,屋里一团漆黑,跟着"哧溜"一声有人跑过,欧阳一敬抢进屋中,三人跟入,水宽晃亮火折一照,就见一具尸体躺在床上,一股血腥味扑鼻而来。欧阳一敬点亮桌上的一盏油灯,拿在手中,只见尸体的脸被砍得血肉模糊,床周流满鲜血。

水宽惊道:"任贵被杀了。"

欧阳一敬瞅见屋角处有一道后门半掩着,一脚蹬开奔出,门外是个院子,用苇秆围了一圈篱笆,院中停着一口棺材。欧阳一敬环视一遍周遭,苇篱完好无缺。

三人跟来院中,水宽感叹道:"第一次碰见杀了人还把脸砍稀烂的!什么人这么残忍?"

欧阳一敬回头向后门望望，又弯腰细看，地上有一串血迹自后门一直滴到棺材处。他伸食指竖到唇边，示意不要出声，把油灯交给水宽轻轻走过去，贴耳在棺板上听了听，双手猛地推开棺盖。棺材里爆出一声喊，一个肥墩身材的人跃出棺材就跑，欧阳一敬发足疾追。那墩汉没跑几步，一头撞出苇篱不见了。欧阳一敬跟着冲出篱墙，脚下一空，原来篱笆外是一道半丈来高的土崖，他收脚不及身子急坠而下，在空中连翻了好几个跟头，重重跌在地上，肩骨似裂开了一般剧痛。

他忍痛爬起来揉着肩膀四下里看时，那墩汉早已不知去向，耳边传来淙淙的流水声。循声望去，前方几步远处，一条清溪顺着山涧潺潺流去下方，松涧月明，溪水浮光跃金。他走过去捧起清凉的溪水洗了洗脸和手，略略平定一下心绪，正自寻思着该往哪里去追，就看到溪流中咕嘟咕嘟冒出来一个又一个气泡，浮到水面碎掉，粼粼清波下有一团黑乎乎的东西，细看之下，一个人伏在水底瞪着眼珠子盯着自己，正是那墩汉。

欧阳一敬更不多想，探手入水就抓，那墩汉从水底蹿出来就奔，欧阳一敬岂容他再次逃脱，纵身扑上他脊背，死死抱着他的头颈，二人一同摔在溪流中，滚了好几圈，激溅起水花无数。欧阳一敬一路行来，身上的衣服早已被晒干，现下重又泡得尽湿。那墩汉甩开欧阳一敬，爬起来跌跌撞撞地往下游跑去，欧阳一敬望见他后背宽肥、脚步笨拙，似乎是自己所识的某个人。

那墩汉没跑多远，脚踩在一颗卵石上，一下滑倒，湍流冲着他的身子，绕过耸立在水中的一座巨石，漂到了下游一处水潭中。那墩汉挣起身来，潭水直没至腰间。他不敢再往前走，寻视四周看何处可上岸，忽然背后一阵风袭来，扭头一看，欧阳一敬宛若一只大鸟从天而降，他吓得仰身翻在潭中躲了开去，嘴里灌了好几口潭水。

适才欧阳一敬从溪流中攀上巨石，满拟能居高临下一扑即中，不料被躲过，回过身来，见那墩汉握着一把血迹斑斑的斧头瞪着自己，月光下看得分明，正是县衙的厨子杜老涛。

欧阳一敬道："是你杀了任贵！"

杜老涛叫道："没有，我没有杀他，你误会了！"

欧阳一敬道："你跟我回衙，听候年大人发落。"

杜老涛今早也在院中，耳闻万仞峰审案时对人犯用的种种酷刑，一想到回去后定会遭受严刑拷打，不由得魂飞胆破，咬牙道："好，我这就跟你回去，咱们走吧。哎哟，你面前有条水蛇，当心！"

欧阳一敬低头去看，冷不防杜老涛手臂一挥，斧子脱手直冲他面门飞来。欧阳一敬情急之下身子疾侧，斧子擦脸而过，落在了身后潭水中。欧阳一敬大怒，猱身而上，杜老涛两手抓住他双拳，力拒他靠近，二人搏在一处。杜老涛为厨日久，两只臂膀操练得极是粗壮有力，但欧阳一敬天生筋骨刚健超过常人，杜老涛撑不多时，渐渐地手臂酸软。眼看敌不过了，他大喝一声，一头顶住欧阳一敬的额头，奋起蛮力顽抗。两人各尽全力以拼，龇牙咧嘴互瞪，各自鼻中的粗气喷在对方的脸上，却都无可奈何。

正在难解难分之际，欧阳一敬身子猛一后撤，杜老涛一个跟斗栽入水中，欧阳一敬返身骑在他背上，用臂弯勒住他脖颈，潭水咕噜咕噜不断灌入耳中，二人一同沉到潭底。杜老涛手脚乱舞乱蹬拼命挣扎，怎奈欧阳一敬铁臂勒得他再无还手之力，他呛了好几口水，终于泄了力气，用手拍着欧阳一敬的腿求饶。欧阳一敬把他从潭中提起来，从树上折来枝条捆了，拖回到岸上。

这时，水宽正好从下游一路寻上来，道："我在山下找了一大圈，原来你在这里。哎，怎么杜老涛也在……啊……他就是刚才逃走那人，是他杀了任贵！"

欧阳一敬去潭中摸回斧头，和水宽解了杜老涛，会同俞、鱼两位一起回到县衙。

年唯日正在凉榻上大做官运亨通的美梦，被叫醒后得知杜老涛杀了人，睡意全无，马上传令升堂问案。衙役们点起灯盏，照得堂上明亮如白昼，俞一应等人分坐在两侧，万仞峰午后被肇室启拉进房中闭门叙谈，心中厌忿不平，此刻也出来闲坐一边散闷。

杜老涛跪在公案前不住地喊冤，磕头像捣蒜，抖肩若筛米，脸赤红似猪皮过油，顶冒气如热屉揭笼，乍一看好似往日在厨下操动刀砧烹油烧菜的架势。

年唯日被搅了美梦，正自气恼，冲着杜老涛骂道："灶下养的，你如何杀了任贵，给我从实招来。"

杜老涛哭兮兮地道："小的没有杀人，小的冤枉，求大人明察。"

年唯日道："你没杀人，那任贵是怎么死的？"

杜老涛道："大人有所不知啊，任贵那厮没别的本事，就好赌钱。今年开春以来，他从我这里总共罗走了十五两银子，我讨要了多次，他今日推明日明日推后日就是不还。昨晚诸位大人离衙后，我在街头将他逮到，搔了搔他的皮，要他连本带利一并把钱还我，否则就拉来见官，他满口答应。我今晚便去他家要钱，哪……哪知道进门一看，任贵……他……他……被人杀死在了屋中，吁……我平日里颠勺做菜，哪见过这等场面，跟被人一马勺凉油当头浇下似的，从后脑门直瘆到了大胯。我以为凶手就在屋里，瞅见地上有把斧头，就抓起来防身，跟着门外就来了人，我吹灭蜡烛，跑去后院，躲在棺材里，不想大气还没喘上一口就被欧阳小哥发现了，终究还是没跑掉。"

欧阳一敬将抓获杜老涛的经过详述了一遍，道："我们进屋时他跑去了后院，没有见到他杀人。"说着将那把斧子呈给年唯日看。

斧子通体裹满血，斧刃翻卷，斧柄上清清楚楚显出一个血手印。年唯日命鱼岸用木盘盛了斧子相验，只见杜老涛的右手掌不大不小正好与血手印相符，丝毫不差。年唯日骂道："好你个恶徒，这手印分明就是你的，还不承认杀人！"

杜老涛道："这斧子当时在地上，斧柄上早就沾满血迹，我拿斧子只是想防身，难免在上面留下手印。但我千真万确没有杀人，我进去时任贵早被砍得稀巴烂了。"

年唯日道："你拿斧子做什么？"

杜老涛道："小的心里害怕，拿斧子是为了防身。"

年唯日道："你害怕为何还待在屋里？"

杜老涛道:"我正要离开,前门来人叫门,我只能跑去后院。"

年唯日道:"是谁叫门?"

水宽道:"我们一行四人,欧阳小哥带路,小的上前叫门。"

年唯日道:"来人是水宽,你为何逃走?"

杜老涛道:"我……我见到任贵那副死相,心里怵得紧,一心想躲起来。"

年唯日道:"一派胡言,你分明就是杀了人要跑。"

杜老涛道:"不是的,小的真没杀人,小的如何敢做那种事啊?!"

萧苇想起王大锦一案,冲杜老涛喝道:"哪有晚上去别人家中要债的道理,你明明就是去偷盗财物,被发现后杀人灭口,竟然还强词狡辩,不动大刑量是不肯招供,年大人,给他'加官晋爵'!"

年唯日也想起了今早万仞峰说过的案情,道:"不错,这厨子没白生一张好嘴,杀人的证据确凿,还不认罪,来人哪……"他一拍惊堂木就要动刑。

欧阳一敬道:"大人且慢,单凭一个手印还不足以断定他杀了人。"

年唯日诧异道:"为什么不能?斧柄上的血手印明明就是他的,你看不到吗?"

欧阳一敬押解杜老涛到衙,一路上觉得他不大像刚杀了人,此时道:"血手印只能说明他拿过斧头,但拿过斧头未必就是凶手。"

年唯日道:"真是说瞎话!杜老涛用斧头砍死任贵,任贵的血溅到斧柄上留下手印,这是铁一般的证据,傻子都能明白。"

欧阳一敬指着斧子道:"不是这样的。如果杜老涛手持斧子砍人,血溅到斧头上再往下流,定然会流过他手掌再滴到地上或是身上,被手掌所握的那一段斧柄是不会有血迹的。然而,这把斧子的手柄从上到下没有一处不被血染过,这个手印显然是斧柄被血浸透之后才握上去留下的,还请大人三思。"

鱼跃海一见那血手印就觉得不是杜老涛,此时暗道欧阳一敬明察秋毫。

年唯日被驳得语塞,虎着脸说不出话来。

万仞峰听到这里,对年唯日拱手道:"我有话要问一问案犯。"

年唯日欠了欠身道:"大人请。"

万仞峰看向杜老涛,肃然道:"人犯抬起头来。"他声音不大,语气中却透出一股威严,俨然一副高踞刑堂鞫拷人犯的气势。

俞一应暗暗点头,不愧是刑部的人,气势比年唯日不知厉害到哪去了。

杜老涛虚怯怯地不敢和万仞峰对视,只看着他的一双脚。

万仞峰问道:"你在县衙为厨,想必时常烹制一些鱼鳝之类的菜肴吧?"

杜老涛应了声是。

万仞峰又问:"好不好清洗呢?"

杜老涛道:"不容易的,鱼鳝身上常裹着一层鼻涕似的黏糊糊的东西,洗过之后还是会粘在手上。"

万仞峰道:"哦,那你用手握菜刀时刀会不会滑脱手掉下来?"

杜老涛道:"这是有的,黏涕粘在手上,手又握在刀把上,时不时就会滑脱手。"

万仞峰道:"好,那你会不会把刀捡起来呢?"

杜老涛道:"菜没做完,肯定要捡起来,洗一洗再接着切。"

万仞峰点点头,就此不再发问。

欧阳一敬想了想道:"万大人的意思是,斧子从凶手手中滑落,掉在血泊中,令斧柄染上血迹,然后捡起来再砍,那么斧柄上就会有这样的血手印了,对吧?"

万仞峰不说话,只是看着年唯日。

欧阳一敬道:"即便杜老涛真的砍死了任贵,他的衣服定会溅上鲜血,任贵家中床上也满是鲜血,可你们看杜老涛身上有血迹吗?"他拉着杜老涛站起来给众人看,就见杜老涛浑身的衣裤还湿漉漉的,却看不到血迹。

万仞峰又道:"杜老涛,你从后院跳下来后去了哪里?"

杜老涛道:"小的摔下来,一路滚到小溪边,疼得迈不开腿脚,就爬进溪水中躲在水底。"

萧苧一拍座椅扶手,站起来道:"这就是说杜老涛身上的血被水冲掉了。"他又哈着腰对万仞峰道:"我说得可对,万大人?"

年唯日接道:"说得对,杜老涛跟欧阳一敬在水中大战许久,身上的血自会被水冲干净,哪里还看得见?"

欧阳一敬道:"大人以为在溪水中泡一会儿,就能将衣服上的血冲干净吗？今夏以来溽热难当，我时常热得流鼻血，一有不慎就滴在胸口上，待到脱下衣服去洗，却怎么也洗不掉，胸襟上会留下淡痕。如果杜老涛被溅得满身是血，绝不会被溪水冲得一丝痕迹都看不见。"

方如许道："你这话也不尽然，衣服上溅了血，倘若立刻去洗仍是能洗干净的，要是耽搁几日，自然就洗不下来了。身上看不到血迹，不见得没有嫌疑，或许还有血腥味。"

萧苇一听便来了劲："对呀，萧大爷我学一回青蝇，替万大人闻闻。"

万仞峰瞪了他一眼，心说不用学，你就是一只招人厌的绿头大苍蝇。

萧苇走到杜老涛面前耸起鼻子，上上下下、左左右右将他全身闻了一遍，连腋下和裤裆等私处都生怕错过似的。他贴近了深吸好几口气，而后大呼了好几口气，用手扇着鼻子骂道："奶奶的，这身上的味太冲了，脖颈上是酸枣味，胳肢窝里羊膻味，裆里一股子鸡屎味，倒是没有血腥味。不过，杜老涛你屙的是鸡屎吗？"

衙役们一个个笑得前仰后合，纷纷戏谑起来，有的说："没有血腥味，看来不是凶手。"有的笑着说："哈哈，这也难说，兴许是真让水冲走了。"还有的说："老杜这人馋嘴贪吃、横行欺人，仗着作厨没少占人便宜，是个十足的小人。别管是不是凶手，先砸烂他的狗头再说。"……

欧阳一敬道："农户家杀一头猪，杀猪匠还浑身都是血腥味，杜老涛身上一点儿都没有，那是因为他根本没有杀人。"

杜老涛不顾衙役的嘲笑，眼巴巴地望着年唯日，切盼他能采信。

欧阳一敬道："大人再看看他的手。"他抬起杜老涛的右手腕，手掌中满是血迹。

年唯日道："这又怎样？"

欧阳一敬道："手上的血迹为何没被水冲洗掉呢？"

年唯日张口难辩，不停地瞟万仞峰，道："这……这个怎么说呢……还请……"

万仞峰道："一个人但凡动手杀人，必定是心神狂乱，和疯子没什么两样，有时候杀红了眼，把自己手指头砍下来，反而不知道疼，有的要杀张三，愣是将李四杀死，这世上离奇古怪的命案多了去了，不可能立时推断明白。为什么身上没有血手上却有，这只有让他自己讲出来。"说罢起身走到公案前，抽出一支令签，递向年唯日道："动刑。"

欧阳一敬踏前一步，道："敢问万大人，凭什么动刑？"

适才万仞峰一听案情，便断定杜老涛是凶手，但欧阳一敬两句话就说得年唯日哑口无言，自己若不出面，眼看欧阳一敬这副誓证清白的架势，此案定然拿不下来。今早他跟欧阳一敬大吵一架，已领教过此人宁折不弯的钢骨烈性，自己还从未遇到过这样的人，实在不便与其再生争执，于是他当众言明盘问杜老涛，意在提醒年唯日，无意和欧阳一敬过话。但此刻欧阳一敬硬邦邦地直言质问，万仞峰避无可避，只得回道："手拿凶器出现在凶案现场，无疑就是凶手，他不招认，当然要用刑。"

欧阳一敬道:"那又怎样?没人看见他杀人,你如何这般笃定他就是凶手?"

万仞峰道:"你早一步赶到,就会目睹他杀人了。"

欧阳一敬道:"无人目睹就是证据不足,那就不能用刑。"

万仞峰道:"证据不足才要用刑让他招供,他的口供就是证据。"

欧阳一敬道:"酷刑之下,试问谁能熬得住?熬刑不过,还不是屈打成招!"

万仞峰道:"那么以欧阳大人之高见应该如何处置,关着他关到死吗?"

这一句问得欧阳一敬哑口无言,连带想起万仞峰今早那句诘问,心中茫然无解。他从未深思过遇到这些情形该怎么办,反之却坚定不移,即绝不能刑讯逼供。

万仞峰又道:"我审过上千起案子,像杜老涛这样手持利刃被当场拿获的,一百个里头连一个清白的都没有,根本不会冤了他。"

欧阳一敬道:"你审过的案子里没有无辜者,杜老涛就一定杀了人吗?这就是大人的断案之道?"

万仞峰道:"他嫌疑如此之大,浔阳江水都洗不清,难道还是清白的不成?"

欧阳一敬道:"你就凭这个认定他是凶手,难道不是污蔑人吗?"

二人争执的语气渐渐激烈。万仞峰气得脸色煞白,一句"就凭比你多吃二十年的饭"刚到嘴边，只听欧阳一敬道："这般推断下来，你审过的案子里，不知道有多少是屈枉之人！"

万仞峰在刑部素以锐断著称，审阅一遍案情就能推断出真凶是谁。五年前满朝震惊的"洛神香妃案"，就是他从五十多人中一眼辨出目击证人，为缉凶破案立下头功，堪称目光如炬、洞隐烛微。他认定的凶手从没错过，加之为人又桀骜不驯，同僚中很少有敢对他提异见的。面对欧阳一敬一而再，再而三的呵责，万仞峰怒火中烧，挥起握签的拳头忍不住要打欧阳一敬。

方如许忙道："欧阳一敬，快退下，休得无礼！"

万仞峰直直瞪着欧阳一敬，片刻缓缓放下拳头，转而望着檐外漆黑的夜空，长吁一口气，语气缓和下来，道："万某人虽说长相凶恶，但从来都不是枉法之人，黑就是黑，白就是白，在我堂下跪过的人，哪个不是穷凶极恶、为非歹之徒？纵然我将他们拷得死去活来，但是拟刑问罪之时无不是严守我大明律法，绝不因鄙人的爱憎就罪加一等或是薄惩素放。我敢说，自我到刑部听差的第一天起，这么多年来一直慎守如初。"说到这里他顿了顿，又道："你们大概不知道肇大人去了哪里吧？"

众人这才发觉，肇室启今晚没在大堂上。

万仞峰道："今日午后你们几位不在衙中，肇大人找到我，说了好一番卑言谀词，软磨硬泡要我改了'甲辰年季春丙子'号案的判词，把乔冲拟为斩立决。"

大明的死刑分为斩立决和斩监候决，只有犯下大逆、谋反等诸般十恶不赦的大罪之人，才会被论处斩立决，须先经刑部拟定，再送大理寺审核，最后奏请皇帝核准，行刑时要委派官员到场监刑。被判处斩监候决的犯人，不即行处决，而是囚在牢中，待过了秋分三法司朝审之后，将众死囚分为情真、缓决、可矜和可疑四类，于情真一类，由法司请旨皇帝圣裁，准奏之后最终得以行刑，其余三类大多被流放发戍。乔冲干犯死罪，万仞峰将其拟处斩监候决，倘若不被归为情真之类，大可留下一条命来，肇室启居然要改为斩立决，那是一心要他死了。俞一应等人听了，均大感意外。

鱼跃海心想，乔冲把那牛黄偷出王锦记，绝不会藏于家中，定是掩埋在一处荒郊野地，刑部亦是将牛黄的所在一并讯出，才交由大理寺复核。南司自是去找了，但从谕民告示来看，当是没有找到，想那乔冲都招认了杀人的罪行，该不会瞒下一味药材死扛到底吧？那么牛黄的去向就颇费寻味了，肇室启要万仞峰改判乔冲斩立决，无疑是要灭乔冲的口。

万仞峰又道："肇大人跟这位欧阳小哥一样，都把在下看作徇私枉法之徒，嘿嘿，却未免门缝里张眼——把人瞧扁了，万某人出手发签，皮开肉绽过，惨号尖叫过，就是不曾冤枉无辜过。小小的一个大理寺评事就想让我改判，哼，纵是当今圣上也不能。"

这一番话掷地有声，铮铮如铁，欧阳一敬最是佩服公正不阿之人，听得此言，不禁对万仞峰平添了不少好感。

万仞峰又道："凶犯作恶多端，自有刑律加身，咱们审他判他，那是代行朝廷的委任，自当不偏不倚、秉公而行。肇室启要我判处乔冲斩立决，我不能枉法而为，你欧阳一敬不许我对杜老涛动刑，我更不会答应！"说完他回身把令签恭置于公案上，对年唯日郑重道："还请知县大人发签。"

年唯日拿起签子扔在地上，道："雷动、蒋得，刑杖伺候。"

杜老涛即刻跳到晋笙身后，叫道："晋大人，你昨晚问什么我都告诉你了，你可要救我呀！"

俞一应暗道，这个典史晋笙有点古怪。

雷动和蒋得各持刑杖，绕过晋笙，直扑而来，杜老涛又蹿到欧阳一敬跟前，跪下喊道："欧阳大人救我！我真的没有杀人，我冤枉啊！"

欧阳一敬伸手拦道："且听我一言。"

万仞峰喝道："你再这般阻拦就是不分好歹了。"

欧阳一敬道："大人不畏强权、不违初衷，着实令人敬佩。大人此番前来彭泽，践此躬身亲证之行，可见您也认为凡是存疑之事必得求取明证相验，要定杜老涛的罪，还得再行搜寻证据，不可草率行事。想那武周之时，酷吏来俊臣罗织罪名，构陷无数人入狱，那些人经不起严刑拷打，无不自认有罪，到头来还不都是冤枉的？前事不忘，后事之师，今人岂能再犯前人的错，让后人耻笑？"

万仞峰不理睬他，一挥手命雷动、蒋得拿人，欧阳一敬挺身上前，将杜老涛护在身后，道："大人此行既为求义之履，为何不想想，当年狄公身陷缧绁之中都不肯冤枉他人，大人今日又怎能为此不义之事？"

萧苇极想看到杜老涛受刑，道："万一那个字是'疑'呢？你又没查验过。"

欧阳一敬道："我和俞、鱼二位大人已验过碑文，那个字不见了。"

万仞峰脸色骤变，喝止雷、蒋二人，问道："怎么回事？"

欧阳一敬即刻将午后在狄公祠中验碑的经过讲了一遍。

万仞峰问鱼跃海："他说的是真的？"

鱼跃海点头道："那一处碑石的确不见了。"

万仞峰犹自疑惑不解，俞一应道："狄公祠中怕是别有故事。"

万仞峰道："除了乾祥的命案，还能有什么事？"

俞一应抿了口茶，缓缓道："我们为着死者破案缉凶，原是为义所驱穷追确凿。'不义不为'换言之便是义所当为，为义举自是因为心存善念；而'不疑不为'就是析疑解惑，那也是因为心存疑窦。三绝碑上一块碑石不见了，但狄公祠中发生的事犹自存之，字之疑义源生于心，神而明之存乎其人。"

这番话说完，年唯日一脸懵然。方如许手捻白须，琢磨话中含义。萧苇半句都没听懂，却重重"嗯"了几声，以示自己深得其意。欧阳一敬隐隐觉得这话似有赞同自己之意，却又拿不准，感到颇耐索解。只有鱼跃海微笑着对年唯日道："其人存乎？"

年唯日道："存乎？那就是不用刑了？哦，原来是这个意思。"一挥手命雷、蒋二人退下。

万仞峰还欲开口催刑，但想想自己官阶次于俞一应，不好公然违忤其意，又眼见年唯日已然罢刑，也不好再坚执己见。年唯日命鱼岸将杜老涛暂行收监，退堂改日再审，众人各自歇去。

鱼岸把杜老涛关入牢房，遣散众役，待一切料理停当，独自悄悄出了县衙。此时已夜阑更深，衙外月暗星稀，他孤身一人走在黑漆漆的街上，怅悔之意袭上心头，当初被邪念迷了心窍，弄成如今这般局面，只能硬着头皮收拾残局。

鱼岸潜回家中，解下右臂上的白纱。欧阳一敬昨晚并未扭伤他手腕，之所以裹上白纱，是为了掩盖乾祥咬在臂上的伤口。他清洗了伤口，重又裹上白纱，取了包袱，出门向南而去。出城后行了大半个时辰，来到一座荒山上。他四顾无人，躲入树丛中，从包袱里取出夜行衣穿在身上，用黑布蒙了脸，才迈步往前走去。

山上极是偏僻，人迹罕至，县衙早年在山上辟出一块地方，盖了漏泽园，专用来埋瘗和停厝尸体。鱼岸翻过园墙，一股腐臭味弥漫在死寂的陵园中，他掏出两个棉团塞进鼻孔，向园门口的茅棚那边张望一下，茅棚里黑乎乎的，守园人张老雀每晚都喝得烂醉，想必此时已睡着了。他轻手轻脚走进停尸的间舍。

间舍入门处有一尊地藏王菩萨塑像，意在让死者的亡灵日夜聆听法音，早登极乐世界。鱼岸这两日思来想去，如果再留着乾祥的尸体，迟早被人发现端倪，不如一把火烧掉，了去后顾之忧。乾祥和自己兄弟一场，相处的时日不算短，昨晚被逼无奈才打死了他，现下又烧毁遗体，鱼岸心中不免生出一丝歉疚，在塑像前默念了一段往生咒，拜了几拜，才朝里间走去。

间舍中砌了三十个砖台，每列十个，乾祥的尸体厝置在第二列最末，鱼岸点了蜡烛走到跟前一看，砖台上空无一物，乾祥的尸体不见了。他心里一愣，乾祥早成了一具僵尸，为什么会不见了，难道是死而复生了？间舍里摆满了尸体，阴气十足，他正自纳罕时，腰后忽然被人顶了一下，急跃开回身一看，一头幼獐睁着绿幽幽的双眼盯着自己。原来间舍中少人打理，日子一久，野兽都在里面盘了窝，鱼岸暗暗好笑，心想是自己惊扰了主人。那幼獐见到生人，耸了耸鼻尖，调头奔出去了。鱼岸向左逐个揭起砖台上尸体盖着的白布查看，看了好几具都不是乾祥。这时就听外面"啪"的一声，一根枯枝被踩断了，接着又听到脚步声响，有人走了进来。鱼岸一把掐灭烛火，纵身跃至窗外，伏在长草间一动不动。过了好一会儿，听得身后没有动静，他才缓缓回转身子，向间舍窥去，只见一个干瘦的黑影也在查看尸体，弯下腰看了一个，摇摇头又走到下一具跟前再看，似乎在寻找什么。

突然间，沉寂的夜空中传来张老雀破锣般的声音："欧阳一敬，你安得什么心，这夜子来叫门！"

只听欧阳一敬道："张老伯，实在对不住，并非我有意来打搅您，实在是白天不得空，这才深夜赶来。"

张老雀道："你想进去就进去啊，你算老几？大半夜的成心不叫人睡觉！"他骂骂咧咧，语气中十足的抱怨。

欧阳一敬道："扰了您的清梦真是迫不得已！天气炎热，尸体很快就会腐坏，还望老伯行个方便让我进去，欧阳一敬在这里谢过了。"

他言辞甚为谦恭恳切，张老雀不再说话。只听铁链咣当几声响，园门咯吱咯吱开了，两个人朝间舍走来。

那黑影扭头四下里张望，急忙蹿到地藏王菩萨像后躲了起来。

张老雀边走边叨叨:"刚抱了个小尼姑,才扒下裤子,让你小子给吵醒了,你就不能晚来一会儿?"

欧阳一敬不接话,嘴里只是嗯嗯,声音很是忸怩。

张老雀又道:"你怎么谢我?请我去魁星阁耍一晚上如何?"

欧阳一敬道:"老伯今后若遇到什么难处尽可开口,欧阳一敬绝无二话,但这个要求恕我办不到。做人应该洁身自好,那种地方去不得。"

张老雀道:"老子一把年纪了,就那点儿喜好,你不答应我,我就不让你验尸了。"说着停下了脚步。

欧阳一敬朗声道:"张老伯,这就是你不对了,我来验尸是为了破案,捉住凶手给死者申冤,你以此来要挟我,那我可不听。你不让我去,我偏要去。"

张老雀干笑两声,道:"我跟你说笑的,你还当真了,少年人不更事啊!"欧阳一敬却并不理会。

间舍内骤然亮起灯光,张老雀提着灯笼走进来,欧阳一敬跟在身后,见到这许多具尸体,一边随手揭起一具尸体上的白布一边道:"乾祥的尸体摆在哪里?"

张老雀斥道:"不许乱动!老子费了好大的劲,一具一具地安放妥当,你又给我弄乱了,走开些。"

欧阳一敬束手退开。

张老雀道:"昨晚鱼县丞带人把尸身送来,我摆在了第二十座。"他晃了晃脑袋又道:"不过今早上第二十一座有一具刚死的尸体不见了,我就把乾祥搬到二十一座了。"他走到第三排打头的砖台前揭开白巾，道："这不是嘛。"

鱼岸躲在窗外看得明白，怪不得自己刚才没有找到。

欧阳一敬一看，正是乾祥的尸体。张老雀把灯笼塞到他手中，道："手脚利索点，园门我不锁了，你自己离去，莫再烦我。"

欧阳一敬点头答应，又问道："尸体怎会不见呢？"

张老雀挤了挤眼，故意扮出一副唬人的面孔，道："诈尸了呗。"说完走出了间舍。

欧阳一敬把灯笼立在近旁，动手除下乾祥的衣裤，就见尸体腰带上拴着一只布袋，打开一看，里面是支银簪，簪头镶了一朵玉梅花。欧阳一敬把腰带置于一边，开始细细检视每一处。

鱼岸看得发笑，暗道这小子真是迂腐得可以，乾祥明明是被自己打倒在地，脑后的伤痕就是致命伤，即便再验个十回八回，又有什么不同呢？他等得不耐烦，只盼欧阳一敬快点完事走人。

欧阳一敬将乾祥全身查验一遍，除了后脑的伤痕，没有任何异样。昨晚他被年唯日驱走，心中自是大大的不甘，今夜再来，本想发现更多的线索，哪知劳动一番仍是一无所获。他用手翻正乾祥尸身，左手无意间插入其口腔，冷不防被什么东西给刺了一下，抽回手指一看，中指指尖上一滴鲜血冒了出来。他拭去左手血滴，将右手探入其嘴里小心摸索，触到了一个尖头。欧阳一敬顿时来了精神，双手去掰乾祥的嘴巴，但尸身僵硬，下颌好似铁铸一般，怎能掰得开？

正自束手无策时，他突然灵机一动，将尸身翻转过来，后背朝上，一手提过灯笼照明，另一手拨开脑后浓密的黑发，一根一根地找起来。果不其然，在那个肿起的伤痕往下一寸，后脑和脖颈衔连之处，有个针眼大小的血点。他用指尖又挤又掐，自血点中钻出一个尖头，他捏住尖头猛地往外一拔，拔出一根四寸来长的硬刺。他随即明白，这根硬刺插入乾祥脖颈后又穿出，前端留在了口腔中，刺根没入皮肉，又被毛发所覆，若不是自己被刺尖扎了手指的话，绝难发现。他捏着硬刺看了半天，掏出手巾裹好放入怀中，又给乾祥穿好衣服，把腰带系回他腰间，这才提灯笼出了间舍。

他做这一番举动时背对窗子，是以鱼岸完全没有看见他具体干了什么。远处园门吱吱呀呀地开了又关上，间舍中又恢复了一片死寂。

过了片刻，那个黑影从菩萨像后偷偷摸摸地走出来，来到第二十一座砖台前，小心取出乾祥腰间的那支银簪，喜滋滋地凑在月光下看了看，又拿嘴吹了吹，揣入自己怀中。他正要离去时，相邻砖台上一具僵尸忽地坐起身来，那黑影像是被雷劈中似的，定在原地一动也不敢动。就见那僵尸双臂打得笔直，飘到那黑影面前，伸出了手掌。阴惨惨的月光斜照尸身，那张脸秀目如星、莹颊若玉，鱼岸在窗外看得清楚，不是梅萼还能是谁？

此刻若非亲眼见到这骇异的一幕，鱼岸绝不会相信，梅萼一年前已经化为灰烬，怎么又在这里出现，难道真是见了鬼？他寒毛森立，脊背发凉，憋着气息不敢稍喘。那黑影抖擞着摸出簪子放在僵尸掌中，那僵尸倒飘着出了门，没有发出一点声响，直到再也看不见了。

第九回
出生入死

俞一应和其余一干人等俱在寅宾馆中下榻，第二天他起了个大早，洗漱之后，预备散步去县衙。打开房门时，一张字条忽然自门缝中飘落下来，他拾起一看，上面写着四行字："去岁有人逝，其事有蹊跷，县丞有文章，乞请有司查。"

俞一应心想，这字条应是昨夜自己就寝后才被人塞在门缝里的，这是要自己追查去年那桩投河案。他出门躬下身，沿着路面细细察看，都没有发现可疑的踪迹。直到院墙根处，丛生的青草叶子上沾满了露水，一朵弯着茎枝的野菊上停了一只蜜蜂，似还沉睡未醒。他凑近了去瞧，蜜蜂"嗡"的一声振翅而起，飞到了半空中，菊枝来回摆了两下，又挣回原处，菊枝旁赫然有一双脚印，右脚印中有一个"王"字，脚尖正对着自己的房门，似是有人在此驻足窥探。他看了半晌，收好字条，缓步踱进县衙前院。

两边的吏舍全都黑着，只有欧阳一敬的那间透出光亮。俞一应走过去轻轻推开门，欧阳一敬背身坐在案前读书，轻轻走上前绕过他肩头一瞧，案上一本《诗经》正翻到《北山》那一章。

俞一应道:"这么早就起来读书,真是夙夜匪懈啊!"

欧阳一敬惊觉,回头见是俞一应,忙站起来道:"大人什么时候进来的?卑职失礼了。"

俞一应道:"是我没敲门就进来,打搅了你。"

欧阳一敬道:"不打紧的,我晨读已毕,就要出去查案了。"

俞一应把字条拿给他看,说了刚才发现的事情,欧阳一敬辨认不出字条上的笔迹,道:"投水少女案令乾祥很是紧张,我原以为他身上也许会有文章,可这字条上为何说鱼岸有文章呢?"

俞一应道:"未必不是一文套一文。"

欧阳一敬道:"您是说投水少女的死跟乾祥有关联,乾祥的死跟鱼岸有关联?"

俞一应道:"只是猜测。"

欧阳一敬当即对他说了昨夜验尸的情形,又拿出了那根硬刺。

俞一应看后道:"这既不是铁钉,也不像竹签,如此坚硬的东西竟然插进乾祥的后颈,看来事情颇不简单。"

欧阳一敬道:"不管这根硬刺是怎么来的,可以断定这就是乾祥的死因。"

俞一应点点头道:"这么说的话,他脑后那道伤痕并不是致命之处。"

欧阳一敬道:"可是凶手为什么两次用不同的凶器呢?第一次用石头打他后脑,第二次才把硬刺插入他颈中。"

俞一应道:"就这个案子来说,凶手为了杀死乾祥,会用石头连击他后脑,直至其死亡才会停止,那他后脑一定会皮开肉绽，而非仅仅是一道浅的不易发现的伤痕，可是现在只有一道浅痕……"

欧阳一敬抢过话头道："此案可能并不依常理，似有不为人知的隐情。"

俞一应点头称是，又叮嘱道："事情有定论前，不管是谁做下文章，你都不要声张。"

欧阳一敬道："对，不能打草惊蛇。"

俞一应觉得这少年一点就通，悟性很是不错，只是品性太过耿直，为人处世欠缺经验，而并非蒋得说的那么顽劣不堪，心里对欧阳一敬的成见渐渐消去。二人边走边说，出了吏舍。

万仞峰和鱼跃海晨起后去外面的长街上走了一圈，叙说契阔，也正好回到衙中。欧阳一敬昨晚一直在想，之前听了陈三斤讲的预感梅萼似遭不测，昨晚任贵被人杀死，线索暂时中断了，那投水少女兴许不是梅萼，心中反倒暗自庆幸。他看到鱼跃海忙走上前道："请问大人，那些锦图上可有关于梅姑娘住址的线索？"

鱼跃海道："我反反复复看过好多遍锦图，找不到线索。"又反问道："县里除了任贵，还有别的殓工吗？"

欧阳一敬道："没有了，殓葬这种事老百姓都不愿意干，全县就他一个人做这个营生。"

鱼跃海神色不禁有些懊惜。万仞峰对鱼跃海道："不如我回京后再提审一回乔冲，看看他是否偷听到梅姑娘的住址。"

鱼跃海道："那就有劳大人了，若是问出点头绪，还请相告。"

万仞峰道："这个自然。"

鱼跃海嘴上这么说，心中对此举委实没抱多大期望。

俞一应对鱼跃海道："我在京里倒是有几位工于刺绣的朋友，纵然不会用鱼骨作画，但绣画之技大多相类，可否让他们现学现卖，赶制一幅锦图进呈贵友？"此言实为试探，若是鱼跃海同意了，接着势必要透露其友的底细；若是有所推诿，便坐实了此人地位显赫，确是一位高官。

鱼跃海听后也不接话，拿眼睛瞅着俞一应，揣摩他的用意。

正在此时，曹廉从西侧的一溜吏舍后逃命似的跑过来，惊乍乍地道："诸……诸位大……大……大……"他神慌气乱，说一个字顿三下，一句话硬是说不完整。

欧阳一敬问道："什么事？"

曹廉转头对着那排吏舍，用手连戳带点，仿佛那里发生了令人吃惊的事。

万仞峰道："杀人凶手又现身啦？"

曹廉不停摇头，吓得说不出话来。

欧阳一敬知道吏舍背后是主簿廨，乾祥之前就在那里办公，曹廉胆小如鼠，定是踩到了蜈蚣或是触到了蝎子才被吓成这样。他大步当先，走到吏舍背后主簿廨前，但见房门大开，屋里没有任何动静，进去后才看到萧苇端坐在椅子上。

欧阳一敬又好气又好笑，回头道："曹廉，你不去好好做事，又来作弄人。"

曹廉躲在俞一应身后露出半张脸，抬下巴指了指萧苇，就见他正襟而坐，眉目庄严，脸色不同以往。

欧阳一敬道了声："萧大人早。"

萧苇浑如没听到似的，看也不看他一眼，起身走出廨舍，对着门外的俞一应等人甩下一句："升堂。"然后径直走去大院。

欧阳一敬等人随后跟来，就见萧苇已端坐在大堂公案之后，一指堂下喝道："众衙役，把恶鬼给我带上来！"但此时堂下空无一物，连个苍蝇也不曾飞过。

众人不明所以，欧阳一敬道："萧大人，哪里有什么鬼？"

公案后是知县大人的正座，为全衙最尊，除了年唯日，旁人即便是官阶高者也不能坐这个位子，否则便是侵犯了知县的官威，更是对朝臣不敬。

萧苇一拍惊堂木喝道："堂下所跪何人？报上名来。"

衙役捕快们从各自的房舍中走出来，看到大堂上无人下跪，都搞不清萧苇在做什么。

就听方如许大声喝道："萧苇，你快下来！"他见萧苇坐在大堂上又在出洋相，气不打一处来。

萧苇指着方如许骂道："呔，你这白毛老鬼，胆敢作祟害人，还不快快现出原形！"

往常方如许板起脸发威时，萧苇都是伏首帖耳听训，今日竟然出言还嘴，方如许气得直喘粗气，吹起唇边的两道白须。

早有人叫醒了还在昏睡的年唯日，他抓了条裤子套在腿上，跳下床匆匆赶了来，一件短衫斜套在左肩上，边走边穿右臂。昨日为着错抓了万仞峰，他在人前丢尽了脸，此刻见到衙役们又围着看热闹，立马呵斥道："都闲在这里放驴吗？白混银子的废物，还不快去做事！"

年唯日平生最大的本事就是骂人，众衙役一个个吓得都钻进房中，紧闭门窗悄然无声，不敢再过问外间事。

方如许上前对萧苇道："你不要胡闹，知县大人的位子岂是你坐的？快快下来给人赔罪。"

萧苇起身踏在椅座上，仰天长啸一声，跃上公案，对方如许道："我乃九天荡魔祖师真武大帝，今日下凡来降你这头白毛狮子，纳命来！"说着从案上跨下来，揪住方如许就要打。

欧阳一敬挺胸挡在方如许身前，攥住萧苇的双腕，道："不许你胡来！"

萧苇嘴里念念有词："太上有命搜捕邪精，魔王束首凶秽消散，急急如律令。"他两个眸子精光大盛，邪瞪着欧阳一敬，欧阳一敬心里一瘆，将他推开。

萧苇左右踅摸着走回大堂，一弯腰身，转过身时手中已掂着一根刑杖，歪歪趔趔奔扑过来。年唯日惊叫一声，俞一应等人纷纷躲避，欧阳一敬护着方如许退到远处。万仞峰暗道，这厮该不是昨日被我一巴掌打得失心疯了，他此刻发作起来找我报仇？莫要把我一棍打死才好，边想着急忙退到仪门外。

院中已乱作一团，萧苇举着刑杖四下里撵打，一杖就把堂阶下一盆月季扫得粉碎。年唯日躲在西边的吏舍前，大叫："快来人哪！"

衙役们被他臭骂一通，无不心存怨气，都躲在房中装听不见，没一个人肯露面去搭救他。

萧苇对年唯日喝道："咦，你这活鬼头，在这里撒野，爷爷送你回地府！"两步赶到年唯日面前，高高举起刑杖当头砸下。年唯日吓得魂飞天外，早忘了逃跑，呆呆看着刑杖加身，一动也不动。只听"哗啦"一声，刑杖击在吏舍屋檐上，一片青瓦被打得碎砾四溅。年唯日两腿一软，瘫倒在地上。萧苇手起杖落又是一下，正中年唯日的右脚背。年唯日"嗷"的一声惨号，双手抱起右脚，咧开嘴半个字也说不出来，只是痛得在那喘气，腮唇鼓得活像一只海螺。

欧阳一敬抢到萧苇身旁，夺过刑杖扔在一边。萧苇叫道："还我法器来，紫玉尊者座下光明童子……"欧阳一敬拿住他双手，将其两臂反剪在背后，萧苇嘴里不停地喊叫，飞起双腿踢蹬。

听到这么大动静，衙役们有的从门缝里探出脑袋窥视，有的扒在墙根处张望，陆陆续续现了身。俞一应唤来曹廉和蒋得，命二人将萧苇手足缚了，带到前院库房中看管起来。蒋得对方如许道："萧大人是九江府的人，小的知道分寸，否则就不好交代了。"他笑嘻嘻地动作，手下却暗暗使劲，用篾条把萧苇的手腕和脚腕捆紧扎牢，又细又韧的篾条勒进萧苇的肉里，存心叫他多吃苦头。曹廉除下自己的左袜，塞进萧苇的嘴里，萧苇不再叫骂，大口咀嚼起来。曹廉乐得在众官员面前祭出法宝降妖，押着萧苇颠头簸脑地离开。

年唯日盯着萧苇的背影，直到出了大院看不见了，才松了一口气，道："这家伙犯了什么煞神，鬼上身？"又见到众役，立刻倒嗓骂道："还知道出来呀？老子快被打死了，你们一个个疤脱脬的躲着不露面，喊救命都听不见，我要你们这一群烂疣子有什么用，全都给我滚！"

衙役们被骂得狗血喷头，一个个如木桩子般立在院中，走也不是留也不是，不明白是滚还是不滚，不滚便是违抗了命令，真滚了的话，就怕年唯日回头又不认账，好生为难。一个衙役拿不定主意，拧过半个身子，腿脚仍伫留不动，扭了两扭，跌倒在地上。

鱼岸蹲在年唯日跟前照看，见他疼得吊眉丧眼，汗水顺着脸上的肉褶皱沟溢淌，道："我抱大人去后堂，再去请焦大夫。"

万彻峰在旁边不禁疑惑，你手腕脱臼了怎么还能抱人？

年唯日道："晋笙和鱼岸快抬我到床上去。"

一时不见晋笙，雷动走过来，俯身要和鱼岸抬年唯日，年唯日喝道："去找个门板来，老子还经得起折腾吗？"雷动应喏而去。

年唯日对方如许道："你现在就带他回德化去，一刻也不要在我这里待。"

方如许道："他这副样子，我怎么带他走？"

年唯日一摆手道："我不管，他疯起来拆我这县衙怎么办？还嫌事情不够多！"

方如许道："你消消火，我想想如何处置。你的脚有没有大碍，伤着骨头没？"

年唯日道："不用你管，我若是被他打残了，你们九江府……你可要赔我，哼！"年唯日恼悻交加，出言对方如许呵斥，方如许心中抱愧，倒也不在意。

鱼跃海道："萧大人看起来多半是撞了邪祟。"

欧阳一敬道："他神经突然失常，肯定是沾了什么不干净的东西。"

方如许道:"我看也是,赶紧请个僧尼禳一禳,或是去庙里给招招魂。"

俞一应问道:"县里可有术师?"

欧阳一敬道:"今日县里跳傩戏酬谢江神,我去看看,兴许找得到。"

彭泽是滨江之县,为数不少的当地人在江上跑船打渔讨生活,为求风调雨顺、获利丰厚,早年在城外的黄岭修了一座傩庙,时常举行傩仪祈福禳灾,是以县中跳傩之风由来已久。待欧阳一敬赶到时,山野间已是挨肩擦膀,人山人海,来看傩戏的老百姓少说也有两千多,围着一棵大槐树喧哗欢闹,树下正是傩庙。

欧阳一敬分开人群刚挤到近前,人群就鼓噪起来,扰攘着分到两边,让开一条道来,就听有人喊道:"再散开点,再往后退。"一个骑在树杈上的少年冲天一指,叫道:"来了,来了!"但见云绣岭头、槐插天际,自树巅蹿出两只喜鹊,喳喳地叫着,绕树飞了三匝,逐空而去。前排的人惊呼着纷纷往后退,后面的人随之避让,一个老翁退让不及,跌倒在地,身旁的人赶紧拉起他往后撤。人群呼啦啦闪开了一射之地,瞧这气势,前方来的不是一头大象就是一群猛兽。

就听窸窸窣窣的一阵枝叶响动,自树枝头冒出一个攒尖顶子,透过叶隙望见了檐角和屋脊,一间方亭从树后一摇一摇地绕了出来,亭身由无数根翠竹精造而成,四壁围着竹栏。众人正不解时,亭下连着又是一间竹亭，尺寸更为方阔，让人越发摸不着头脑。

欧阳一敬细看之下笑了起来，原来这并非什么竹亭，而是一座竹塔，自上到下共有五重，层层相垒，最下一重塔亭最大，是为基座，向四面八方伸出二十四根木梁，由四十八个赤着上身的精壮汉子肩荷着徐徐而来。行至近前，壮汉们停了下来，一齐卸肩缓缓落塔。这竹塔足足有七八丈高，遮没了天日，巨影如山一般投在地上。看众们一阵骚动，继而欢叫起来。

忽闻三声锣响，一个身着红绸短褂的傩人，自基塔中一连串筋斗翻将出来，他翻一个，看众便数一个，直数到九十九个，这傩人才站定身子。他头顶一丛乱蓬蓬的银发，白灰抹面，狗血涂唇，靛额青耳，扮相甚是狰狞。这是彭泽人最爱看的一出傩戏——《捉黄鬼》，这红衣傩人正是扮作跳鬼，头一个出来垫场，接着塔中又翻出来大鬼、二鬼和黄鬼，扮相不同，服饰各异。鼓乐声里，四鬼各执木剑、木刀、木戟和木斧战成一团，四野观众看得津津有味。

欧阳一敬打小谙熟这场戏，不甚留意关注，只拿眼睛在人群中漫扫，就看到对过人丛中有一人，身着常服，却戴了一副傩鬼面具，正跟大夫焦三极交头接耳说着话，甚是显眼。彼此刚一对视，那傩鬼立即掉头钻进人群中，脚跟抬处留下一双脚印。欧阳一敬一眼看到他右脚印似乎有一个"王"字，当下跳出人群，大喊一声："站住！"那傩鬼身子一震撒腿就跑，欧阳一敬跃过场地就追了上去。

左右人群密实，那傩鬼急切钻不得进，扭头向竹塔跑去，绕着竹塔跑了一圈，见甩不掉欧阳一敬，于是闪身进塔。欧阳一敬紧随其后,追了进去。围观的看众还当他们俩也是在演傩戏,不但不加阻拦,反而鼓掌叫好。

第一重塔中摆着一张供案,上置一根三尺长的红桃木杖,那傩鬼抢上前一把抓过,回手打来,欧阳一敬侧身躲过。傩鬼手持桃杖,舞得虎虎生风,不让欧阳一敬近身。那杖头粗硬,若是给擦到,滋味定然不好受。欧阳一敬双手抬起那张供案,举在身前,向着傩鬼步步逼靠过去。那傩鬼挥杖又砍又劈,每一记击打都落在供案上,这张供案少说也要一百斤,在欧阳一敬手中却是挥举灵便,格挡起落毫不吃力。塔外的看客透过竹栏看到这情形,有不怕事大的给欧阳一敬助起阵来:"你砸他,拿桌子砸过去呀!"欧阳一敬依言举起供案,作势欲脱手而出,那傩鬼见他下盘露出空当,手持桃杖刺来,岂料正中圈套,欧阳一敬当即举案向下猛砸,正中杖身。那傩鬼握持不住,桃杖脱手落地,转身向塔上逃去。欧阳一敬弃案拾杖,顺着塔梯追了上去。

第二重塔中摆着一口大水缸,不见那傩鬼的身影。欧阳一敬正欲抬腿更上一层,转念又折回来,轻步走到水缸边,用桃杖护在身前,慢慢探头向里看去,缸里满是清水,别无他物。

第三重塔上摆着一只火盆,红红的炭火燃得正旺,依然不见傩鬼踪影。欧阳一敬顿感奇怪,正自环顾,就听耳后一声轻响,跟着"噗"的一声,一股烈焰喷来,扭头看时火已烧在背上。他扔掉桃杖,就地一滚,脊背贴着竹板地又压又蹭,这才扑灭了火苗,总算没有伤及皮肉。他拍打着后背站起身来,就见傩鬼手执桃杖站在对面。原来,这傩鬼先奔上第三重竹塔,撕下衣缕在火盆中引燃了捏在手中，攀上竹梁躲起来，口中又含了硝石，趁着欧阳一敬不备，一口火喷在他背上，总算欧阳一敬机敏过人，这才逃过一劫。

傩鬼在炭盆中点燃了杖头，猛挥数下，杖头挟着烈焰，呼呼地划出数道火弧，声势吓人，那意思是欧阳一敬若敢过来，定要他皮焦肉烂。欧阳一敬盯着火杖，现出犹豫之色，转而跑下塔去。那傩鬼松了一口气，欧阳一敬如此生猛难缠，能逼退这劲敌是再好不过了。

哪知不到喘口气的工夫，欧阳一敬又浑身淋漓地奔了回来，原来他并非被吓走，而是去了第二重塔，在水缸中把身子泡得精湿，再回来搏命。欧阳一敬脱下湿漉漉的上衣拧成一束，在手中舞成了个圈，迎着火杖步步逼近。湿衣正是火杖的克星，傩鬼不敢交手，一脚踢翻火盆，欧阳一敬闪在一旁，火盆倾覆在地，盆中炭火滚得满地都是。这竹塔通体皆由竹板铺成，一遇到火立即烧了起来。傩鬼见火起，便想冲向梯口逃下塔去。欧阳一敬抢过去挡在梯口，傩鬼手持火杖朝他当胸就刺，欧阳一敬手臂一舒，衣束如蛇一般卷上杖头，回手一扯，火杖飞出塔外直落下去，塔下的看众轰然惊呼，无不四散奔逃。

这傩鬼跨过竹栏，凌空俯视，就见地上的人一个个小若棋子，己身宛在云端，天风鼓荡，塔外檐壁溜光，绝无藉足攀下的可能，只得返身再往上跑。塔间的火势极为迅猛，煨壁燎柱，眨眼间这重塔已燃起熊熊大火，欧阳一敬冲塔下的人群喊了声"快救火啊"，转身追去第四重塔。

他身子刚探出梯口，一个圆墩墩的东西当头袭来。竹梯窄小，欧阳一敬无从闪躲，急用双臂去挡，那件东西重重砸在他手臂上，疼得好像骨头都要断掉了。跟着又是一阵泥土劈头盖脸洒来，一个陶瓮从身侧滚下梯去，当是那傩鬼抱起第四重塔上盛满泥土的陶瓮袭击。此时大火顺着柱子延烧上第四重塔，火借风势，片刻工夫就席卷了整层塔亭，黑烟滚滚，直往青天蹿去，塔下面的呼喊声不断传来。

欧阳一敬息不稍喘地追上第五重塔，这傩鬼在亭中立定，手举一把五尺长的大金刀，一言不发朝欧阳一敬劈面砍来。欧阳一敬挥出衣束横扫，金刀过处，衣束被削成两段。欧阳一敬侧身疾避，傩鬼一刀砍在塔亭竹栏上，"咔"的一声，横杆被斩断。一击不中，傩鬼挥刀再砍，欧阳一敬挺身前趋，刀刃贴着后背掠过，又砍在竹栏另一处。竹栏乃一根长竹所制，这两刀正砍出一节竹竿来，欧阳一敬眼疾手捷，抓起竹竿护在胸前，二人各持武器相对而视。

此时下层的火苗已蹿出了楼板，在各处刺刺燃起来，整间塔亭好似火炉一样，将二人烤得浑身灼热如焚，一股子焦味钻进鼻子，原来是两人身上的毛丝发缕被烤煳了。那傩鬼心知欲要逃离，须先击败欧阳一敬，当下挥着金刀竖劈横砍、上斩下削，一副拼命的架势。欧阳一敬紧握竹竿左支右挡，数击过后，竹竿已被削得节节短去。至此他手中再无长物，对方却是利刃在手，又被熊熊大火困于高塔之上，心知今日再无生还的希望，定然命丧于此。

正自彷徨无计之时，他身子突地后仰，似有人在背后拉了一把，双腿不住地后退，跌落在竹塔的壁柱上。原来下面几重竹塔已被烧断，塔身失衡，楼板那头跷起，缓缓倒向欧阳一敬这边。傩鬼把金刀插进楼板缝隙，紧紧攀住刀柄，不使自身坠落。忽然，置刀的托架自塔亭彼端滑脱，正砸中傩鬼左肩，他一连串筋斗滚落下来，恰从竹栏的豁口跌出，眼看就要摔下塔去。幸得他头颠肩倒之际眼明手快，一把抓在翘起的飞檐上，只手系着身子悬在了空中，如风筝一般飘来荡去。塔下漫山遍野的人早已躲去沟边坡后，散在田间地头，但上千看众的目光还是不离高塔。

片刻间，那傩鬼的手臂已是酸软无力，眼看就要松手掉下塔去。欧阳一敬见状，一手环抱壁柱，伸出另一只手去拉他。那傩鬼仰头看见，不敢相信对方竟会出手搭救自己。欧阳一敬喊道："快把手给我，我拉你上来。"傩鬼再不迟疑，一把抓住欧阳一敬的手，身子被拉了上去。二人骑着壁柱，随竹塔缓缓倒下，只待塔身接近地面，就迫不及待跳下逃出生天。

一从火窟中出来，身上顿时凉快下来，欧阳一敬站在远处观望，见偌大的一座竹塔噼噼啪啪烧成了火笼，灰烬黑屑漫天飞舞，无数的残渣碎片雨一样落下来，山风吹过，竹塔座体荧煌、梁架俱焚，全然废了，心中好生惋惜。几步远处，半口残缸里还剩了点儿水，欧阳一敬招呼傩鬼道："过来一起洗把脸。"他走到水缸边掬水洗去脸上的黑灰，再抬头看时，那傩鬼已经在几丈开外了。

欧阳一敬拔腿便追，傩鬼脚步飞快，上下几个起落，身子已没在一棵云杉背后。欧阳一敬追到跟前，傩鬼早已跳下树后面一人高的山坡，飞身闪入一片村落。欧阳一敬紧跟进去，只见村中一条青石板路一眼望不到头,两边都是黛瓦白墙的高门大宅。他折进一条宽巷,巷尾是两扇黑漆大门,铜锈门环兀自叮当晃动,左右两溜高墙,别无门窗,傩鬼必是钻入其中了。

欧阳一敬轻轻推门进去,里面场地很是开阔,错落有致地耸立着十余座巨桶一般的囷仓,每座圆囷都有三四丈高,囷围丈余,看来是一家粮庄。欧阳一敬四处张望,听到右边一座圆囷后传来几声轻响,忙蹑足探过去,没见到人,耳边却隐隐传来流水之声。他循声转过几座囷仓,伴着哗哗水声,面前出现了两座竖立的高大轮车,左轮一周装了二十四块隔板,轮车下部浸在一道水渠里,水流推着隔板,驱使左轮转动,右边的轮车一周装着十二个空车斗,随左轮同步转动,双轮均是高过囷仓顶。他一看之下随即明白,这些圆囷体量巨大,要把数千斤稻谷运上去装满非得大费周章不可,于是此间主人便修通长渠引来山泉,借水力驱动左轮转动,二轮同轴,木轴又带动右轮旋转,用车斗把稻谷送上去装仓。彭泽的稻谷一年两熟,此时刚收完早稻,粮庄里仓丰廪实,是以右轮兀自空转。

欧阳一敬攀进右轮一只空斗中,身子被转轮带着上升,囷仓的锥顶徐徐出现在眼前,他看准了纵身跃出,落在顶上。锥顶又陡又滑,他正伸展双臂平衡身子时,那傩鬼猛地从顶后转出,抬腿踹在他胸口上。囷顶光溜溜的,浑无可攀附之物,欧阳一敬立时翻身跌下。本来这囷仓甚高,他摔在地上非死即伤,但这座囷仓边上却挖了一口仓窖,既深又广,窖中储满了刚砻好的谷子,他不偏不倚正好跌入仓窖,犹如落在一层厚厚的软毯上,是以并未受伤。他气恼不已,翻身从谷堆上站起来,四处寻找如何爬出去,就听得头顶上方轰隆隆连声巨响,困仓正对窖仓的两扇巨门訇然而开,上千斤稻谷奔泻而出,朝着他当头灌下。欧阳一敬急遽闪跳腾跃,怎奈这稻谷如洪流飞瀑一般压顶涌来,瞬间将他冲倒淹过,深深埋入窖中。

欧阳一敬出生时母亲就去世了,由父亲一手养大。父亲早年曾身授彭泽县教谕之职,但偏偏生就一副董项陶腰,为人秉性刚直、孤高狷介,行事持正奉公,遂不见容于官场屡遭排挤,又不甘心摧眉折腰事权贵,便绝了仕进的念头辞官归家。父亲对欧阳一敬寄望殷深,一心希望他长大后能出人头地、拔萃仕林,成就卓然功业,因此对他督训极为严厉。自三岁起,父亲就教欧阳一敬背《论语》,《论语》的篇章大都很短,欧阳一敬天资聪颖,毫不费力就背得滚瓜烂熟。直到一日,父亲教到《先进》篇中的"子路、曾皙、冉有、公西华侍坐"一章,那是《论语》中少有的长文,欧阳一敬尚是蒙童,难解其奥,任父亲讲解了好多遍就是背不下来。父亲急了眼,拿戒尺狠狠打了他一顿,罚他不许吃晚饭,直至背会为止。欧阳一敬大哭一场,又累又饿,不觉就睡了过去。不知过了多久,蒙眬中看到父亲站在床边唤他的名字,一声连着一声,前一声近在耳畔环绕,后一声又远在云端回响。自父亲弃养,欧阳一敬在世上无可依傍,此刻骤然见到父亲那既严且慈的面容,不禁心头大恸,大声呼叫,却发不出一丝声音,想要伸手去握父亲的手,胳膊却丝毫动弹不得。正无能为力时,父亲俯身靠近,抓住他用力摇晃,欧阳一敬身子一震,猛地睁开了眼睛。

眼前是方如许的脸。方如许惊喜地道:"醒了,哎呀,终于醒了!"

跟着又一人映入眼帘,是俞一应。他道:"欧阳一敬,能听到我说话吗?"

欧阳一敬只觉得恍若隔世,头脑中懵然一片,耳中嗡嗡作响,过了好半天才道:"这……这是哪里?怎么跟做梦一样……"说话间,只感到筋骨寸断、肌肤尽裂,浑身上下剧痛难当,嘴巴和鼻孔里填满了又糙又硬的东西,再要开口说话,喉中已是哑涩难言,恶心欲呕。他挺身坐起来,边上一位少妇端过一个漱盂,放在他颔下,他张嘴"哇"的一声,吐出来的全是谷粒和糠皮。

那少妇待他吐干净了,端去漱盂,捧来一杯清茶给他灌下。杯茗入腹润口沁脾,欧阳一敬神志渐复,方记起自己被稻谷埋进窖中,不知怎的一睁眼又身在此处。他环视周遭,发现自己躺在一间偏室的床上,眼前的少妇头发梳成螺髻绾在脑后,正关切地看着自己,方如许和俞一应站在床边,鱼跃海站在他们身后,三人均是面色凝重。

欧阳一敬轻咳了两声,道:"这是哪儿?"

方如许道:"你还问!你自己闯进粮庄里,差一点就没命啦!你呀,你怎么这么莽撞?!"

那少妇道:"被稻谷压了都没事,少年人的身骨真是结实!"

欧阳一敬活动一下手脚,就要起床下地,那妇人掩口一笑,道:"躺着别动。" 欧阳一敬这才发觉自己上身赤裸,顿时羞愧不已。

那少妇去了别室，派男丁送来一件男子上衣，待欧阳一敬穿好后方进来。

少妇名叫容欢，是这家粮庄的女主人。适才困仓的门打开之际，她正带了十多个壮丁拉着舂好的大米进来，见欧阳一敬被埋入仓窖，立即带人相救。这些壮丁个个腰粗膀圆，手脚又极为利索，那时谷流已积成一座小丘，四个壮丁忙推闭仓门，其余的人舞镐挥锄、连挖带掘扒开谷丘，将欧阳一敬救了出来。彼时距欧阳一敬被埋不过前呼后喏的工夫，再加上他骨壮筋粗，犹如活龙一般，才得以捡回一条命来，否则若再迟须臾，他早已谷丘做坟头，葬身在仓窖中，饶是如此，也要好生休养几日才行。

容欢救起欧阳一敬后，即刻派人去请县里擅长跌打的大夫焦三极，但其人被请去县衙，给年唯日医治脚伤，俞一应等人才得知欧阳一敬险遭不测，忙赶来探望。年唯日的脚伤早已包扎停当，仍是扣着焦三极在身边侍候，完全不顾欧阳一敬的生死，方如许看不过眼，直言相邀，年唯日才勉强许可。焦三极给昏睡中的欧阳一敬号了脉，知道他没有性命之忧，开下调息进补的方子后便要回去，俞一应令他守在床边以备不虞，直到两个多时辰后，欧阳一敬呼吸渐趋平稳，脉象已然匀停，才准他离开。

容欢端了熬好的汤药给欧阳一敬喝，此刻他身上疼痛已消去大半，只是肩臂和腿脚稍有肿痛，连连摇头道："我不疼了，不用喝这个。"

方如许道："你被那么多稻谷重重压过，身体受了重创，一定要好好调治，缓上个十天半月才可以下地行走。你乖乖把药喝了，然后躺下休息，别再耍小孩子脾气了。"

欧阳一敬道："我没耍脾气，是真的没事了，不信您看？"说着在地上连蹦带跳，又用拳头捶了捶胸口，道："您看我这么健壮，还用喝药吗？"

方如许道："即便你没什么大碍，也要好好卧床休养，千万不能仗着自己年轻就逞强，否则日后会落下病根的。"

欧阳一敬苦着脸道："方大人，您饶了我吧，我真的没事，我还要去捉拿凶手和傩鬼呢，躺在床上怎么行？"

俞一应道："你把人家的谷仓弄得一团糟，还不喝专门给你熬的药，怎么对得起人家主人？"

欧阳一敬满脸愧色，对容欢道："实在是对不住了，容大姐，我擅自闯到您家里来，搞得一团糟，给您添了许多麻烦，唉……真……真不知该如何赔偿您。"他把在傩庙发现傩鬼、登塔相搏、火海逃生，而后追进粮庄的经过讲了一遍，又道："那个傩鬼就是给俞大人留字条的人，可惜没捉到他。"

俞一应道："性命要紧，你养好身体再去捉他也来得及。"

容欢道："我们忙着搭救你，没发现什么外人，想是趁乱逃走了。你人没事就好，出仓的谷子我再装回去就是了，算不得什么。今天我能救得你实属万幸，欧阳小哥日后行事可要当心呀！"

欧阳一敬躬身对容欢长长一揖，道："大姐所言甚是，您的救命之恩欧阳一敬没齿难忘，这里深深谢过！"

方如许道："孩子，你过来坐下，听我给你好好说一说。"他拽着欧阳一敬坐在身边一把椅子上,语重心长地对他道:"你这孩子天性纯良、刚直不阿,且又忠勇敬事,是个很不错的好孩子。你那么喜欢读书,将来一定能有一番作为。"

欧阳一敬害羞起来,摸了摸后脑勺道:"您这么夸我,我实在不敢当。"

方如许又道:"你在官场中想要有所作为,首先就要改一改自己的性格,不能太过耿直。书本上的道理一旦践行实地,未必就行得通,很多时候做事情不可以直来直去,尤其不能意气用事,不能心里想什么就说什么,说出什么立刻就去干,一定要顾忌到旁人,尤其对上官,绝不能硬顶,一定要恭敬从命,否则就是吃不尽的亏。"

欧阳一敬道:"我知道您的意思,但是万仞峰凭空给县衙捏造罪名,还要刑讯逼供,这些我怎能坐视不理?"

方如许道:"他是京里来的大官,官位和年纪都远在你之上,即便有异议,你也要客客气气地向人家禀报,不能撕破脸去吵,太没有礼数了。"

欧阳一敬道:"我起初也是有礼有节地跟他理论,他却用官威来压人,我最看不惯的就是这一套,当然要据理力争了。"

方如许道:"那不叫用官威压人,他是上官,你是下属,上官的话,下属就得言听计从,不可平等视之。你那不叫据理力争,你那是犯上,是抗命。很多事情你做得不对,勇而无礼则乱,直而无礼则绞,这道理你总该懂吧?"

欧阳一敬道:"上官说错了,下属也要听吗?莫非官场的行事之道就是颠倒黑白、混淆是非？"

方如许道："当然不是。"

欧阳一敬道："既然不是，那他做错了我就要指正，他说错了我就要力争，君子喻于义，不喻于权势，他纵是上官又怎样？"说着气鼓鼓地站起身来，腰杆挺得笔直，脸上满是无所畏惧的神色。

方如许心想，这孩子真是太嫩了，一定要给他好好讲讲道理，欲再分说时，就见欧阳一敬忽然盯着容欢问道："容大姐，您手里拿的是什么？"

方如许脸色一沉，道："我在同你说话，你怎得如此心不在焉？"

欧阳一敬浑若没听到他的话，径直走到容欢面前，指着她手中的一方锦帕，道："恕小弟无礼，您这锦帕可否让我看看？"

容欢暗道，这小子连男女之嫌都不懂避讳，真是无知，当着满屋的人又不好直言生拒，便笑了笑道："锦帕是民妇的贴身私物，自是不便给外人看，不过大姐姐的东西给小兄弟瞧一瞧也无伤大雅。"说罢双手各捏一角，将锦帕垂展开来，就见帕上是一幅双鱼戏水的图案，微漪涟涟，双鱼灵动如生，似要跃波而出，全图皆由一根根鱼骨作成。

欧阳一敬道："鱼骨锦图！原来梅姑娘把锦帕赠给了容大姐。"又转而对鱼跃海道："咱们有梅姑娘的下落了！"

鱼跃海凝视锦帕片刻，从怀中取出那幅《白鹿鸣簧》摊开在手中，道："有劳主人家看看，我这幅图的画工较之锦帕如何？"

容欢收起锦帕，捧过锦图一看，脸色顿作惊异，道："敢问大人,这幅鱼骨锦图从何而来?"

鱼跃海道:"我这锦图和你的锦帕当是出自同一人之手,主人家能否请那位画师来修补瑕疵,让珍宝重放光彩?"

容欢红着眼圈道:"这幅《白鹿鸣簧》,还有另外三幅《瀑飞匡庐》《鹤翔鄱阳》《夕照浔江》,作画的锦缎是我亲手织就,要修补如新并非难事,但是这鱼骨图再也无法重作了。"

欧阳一敬道:"为什么?"

容欢道:"用鱼骨作画的那位梅萼姑娘已经不在了。"

欧阳一敬失声叫道:"这是真的吗?她怎么不在了?"

容欢凄然道:"梅萼妹妹她……她……投河自尽了。"

话音刚落,欧阳一敬已是情难自抑,泪水湿了眼眶。

鱼跃海此前一直揣测梅萼的下落,虽是隐隐觉得不妙,却也不愿猜想不好的结局,此刻听到悲讯,仍是心存疑虑,问道:"是你亲眼所见?"

容欢道:"是亲耳所闻。"

欧阳一敬急道:"是听谁说的?你快告诉我。"

鱼跃海对他使个眼色,示意他莫要焦躁,道:"我也闻知了一些梅姑娘的经历,她陪明睿远赴京城求医,途中遇到的艰难忍辱曲成,遭受的凌侮和泪吞下,一心只盼情郎的眼睛能重见光明。这么一位兰心蕙质的佳人,却不免香消玉殒,真是天妒红颜。"

欧阳一敬道:"明睿现在何处?我要问问他梅姑娘为何自尽。"

容欢走到居室一角的方桌前,揭开盖在一样物事上的白布,露出一座神主,上面写着"明睿之灵位",道:"他刚刚故去了,就在大前天。"说完泪水顺着脸颊流淌下来。

欧阳一敬"啊"了一声,呆呆地说不出话来,屋内人皆默然。

过了良久,欧阳一敬方问道:"他又是怎么死的?"

容欢道:"也是去年这个时候,大概还早了几日,明弟和小妹闹了别扭,连着好多天都不理小妹。中秋那晚,小妹出门后就再也没有回来,她的家婆带着明弟和我三个人分头去找,我们搜山刮地把彭泽跑了个遍,连影子都没找到。一天黄昏,我回家暂事歇息,明弟跌跌撞撞地进来哭着告诉我,有人对家婆说,小妹投河寻了短见,说完便昏死过去,自此一病不起。小妹不在了,明弟若再有个三长两短,我如何交代得起?我请医熬药,悉心照料了大半年,明弟才渐渐好起来,但光景是大大不如从前了。他央我绣了一幅小妹的像,挂在床头。他僵卧病榻,对着绣像夜夜垂泪,难过得椎心泣血,痛悔自己伤了小妹的心,害她做了傻事。"

容欢说到此处哀恸难言,捏着锦帕连连拭泪,泪水仍然不住地流下,好半天才止住哭泣,续道:"大约一个月前,有天清早,我把熬好的药端进去给明弟喝,却见昨天的药原封不动地放在桌上,床榻上空空如也,明弟不见了。他身子那般羸弱,该不会是跟小妹一样做傻事了吧?我的心悬起来,就再也没放下。直到大前天的傍晚,我在禾场簸糠,把簸净的米倒进厨间米缸中,再出去时就见禾场中有一团黑乎乎的东西,煞是显眼。我上前一看,是明弟趴在地上,我抱起他喊他,他已是神志不清了,口中不住地唤着小妹的名字。我问他这些天去了哪里,他口中连连说着'不分你我,我们再也不分了……'声音慢慢地低了下去,再也没有了呼吸。他的身子已是风中残烛,在外面漂泊多日,最终力竭而亡,唉,我终归是对不住小妹……"

俞一应道:"明睿他负疚难当,活着尽是折磨,道山归去未尝不是一种解脱。人为天地客,处世若浮休,主人家还请释怀。"

欧阳一敬不由喃喃自语:"为什么会是这样的结局?他们那般相爱,终是有善缘没有善果。"

鱼跃海道:"主人家,梅家婆是自何处得知的噩耗?"

容欢道:"听明弟说,家婆托了一位公门中人去打问,才知道小妹投江自尽,葬在浔阳江上。我们在江上苦搜数日,仍是无果。"

欧阳一敬道:"不是浔阳江,是在鹤嘴渡。"当下把去年发现梅萼尸身的经过讲述了一遍。

容欢听后掩面泣道:"我可怜的小妹,境遇竟是这般凄惨……"话音未了,伏在桌上恸哭起来。

欧阳一敬此时却觉得哪里不对,心想哪个公门中人,向谁打听的去浔阳江上找人呢?明明是在鹤嘴渡。

方如许欲待安慰容欢,见她悲痛万状,亦是心下恻然,难以启齿。许久之后,容欢收住哭声,擦去满脸的眼泪,犹自哽咽道:"民妇和梅萼姑娘情逾骨肉,今日才得知她殒身之处,想来真如钻心之痛,失仪落泪,各位官爷莫怪。"

众人忙道:"不怪,不怪。"

容欢望着灵位出了一会儿神,道:"梅萼姑娘小我七岁,我这妹妹自小就温婉贤淑。有一年隆冬时节,她顶着漫天风雪去野外采荸荠,不慎迷了路,碰巧遇到明弟在草庐中读书,他收留小妹入内暂避风雪。穷庐不御严寒,明弟便把自穿的一件薄袄脱下来给小妹,自己冻得直打战。小妹问他冷不冷,明弟抱起一卷书,强撑道:'我有书读,不冷的。'小妹说:'书能御寒吗?'明弟道:'岂不闻书有四用,饥读以当肉,寒读以当裘,孤寂而读以当友朋,幽忧而读以当金石琴瑟。'这话极有风骨,小妹后来对我说,当日听得此言,她一颗芳心立时便许给了明弟,寒枝孤梅从此便有了寄身之所。后来明弟患了眼疾,他们一起去京城看病,遇到了不少好心人,明弟在王锦记用了七天的药,眼疾轻了许多。不过那女医士方子上的药药性太寒,七服之后就要停一段时日,否则身子会受不了,再加上他们的银子也花得差不多了,小妹不愿受人施舍,于是二人暂离京城回到彭泽。小妹抽空作好第三幅秋图《夕照浔江》,连同春、夏两图一起带去京城,打算换钱给明弟治病。"

欧阳一敬疑惑道:"春、夏二图怎么还在梅姑娘身上?四幅图不是全卖给了韩掌柜吗,鱼大人?"

鱼跃海道:"她这不是又去京城了嘛,这一次她才把锦图给韩掌柜的。"

容欢摇头道:"他们程歇德化时,发生了一件事,就再没去得京城。"

欧阳一敬又道:"不对呀,既然秋图是回彭泽后才作成的,哪里来的四幅图送给韩掌柜呢……"

鱼跃海脸色微赧,无言以对,只向容欢问道:"他们发生了什么事?"

俞一应心中立时了然,鱼跃海这般言语搪塞,看来未必知晓锦图的真实来历。去年那晚在嘉福绣庄,梅萼感激韩氏夫妇救助,欲以春、夏二图相赠,却被韩掌柜婉言谢绝。今年重阳节的晚上,韩掌柜去莫府做客,在鹭轩斋的墙上见到四幅锦图,略微提了数语。冬图被毁后,莫如泓指派鱼跃海去嘉福绣庄寻访画师,韩掌柜才将与梅、明二人结识的经过讲了出来。鱼跃海在转述时隐去莫如泓之名,谎称锦图是自韩掌柜处购得,不欲其正主被人所知,那是为尊者讳的缘故。俞一应运思转念,将锦图的历程辗转推测了个八九不离十。鱼跃海此刻也已猜出个大概,莫如泓隐去锦图的来由不提,这又是他受命之时心领神会而未敢动问的。

容欢道:"他们途经德化,准备转水道去京城,小妹在街上无意中看到官府告示,说王锦记的主人被杀了。小妹和明弟此前并不知道那女医士的姓名和居所,即便到了京城也无从打问,如此一来,明弟的病便没了着落,小妹的一颗心好似骤雨中的飞蛾乱扑乱撞,不知该投去何方。就在这时,她遇上了一个同乡老俵。"

说到这里,容欢的语气变得怨憎,续道:"这老俵也从彭泽来,一经攀谈,就和小妹认了同乡。他言谈颇投人意,小妹心中彷徨失据,便说出欲寻医治病之事。那老俵感叹眼疾可是殊难治愈的顽疾,得花不少银子,小妹拿出三幅锦图说,哪个大夫能医好,就以此相赠。那老俵大为欣喜,说了句'此乃稀世珍宝,府台大人必定喜欢',又自觉失言,赶紧赘了几句闲话。他告诉小妹,眼下这德化城里就有一位名医,治眼疾可谓药到病除,小妹当即请他引见。那老俵带小妹来到城东小乔巷的一处院落,要小妹在外面等,自捧了锦图进去拜见,哪知过了许久不见出来。小妹觉得不对,忙进去一看,那是一处荒废很久的宅子,根本就没人居住,后门通向另一条巷子,那老俵早已不知去向。"

第十回
骗图盗信

听到这里，方如许尚自琢磨"府台大人"所谓何人，俞一应已然推想到，平无峭是去年三月底履任九江知府的，梅、明二人途经德化时早已过了三月，那老俵在九江地界言及府台大人，不会是别人。听他的口风，似要把锦图送给平无峭，这样的话不难猜到，平无峭又把锦图进献给莫如泓，可见平无峭跟莫如泓的交情必定非同一般，今后在莫如泓跟前自己务得出言谨慎，不能再说平无峭的不是。再一细想，莫如泓在江西悄然布下了自己和平无峭两员羽翼，难得他竟能分御二人不悖，其心机之深密不免令人惕然。

容欢续道："春、夏、秋每一幅锦图都要成千上万的鱼骨一根一根作成，不知耗去小妹多少心血，本指望换钱给明弟治眼睛，就这么被骗走了，黄鼠狼单咬病鸭子，人一倒运，菩萨都转脚后跟。小妹追悔莫及，却瞒着明弟不让他知道，只窝在自己心里，这么一来，他们只得重返彭泽，住进了我家。小妹不多耽时日，马上动手开作冬图，她把明弟冒雪攻读的景象作入画中，就是这幅《白鹿鸣簧》。

"一天上午,小妹去街上买给锦图上色的颜料,直到日头偏西方才回来,一把将我拉进房中,关上门道:'姐姐,我今天遇见了那个人。'原来,小妹在染坊里买白铅粉时,店老板歪在椅背上打瞌睡,店中还有一个浓妆艳抹的女郎和一个膀粗臂长的莽汉。那对男女眼见店客稀少,彼此狎昵调笑起来,小妹羞红了脸,躲到挂着布帛的晾架后。过了会儿笑声渐歇,小妹料想他们已经离开,刚要出去,就见晾布掀动,一个男人抱着那艳女钻到架子后面来。小妹登时愣住了,怀中抱着艳女的已不是刚才那莽汉,而是在德化城中下套骗走锦图的那老倭。他也认出了小妹,微微一惊,强作镇定地道:'咦,这不是梅姑娘嘛,老天有眼,叫我在这里寻见了你。我问你,那天你去了哪里?我直到天黑也没等见你,你怎么说走就走,连声招呼也没有呀?'那老倭塞给艳女一两银子打发她离去,而后邀小妹去了一家酒楼,要了一大桌子菜,再给小妹斟满一杯酒,才解释说那天他进了宅子,一时内急去了茅厕,好一阵儿才完事,出来后就再也找不到小妹了。他反倒埋怨小妹害他久等。"

欧阳一敬道:"一派胡言,骗了人家的东西还要倒打一耙,这人真是不讲理。"

容欢道:"小妹心知他狡辩,也不欲计较,只想把三幅锦图要回来。哪知还没开口,那老倭就取出二十两银子堆在她面前,说这是三幅锦图的价酬。"

欧阳一敬道:"梅姑娘的大作巧夺天工,纵不及连城之价,也是珍珠美玉之属,只一幅的价格便已不菲,区区二十两银子就要买下三幅锦图,这人的算盘打得真是既精又狠!"

鱼跃海也点头附和。

容欢道："我也觉得不值，但小妹以为，作锦图纯属陶寄心趣、自得其乐，为了给明弟治病才变卖换钱，一手薄技承蒙人家瞧得上，给了银子就好，千金不多锱铢不少，欲求不必过奢，二十两银子足够再去京城看病了。我这妹子就是这样，要她作价要钱，她是绝不会开那个口的。"

方如许一直坐在旁边倾听，忍不住开口赞道："梅姑娘处境如此艰难，仍然坚贞自持，真是人如其名，有着梅花那般凌霜傲雪的高洁质性！"说着竖起大拇指，又道一句："强过世上许多男子。"

欧阳一敬道："不错，一个人品格的高下，跟她是须眉抑或娇娥并无干系，女子中也大有顶天立地的巾帼英雄。"

俞一应和鱼跃海听了都是淡淡一笑。

欧阳一敬又道："这人明明是个骗子，为何还要给梅姑娘银子呢？他的所作所为前后矛盾，真让人猜不透。"

鱼跃海暗暗冷笑，这不过又是张网捕鱼的狡狯伎俩。

容欢续道："小妹稍稍减却几分疑虑，问他请医治病之事，他约小妹两日后见面再说。"

欧阳一敬抢道："不能去，这个人没一句实话，去了就上当了！"他神色焦急，全没想到这是一年前发生的事，无论如何阻拦都于事无补。

容欢道："当时我也劝她别再理会那人，可明弟的眼疾当晚又发作了，疼了一整夜，次日天还没亮，小妹就揣着银子急煎煎地去给他抓药。她没有别的法子，只能照着京城女医士开下的旧方子再抓药，明弟服下后犯了寒症，浑身上下不停打冷战，头脸手脚跟白蜡似的，见不到一丝血色。小妹在屋中生起大火炉给他取暖，夜间我好几次去探视，小妹把明弟紧紧搂在怀中，直勾勾地望着房梁，眼中汪着泪水，全是后悔。直过了一天一夜，明弟才昏昏睡去。不吃药眼病不得好，吃了药又犯寒症，小妹真是愁煎苦熬，思来想去决意去见见那老俵。德化城的名医眼下是唯一的希望，即使不大稳当，也要铤而走险试一试，为了明弟，前面纵是万丈深渊，小妹也会义无反顾地跳下去。我知道拦她不住，就陪着她一起去，万一有什么也方便照应。"

俞一应道："那老俵约定的地方是不是狄公祠？"

容欢道："大人一言中的。"

俞一应道："那里地方僻静，人迹罕至，正宜约人私下见面。"

容欢若有所思地点点头，道："嗯，他就是这般心思。狄公祠后墙上有个洞，小妹让我先从洞里钻进去，藏在享堂三绝碑后。那老俵到了后，在天井中等了一会儿，小妹才从大门进来。他问是给哪位亲眷治病，小妹瞒了他一下，说是自己的家婆眼睛生疾，那老俵道：'实话说与姑娘，德化那位名医是鄙人的远房舅舅，上次就是专程去看望他的。家舅早年做过北京太医院的院判，医术极是高明，后来致仕在家。'他又说：'如今再去德化的话，又要花费不少银子，况且令亲行动也未必方便，我替姑娘着想，不如把人请到彭泽来瞧病，你看如何？'小妹忙不迭地答应，连连给他道谢。他说：'姑娘莫要客气，咱们是乡亲老俵，你家人有事，我伸手帮一把那是责无旁贷的。'停了一下，又说：'换成我有事的话，需要姑娘帮忙，想必姑娘不会不管吧？'小妹问他：'你有什么事？'他踌躇了一下道：'唉，眼下就有一件棘手的事非得姑娘帮忙不可。上次在德化我等不到你，就把你的大作送给了家舅，他把图挂在墙上，越看越喜欢，只是一年四景中独独缺了冬图，未免美中不足。家舅的脾气甚是古怪，贸然请他来彭泽，他定然不肯。若能有一件东西献与他，哄得他开心，再开口相邀，他必然应允。现下我就发愁去哪里找这么个东西，姑娘可有什么法子？'欧阳小哥说得没错，这老俵说话听着软善，却是一点点把人诱入彀中。小妹说：'我正在作冬图，不知是否合尊舅的心意？'我躲在享堂里，听得出他很兴奋，声音微微颤抖着说：'再好没有了！'不过小妹也卖了个关子，说冬图还要两个多月才能作好，不如先请大夫来彭泽治病。那老俵说：'治病不能耽搁，本该如此，但舅父他老人家不见到冬图不肯出远门呀！姑娘让我为难了。'小妹顿时没了主意。他又说：'还是有劳姑娘将冬图刻日赶制完工，到时候咱们鱼饵在手，不怕他不上钩。'接着又郑重其事地道：'我为着你才想出这么个点子，咱们如今同坐一条船，日后见到家舅可万万不能说漏嘴，否则我就不妙了，请姑娘多多体谅。'再找到那位女医士希望渺茫，明弟在床上又生不如死，小妹只得答应下来。那老俵要她明日傍晚把冬图送来，并且约好，今后若要再见面，可在狄公像的右手中塞一枚鹅卵石，次日亥时末他便会到祠堂里来。"

欧阳一敬道："在德化时，这人似乎要把锦图送予'府台大人'，而今又说给他舅舅，前后说辞不一，无疑是在骗人。"

方如许转头对鱼跃海道："鱼大人认识平大人？"

鱼跃海道："不认识，我那个朋友不在德化，也并非官场中人，只是一介草民。"

方如许"哦"了一声，不再说话。

俞一应暗道，一介草民居然惊得动正七品的都察院都事，你这小子年纪轻轻，撒起谎来真是脸不变色心不跳。

欧阳一敬道："既然韩掌柜再没见到梅姑娘，他又是如何得到锦图的？"

鱼跃海攒眉沉思片刻，道："这其中的过程定然很曲折，我猜是那老俵贪图钱财，把锦图骗到手后高价卖与韩掌柜，从中渔利。"

欧阳一敬又问："为何韩掌柜不直说锦图是买来的，反说是梅姑娘相赠？"

鱼跃海道："对呀，他为何要骗我呢？"

俞一应盯着鱼跃海，幽幽地道："我倒觉得这位韩掌柜人品很正，不像是那种张嘴就来假话的人。"

鱼跃海听出俞一应话中隐含讽意，不觉敛容正色看着他。二人相互对视，都不说话。

方如许察觉到气氛怪异，忙道："生意人的肠子难免比旁人多拐几个弯，这也常见。"又道："这才害得鱼大人兜了个大弯。"

俞一应道："倒还没有，修补锦图还须画师本人，韩掌柜指的是正路。"

鱼跃海笑道："那就不算是说假话骗人。"

俞一应接道："韩掌柜嘛——自是不算。"

鱼跃海听得此言，笑容顿时僵在腮边。

俞一应的眼睛飞快地眨了两下，接着道："你更不是。"

鱼跃海脸上的僵笑慢慢消去。

容欢续道："回来以后，我心里七上八下的，不知道该不该信那人的话，我劝小妹再押他几日，小妹默默不语，握了明弟的手紧贴在腮边。当时正是六月天气，边上燃着火炉，屋里真比蒸笼还热，人是半刻都待不了，她衣衫被汗水浸透，浑身如洗，仍是寸步不离地痴守在明弟病榻边。日落时分，明弟醒转过来，气息奄奄地问道：'梅……梅儿，今天是不是六……六月初九？'小妹点头说是。明弟说：'还……还有两个月……'小妹的泪水淹过鼻翼流到嘴边，一句话也说不出来。明弟又问：'还……还来得及吗？'小妹把泪水咽进肚子里，道：'来得及，一定来得及。我这就请来大夫把你治好，咱们一定能赶上八月初八到南昌府参加乡试。'明弟嘴角泛起一丝微笑，又陷入昏睡中。后来我去厨房给明弟端姜汤喝，回来时小妹已不见了，那幅冬图也随之而去了。

"那个人在锦图得手后，说次日一早即赶去德化，让小妹等他的好消息。从彭泽坐快船去德化，不到两日就一个来回，小妹晚晚都去狄公祠守望，连着十多天，焚心如火，却再没等到那人。幸好明弟的寒症消下去不少，又过了个把月身子渐渐好转，小妹的一颗心才安下来少许。但明弟的眼睛无从医治，小妹终归是忧悒难遣。一天早晨我们起来后发现明弟突然不见了，他身子才好不久，眼睛又不便，连一声招呼也不打就走了，万一出事可怎么办？小妹和我都要疯了，自晨至昏，直找得两脚磨出血来，也没有他的下落。小妹顶着满天星斗一路哭回家中，明弟却早已经回来了，还兴冲冲地掏出一根簪子要给小妹戴上。簪体是用白银打的，簪头雕着一朵极好看的玉梅花，绕花一周衬了四片萼叶，样式不花哨，制工却很精致。原来他跑出去一整日是去弄这个了。"

欧阳一敬道："乾祥身上也有一支银簪，跟您说的样子相近，都有一朵玉梅花。"

容欢道："若是同一支的话，小妹的簪子怎么会跑到死人身上？"

欧阳一敬道："当日就是乾祥看着殓葬梅姑娘的，他为人向来卑劣，见财起意，把东西据为己有也是惯常之举。"

容欢道："真是人心难料。"她叹了口气接着道："小妹问他哪来的钱打簪子，明弟说是抓药剩下的十多两银子，小妹不由得恼了，气道：'你怎么这般不懂事？你把银子花光了，拿什么治眼睛？你一点儿不体谅我的苦处！'明弟哭丧着脸道：'还治什么！哪里治得好？从南跑到北，遭了那么多罪，还被人打得半死，可曾有一点起色？我算看明白了，是老天爷不给我路走，不让我读书，我命里注定了与功名无缘。'小妹道：'这说的是什么话，谁说的治不好？咱们再去北京求医，我挨门挨户去问，只要有一口气，一定给你找到那位女医士。'明弟道：'治好了又怎样？眼看就是大比之日，赶不上了。'小妹道：'今年赶不上三年以后再考，咱们从头再来！'明弟道：'三年？我的同窗里肯定有不少人今年就能中举，到时候人家满面春风地赴京会试，我这瞎鬼拖着残躯也去看病，两厢里撞见，还不羞死了人？'小妹气得说不出话来，咬着嘴唇，泪水在眼眶里打转。明弟被拂了心意，关起门来赌了气不见小妹。

"又是好多天后的一个傍晚，小妹去家婆的渔船上拿两条鲫鱼给明弟炖汤，路过狄公祠时见大门紧闭，推也推不开，里头上了闩。小妹从后墙悄悄钻进去，就见那老俵和染坊中那个膀粗臂长的莽汉站在天井中说话，只听那老俵道：'我一路上一脚都没歇，马不停蹄才从京城赶回来，腰杆快要断掉，实在是吃不消了。你现下就坐船去德化，替我把信送到地方，路上万万要当心，不能有半点闪失！'说完又郑重叮嘱：'切记，此事非同小可！'那莽汉道：'我这就去，一定稳稳当当给你送到，你放心好了。'又笑道：'又能跟老螃蟹大战一场了。'那老俵交代完后就出祠而去，那莽汉向着门厅自语道：'哼，你为了自个儿升官，把老子当驴一样使唤，这大晚上的，我哪里寻船去德化？还不如去魁星阁，钻进桃羞姑娘被窝里美美睡上一宿，明早再去不迟。'他捏着信左右看了看，推门走进享堂，把信塞在狄公像座下，扬长而去。'"

欧阳一敬听得"老螃蟹"三个字，目光中满是惊愕。鱼跃海心念闪动，想到一个人。

俞一应道："梅姑娘可没动那封信吧？"

容欢犹豫一下，道："他们俩自始至终都没发现小妹。"

俞一应摆手道："没你想的那么简单，这些天里到过狄公祠的人屈指可数，算上那两人和梅姑娘总共就三个。那老俵一旦察觉到信不见了，以他的精明，立时就会想到梅姑娘身上。"

容欢道："小妹并非有意偷看那封信，只因隔了许多日子，那老俵又自京城回来,小妹揣想他是不是去请了另一位名医,信里也许是给明弟开的药方,所以才把信偷偷拿了回来。"

方如许问道:"信上写的是药方吗?"

容欢转身走进里屋,取了一张便笺出来,道:"那封信小妹另誊了一份,和原件一字不差。"

方如许接过,照着娟娟字迹念起来:"峭儿亲晤,来信已阅,锦图甚得你舅母欣赏,吾甥孝心恳挚,我等俱感心慰,故此函谢。今有二事相嘱:一则,此次你右迁九江,以积累资历为首,攒蓄人脉为重,砥砺才谟为本,务要宽厚待人,权通处事,戒骄忌怒,不可任性逞气;二则,贵溪和分宜皆为江西人氏,此二人族属须好生照顾,时时拜望,两条路当分别营理,不可混羼,而今厚壅深植,日后于仕途必有助益。末了,你派人把那鸡血红珊瑚老君像妥善送到京来,我预备做朝觐贽礼。鹭轩手白。"

俞一应听完已是震惶难言,万没料到莫如泓竟然是平无峭的舅舅,自己和莫如泓深交这么多年,他却从没露过一丝口风,与平无峭共事时日也不短,自己居然一点都没探到对方的根底,还跟傻子一样去告人家的状,若非此次在这彭泽农妇家中无意间得晓这一隐秘,真不知要被蒙到何年何月。由此看来,莫如泓城府之渊深,远非常人所能蠡测,自己的智虑真是太过浅薄。想到这里,俞一应又是不胜愧汗。

鱼跃海取过便笺,从头到尾看了一遍,双目不住地左右瞬移,似乎在琢磨着什么。

欧阳一敬道:"方大人,收信人'峭儿'是指九江府的平无峭大人吧？"

方如许瞟了一眼俞一应，捻着颔下白须道："这个嘛……唔……一封信而已……"他不善于撒谎骗人，只是嘴里打着哈哈。

欧阳一敬道："从信里说的来看，这老俵并不是把冬图卖给了韩掌柜，反而是平大人把锦图送给了写此信的人——鹭轩。老俵只是个跑腿帮闲的小角色，他骗得锦图送给九江知府平无峋，而后又奉命赍图赴京，将锦图进献于鹭轩足下，再身负鹭轩亲笔回信返乡，如此来回跋涉，全是在替平大人卖命奔走。他命莽汉把信送到地方，不言而喻，所谓'地方'就是九江府衙。他遇到梅姑娘之前，定是在挖空心思搜罗宝贝，这也就能和他那句'府台大人必定喜欢'的话对上了，后又假惺惺地付给梅姑娘银子，乃是为得谋取冬图，放长线钓大鱼之举。他如此费尽心思讨好平无峋，果真是为升官的话，一定是官场中人。话说回来，这封信的主人原来是一位为官做宰的大人物，他居然是平大人的舅舅，'轩'字多用于书斋之号，这'鹭轩'二字多半……"

鱼跃海暗道，这小子脑子转得可真快，再说下去就扯出莫大人了，当即截住话头道："怕不是你说的这样，想那老俵不过是边鄙之地的一个村夫，如何能够攀上堂堂的九江知府？'府台大人'未必就是指平无峋，兴许梅姑娘听错了也未可知。"他说这话时，有意望了一眼俞一应。

俞一应当即会意，道："原话莫非是'父亲大人必定喜欢'，不是时常有人称呼自己的父母为'高堂大人'嘛。"他语气笃定，似在述说一件再确凿不过的事，鱼跃海更是一脸的坦然自若，二人眼皮眨都不眨，目光避开彼此，分别投向屋内不同地方。方如许见他们言语应和，心知二人是在撒谎，倒也不便说穿。

欧阳一敬道："不对呀，那莽汉明明说老俵要他送信是为升官来着，这老俵显而易见就是官场中人，他所言'府台大人'绝不会是说旁人。"

鱼跃海道："那两人的对话，梅姑娘隔着享堂未必句句听得真切。容大姐，你敢肯定吗？"

容欢道："我的小妹为人聪慧又细心，她所言之事向来不会有错。"

鱼跃海又道："即便没错，老俵这个人极是诡猾狡诈，这封信的来路颇不寻常，信中的事太过玄乎，我……我听都没听过，总之是绝不可信。"此言一出，俞一应心中立时雪亮，鱼跃海必是莫如泓遣来的。

欧阳一敬又道："四幅锦图最终落到你朋友手中，这又是为何？"

鱼跃海道："欧阳兄弟啊，我想是这样，鹭轩把锦图卖给了韩掌柜，跟着又倒了好几手，才为我朋友购得。"

欧阳一敬道："但是信中鹭轩夫妇很喜欢锦图，如此心爱之物怎会舍得卖出？"

鱼跃海道："也许他们家中的珍奇宝物多不胜数，这四幅锦图在墙上挂的日子一久，看得腻味，就索性卖与下家，喜新厌旧也是人之常情。"

欧阳一敬道："既然中间转手这么多人，你那朋友如何知道韩掌柜其人，从而指点你前去寻访呢？"

鱼跃海笑道："这个不消说，逐一询问经手之人，顺藤摸瓜，小事一桩喽。"

欧阳一敬问道："既是这样，您逐一盘查经手之人，想必一定见过鹭轩本人吧？"

鱼跃海一惊，忙道："没见过，想必又是韩掌柜隐而不提。"

欧阳一敬眉头一蹙，问道："贵友不会是鹭轩吧？"

鱼跃海断然否认："不是！"

欧阳一敬又道："贵溪和分宜是县名，在信中却是人名，什么样的人会取这样的名字？"

此言一出，众人全都缄口不言。贵溪、分宜两县分属广信府和袁州府，嘉靖年间，此二邑出了两位权倾朝野、位极人臣的大人物，那便是当朝首辅夏言和次辅严嵩，大明官场惯以乡籍称呼官员，也因此满朝文武咸称二人贵溪、分宜而不名，莫如泓在信中要平无崤攀附此二人，那是授其登龙之术，指点他早日铺平晋身之阶。为官者深谙此道，欧阳一敬却因初涉尘世而懵懂不解。

方如许敛容正色道："欧阳一敬，这信里的内容极是私密，且关涉重大，你知道得越多对你越没有好处。你不要再问了，我这么说全是为着你好。"

欧阳一敬见他语气甚为郑重，信中内容目前看来与梅萼关联不大，也就闭口作罢，接着听容欢讲述。

容欢道："我们看后才知，信里不是药方，而是官员的隐私，当即决定把信送回去。这信封口的火漆已然脱落，不过难不倒我那聪明的小妹，她把松香和石蜡熔化了，滴在封口做成新的火漆，盖住原来的痕渍。启封前的火漆是一朵梅花，原本再难找到同样一枚钤章，巧的是明弟打的簪子上的那朵玉梅花，跟原漆纹一模一样，小妹取来簪子盖下钤记，简直是天衣无缝，外人根本看不出来。我们趁着夜色潜返狄公祠，神不知鬼不觉地把信又塞回座子下，除了那一尊狄公像，谁都没有瞧见。

"小妹忧心明弟的眼疾，挨到次日傍晚，便去狄公祠用约定的暗号召唤那老佤，想问他请大夫的事，无奈他始终没有露面。转眼到了八月十五那天晚上，小妹买来茶饼和酥糖给明弟吃，明弟闭门不开，小妹在门外央求道：'开开门吧，今晚过节，你出来咱们一块儿在院子里吃点心、看月亮。'明弟在屋中不出声。小妹又道：'都这么些天了，还在恼我吗？待会儿我要出门，现下有话跟你讲。'明弟在屋里道：'你去便去，又说什么话？你都不要我买的簪子，我为何要吃你的点心？'小妹道：'我哪里不要了，你的簪子我戴着呢。'明弟道：'你之前不肯要，这是才戴上的，不是真心的。'小妹道：'你说哪里话，我对你可有过一句假话吗？'明弟道：'我是个不体谅人的人，你还理我做什么？'小妹道：'你给我打簪子是一番好意，我不该折你的面子，让你受屈，我给你赔不是，好么？'明弟道：'我这将死之人，能苟延残喘就不错了，哪敢让你赔不是？！'小妹被呛地说不出话来。明弟又道：'你有什么不是？都是我的不是，我不明事理，我乱花钱，全是我的错，我该死，我一无是处，瞎死算了。'小妹说：'你这么说，不如拿鞭子抽我，我没有半分埋怨你的意思，我只是说银子来之不易，不该花在我身上。'明弟道：'你这是借口，分明是你嫌我眼睛不能瞧东西，成了累赘，找借口要撇清我，否则我给你打簪子，你怎么会生气？你从来不生我气的。'小妹泪珠子抛梭似的落下，流到下巴上，一面抬起手拭去泪水一面泣道：'你……你……你……'哽住了说不下去，好半天才接道：'我……我自知待你不好，诸多地方都亏欠了你，但自打遇上你，就再没有生离的念头，你又何必用话来扎我？'小妹又道：'我知道你是拿我撒气，待你消了气，我仍带你去京城，咱们去治眼睛，好么？'明睿道：'我才没有生气，我说的句句是真话，我的眼睛料来是没得治了，我这辈子也没什么指望。你别再巴巴地挣钱给我治病了，不如趁早撒手，往后你是你，我是我，再别提什么咱们了。'自从生了病，明弟变得极是偏激，遇到点儿事就钻牛角尖，非要闹个玉碎不可，九头牛也拽不回。小妹泪光滢滢，紧咬着嘴唇，使劲用手拍门，直拍得手掌高高肿起，我拉她，她也不走，就只痴痴地守在门前。直到圆月移至中天，门依然没有开，小妹对着房门泣道：'这几日我思前想后，委实是我负你太多，连累你成了这样，你怨我恨我，该当如此。'言罢转身而去，淡黄衫子下纤弱的背影在月光中是那般孤凄……

"我正要追出去时，明弟忽地放声痛哭起来，我怕他有意外，只好停步照看，就听明弟哭道：'你……你根本就不解我的心……我失手打伤了你，你的额角落了一道疤，至今长不出头发来，我都不敢摸那里，时日一长，我心里也生了结。在北京时，你说我好了你才得好，可你的额头成了那样，我心里能过得去吗？你千般百样地对我好，把银子全花在我身上，也总该我对你好一回吧？那银簪子你戴在头上不但漂亮，还能遮住疤痕，你那么美的人，我就要你穿金戴银、披红着绿，我要漂漂亮亮地娶你进门，你知道吗，梅儿？不是我好了你才得好，是你好了我才得好。我性子不好，也不是不懂事，我……不该要那支鼠须笔。'说完这话，他的哭泣声越来越小，渐渐昏睡了过去。"

欧阳一敬问道："后来呢，梅姑娘几时回来的？"

容欢道："直到天亮，小妹都没有回来。"

欧阳一敬道："梅姑娘出门做什么？"

容欢道："她没对我说过，想是欲让明弟开门所说的托词，并非真要出门。"

欧阳一敬又问："那为何又出门离去？"

容欢道："明弟的那番话太过绝情，小妹不忍卒听，终是伤心离去。"

欧阳一敬内心伤感之余，总觉得还有地方要深究，此时，就听屋外靴声橐橐，人声嘈杂，雷动带了十多名捕快涌进屋来，施了一礼，道："启禀三位大人，肇大人不见了，年大人命我等出来寻找。"

俞一应心想，肇室启十足一个色中饿鬼，初到彭泽的当晚就急欲寻花问柳，此刻八成是躲在娼寮中快活，倒也不必大惊小怪，便道："肇大人出去时有人瞧见吗？"

雷动道："昨日用过午饭后，他向一个衙役打问哪儿能买到新鲜的鲫鱼，然后就出衙而去。小的带人去市中各家鱼肆寻问，都说没见过肇大人。"

方如许道:"街上的酒馆、茶楼找了没有?"

雷动道:"全去过了,连同伞铺、鞋铺、庵寺、花市、饼肆、铁器铺子、胭脂花粉店一并跑了个遍,都没找到。"

方如许道:"这就奇了,彭泽县巴掌大的地方,还能到哪里去呢?"想了一下又道:"不如去城外找。"

雷动道:"城外……那荒丘野岭的,我们就只十几个人,怎么个找法?"

方如许道:"你回去召集所有人,带上刀棍打着灯笼,敲锣打鼓地去找,山林里少不了豺狼之类的猛兽,千万不能让肇大人有什么不测。"他此言郑重其事,显是颇为肇室启的安危担心。

雷动拿不定主意,犹豫地看着俞一应。俞一应了然一笑,道:"城里都找遍的话就去城外找吧。"

雷动正琢磨他话中意味,就听欧阳一敬道:"我知道肇大人去了哪里,他要买的是新鲜的鲫鱼,雷大哥你们在街市上当然找不到他。"

雷动奇道:"这又是为何?要吃鲜鱼就要去街面上买啊。"

欧阳一敬道:"那却未必,鱼肆的鱼养在缸里好些日子都卖不出去,若要最鲜的彭鲫就得去江边现捕。"

雷动将信将疑地道:"那倒是还没找过,你确定能找得到吗?要不你陪我去找吧?"

欧阳一敬看雷动一脸焦急,又瞅见桌上的药碗,便道:"没错的,咱们这就去江边,一定能问到肇大人的行踪。"说着和雷动就往外跑。

方如许喊道:"慢着,你怎么不顾身体……"话没说完,欧阳一敬早已闪身出门。

方如许摇头叹道:"怎么是这么个性子,我苦口婆心地讲了那么多道理,他一句都不听,唉!"

忽听脚步声响,欧阳一敬又折身回来,对方如许道:"忘了和您及大家告辞,失礼啦!"说着对众人施了一礼,方才转身离去。

方如许哭笑不得,指着门外道:"真是言之谆谆,听之藐藐。"

俞一应道:"给这些半大小子讲道理多数是白费口舌,不顶用的。"

方如许道:"难道就不讲了吗?"

俞一应道:"让他们去闯,去栽跟头,去碰钉子。只有他自己跌跤吃痛,才会懂事。"

天将傍午,众人起身告辞。俞一应命容欢将那一纸訾笺当面烧掉,严嘱她不可对别人提及信中的内容。容欢情知此信干系重大,自是一一遵行。

出得粮庄,方如许一路走在前头,俞、鱼二人落在后面。

俞一应对鱼跃海道:"不承望出了这么一岔子,你回京后还须对莫大人言明,那封信曾经失落人手,被偷看过。"

鱼跃海寻思,这封信本就与我无关,我主动去说,犯了莫大人的忌讳不说,少不了拿我撒气,这档子事躲去十丈开外都嫌不及,哪能去搅这个浑水,平无蜥捅的娄子由他自去交代,便道:"哪里的木大人？我不认识什么木大人花大人，不明白您说的。"

俞一应深受莫如泓提携之恩，适才粮庄中鱼跃海一递眼神，念在同为莫氏一系，便出言声援，转眼间二人彼此心照暗成默契，所以才直言相告。孰料鱼跃海前脚甫离粮庄，后脚便死不认账，摆明了卖乖耍滑，溜得比鲇鱼还快，真是小看了此人。想到这里，俞一应不由得心头微愠。

鱼跃海狡黠一笑，道："天这么热，快回衙门歇着吧。"说完加快脚步，赶上方如许，将俞一应甩在身后。

俞一应回到县衙，正碰见万仞峰从吏舍出来。他一见俞一应，便道："适才我抓着曹廉问了个底朝天，我刑部早有谕令，但凡命案必须录入卷宗，哪里还分什么自尽不自尽，鱼岸是个积年老吏，岂有不知之理？他显然是在骗人。"

俞一应向左右一指，示意他小声，拉着他进了东厢房，房中再无他人。俞一应回身关上房门，万仞峰道："那晚鱼岸和乾祥两人一起离开县衙，乾祥被害身亡，鱼岸的嫌疑最大，可不能让他三言两语就轻易蒙混过去。"

俞一应道："他是朝廷任命的官员，没有真凭实据不能草率下结论。"

万仞峰哼了一声，道："将这厮拿下大刑伺候，不怕他不说出真相。"

俞一应道："此间是人家地方，你我并非彭泽主官，如何能随随便便抓人动刑？"

万仞峰道："那就这么袖手旁观？"

俞一应道："只宜让县衙的人来破案，抓到真凶。"

万仞峰道："彭泽县衙有谁会查案，欧阳一敬吗？他推断王大锦命案有几分水准，但亲身破案和纸上谈兵终究不同，一个初出茅庐的倔小子哪里靠得住？"想了想，又道："我去给年唯日说析案情，戳穿鱼岸的谎言，令他作出决断。我们刑部出面断案，他可没话说。"他心里对彭泽县衙憋着一口恶气，总想找茬儿还上一报。

正说时，只听窗外传来蒋得的呵斥声："哪儿的闲汉跑到县衙里来了？好大的胆子，给我站住！"

两人推窗看去，就见一个人用一块红巾包着头脸，赤裸着肥硕的身躯，下半身只着一条白裤，三步并作两步穿过前院，向后院吏舍而去。蒋得拔腿撵过去，那人一头钻进一间房舍，蒋得冲进去大骂："你个一身肥膘的猪猡，听不见大爷喊你哪！"

那人取下头上的红巾转过身来，不是别人，正是肇室启。他也不多言，对蒋得道："衣服脱下给我。"说着伸手朝蒋得抓来。

蒋得暗道，他把我扒光了，我还怎么出去见人？当下灵机一动，退到屋外喊道："沈见山，你来看看这是什么宝贝！"

沈见山的吏舍就在隔壁。他前晚被逼吞下猪骨后胃胀肠梗，起不了身，两日来都蜷在床上养病，想去看大夫开几服消食的汤药，无奈月俸微薄，付不起诊金，只得央曹廉去阴沟里拔来几根鱼腥草，在房舍中熬成汤灌下去以通肠胃。听得蒋得呼喊，沈见山下地走出门去，被蒋得从身后一把拿住，掼到肇室启面前。沈见山一抬眼，只见肇室启袒胸凸肚，一座肉山似的横在面前，登时吓得呆若木鸡。

蒋得唆使道："肇大人，他身板跟你差不多，你扒他衣裳。"

肇室启再不二话，一手揪住沈见山的衣领，另一手按住他头顶，将其上衣抽出来，穿在自己身上，再将他揉倒在地，三下五除二把裤子扯下套在自己腿上，收腹一试，倒勉强合身。沈见山浑身光溜溜的，只剩一条底裤，双臂抖抖索索护在胸前，一句话也不敢说。

肇室启夺衣上身，理了理衣襟，神色镇定下来，信步出门走去前院，刚迈几步，就闻到周身缠绕着一股浓烈的腥臭味，原来因为沈见山连喝了几顿鱼腥草的汤汁，浑身衣裳自然满是腥涩臭味。肇室启被熏得直要裂鼻，却是欲罢不得，只好忍气吞味穿着，堂堂的正七品大理寺右评事总是陷入进退两难的窘境，实在是可怜。却见前院一堆人聚在大堂前，此叫彼嚷、你撕我打，拳脚飞扬、肘起膝落，开锅了一般，好不热闹。

第十一回
掘坟得证

之前欧阳一敬带雷动等人寻去江边，果在几个渔户处打问到，肇室启昨日到过江边，先在一艘渔船上订下彭鲫，后又询问哪里有妓馆，有精于此道的渔户们对他笑指魁星阁的方向，肇室启便即离开。魁星阁是彭泽县城中最大的一家酒楼，许多外地的商贩途经时都在此歇宿，楼中蓄了不少暗娼。肇室启憋了这许多日子，急不可耐地招来一个粉头，钻进房中大泄欲火，一天一夜都不曾踏出房门半步。今日午后他正在床榻间肉搏时，忽听有人砸门，原来是欧阳一敬带着衙役来搜查。肇室启自榻上一跃而起，抄起丝缕衣物夺窗跳出，别看他满身肥肉，腿脚却甚是灵活，丝毫不逊于一干健吏，只留下屋中那粉头拥着绣被一脸惊愕。出阁后他一看，手里抓的是粉头的一条抹胸，自是不能遮丑，再回去取衣物显然不可能，自己全身只着一条下袴，便索性用抹胸把头脸裹严实，不使人认出自己，觍颜逃回寓宾馆，却不料心慌意乱之下错投衙门。时下天气酷热，街面上不少行人赤着上身走动，肇室启此举倒不为异数。欧阳一敬等人赶到魁星阁，不获肇室启，却碰到几伙男女大打出手，便将他们全带了回来。

人堆里一人身材奇高，最是惹眼，头顶几与丁香树的半腰相齐。他左肩上坐着一个浓艳女子，正欲弯腰跳下，却被一个豹头虎眼的胖婆娘揪住发髻挣脱不得。那胖婆娘膀粗腰壮，跨在大高个的右肩上喝骂："千人压万人骑的贱母狗，卖娼卖到我男人跟前，老娘今日碎了你！"叫骂时另一只手却扯着一个尖耳男子的后襟，那尖耳男悬在半空不得落地，叉手蹬脚地乱舞，活似一只待宰的乌龟。地上还跪着一个小沙弥，顶了个乌青脑壳四处探寻，急着要爬开去，脖子上挂的一串佛珠吊在颔下来回晃悠。大高个一抬脚将佛珠踩在脚底下，吆喝起来："乐平白切熟狗肉，汉子嫖了小丫头，天师板栗烧土鸡，婆娘奸宿小沙弥。"

这胖婆娘和尖耳男原是一对夫妻，二人成婚多年，尖耳男对老婆早已腻烦，背着她隔三差五去偷欢。胖婆娘久久不得欢愉，免不了心头焦躁，便时时去寺庙中烧香祷告，去得腿脚一勤，被一个小沙弥看破了心思。这小沙弥新剃度不久，于男女之道却是老手，借解偈看相为由，三言两语就说得胖婆娘转心换意、投怀送抱，二人勾搭成奸，约在魁星阁中私会。胖婆娘先到，小沙弥后至，衙役们大举搜阁时，二人云雨已毕，听到动静后出来瞧热闹，不想却撞到那尖耳男搂着个浓艳小娼女也挤在诸多看客中，胖婆娘立马醋火高冒三千丈，出手捉奸抓嫖。这大高个是魁星阁中的堂倌，把双方的丑事夹在菜名中报了出来。

胖婆娘怒道："死跑堂的，把嘴给老娘闭上！再敢叽叽咕咕的，敲断你的孤拐！"

大高个堂倌轻蔑地一翻白眼,放声喊道:"后厨的伙计们,把我肩上这头母猪开膛破肚,做一道九转大肠。"

九转大肠乃鲁菜,并非赣菜,被高堂倌顺嘴借来骂人。胖婆娘尚未被开膛,人堆中又蹿出一个身高不满三尺的矮堂倌,耸身攀上小沙弥的背,大喝一声跃在半空中,竖起手肘,借着下落之势砸在一人的嘴巴上。被砸之人生着三颗大龅牙,好似一把钉耙,自双唇间铲将出来,被这一记砸成六截,口中血流如注,疼得直要昏死过去。

边上一个左腮长了撮黑毛的人冲上去抱着那龅牙叫道:"有没有事啊,兄弟?哎呀,断啦!"转身便冲着那矮堂倌吼道:"你坏了我们的吃饭家伙,我要你十倍还来!"这龅牙三和一撮毛是两个恶棍,平日里全仗龅牙嘴中这柄钉耙欺压百姓、勒索钱财,此刻钉耙断齿,两个恶棍没了唬人的利器,日后的生计便没了着落。一撮毛一把薅住矮堂倌的脖领,挥起拳头就打,矮堂倌眼瞅着面前一缕马鬃飘拂,正是那一撮毛腮边那撮黑毛,当即攥在手中一把将其拽了下来,一撮毛疼得仰天惨嚎,声音如锉锯刮锅般尖厉,大院中众人的头皮仿佛被揭去了一层。一撮毛胳膊一扬,把矮堂倌丢了出去,落在旁边一团人上。这团人乃由四个胼手胝足的农汉拥在一起,四人的头、身子和胳膊紧紧攒在一处,只有七八只脚露在外面不停踢踏。

鱼岸命衙役将龅牙三和一撮毛关进牢里,把胖婆娘和尖耳男押在一旁,狠狠训斥了一番,胖婆娘收了雌威,不敢再撒泼,乖乖地和尖耳男一道归去。鱼岸又命高堂倌和矮堂倌押着小沙弥回庙里,将他的劣迹告知住持,迁单出寺。

雷动依令行动之际,冷不防瞥见了躲在人后的肇室启,大为惊讶:"肇大人!您怎么在这儿?您这几日去了哪里?是……是在魁星阁吗?我们去那儿找您来着。"

一院人的目光齐刷刷盯向肇室启,只见他也不答话,摆出一脸正气的样子,跨前两步,指着那小娼女开口骂道:"小小年纪竟然干这下贱勾当,不嫌丢人吗?你爹娘若知道了,定然羞得躲到蜗壳里去。寡廉鲜耻的烂货,还不快滚,别站脏这地。"他故意骂得很难听,作践别人抬高自己,以示绝不会去魁星阁嫖妓。

不想这娼女见惯了世面,不愠不恼地回道:"我这种人的确很脏,所以才生下个老鸹般黑的崽儿。"说完鄙夷一笑,腰肢款摆,出衙而去。

这话除了讥讽肇室启皮肤黝黑,还反辱他出身下贱。肇室启只当没听懂,冷冷地盯着那娼女的背影。

万仞峰听得心情舒畅,故意重重"嗯"了一声。

那边厢四个农汉仍是绞缠得难解难分。欧阳一敬带着七八个衙役一人抓起他们的一只脚,用力将四人拔开来。四农汉被拉开之际,不约而同伸出手臂阻挠,叫道:"慢着,别让他又跑了!"接着就见从四人怀中现出一个人来,团缩在地上。欧阳一敬侧身一看,叫道:"任贵!"

那人在四个农汉怀中挤了半日,脑袋正自发懵,听到有人喊他名字,自然而然地应了一声。

欧阳一敬上前抓住他手腕道:"原来你没死!"

那任贵耸了耸两道稀眉，苦着脸道："死了好过活着，活着将要死了，我死了就不想活着，我活着还不如死了。"

欧阳一敬道："少遛舌头，我问你，死在你家里那人是谁？"

任贵的两颗豆眼骨碌碌转了两圈，道："不知道，那必是被人所害，请大老爷立刻派人捉拿凶手为民除害！"话没说完，额头就冲着欧阳一敬的脚面磕过来。

欧阳一敬脚步一让，道："你家里死了人，你居然不知道？"

任贵一瞥边上的四个农汉，道："多半是他们四个去我家里，撞见了同来讨债的人，两方起了口角，所以害了人家性命。"

四农汉中一个紫糖色面皮的汉子指着任贵骂道："你这黑心肠的赖精，骗了我们的血汗钱，整整两年了都不还，你……你比吃稻谷的田鼠还要坏。"另外三人也都咬牙切齿地瞪着任贵，若不是官吏们在场，势必扑上来痛打他一顿。

任贵站起来挽着欧阳一敬的肩头道："这四头蠢骡里肯定有一个是凶手，你把他们拖到堂上每人打个一百棍，我包你找到真凶。特别是熟茄子脸这厮，你瞧瞧他那长相，你看……"话没说完已兔子一般猛地向外蹿出。欧阳一敬疾回身去捞，指尖刚触及衣角任贵已在数步开外，忙跟着跃出。他身长步阔，任贵人矮腿短，一纵立得，将其扑倒抱住，在地上滚了两圈。这几下蹿奔纵扑猝然而发，边上一众人都始料不及，总算欧阳一敬机变过人，才没让任贵跑掉。众衙役一拥而上，用绳索将任贵捆了个结结实实。

鱼岸道："好狡猾的殃工，来人，给我打！"

曹廉应声而上，抡起刑杖当头砸下。任贵如沙滩上的鲇鱼一般在地上又挣又扭，叫道："别打别打，那是个死人，不是被谁杀的。"

欧阳一敬顿时省悟，道："哦，原来那是一具尸体，是你从漏泽园偷来的。你给它穿上你的衣服，泼上鲜血，再砍烂头脸，装作你被人杀死，以此逃避债主，是这么回事吧？"

任贵道："你全都猜到了，乖乖，脑筋真是够用！"

欧阳一敬忙让曹廉停手，又道："我真是太糊涂了，居然没看出那场面是你伪造的。"

昨晚在任贵家骤睹命案，欧阳一敬紧着去追捕杜老涛，随后解他回衙，来不及仔细勘查现场，想当然地以为任贵是为人所杀，否则绝不会被这等拙劣的伎俩瞒过。

任贵这人嗜赌成性，手气却不怎么好，多时输得口袋精光，便挖空心思去四面八方叼钱，欠下一屁股烂账，债主日日逼上门催讨。他躲不过去，便想出了这么个装死的馊主意，欲借此一了百了，过后又去魁星阁中呼卢喝雉。这四个被骗的农汉挑了米去魁星阁卖，正巧撞见他，立刻揪住讨要血汗钱。任贵嘴上敷衍，脚下欲要开溜，幸好农汉人多，手忙脚乱将他逮住，合力用身躯将他困在当中。任贵固然跑不掉，四个农汉也动弹不得，直到被带回县衙。

万仞峰此刻方才通晓事情原委，呆怔半晌满脸羞愧，上前对欧阳一敬道："昨晚若非你据理力争，我定会妄动刑罚，将杜老涛屈打成招，酿成一桩冤案，思之不免令人警心惕首，万某人给你赔不是了。"说完恭恭敬敬施了一礼。

欧阳一敬道："知耻近乎勇，万大人知过能改，实为难能可贵。不过误判之错却不是对我，欧阳一敬不当受这一礼。"说着躬身还了一礼，犹豫了一下，又道："我有一言相告，公门中人审案动刑，笞杖施于肉身，案犯无不哭号厉叫、扑滚哀告，酷虐之痛，远非常人所能忍受。自古以来，刑讯之下必是冤案丛生，我以为，鞫案谳犯当以实证断案定罪，万万不可偏倚口供，大人今后再要发签用刑时，就请想想今日的事吧。"

万仞峰重重点了点头，道："没有你明察秋毫，我早已铸成大错。阁下的金玉良言，鄙人定然谨记在心，自勉于侧。"言罢，仰天长叹道："万某人受教匪浅，不虚此行矣。"此前他和欧阳一敬彼此敌视、势如水火，经此一事，满腹怒气早已化作一腔敬意，隐隐觉得眼前这少年识量与气概远胜于己，不是等闲之辈，不由得对他刮目相看。

此时，俞一应对鱼岸道："年大人的脚伤怎样了？"

鱼岸道："上过药了，刻下正在三堂内歇息，想必没什么大碍，卑职随时服侍左右。"

俞一应道："是不是该给年大人换药了？"

鱼岸明白俞一应这是要支开自己，点头道："对，是时候了。"说着转身向后院走，边走边对雷动道："任贵这厮着实可恨，你将他交还给那四个农汉，让他偿还人家的血汗钱。"他心知若把任贵投进牢里，俞一应等人定会伺机问出梅萼的埋骨之地，不如让农汉们把任贵带走。外面逼债的人那么多，只要任贵出得县衙大门，估计性命难保，即可永绝后患。

雷动把任贵提起来交在四个农汉手里,四人扛着任贵满心欢喜大步出衙,任贵拧着脖子回头叫道:"不要啊!大人救我,我要死了,这回真死了!"

鱼岸身为县丞,自是有权下令处置任贵,俞一应等人即便官位高过他,也不能出言干涉。俞一应道:"如此也好,忙了一上午,我们回馆歇息去了,欧阳一敬你也回屋躺着,不要到处乱跑。"

院中众人各自散去。四个农汉架着任贵快步来到城郊一处偏巷,把他重重丢在地上,紫面汉斥道:"看你还往哪里跑?你骗了我的钱,害得我家婆娘生了病也没钱看大夫,如今还卧在床上起不来,无赖,还我钱来!"其余的农汉也数落起任贵的恶行,越说越气,忍不住动起手来,就听砰砰咚咚一阵闷响。任贵被捆成顺条,无从躲闪,只得干挨,一顿拳脚过后,已是鼻青脸肿、眼青额紫,整张脸好似涂了油彩。这一来倒是成全了他,债主见到这副面孔怕也未必认得出他。

一个农汉喝道:"还我钱来!"

任贵被打得声断气连,说不出话来,秋虫一般唧唧呻吟。

另一个汉子道:"又装死想要逃窜,再给他吃一顿拳头。"说着又要揎拳动手,只听背后一个人喊道:"别打了,住手!"

四人一齐回头看去,说话的正是欧阳一敬,后面还站着俞一应和鱼跃海。

鱼跃海上前道:"任贵一共欠了你们多少两银子?"

这个说欠了四百文钱,那个说欠了三百文钱,四个人加起来共借给任贵一千三百文钱,约合一两三钱银子。鱼跃海暗自感慨,这点小钱就令他们恁般犯急,可见农家的生计是何等贫苦。他从钱囊中取出两锭银子道:"这里二两银子给你们,就当是抵偿任贵欠你们的债息,多余的拿去周济家人,不必还了。"

四个农汉又惊又喜,几乎不敢相信不但要回了钱还多得了些。紫面汉吐了吐舌头,躬身捧着银子,连同三人一起离去。

欧阳一敬解开任贵身上的绳索,扶他靠墙坐下。任贵望了望四周,见农汉们早已走远,才揉着臂膀站起来,一口血痰吐在地上,对着巷口骂道:"呸,把爷爷我打死大卸八块了才算你能耐,乌龟王八生的鳖孙!"他自称爷爷,骂那四个农汉是鳖孙,这一来反倒将自个骂作了乌龟王八。

鱼跃海道:"有件事想必你还记得,去年八月十六那天,你殓葬了一位投河自尽的少女,人埋在何处?你陪我们走一趟。"

任贵道:"嗯……有,有这个事,不过——地方嘛——不知道,都一年多了,早忘了。"说着一边挠头发,一边目光在鱼跃海脸上巡睃。

鱼跃海取出足秤的三两银子,道:"有劳你带个路,引我们到地方,这些银子就给你。"

欧阳一敬道:"怎么还给?刚才已经替他还过债了,治这家伙坑人骗钱的罪,不怕他不听话。"

鱼跃海道:"几两银子而已,省得再大动干戈了。"心里却想,任贵这等奸徒,你打他个半死,他带你去了不知哪个野地鬼洼里,何年才能找到梅姑娘的坟茔?

欧阳一敬道:"不是这个道理,这种贪得无厌的人,不能由着他胡来。"

鱼跃海道:"花小钱办大事,听我的没错。"说着将一锭银子抛给任贵,笑道:"先给你一两,完事后再给。"

任贵把银锭揣进怀中,一拍脑门道:"哟,记起来啦,那女的骨灰埋在翠屏坳三棵大松树下,小的这就带你们去。"

原来适才欧阳一敬回到吏舍后,突然觉得俞一应的话似乎别有意味,忙起身跑去寅宾馆,一进门就见俞一应端坐房中。

俞一应见到他,不紧不慢地问道:"告诉过你不要乱跑,你为何不听话?"

欧阳一敬道:"难道大人不是叫我来找您?"

俞一应道:"何以见得?"

欧阳一敬道:"您最后叮嘱我的那句话,其实暗示我待会儿来找您,因为鱼岸在场,故而不便明言,我说的没错吧?"

俞一应道:"找我做什么?"

欧阳一敬道:"当然是解救任贵了,他可不能被那四个人给打死了,否则就没人知道梅姑娘埋在哪儿了。事不宜迟,咱们这就去追他们。"

俞一应起身道:"依你看,梅姑娘是自尽的吗?"

欧阳一敬道:"梅姑娘不大像是那种人。她深明大义,为了明睿可以忍辱蒙羞,即便他真伤了她的心,也绝不会因为几句气话去做傻事。"

俞一应道:"说得有道理,咱们这就走。"

话音刚落,就见竹帘一挑,鱼跃海迈步进来,笑嘻嘻地道:

"不如大家一起去，也多个人手呗。"他下榻在隔壁，自然能听到此间动静。

鱼跃海把自己的底细瞒得好不严实，一副拒人于外的生分面孔，此刻又见缝插针地贴过来，俞一应心中再度不悦，却仍是笑道："正要请你一同前往。"

三个出门，向路人问明四个农汉和任贵的行踪，沿途一路跟来。任贵挨打时，欧阳一敬要上前制止，被鱼跃海拦了下来，待他饱尝拳脚后才出面救助。

任贵打头，领了三人穿城向北而去，边走边道："那天我跟水宽赶到时，老乾也在，他已验过尸，说那女的是投河而死的，他命我将尸体赶紧烧埋掉，不可耽搁，我当然照办了。你们别说，这世上还真有死心眼儿的人，为了芝麻大点儿事硬是能把自己给了断了。"

鱼跃海道："尸体当时是什么样子？"

任贵道："那女的被水泡过，头脸有些发胀，不过能看出是个美人儿，身着一件淡黄衫子。"

俞一应听到"淡黄衫子"，和鱼跃海对望一眼，道："看来应该是她了。"

鱼跃海明白，这个"她"就是自己要寻访的梅萼姑娘。

欧阳一敬此刻方得确证，顿时难过不已，泪水夺眶而出。

鱼跃海一边递给他汗巾擦泪，一边问道："那女尸身上有没有一支银簪？"

任贵道:"哼,我在她全身上下来回摸了两遍,连个铜子儿也没摸到,哪里有什么银簪?除了额头上有一道伤口,其他什么也没有。"

欧阳一敬道:"伤口?那是为什么?投水自尽为何会受伤?"

任贵道:"你别大惊小怪,老乾说那女的纵身跳水时,不慎一头撞在了桩子上,额头被撞出一道伤口。渡中那根木桩立在水中,比我的膀子还粗,一头撞上去任谁都会头破血流,换作那脑瓜一根筋的长臂猴子,也要把头碰个大包,疼他个三天三夜。"他在衙中被欧阳一敬擒住,因而话中夹带戏谑。

欧阳一敬没有听出他的意思,追问道:"伤口是在前额上吗?"

任贵用手拍了拍脑门子,道:"正在这里。"又拇指跟食指搭作个圈,道:"这么大一坨。"

鱼跃海听到这里暗觉有异。

欧阳一敬道:"怎么就偏偏撞在了木桩上呢?"

任贵道:"那女的是晚上跳河的,怕是一个没看清就撞上了。你们怎的都对这女子怎地着迷,左大使去年也打问过这事。"

鱼跃海道:"左大使?他也问过?"

任贵道:"那个吝虫,连二两白烧都没得孝敬,我能告诉他?我骗他说女尸水葬在浔阳江上,让他去苦找一番,嘿嘿嘿……"

欧阳一敬登时变脸,一把揪住任贵胸口衣服,喝道:"原来是你捣的鬼,害得梅姑娘不得亲人殓葬,好不卑鄙!"说着抡起拳头就打。

鱼跃海拦道:"别动手,先让他带路再说。"

欧阳一敬伸手从任贵怀中抓出银锭,怒道:"人为财死鸟为食亡,你挖空心思地搜敛钱财,盗尸欺良、为恶不悛,你不怕阴魂索命吗?"

任贵嬉皮笑脸道:"经我入土的尸首成百上千,没有我去殓埋,他们哪个不是曝尸荒野?借他一具半具充个场面,这有什么!"说着探手去夺银锭。

欧阳一敬一把打开他手腕,道:"真是不见棺材不掉泪,我这就拿你去县衙下狱。"

鱼跃海接过欧阳一敬手中的银锭,道:"君子喻于义,小人喻于利,你就让他带我们去见见棺材,掉掉泪呗。"说着把银锭还给任贵。

任贵大为得意,冲着欧阳一敬挤眼一笑,又走在前带路。欧阳一敬怒气难平,兀自站在原地瞪视任贵。

俞一应对他低声道:"我知道你为梅姑娘抱不平,现下他带你去找坟茔,不正合你心意嘛,别再生气了。"说罢拉着他向前走去。

一路行至城外,人烟渐稀,荒草凄迷,天色已然暗了下来,月亮不知什么时候挂在了东边的天空。又走出不远,郊道两旁荆棘争植、灌刺杂生,几要拦住前路,欧阳一敬取出随身的铁尺和任贵披荆斩棘地开路,俞、鱼二人缓步跟随。

俞一应借机提起话头,道:"好端端的一幅锦图被烧得焦黑,怎么如此大意呢?"

鱼跃海道:"当日房中太暗,家人清理时把锦图凑到烛台边借光,不防失手落下,便给烛火燎到了。"

俞一应道:"未免让人心痛了。否则四幅锦图齐齐挂在房中,可谓万卷绣册消永夜,四季锦图度流年,雅致得紧哪。"

他这么一说,鱼跃海来了兴致,开口吟道:"室不在阔,有书则芬;斋不在雅,有图则馨。"

俞一应接道:"缃缣传琅声,雪楮动栩形;谈笑有知己,往来无生丁。"

鱼跃海和道:"可以窥意象,品气韵,澄尘心之杂念,解拙宦之虑困。"

二人齐声道:"孔子曰,何陋之有。"言罢相视而笑。

世人有所不知的是,踏入官场从政并非一条坦途,每走一步都会有难以意料的风波与险阻,上司欺凌、同僚排挤、下级谗诡、朋党倾轧,艰难胜过世间任何一条路,个中滋味从来都难与外人言说,只能自舐自咽。俞、鱼二人同在宦海,此时你一言我一语地戏改《陋室铭》,出口的文句不约而同各抒己怀,可谓心意相通。

恰在此时,前面榛莽丛中现出一宽一窄两条岔道,任贵忘了是哪一条,停下来挠头回想。

鱼跃海举目眺望前方,俞一应立于他身旁,柔声问道:"锦图是挂在——"向着前方转而道:"——路选宽还是路选窄?"

鱼跃海正自凝神远视,全然不曾防备,顺口道:"路选窄。"

俞一应道:"哦,原来锦图是挂在鹭轩斋墙上的。"

鱼跃海立时回神,转头满脸惊怔地看着俞一应。

任贵指着宽道，回头道："两位大人走这边。"

俞一应就此昂首迈步前行，将鱼跃海甩在身后再不理会。

一行人穿过榛莽密丛，眼前现出一山坳，被一座黑黝黝的山围了起来。任贵指着山脚下三株高大的松树道："就是那儿。"

欧阳一敬发足奔了过去，果见当中一棵松树下隆起一座坟包，长满了萋萋青草，清辉自天际洒落，坟头上犹似降了一层白霜，山风扫过，四野泛起一片泠泠声，说不尽的萧瑟凄凉。

三人随后跟来，走至近前。任贵道："去年的那天，我把骨灰就埋在这底下。"

欧阳一敬在坟前默立良久，叹惜道："容大姐跟明睿苦寻不得，却不知梅姑娘原来葬身在此。"又对任贵道："梅姑娘是撞伤额头之后才溺水死的？"

任贵道："这个就要去问老乾了，我只管烧殓，其余的说不来。差事办完，那二两银子还请大人兑现兑现。"说完将手伸到鱼跃海面前。

鱼跃海视若不见，只对欧阳一敬道："你小时候可曾放过牛？"

欧阳一敬一愣，道："这个倒没有，大人为何有此一问？"

鱼跃海道："我小时候给富户家牧过几日牛。那时我六岁，每天清早牵着一头八百多斤的大牯牛去山间吃草。那牛儿欺我是个孩童，拗着性子不听话，我一着急，挥起藤鞭就打，一鞭子抽得狠了，便在牛头上留下了一道血痕。"

任贵道："你打伤了牛，主人家有没有责骂你？我小时候做过牛倌，您把那二两银子给我，我替您去放牛。"

鱼跃海仍不搭理任贵，只盯着欧阳一敬看，目光幽邃似有深意。

俞一应在一旁寻思他话中意味，欧阳一敬自言自语道："一鞭子抽出一道血痕，那又怎样？"他心想，放牧时抽赶牛羊马匹不是再寻常不过的吗？当下右臂横在胸前支起左肘，左手食指敲着额头深索其意。想了一会儿，他还是不明所以，正欲追问，头脑中忽的灵光一闪，脱口叫道："鞭子抽在额头上只会留下一道血痕。"

任贵道："这话大人刚说过，你一遍一遍地嚼，真比牛还拗。"

欧阳一敬摇头道："不是啊，你想想看，牛的额头是平的，人的额头跟牛的一样也是平的，撞在那根木桩的硬棱上，跟被抽了一鞭子一样，额头上只会留下一道血痕，怎会是一坨伤口呢？"

听他说完，任贵张着嘴说不出话来。

欧阳一敬道："可见乾祥是在撒谎，梅姑娘额头上那坨伤口绝不是撞在木桩上生成的。"

鱼跃海一听任贵的描述就察觉不对，他被俞一应套了话，不便出言明示，只好绕了个弯子提醒欧阳一敬。欧阳一敬聪颖过人，点头知尾，悟到他言中深意。俞一应此时也回过味来。

欧阳一敬道："染坊和狄公祠中出现的那个膀粗臂长的男人必是乾祥，他要任贵立即烧埋尸体，八成是心中有鬼。"

鱼跃海道："尸体没有了，什么蛛丝马迹也查不到了。"

欧阳一敬心潮翻滚，梅姑娘死得如此不明不白，难道就让她永眠于荒野中，任凭风吹雨打、乌啼霜侵么？

山林森静，夜凉如水，任贵身子经受不住，打着战道：

"快……快回去吧！"

欧阳一敬盯着坟冢，一咬牙道："我要把骨灰挖出来看一看。"

任贵顿时吓了一跳，惊道："骨灰有什么好看的？"

欧阳一敬不答话，手持铁尺跪下去铲起坟包来。

任贵叫道："你疯了吧，这……这死人的坟怎……怎么能挖呢？"

欧阳一敬全不理会他，把坟土铲在边上，一下接一下地挖。他臂膀极有力气，不一会儿就平去坟头掘出了坟坑。

任贵跳着脚喝道："你……你脑瓜子抽筋了，不嫌晦气吗？把骨灰挖出来又能看到什么？二位大人也不管管他？"

俞、鱼二人站在月光下，一个袖手旁观，一个乐见其成，看着欧阳一敬不住地挥动臂膀，坟坑越挖越深。他胸前和肩头粘满泥土，又掘了几下，抛开铁尺俯下身子，双手连抓带刨，掏出来一个陶罐放在草地上，道："是这个吧？"

任贵极不情愿地瞥了一眼，叹道："唉！你这个欧阳一筋！"

欧阳一敬揭开封盖，伸手进去，从罐中取出一个油布包裹，解开来摊在地上，就见里面是一大堆白色的骨灰，还混有未烧化的少许残骸。欧阳一敬借着月光拨检，看到其中有块被烧成焦黑的骨头，拿起来仔细一看，是块石头，用袖子擦去上面的污垢后，不禁失声大叫："啊！"

鱼跃海急问："是什么？"和俞一应一齐凑过去，就见素晖斜照下，石块的一面刻着个楷书的"义"字，字体与三绝碑上的文字一样，出自黄庭坚之手，无疑正是碑身上消失的那一处。

第十二回
偷听罪行

俞一应伸二指夹过石块看了看道："这怕就是梅姑娘额上那一处伤痕吧。"

任贵倒吸一口冷气，道："这不是块石头吗，怎么跟伤口扯在一起了？"

欧阳一敬道："我想是这样，这石块原是碑身中的一块，而后嵌入了梅姑娘的额头，任贵焚尸时并未看清楚，加之乾祥那么说，就误以为梅姑娘真的被撞伤了额头。尸身带着石块被焚化为骨灰，一并装入罐中埋在地下，幸好今晚挖了出来，才得见天日。"

任贵扭着脖子打量一番，道："哦……是这样吗？瞧着大小也差不多，难不成是我真的没看出来？不过这石块怎么跑到那女的脑门子上了？"

欧阳一敬含悲道："如果我没有料错，她是撞在了三绝碑上，碑石碎裂开来一块，嵌入额中，可见那力道该有多大。"

任贵道："这女的看来是一心求死，老乾不见得是撒谎，只是没想到这女的敢用脑壳去撞石头。"

鱼跃海道："那就能断定,她当晚出门后确实是去了狄公祠。奇怪的是人死在祠中,尸身又怎么漂去鹤嘴渡了呢?"

任贵道："会不会她把自个撞得半死,又投河去了?"

鱼跃海道："荒唐!石块入额当即身亡,怎么还能爬出祠堂再去投河!"

欧阳一敬道："梅姑娘根本就不是自尽的,她见到乾祥的时候一定还活着。"

这时,忽听身后不远处一棵香樟树附近似有抽噎之声,欧阳一敬回头喝道："谁在树后?出来!"

隔了半晌,自树后慢慢走出一人,月下瞧得分明,正是左执中。

欧阳一敬奇道："左大使,您怎的在此?"

左执中道："我在附近巡山,好巧遇到了诸位大人。"说着轻步走上前来,低下头看着坟坑和骨灰,许久才道："欧阳小哥,这就是她的香冢吧,可有查到她是怎么死的?"

左执中背月垂首而立,欧阳一敬瞧不见他脸色,只觉得他声音枯涩,举止和平日里大有不同,当下道："如今只有鱼岸才知道。"转而肃对坟骨道："梅姑娘,你且安息吧,我一定查出你的死因。若你是被人害死的,不管他是谁,我都要让他领罪受刑。"

他把那块碑石揣进腰囊,重新包好骨灰封入罐内,欲行掩埋,左执中接过陶罐,道："这点琐事由我来善后,你跑了一整天,夜深了,快陪两位大人回去歇息吧。"

他语气诚恳,欧阳一敬不好推辞,只得道："那就有劳左大使把梅姑娘妥善安葬。"

三人离坳回去时，却寻不见任贵，原来他见左执中现身，趁几人不备，伏在长草中偷偷溜走了。

回到县衙时夜已过半，三人各去歇息。欧阳一敬躺在床上，回想今日所历之事，真是出生入死、跌宕离奇，一合上眼，乾祥、梅萼、明睿等人就浮现在眼前，令他久久不得安眠。辗转之际，他忽然想起，既然任贵还活着，杜老涛就不能再关着，应该放了，于是一骨碌翻身起来，走出吏舍朝牢房而去。

县牢在大门内西侧，县中甚少刑案，因而未设狱卒，由欧阳一敬暂掌狱事。他穿过仪门，右行绕过照壁，即是南北两排牢房，龅牙三、一撮毛和杜老涛三人都被关在南牢第一号。牢门乃实木制成，外面包了一层铁皮，上方开有一扇小窗，钉着两道木棂，人在牢里钻不出来，外面的人可以张见牢房里的动静。

欧阳一敬拿了钥匙正要开门，牢房里一只臂膀悄无声息地自窗棂间伸了出来，往下摸索到门锁处，袖口一抖，手中便握着一根又长又尖的物事捅进锁眼里，捣鼓两下，只听"嗒"的一声轻响，锁梁跳了开来。那臂膀顺势把锁子握在手中轻轻取下，慢慢缩了回去，跟着牢门被缓缓推开，从门后贼头狗脑地钻出来一人。那人掩上门回过身来，正撞见欧阳一敬站在面前，被吓得一惊，瞪眼叫道："欧……欧阳小哥！"正是陈三斤。

欧阳一敬也是一愣，问道："你怎么被关在牢里？"

陈三斤哭着脸道："中秋那晚被县丞老爷绑来，关好几天了。"

欧阳一敬道："他为什么抓你？"

陈三斤一撇嘴道："还不就是那事。"

欧阳一敬抓起他手掌一看，一根长长的硬刺，陈三斤就是用它捅开牢锁的，自己若是晚来一步，他此刻早已逃之夭夭。

欧阳一敬拿过长刺，道："这是哪来的？"

陈三斤道："从那个厨子身上摸到的。"

欧阳一敬带陈三斤走进牢舍，房顶低矮，只及常人肩头高。欧阳一敬弯着腰点亮残烛，就见牢舍一角的破草堆里，杜老涛和龅牙三、一撮毛三人呼呼睡得正香。

欧阳一敬叫醒杜老涛，告之他清白的原委，杜老涛喜不自胜，眼中迸出泪花来，道："小的为厨多年，一向都很守规矩，处处行善积德，从没贪占过人便宜，真是老天爷开眼，不忍心让我蒙受不白之冤。"说完对欧阳一敬连连作揖。

欧阳一敬扶住他，询问那根长刺的来历。杜老涛道："进来的头晚，衙役们送饭时，我让他们把中秋那晚席上剩下的半盆鲫鱼汤端来给我吃，这刺是鲫鱼的鱼鳍。"

欧阳一敬从腰袋中取出之前在乾祥尸身上找到的那根长刺比了比，心中大呼，两根长刺一模一样，都是彭鲫的鱼鳍，自己居然连这都没看出来，真是有眼无珠。

杜老涛离去后，欧阳一敬将龅牙三和一撮毛带到隔壁牢中关起来。龅牙三对欧阳一敬道："我佛大人，能不能把我们给晃了？我们又没患什么大罪。"他丢了三颗龅牙，说话漏风，原本是说："我说大人，能不能把我们给放了，我们又没犯什么大罪。"

一撮毛也央求道："狗屎，我们是狼民，抠抠大人开恩。"一撮毛腮上那撮黑毛被拔得精光，半边脸肿得像柿子，嘴巴歪向一边，他原要说"就是，我们是良民，求求大人开恩"。

欧阳一敬道："你们两个欺压百姓，为恶多时，等着大人升堂问案再定你们的罪，休想出去。"说完锁上牢门走了。

牢中传来二人的喊叫声："冤枉啊，抠抠大人恕祟……"

欧阳一敬回到第一号牢，告诉陈三斤他家中老父幼子孤苦相依的情形，斥责他浮浪不孝。

陈三斤道："我这种人没本事来钱，去富户门上打杂人也不要，只靠打锁挣几个铜子糊嘴，日子比蜉蝣还短，哪能顾上别人？"

欧阳一敬道："你父亲生你养你，你的妻儿跟你相濡以沫，他们是你至亲的家人，你连他们都不顾，得了钱便去纵情淫乐，还说什么蜉蝣，草木都比不上你无情，你真是枉生为人！"

陈三斤道："我比不上欧阳大人哪，您是官府里的大人，自然是年轻有为、前程似锦，我都是掰着指头算日子的人啦！"

欧阳一敬道："你今年多大年纪？"

陈三斤抠一抠眼角的眼屎，道："我都二十七岁，奔三十啦。"

欧阳一敬道："你还不到而立之年就暮气沉沉，连一点朝气也没有，世上的本领，你不去学怎么知道学不到？你不去奋发努力，又怎知自己做不到？走下坡路的人倒时刻不忘逛窑子，自甘堕落还要狡辩，好不知羞！"

陈三斤被骂得蔫头耷脑，没好气地道："我被关在这里如何能照顾家人？"

欧阳一敬道："鱼岸究竟为何要抓你？"

陈三斤道："中秋节那晚后半夜，我在魁星阁睡得正香，鱼大人就踢门进来，把我从被窝里揪出来，说我有伤风化，便将我关在这里，还……"

欧阳一敬道："还怎么样？"

陈三斤眼中满是惧色，紧闭嘴巴不说话。

欧阳一敬道："快说呀，他还对你做了什么？"

陈三斤嗫嚅道："我……我不敢说。"

欧阳一敬明白一定是鱼岸威胁他不准讲出来，便道："你别怕，你对我说的话，我绝对不告诉他。"

陈三斤道："万一他知道了，我就再也出不去了。他是县丞，我小命可攥在他手里呢。"

欧阳一敬道："你既没杀人放火，也没作奸犯科，他抓你的确不对，我这就放了你。"

陈三斤道："你一个刑房书吏，胆敢违抗县丞的命令？"

欧阳一敬道："他下了错的命令，我违抗了又怎样？"说着打开牢门道："你这就回家去吧。"

陈三斤惊疑交加，不敢挪步。欧阳一敬带着他走出牢房，来到谯楼处，县衙大门早已紧闭上闩，欧阳一敬抬过门闩打开半扇门，送他到衙外。重重夜雾将长街裹住，黑漆漆的看不到半点人影，欧阳一敬道："你回象鼻峰去吧，陈老伯和你儿子在家等你呢，今后别再去魁星阁那种地方了。"

陈三斤道："你……你不怕他找你的麻烦？"

欧阳一敬道："怕就不放你走了。"

陈三斤走出几步又扭头回看，但见欧阳一敬正身而立，目送自己,将夜雾挡在身后。他犹豫了一下,一咬牙道:"我陈三斤纵然好色滥嫖,却也是个知恩图报的人。你这么仗义,我……我就全说给你听。"他走回来低声道:"那晚鱼县丞还逼问我狄公祠门锁的事。"

欧阳一敬心想,定是自己从乾祥身上搜出了钥匙,引得鱼岸警觉,才抓了陈三斤。他拿出锁子和钥匙,道:"这是你的手艺吧?"

陈三斤道:"是我给乾祥打的,落在你手里了。"

欧阳一敬道:"你如何认得他?"

陈三斤道:"今年七月,我在魁星阁结识了桃羞姑娘,她那小脚丫子跟白萝卜一样水灵,油亮亮的长头发捧在怀里,真比三月的桃花还香,要是嘬上一口,啧啧啧,半个身子要化掉……"

欧阳一敬打断他道:"衙门外不方便,咱们另找个去处,你拣要紧的说。"

二人来到狄公祠,在祠外缓下脚步,陈三斤道:"我连睡了她七八个晚上,一个老客嫖找不到她,饥渴难耐,在路上堵到我,仗着他膀粗臂长将我打了一顿。我气不过,趁他不在时摸到他家,捅开门锁,把他家砸了个稀巴烂,再锁上门离开,让他猜不到是谁干的。哪知桃羞把这事一股脑儿说给了他,他又在半道上截住我,亮出了身份,乃是县衙主簿乾祥。我当场吓了个半死,想着肯定要吃牢饭了,但他没有找我的麻烦,只要我给他打一把锁。我只对鱼县丞说了这些,他命我不可说与第三个人听,否则这辈子就见不到家人了。"

欧阳一敬怒道:"岂有此理,他平白无故地抓你坐牢,还这么肆无忌惮地威胁你，肯定有不可告人的秘密。"

陈三斤道："你说对了，他杀了人。"

欧阳一敬一惊，催道："你怎么知道？快说！"

陈三斤道："我偷听到的。我知道他要打听什么，因此就瞒了不给他说，我只讲给你听。我打好锁子交给了乾祥后，他一副慌慌张张的样子走了，我起了疑，悄悄跟到他家。天落黑后，他独自出门来了这儿，我记得那天是七月十五。他一进去就闩上门，我转到祠后，想钻过墙去，谁知后墙的洞早被人堵上了，不过墙土松软，被我三下两下又掏开了个小洞。"

欧阳一敬喃喃地道："小洞是你掏开的。"

陈三斤续道："我钻进享堂，就看到乾祥跪在狄公像前，唧唧歪歪地求祷，我看得没趣，转身要走，这当儿从墙外又钻进来一个人，我一颗心就蹦到了嗓子眼，享堂那么大点儿地方，这人叫出声来的话，还不被乾祥听到了？谁知他目光扫过我却没有出声，只是侧耳细听，兴许是享堂里一片漆黑，他没看见我。我贴墙立着，大气也不敢喘一下，就听乾祥念叨：'狄公爷爷在上，求你救救我！我活不下去了，都快一年了，天天晚上睡不成觉，一闭眼那姑娘就冲我扑过来，生生要逼死我。我每一天都过得心惊肉跳，真是生不如死。狄公爷爷，那天晚上的事，是鱼岸叫我干的，我……我只是听他吩咐，他要我对那姑娘下毒手，我被逼无奈才作了孽。他是主谋，他官迷心窍，骗了人家的图，又谋害人家性命，我……我就是个跟班的，真不关我的事！狄公爷爷您都看见了，求求您帮帮我，让那姑娘饶了我！'乾祥哭天抹泪地哀求了好一阵，又道：

'梅……姑娘，我对不住你呀！我知道我该死，我该千刀万剐给你偿命，可我死了你也活不过来啊！姓乾的这条贱命不值钱，你饶了我，我往后年年来看你，我每年中秋夜都来给你烧纸祭拜你，让你在阴间过得舒舒服服，还能作锦图！梅姑娘，我把这间祠堂锁起来，不叫别人来打搅你，你安歇吧，一个月后是你的周年，我再来看你，给你烧银子！'他说完在狄公像前砰砰连着磕了好几个头，才起身锁上祠门走了。"

听到这里，欧阳一敬胸口如被猛击一锤，热血涌上胸膛，梅姑娘果真是被鱼岸和乾祥害死的，终于找到罪证了。

陈三斤接着道："乾祥离去后，享堂里那个人僵在原地，过了好久，伸出双手向前摸索着走到狄公像前。他似乎是看不见东西，猛地一把抱住雕像号啕大哭起来，那哭声撕心裂肺，让人听不下去。哭过之后，他把雕像从上到下前前后后地仔细摸了一遍，嗯，好像摸到右臂时，用手敲了敲，又敲敲左臂，比比划划，口中念念有词。然后他跪下来给狄公磕了三个头，这才走回来，又从墙洞中钻了出去。奇怪的是，他始终对我视而不见。"

欧阳一敬道："他眼睛失明了。"

陈三斤道："哦，是这样啊？怪不得呢。"

肇室启出身贫苦，少时无钱进学堂读书，便去深山煤窑中做苦力挣钱，直到三十六岁才考中举人，被授在山东省青州府任司务。他上任伊始倒还任劳任怨勤勉做事，九年之后考满，被授予北京大理寺评事之职，彼时他已年四十六，隐隐将近天命。京城重地自然不比地方，高衙林立，贵宦麇集，官场中人人都有背景，他人地生疏，没少看人脸色受欺负，日日饱尝怨气却又无可奈何，只得枉自嗟叹。这一日他心头郁结难消，寻去街中一家酒馆买醉，十多杯灌下肚，酒气涌将上来，嘴里骂骂咧咧地发起了牢骚。

这时邻桌的一位妙龄女子侧目看着他道："敢问这位大爷怎生称呼？"

肇室启乜斜醉眼望去，只见此女鼻腻似羊脂才凝，腮润如鲜苞初绽，左眉梢边更生有一点红痣，端的是风姿婉娈、美艳过人，只觉得有几分面熟，却叫不上名字。

那女子道："真有这么巧的事，你该不会是'跛脚鸭'吧？"

肇室启当年在山中挖煤时身材瘦弱，远不似今日这等肥胖，每次背负装满煤石的竹筐走路，都是两条腿打战、步履蹒跚，如鸭子一般一脚高一脚低地左摇右晃，窑工们都取笑他是"跛脚鸭"。

肇室启正纳闷她如何知道自己当年的外号时，那女子笑道："你不认得我啦？我是菱儿。"

她这么一说，肇室启猛地认出，眼前这位丽人原来是当年煤窑主的相好谭菱儿。当时煤窑开在深山，窑主白日里跟一帮粗汉为伍，夜晚不免孤枕难眠，便招来个娇媚可人的小丫头陪侍自己，就是谭菱儿。窑工们垂涎不已，肇室启亦是众多艳羡者之一。

肇室启见到当年的梦中情人，酒醒了大半，忙问道："哎呀，该不会是做梦吧，怎的在这儿见到了你？"

那谭菱儿故作娇笑道："不乐意见到我呀？"

肇室启不顾周遭还有酒客，站起来一把抓住她的手喜滋滋地摸着，道："说哪里话？一见到你，我浑身的毛一根根全竖了起来，高兴都还来不及呢！"

谭菱儿抽开手道："多少年了，还改不掉你那色相！"

谭菱儿告诉肇室启，她如今在京城落脚，当年那个煤窑主早就甩到九霄云外去了。肇室启见她衣饰妆容不似等闲女子，就打问起她的近况。谭菱儿替肇室启结付酒钱，带着他来到城东一处宅院。那宅子翘檐飞天，花砖漫地，雕槛绮窗，画栋珠帘，房中陈设俱是精美华贵，俨然一副大富人家的气派。得知这就是谭菱儿的香闺，肇室启不禁大为惊诧。谭菱儿说，她还在山里的时候，有一年来了一位给宫廷采办官煤的人物，气势跟派头远非煤窑主之流可及，她心明眼亮，立时投怀于他。那人采足额数后，将谭菱儿带回京城安置在此，还给她改名叫谭易妤，按月供给她吃穿用度。那人只是每月中旬来住几日，其余时候都不露面。

肇室启好奇那人是哪一路神仙，谭易妤低语道："他不是豪商，也并非巨贾，而是朝中光禄寺良酝署署丞缪恭人。"

肇室启想起一个人来，道："宫里有一位公公叫缪良人，名字跟你这位有点像。"

谭易妤告诉他，缪良人正是缪恭人的亲哥哥，缪氏一门共有兄弟五人，缪良人排行老二，缪恭人排行老三，缪良人是尚衣监的掌印太监，常侍皇帝左右，缪恭人靠了他才坐得署丞的位子。肇室启寻思，宫里的宦官自来就被皇帝视为亲信，借此得以与闻朝政，若是能攀上缪良人的话，那缪公公随便一句话，自己必是青云直上。于是他马上换了一副嘴脸，放下身段使劲巴结谭易妤，谭易妤在京里举目无亲，重逢故人，也乐得牵线让他结识缪恭人。缪恭人为人率性不拘，和肇室启往来酬酢，日渐相熟，但肇室启每次开口让他引见缪良人，缪恭人都拿话语搪塞过去，颇有推托之意，肇室启心里老大不痛快。

半个月前，谭易妤为缪恭人诞下一子，缪恭人比中了状元还要高兴，抱着儿子含饴逗弄，一刻都不舍得离怀，还破例陪谭易妤住了十多天。谭易妤怀胎时亏了气血，产后没有奶水，男婴直饿得嗷嗷啼哭，缪恭人便命人请来乳娘喂奶。哪知婴儿每次吃饱了奶，待乳娘刚一离身，就"哇"的一口将吃下的奶水吐了出来，连着换了好几位乳娘皆是如此，缪恭人愁得如热地上的蚰蜒一般寝食难安。肇室启来彭泽后，听闻鲫鱼汤极具通乳之效，自忖买一些送去京城给谭易妤炖补，她吃了若是产下奶水哺乳婴儿，便可解缪恭人的眉急，以此再提缪良人的事，想必会收效不同。于是他前日赶去江边，在吴渔婆处订了六十尾彭鲫，要她送来。

这日黄昏时分，吴渔婆驾船在江上如数捕得彭鲫，装在盛满清水的两只大木桶中，赶着驴车拉到县衙门口。正在门外逡巡时，只听背后一人喝道："鬼鬼祟祟地干什么？"吴渔婆回头看时，杜老涛挑着两个装满菜果的大箩筐，满头大汗地走了过来。

吴渔婆笑道："大老爷好，今儿是特地给您送彭鲫来了。"

杜老涛往桶里一瞧，漾漾清水中数十尾彭鲫摇头摆尾来回穿游，道："这都是给我的？"

吴渔婆道："大老爷喜欢吃，婆子天天给您送。"

杜老涛乐道："就要你这话，早该这么办。倒是我三顿五顿也吃不了这么多，还需养着。"他把箩筐挑进衙中厨房，又出来和吴渔婆把两大桶鲫鱼搬到厨中。他从桶里抓出两条大鲫，咽了咽口水，心想，往日里净是那些王八蛋们吃肉喝汤，老子只有在牢里才能尝到点儿残羹，今晚就炖上一大锅喝他个够。

这时鱼岸走进厨房，对吴渔婆道："肇大人订了你的鱼，你可办妥了？"

吴渔婆道："现打了六十条，都在这儿了。"

鱼岸对杜老涛道："你把这两条拿给大人过目。"

杜老涛明白过来，这两桶鲫鱼并非送给自己的，气得冲吴渔婆一咧嘴，龇出两排黄牙，做出一副恶狗咬人的架势。

二人随鱼岸来到东厢房，肇室启正夹了块点心塞进嘴里，见两条鲫鱼在杜老涛手中不住挣扎，边嚼边道："不错。"又指着杜老涛吩咐："去炖汤来我尝尝。"

杜老涛眼看着嘴边的鲜鱼要进人家的肚子，咽下口水转身离去，心里不住地咒骂着王八蛋。

肇室启转而对吴渔婆笑眯眯地道："老人家在江上打鱼，收成可好呀？"

吴渔婆道："每年就三个月的渔汛，没多少收成，挣几文糊口钱。"

肇室启道："我派你趟差，包你一回挣的钱比在江上打三年的鱼都多。"

吴渔婆看着他默不作声。

肇室启又道："你明天启程，马不停蹄把这两桶鲫鱼送到北京城中一处地方。"他拿出一个信封递给她，道："这是地址。你到了后找一位姓谭的女子，就说是我肇某人千里迢迢，从江西彭泽给她送来的。"

吴渔婆心下一宽，道："待会儿鱼汤好了，两位大人先尝尝味儿。若是合口，婆子去给大人跑一趟。"

肇室启道："老人家够爽快，有劳你了。"

吴渔婆道："大人敬请放心，婆子见过不少风浪，这点儿事包稳的，出不了岔子。"

肇室启点了点头，回头对鱼岸笑道："老弟啊，哥哥我这回离京匆忙，身上没带多少银子，这可如何是好？"

鱼岸知道他这是要借钱，便问："大人要做什么？"

肇室启道："咱不能白要这么多鱼，得给老人家钱，你说对吧？"

鱼岸道："对，大人说的都对。"又对吴渔婆道："这么几条鱼还要钱？你这婆子老糊涂了，这可是堂堂的大理寺评事。"

吴渔婆含笑而立，并不说话。

肇室启心想，不给钱，鬼才给你送到北京呢？于是开口道："那怎么成？这老人家如此辛苦，鱼县丞你可不能白占便宜不给钱啊！"

鱼岸暗骂一声混赖，笑道："这若是我鱼岸要买，我就给……"

肇室启抢过话头道："就当是你买。"说罢笑吟吟地看着鱼岸，摆明了要他掏钱。

鱼岸再也不好回绝，嘿嘿一笑，拿出一锭银子递给吴渔婆。

肇室启道："不够，从彭泽到京城要几千里的路，你让老人家路上吃几顿饱饭嘛，再加点。"他欲多付酬劳，以使吴渔婆为自己尽力。

鱼岸两手一摊，道："没钱了，小的薪俸微薄，比不了大人您官囊鼓鼓。"

肇室启道："你做县丞这么多年，少说也积下了十万家财，不会连这点儿银子都拿不出来吧？"

鱼岸心中暗骂，此人的脸皮竟是如此之厚。

肇室启压低声音凑上前道："乾祥的死，你怕是脱不了干系，少说也要问你个失职之罪。要是大理寺右评事出面给你稍加斡旋，那就是另外一档子事了。"顿了顿又道："你一毛不拔，我也张不开嘴。"

鱼岸笑道："有您这句话，小的就全指望大人了。"又掏出一锭银子躬身递到肇室启手中。

肇室启掂了掂银子，道："彭泽县衙的品秩不过跟我相当，但凡我大理寺说句话，他年唯日敢不听从！"说着把银子给了吴渔婆。

吴渔婆接过银两，对鱼岸道："我每日给您送一尾鲫鱼，若是去了京城，那……"

鱼岸道："你去便去，我几日不喝鱼汤也不打紧。"

吴渔婆转身出门，这时晋笙进来道："肇大人，方大人有请。"

肇室启道："什么事？"

晋笙道："方大人从外头买了凉羹，请大人去前院纳凉。"

肇室启笑道："左一碗鱼汤，右一碗凉羹，我这肚子呀！也好,去尝尝吧。"说着起身随晋笙去前院。

院中桂树的一侧摆着一张黑漆方桌和数把高背座椅,一个小贩正弯腰从脚边瓦罐中舀出一碗碗莲子羹放在桌上。俞、鱼、方三人围坐桌旁,蒋得站在一边布让。方如许用过晚膳后出衙散步,见街头有摊贩售卖莲子羹,一尝之下,甜凉爽口,当即买了一罐,命小贩挑来衙中给众人品尝。

肇室启笑嘻嘻地坐在俞一应身旁,端起面前的一碗凉羹,尝了一口道:"甜倒是甜,只是温暾暾的。"

小贩听了,从另一个瓦罐中取出一小钵碎冰,舀了几块放在肇室启碗中,道:"这是山里采来的河冰,待化了大人再尝尝。"

肇室启道:"你这羹里还少了一味料。"说着站起身来,伸臂从桂树枝头摘下两朵桂花,将片片花瓣揿在碗里,用勺子搅匀舀入口中,尝后道:"嗯,这就有味了。"

俞一应赞道:"莲子羹里加上桂花,色香味俱得,肇大人铁腕断案,妙手调羹,出手皆是不俗啊!"

肇室启笑道:"当年我在杭州满家弄游玩时,圆觉寺的住持招待我吃过一碗桂花栗子羹,那可真是唇齿留香经久难忘。那之后我便学了一手,羹汤中加桂花,味道更上一层楼。"

众人无不开怀大笑,纷纷效仿添花入羹,品啖起来。

俞一应尝罢一碗,道:"味道果是馨甜可口,回味幽香,让人欲罢不能,真乃创举!"

蒋得忙又端了一碗给他。

俞一应摇手笑道:"再吃不下了。"又道:"这样的美味一定要给年大人尝一尝。"遂带蒋得端了一碗羹,送去三堂后院。方如许则亲手舀出一碗,送去前院库房。自萧苇被关起来后,都是方如许端吃送喝,时时好生看护,不使他挨饥受饿,只仍缚住他手脚不松,待回德化后再去求医看病。小贩自用扁担挑了瓦罐,由晋笙送出衙去。

鱼跃海因见左右无人,道:"桂花的香味如同甘蜜一般悠柔绵长,吃过后嘴里还是甜津津的,肇大人出手不俗,尽显峥嵘啊!"

肇室启笑道:"久病成良医,饕客多名厨,任谁吃多了美味都会玩两手。"

鱼跃海道:"大人审过的案子亦是留有后手,令人佩服!"

这几句话恭维得肇室启心里极是受用,正欲回赞两句,猛然觉出别有意味,顿时改口问道:"你看出了什么后手?"

鱼跃海望了一下四周,凑近他身旁道:"那桩'甲辰年季春丙子'号案子,肇大人把它驳回,当是伏着后劲含而不吐,怕并非计较只字片言吧?"

肇室启一愣,道:"说来听听。"

鱼跃海道:"大人复核此案时,查到有同犯尚未落网,便以谬字为由将案件驳回,纯是掩人耳目不欲打草惊蛇之意。小弟不揣浅陋,不知说得对不对?"

肇室启道:"何以见得?"

鱼跃海笑道:"大人您这么说是考较我吧?"

肇室启道:"惭愧,鄙人驽钝不化,还望鱼大人尽抒高见,以启愚昧。"

鱼跃海道:"这不明摆着,乔冲盗走了牛黄,刑部也审出埋赃之地,然而南司的人却没有找到。乔冲被关在大理寺狱中,就在您治下,此案唯一的赃物不翼而飞了,我想绝不会是那乔冲越狱而出把牛黄又挪了个地吧?那必是有人捷足先登挖走了牛黄,致使南司的人徒劳一场。这个人是谁?那是一目了然的,肇大人。"

肇室启把最后一句话听成了"那是一目了然的肇大人",以为在说自己,吓得身子一晃,屁股险些溜下椅座,忙不迭用手扳住桌沿。

鱼跃海见他张皇失措,心中已然断定就是肇室启挖走了牛黄,当下微微一笑,道:"以此人的所作所为来看,必是此案中另一案犯、乔冲的同党无疑,否则何以知道牛黄之所在?大人您核案时理出了此节,欲要逮到这条漏网之鱼,故而才驳回案件,是也不是?"

肇室启甫待他说完,已是心惊胆战,愕然变色,瞠视着鱼跃海好半天才道:"这个嘛……不……不是,哦不,就……就是……正是如此。"

鱼跃海竖起大拇指,比到他面前道:"所以说嘛,大人您的手段那是高明之至。"

肇室启讷讷地道:"过……奖,过奖。"

鱼跃海又道:"其实要知道这个人是谁,大可不必如此大费周章。"

肇室启心头一阵悸动,强作镇定道:"说来听听。"

鱼跃海呵呵一笑,道:"把乔冲提来堂下问一问,除了刑部审案的官员,他还把埋赃的地点告诉过谁,不就水落石出了?"

肇室启听得魂飞胆战,身子不禁抽搐起来,大口喘着粗气,大肚子一挺一收,好半天才渐渐平复下来。

鱼跃海不说话,笑吟吟地盯着他看。肇室启见他来者不善,忍不住撂下脸来,一掌拍在桌沿上,喝道:"鱼跃海,你意欲何为?"

鱼跃海双手一拱,道:"小弟尚有一事不明,欲请教大人。"

肇室启干瞪着他不应声,眼眸中射出厉光,似要把面前这人刺穿。

鱼跃海兀自言道:"眼下案子又回了刑部,以万大人的能耐,要揪出这个人是弹指间事。此事肇大人本可亲力亲为,不容他人染指,却反把偌大一件功劳拱手送与他人,不知是为了什么。"

肇室启不待他说完已是坐立难安,心头慌得如打鼓一般,心想自己真是蠢到了家,怎么就没想到这茬,这回落在万仞峰手中可如何翻身?

想当日,北京吏部考功司员外郎江淳自母亲病后,四处求医问药,终得名医开的一味良方,但药方上有一味极为珍稀的药材,踏遍各大药铺均无所得,最终在王锦记才求得,便是牛黄。药一入口,江母的病大有起色,江淳便和王大锦相约,每隔两个月来取一次牛黄。去年三月初四那天就是约期,江淳一早赶到药铺,才知道出了命案,牛黄已被人盗走,入药医病一事从此又耽搁下来。待到乔冲落网,江淳跟着托人打听案情,急于得知牛黄的下落,才知是万仞峰主审此案。殊不知江淳和万仞峰虽是同窗,但江淳在吏部做官,仕途风生水起、拔萃宦林,把一众侪辈远远甩在身后,也渐渐将这位在刑部终日劳碌奔忙、谳囚鞫狱的昔年同窗不瞧在眼里，数次开罪于他。二人的私谊早已荡然无存，多年不曾来往，这些事肇室启等外人却无从得知。有鉴于此，江淳碍于情面万难开口求助，纵然心急火燎也无计可施，直到案子移去大理寺，才得央人去问。

肇室启接手案卷后先草览一遍案情，见并没什么涉案财物，只丢了一味药材，权作一桩小事丢给手下胥吏刷卷，自己躲去后堂煮酒煎茶享清福。这名小吏核验案情，皆是供证确凿、情词相符、罪名合律，无有瑕谬，正如所拟书写奏本发审时，南司副指挥夏侯谦忽然登门造访。他见到肇室启劈头第一句话，就问乔冲的供述中那失窃的牛黄究竟埋在哪里。肇室启立时心里打个激灵，反问他牛黄是何物。夏侯谦说，牛黄乃是一味药中至宝，不啻黄金美玉，堪比犀角象牙，必得追赃归公，还望找出乔冲的供状一看真切。

肇室启听后即起了贪念，随口诌出个理由，说案卷锁入架阁库，掌钥之吏回乡探亲去了，将夏侯谦诓走。待其离去后，肇室启径去架阁库翻看案卷，却见供状上写着，当夜牛黄被乔冲偷出王锦记后，埋在了城外三十里地的北望山下。肇室启登时就气不打一处来，这算什么？刑部的人从乔冲口中就掏出来这么个核，真可谓嘴上抹石灰——白说，鸭蛋大的一点东西，埋在偌大一座山上如何找得到？他又下到寺狱关押乔冲的牢房，支开狱卒，对乔冲亮明身份后，假意为他叫起屈来，说刑部的拟罪过于畸重，于律不合，自己复审案件后良心难安夜不成寐，故而来此一诉怜肠，有意宽恕乔冲却找不到理由，除非以牛黄来赎罪。想那乔冲一个垂死之人，陡然见到救命稻草,岂有不一把攥住之理?毋待多问,就把埋赃之地说得一清二楚,便是从北望山脚下的杨家军垒沿东南方向走一百五十大步,有一片黄栌树林,林中有三株黄栌枝叶连理合生在一起,这三株黄栌树的正北面也长了一株矮黄栌树,牛黄就埋在那株矮黄栌树下。

肇室启得悉后旋风似的奔出大理寺,星夜催马赶至北望山,依照乔冲所述找到了牛黄。但他心知这东西眼下不宜拿回家,相度一番地形,将牛黄埋到北望山另一处地方,等到风声过后,再神不知鬼不觉地来挖走。肇室启自坐上右评事的位子以来,借着手握复核之权,从经手的每一个案犯身上敲骨吸髓、搜赃敛财,不扒干剥净绝不罢手,自那双象牙长箸为始,他多年来饫甘餍肥,捞得盆满钵满,于此案中巧言诈取牛黄,是再惯熟不过的伎俩。

回到家后,肇室启犹自心神不宁,此案的判词写明了要追回赃物,若照这模样奏上去,皇上必然准奏,到时候南司奉旨来查,牛黄的事坏了不说,搞不好再顺藤摸瓜,把自己铢积锱累地那点儿家私查出来,那可要锒铛入狱把牢底坐穿了,因此一定要把判词改掉,绝不能让追回赃物。肇室启在床上辗转反侧,把整桩案件在脑中滤过一遍,想起判词中有一句"不义不为"的话似乎不妥,起身从书架上翻了半天,终于在那本滥造的《唐狄梁公碑》拓本上找到了"不疑不为"这句话,一对之下可算逮到了把柄。肇室启以此为借口,把案子判词全文涂删驳回刑部,跟着便屣履造门,希图以自己三分薄面,说服万仞峰玉成己意。

江淳那边后来也得知了牛黄的埋藏地,带着人前去起赃,却只见到了空空如也洼然一坑。他大失所望之余,还道是附近的山民挖走了牛黄,情急之下将此事上奏嘉靖皇帝,欲借天子之手,下诏命京中各法司衙门相助找回牛黄,这才有了南城兵马司发布谕民告示之事。江淳本意只想追回牛黄救治母病,别无他意,但肇室启做贼心虚妄加揣测,错会成万仞峰和江淳勾结上奏,暗中坑害自己,这才引出了彭泽之行。

万仞峰被误绑到衙那天,肇室启一时恼怒,当着众人面失口说出江淳上奏之事,过后自思此事已闹得人尽皆知,再删除判词怕是欲盖弥彰,故而又生一计,午后找到万仞峰密谈,以期判处乔冲斩立决,如此一来即便有人追查,也是死无对证,自己亦可永绝后患了。怎奈他好话说尽软磨硬泡,万仞峰为人刚正清严,始终坚执不允,令他大折颜面。此时此刻,鱼跃海已将事情料了个八九分准,唯独猜不到江淳为何上奏。

正自愁急之际,吴渔婆端着托盘走来,盘中有两碗鱼汤。她端出其中一碗,恭置于肇室启面前,道:"大人,刚出锅的鱼汤,请您品尝。"

此时鱼岸也走来前院,吴渔婆端了鱼汤呈到他面前,道:"鱼县丞快尝尝,还冒着热气呢。"

鱼岸望着鱼跃海笑道:"呈给鱼大人先喝。"

吴渔婆道:"这一碗按您的口味多放了盐,我去给鱼大人再盛一碗。"

鱼跃海道:"我刚喝了一碗甜羹,不忙。"

鱼岸端起汤碗道:"那我先来尝尝。"喝了一口,道:"和往日的一样。"又对吴渔婆道："我口味重,给鱼大人再盛时要少放盐。"

吴渔婆道："县丞再喝几口,我去给鱼大人盛一碗。我这一去,您好多天喝不到鱼汤了。"

鱼岸心想,这婆子倒还厚道,道："那你快去快回,一路顺风。"说着把剩下的鱼汤一饮而尽。吴渔婆端着空盘转身离去。

少顷,就听得咯吱咯吱的声音传来,原来是雷动和蒋得抬着坐在一张藤椅上的年唯日从三堂出来,俞一应和万仞峰跟在后面。万仞峰之前借着探视病情的机会,去后院三堂和年唯日闭门长谈,对其详析一番狄公祠命案,并说起鱼岸抱人这一反常举动。年唯日听得心生怀疑,直言自己太过心善,才被鱼岸的花言巧语给蒙骗过去,万仞峰提出要当堂拿下鱼岸拷问,年唯日自是连声应诺。

年唯日待座椅落了地,对鱼岸道："你老实交代,是不是你杀了乾祥?"

第十三回
傩鬼现身

鱼岸早料到会有这么一天,正要以编好的说辞回答,突然万仞峰问道:"你的手腕子好了吗?"

鱼岸忙道:"多谢大人垂问,将养了几日,好得差不多了。"

万仞峰道:"好了还是没好?"

鱼岸见他来者不善,正思如何应对时,年唯日又问道:"你手腕脱臼了,昨天怎么还要抱我?"

鱼岸见他满脸疑色,知道自己露了马脚,便道:"卑职的手腕休养了几日,到昨天已能活动自如了。而且卑职见到大人被打伤,一时情急,想抱大人去疗伤,全是出于关爱之心。"

年唯日听他语气真诚,心中的怀疑立时去了大半,道:"言之有理。"

万仞峰冷冷地道:"让我瞧瞧你的手腕。"

鱼岸道:"不劳大人费心,我的伤势我自己理会。"

万仞峰一使眼色,雷动、蒋得一齐上前,各攥住鱼岸的一条手臂,令他不能动弹。万仞峰上前解开他右臂上裹缠的白布,撸起袖子，只见其小臂上有两排齿痕，肉皮上还留有点点瘀血，喝道："这伤痕怎么来的？"

鱼岸道："我咬的。"

万仞峰道："你为何咬自己？"

鱼岸道："乾祥和我情同手足，他突然身死，我悲痛难当，就咬了自己。"

万仞峰仔细端详一番，道："真下得去嘴，竟然狠心咬伤自己。鱼县丞是想用身上的肉，来祭奠乾主簿吗？"

鱼岸道："大人真会取笑人。"

万仞峰道："你小臂上这一圈齿痕宽大，我看你牙口窄小，不像是你咬的。"

鱼岸刚待出言狡辩，万仞峰又道："不如你在左臂上再咬一口，咱们比一比两边的牙痕，看看一样不一样。"

鱼岸笑道："您说笑了，咱们为官之人，行事哪能这般孩子气？"

万仞峰道："你们俩一同离衙，一个身死，一个手臂受伤，你岂会没有干系？必定是乾祥先咬了你，然后你才对他痛下杀手。你没有孩子气，倒生了一颗杀人心。"

鱼岸犹豫半晌，道："也罢，我就实话实说。我臂上这处齿痕的确不是我的牙印，而是乾祥咬的。那晚我们出衙之后，我要先去买香烛，他却要去狄公祠，我和他争执起来，他突然暴怒，抓起我右臂要拉我，我拼命挣扎，他猛地在我右臂上咬了一口，我疼得抽回手臂跑开了，他的死可跟我没有半点关系。"

年唯日怒道:"你为何不早说?"

鱼岸道:"被人咬了不是什么光彩的事,我就没有声张。"

万仞峰一时语塞,正想着如何反驳时,只听沈见山的声音远远地从大门口传来:"哎哟,这是干什么?你疯了?这个大家伙可不能搬进衙门,年大人要打你板子的!"

众人齐齐向外看去,就见一座雕像被人高高抱起,一摇一摇从仪门进来,顺着甬道来到大堂阶下才落地。众人看得清楚,是狄公祠中的那尊狄仁杰雕像。雕像后闪出一人,正是欧阳一敬。方如许听到动静,也走出库房来到院中。

年唯日喝道:"欧阳一敬,你搬这东西做什么?"

欧阳一敬道:"大人,我查到乾祥之死跟狄公像有很大的干系,起因则是去年的少女投河案。"

年唯日道:"那少女自己投了河,跟乾祥有什么关系?"

欧阳一敬道:"那少女梅萼并非投河自尽,而是在去年八月十五中秋之夜,被鱼岸和乾祥二人害死在狄公祠中。今年的中秋夜,乾祥被杀死在狄公祠,是给她报仇抵命。"

一言既出,举座皆惊,衙内诸人不约而同围上来观看。

鱼岸拍着几案仰天大笑,眼角笑出了泪花。过了好一阵,他笑声渐歇,用手揩去眼泪道:"列位可听一听,先是万大人质疑我杀死乾祥,现在欧阳一敬又指我害死梅萼。我既然害死梅萼,为何又杀乾祥为她报仇?你们二位合伙诬蔑我,却是自相矛盾、于理欠通啊!"

欧阳一敬对万仞峰道:"杀乾祥的凶手不是鱼岸。"

年唯日道:"你说话跟绕线团子一样,到底是谁杀了谁?"

鱼跃海道:"既然欧阳小哥查出了梅姑娘的死是一宗命案,当要录入卷宗。"

年唯日神色大惶,道:"这……这个……呃……"

鱼跃海道:"当日卷宗里写的是投河自尽,现下须得改过来。"

年唯日道:"有……有必要吗?"

鱼跃海道:"典史大人何在?有劳去取来卷宗。"

晋笙急步走来,到架阁库前掏出钥匙打开门锁,取了卷宗出来。鱼跃海接过翻到最后一页,纸页已被人撕去。

欧阳一敬见状气道:"我明明写在上面的,是谁偷偷撕掉了?真是岂有此理!"

俞一应拿过卷宗,托在掌中厉声道:"竟敢做这种事,真是不怕掉脑袋!"说着将卷宗"啪"的一声反扣在几案上,道:"一定要查出是谁干的。"

他神色严正,一改平日里和颜悦色的气度,院中霎时一片肃静。欧阳一敬吓了一跳,暗道,没想到俞大人发起火来这么厉害。

殊不知明朝历代皇帝为防政务滞失,对文书案卷均极为看重,更立有律法,凡毁弃制书者斩,毁弃官文书者杖一百。朝廷定期委派官员,对南北两京及地方各级掌印衙门的案牍、文卷、账册进行稽查,谓之"照刷",而后还要复核,谓之"磨勘"。照刷彭泽县衙案册卷宗正是江西省提刑按察使司的职责所在,如今卷宗被人撕去,俞一应身为按察司佥事,岂有不怒之理?

万仞峰盯着鱼岸道:"肯定是你干的吧?"

鱼岸笑道:"万大人瞄上我了,架阁库上了锁,钥匙并不在我手中,我如何进得去呢?"

晋笙道:"钥匙在我这里。我前几日奉年大人之命把卷宗取出,接着诸位大人驾临,乾祥把卷宗交还我,我又锁回库中,直至今日。这几天我没进去过,也没人向我讨过钥匙。"他神情敦诚,不像在说假话。

年唯日道:"不用说,一定是乾祥干的。他曾经要动手撕卷宗,除了他再没别人,晋笙你给我做证。"

晋笙道:"他交到我手里时,最后一页还在。"

年唯日道:"那就是他后来又偷偷进去了。"

鱼跃海心想,敢做这事的人不会蠢到开门进去。

欧阳一敬走下堂阶,来到架阁库窗外,南墙上有两扇格窗,糊窗的油纸破了个洞,依稀能看到屋内事物。他用手一推,格窗应手向内而开,原来是有人戳破窗纸,用手把窗闩拨在了一边,再把窗扇虚掩上。窗台上还有几道灰尘刮痕,想是擦拭脚印留下的。

欧阳一敬手撑窗台纵起身子,万仞峰道:"有钥匙。"他说了声"不必",便翻进屋里。

俞一应暗自琢磨,干这事的必是县衙中人,晋笙大概不会笨到监守自盗,年唯日说的那句"晋笙你给我做证",没人疑他,却自讨清白,大有此地无银之意。

欧阳一敬身子一探,又从窗户里跳了出来,右手握了半截红蜡烛,走过来放在公案上。这蜡烛有小孩手腕般粗,烛身雕着半棵松树,上半截的树梢已被熔去,红烛下半截残缺不齐,是在库中册架上发现的。

沈见山脱口叫道:"这是年大人的松鹤烛!"他贴身伺候年唯日起居,这红烛经他之手日日清扫,再熟悉不过了。

欧阳一敬转身走去后院三堂年唯日卧房中,取来他桌上的烛台放在公案上。这盏烛台上还插着半支红蜡,蜡身雕有一只仙鹤。欧阳一敬拿起半截红烛,把烛尾对在蜡头上,头尾严丝合缝,松鹤图纹密接,不言而喻,这截红烛被人从烛台的蜡烛上折下来,拿进了架阁库。

年唯日的脸如被蜂蜇了一般,紫涨着说不出话来。

欧阳一敬道:"年大人,你房中的蜡烛怎么会在架阁库里?"

年唯日腮帮子抖了两抖,道:"我……我没撕那卷宗。"这句话答非所问,显是不打自招,趁夜撕卷的人就是自己。

肇室启忍不住笑出声来,心想干了坏事还把证物留在现场,这么个蠢货居然坐上了知县的位子,不知是仗了谁的势。

欧阳一敬道:"你没有撕卷宗,难道蜡烛是自己插了翅膀飞去库中的?"

年唯日张口结舌,好半天才道:"自……自己飞的呗。"

欧阳一敬正色斥道:"明明是你做的,还不承认!"

被自己的下属当众责备,年唯日自是拉不下脸面,立时恼羞成怒,瞪眼喝道:"你说什么?"

欧阳一敬道:"是你撕了卷宗!"

俞一应对欧阳一敬道:"年大人秉烛入库,兴许只为熬两滴蜡油,这件事咱们容后再议。"

年唯日道:"没错,我昨晚去找黄册了,难道不成吗?"

欧阳一敬道:"那你为何不唤晋大人为你开门?你昨日早晨被萧大人打伤了右脚,行走不便,如何去得了架阁库?你休要狡辩!"

年唯日从藤椅上直起身子,指着欧阳一敬骂道:"小兔崽子,你不要欺人太甚!"

欧阳一敬道:"你身为堂堂知县,不思以身作则、秉行公义,做下不合法度之事,还装作一无所知,请问你是不是自欺欺人?"

年唯日怒道:"是我又怎样,轮得到你来指手画脚吗?你算老几!"

欧阳一敬昂然道:"录案入卷乃大明律所定,卷宗里的字,一个都动不得!你撕毁卷宗,依律我这刀笔小吏当然能管!"

年唯日冷笑道:"哼,老子乃是正七品的知县大人,我认你时,你是书吏,不认时你,你连个屁都不是。捡个鸡毛还当令箭使,不识抬举的东西!"

欧阳一敬道:"好,就请年大人先补上撕去的那页卷宗,再罢免我。"

年唯日气得脸色煞白,一个字也说不出来。

万仞峰暗自冷笑,这小子敢跟顶头上司对阵,和我接二连三地干仗也就不足为奇了。官场中下属和上官吵嘴原不在少数,个别脾气火暴的还会挽起袖子上手,但是绝少有人敢跟顶头上司翻脸。要知道县官不如现管,万仞峰的官再大,要自刑部降罪到欧阳一敬头上,还隔着省、府、县三级;但年唯日要收拾欧阳一敬易如反掌,可以说只是曲一曲小拇指的事。

蒋得、曹廉、沈见山等一干衙役已经预料到欧阳一敬下场不妙，都不约而同躲开他老远，免得连累自己。

方如许对欧阳一敬道："年大人是知县大人，你说话要有礼有节，怎么如此不尊重上官？"

欧阳一敬道："他做错了事反而仗势压人，配做这个知县吗？"

年唯日骂道："混账东西，我不配难道你配？"

方如许道："他配不配做知县要皇上来定夺，你一个书吏不该这么说。"

欧阳一敬道："他撕了卷宗，难道我也不该说吗？"

方如许道："你不要太过耿直，凡事要沉稳，官场中不可以由着性子乱来。我昨天对你说的话，你是一句都没听进去。"

欧阳一敬瞪大眼睛问道："方大人，我真是不懂，明明是他的错，你为何指责我的不是？"

俞一应道："现在不懂的事将来会懂的，你再这么吵下去，乾祥和梅姑娘的死因可就揭不开了。"

听到这话，欧阳一敬一咬牙齿，硬生生转过了脖子。

俞一应眼含期许看着欧阳一敬，又道："适才你说乾祥的死因梅萼而起，两桩命案相隔一年，其中到底有何关联？"意要他暂且忍气止争揭露真相。

万仞峰道："关联就是鱼岸和乾祥一年前杀了梅萼姑娘，一年后的中秋夜，鱼岸害怕事情败露，杀死乾祥灭口。毫无疑问，他就是狄仁杰祠命案的凶手。"

欧阳一敬刚要出言否定，就听前院咣当咣当传来两声门板响，一名衙役叫道："哎呀，不好啦，不好啦！"

年唯日扯着嗓子喝道："鬼叫什么，一刻都不得安宁！"

话音未落，只见萧苇双臂反绑在身后，跃进仪门，顺着甬道一蹦一蹦地跳了过来。年唯日吓得忙不迭自椅上扑下地，躲在椅背后叫道："欧阳一敬，救我！"语气极是恐惧，一反刚才盛气凌人喝骂的腔调。

欧阳一敬横身拦在当道，伸出双臂勒住萧苇，见他背上贴着一张字条，上面写着："杀王澍霖者，鱼岸是也！"

雷动和蒋得一齐抢上，将萧苇押在一旁。欧阳一敬揭下字条，环顾四周问道："王澍霖是谁？"

方如许拿过字条看了看，道："年大人的前任知县名字叫王澍霖，这张字条写的莫非是他？"

万仞峰对鱼岸道："前任王知县是你杀的？"

鱼岸道："王知县乃是病故，这是众所周知的事。这张字条怕又是玩鬼把戏陷害我。"

方如许道："王知县两年前自吉安知县转任彭泽知县，去年七月中因病身故，此事早已呈报九江府衙，我也看过呈文。不知这字条是何人所写，贴在萧苇身后又是为什么。"

俞一应接过字条，从怀中掏出夹在寅宾馆门缝的那张字条，仔细比对一番两边的笔迹，道："是同一个人写的。"

欧阳一敬道："谁写的？"

俞一应道："就是在竹塔上火海中跟你以命相搏的那个傩鬼。"

欧阳一敬道:"他又是谁?"

俞一应端起茶碗饮尽茶水,放回几案。晋笙在边上见到,提起茶壶过来添水,俞一应右手揪住晋笙的头发,"嗤"的一声扯下来一绺,道:"就是这位典史大人晋笙。"

晋笙把茶壶置于案上,退后两步,眼中闪过一丝震惊,旋即恢复平静。

欧阳一敬大吃一惊,道:"怎么会是晋大人?"

俞一应扬起手中的发绺道:"就因为他的头发是粘上去的。"

这一绺头发的发根处涂着鱼胶,是用他人的头发粘在头上的。

欧阳一敬道:"晋大人与我相识一年有余,我时常看到他梳沐头发,竟不知他的头发原来是假的。"

俞一应对晋笙道:"你以前的头发是真的,跟欧阳一敬在竹塔上浴火一战后,你的头发被烤焦了许多,才不得已粘上了假发来掩饰,我说得对吗?"

欧阳一敬从自己头上也揪下一撮焦发,道:"嗯,那天我在水中浸湿了身子,毛发尚且被烧焦了许多,那傩鬼从头到尾没沾过一滴水,就更不用说了。"他打量着晋笙,又惊又疑地道:"他的身形同你十分相近,难道将我踢下仓囷的人真的是你?我救了你,你为何要那么做?"

晋笙道:"俞大人何以断定是我?"

俞一应道:"我收到第一张字条时,在馆舍外发现一对脚印,右脚印有个'王'字,而欧阳小哥发现那个傩鬼时,他的右脚印也有个'王'字,不难猜出,就是假扮傩鬼之人给我塞的字条。"

欧阳一敬道:"为什么是晋大人?"

俞一应道:"你闻闻他身上。"

欧阳一敬凑到晋笙身边闻了闻,道:"没闻到什么。"

万仞峰站在晋笙身旁,侧过头一闻,道:"有一股子焦煳味。"

欧阳一敬问道:"为何我闻不到呢?"

俞一应笑道:"你身上也有焦味,你闻惯了便闻不到他身上的了。"

欧阳一敬道:"是这样啊,真没想到。"

俞一应道:"我初见脚印时也为那个'王'字费解,后来才明白过来,他穿了万大人的鞋子。"

万仞峰诧异道:"他自个儿装神弄鬼,怎么能扯上我的鞋子?"

俞一应看着万仞峰的脚面道:"那天万大人在塘中浸湿了鞋子,我记得是晋笙拿去后院晾晒的,想必是他趁机穿在脚上行事,然后再脱下放回。"

万仞峰道:"可是穿我的鞋,右脚印是'全'字而非'王'字呀!"

俞一应道:"穿在您脚上是个'全'字,在他脚上就是'王'字。"

万仞峰奇道:"这却是为何?"

欧阳一敬道:"我知道了,因为晋大人的脚比万大人的小了点儿,万大人的鞋子晋大人穿着显大,右鞋底那个'全'字只踏得'王'字在地上,'王'头上的'人'字没能落地留印。"

万仞峰打量着晋笙,问道:"你怎知他的脚比我小……"话没说完就明白了，对方身材矮了自己一头。但凡身材较矮者，其双脚也势必较小，乃是不言而喻之事。他转而对晋笙怒道："好啊，你是要报复陷害我吗？好大的胆子！"

晋笙伸手撕下头上的假发，露出焦秃的头皮，双膝跪地道："卑职不敢，卑职这么做，全是为了隐藏行踪、掩人耳目。恳请诸位大人先为王知县报仇，再降罪责罚于我不迟。"

俞一应道："你起来说话。"

晋笙跪着不动，道："王澍霖大人是我们全家的恩人，他被鱼岸害死，请大人将他归案正法。"

鱼岸在一边看着晋笙，意态故作轻松，倒不急于出言申辩。

俞一应道："你把案子说与年大人，让他给你做主。"

此时天色早已入暮，堂上灯火高高挂起，但见晋笙神色勇毅，对年唯曰道："启禀大人，卑职乃吉安府庐陵县人氏。十年前，我父亲涉及一桩命案，案子的证人诬陷我父亲杀了人，庐陵知县将他打入牢中拟了死罪，派人层报朝廷，只待皇上圣裁。我那时年仅十三岁，和家婆、母亲三个人跪在县衙外申冤，那些日子庐陵连降暴雨，我们被苦雨浇了四天，家婆在雨中昏厥过去，我背着她老人家去看大夫，独留我娘一人在雨地里跪求。直到第六天才遇到了王大人出衙，他那时是衙中县丞，听了陈情后立即飞马赶去吉安追回案呈。待赶到吉安时，案子已被递去了按察司，他又连夜赶去南昌，得知案子已报去刑部，遂又马不停蹄地奔去京城，最后在刑部大堂上才追回了呈报。后来庐陵县重审此案，抓到了真凶，终于拨云见日，洗清了我父亲的冤屈。王大人对我全家恩同再造，没有他，晋笙在这世上早就没了父亲。"

俞一应道："你父亲叫晋信泉吧？"

晋笙道："没错，大人知道他？"

俞一应道："当年那个案子，证人自述亲眼见到你父亲杀人，所以连同庐陵知县在内，所有人都认定你父亲是真凶。王澍霖查看卷宗记载，凶手从背后掩近被害人，左手猛扼其咽喉，右手持刀绕过其右肩直插左胸心口，被害人左手抓住凶手左手外扳，右手自内扣住凶手右腕，格住他不得下刀。证人说他当时看到凶手右腕下翻，一刀刺在被害人右手背上，被害人受痛松手，凶手跟着一刀插入他左胸，杀死被害人。王澍霖让你父亲照做一遍，却发现他右腕的关节天生与常人相异，不能向内翻转，由此断定他不是凶手，便将他暂拘牢中，只命人画了他的像暗中侦查，果然两个月后捕获真凶，是跟你父亲相貌极为相似的一个人，难怪你父亲被认错了，并非有意诬陷。"说到此处，他白了年唯日一眼，又道："可见卷宗上的每个字都攸关人命，哪怕丢失一页都非同小可。"

俞一应对公务甚为勤谨，省内各州府上报的卷宗，每一封他都用心审读寻幽析微，从不轻易放过案中的细枝末节，案情一经过目便牢记于心，是以时隔多年的旧案仍记得一清二楚。当年晋信泉一案的呈文有一处写得欠详尽，俞一应心中存疑，认为要再度核查之后方可定夺，平无峭却不以为然，执意将案子报去刑部。后来原判推翻，俞一应备受群僚称道，平无峭自然大失颜面，二人的见识立判高下，自那时起便生了心结。

方如许道："是有这么回事，那年德化有个画匠，名叫董什么源的，还赶去庐陵画像。"

万仞峰道："十年前我在刑部，却不知道这案子。刑部有十三个司，想来案子递到别的司去了。"

俞一应道："此后王澍霖被擢升为庐陵知县，五年后徙任彭泽知县，哪知才三年就身染重病英年早逝。"

晋笙道："我两年前入衙当差，能在恩公手下做事，真是倍感荣幸，上苍待我可谓不薄。我将他交代的每件事体都办得妥妥当当，不让他劳心费神，唯想以此回报他的恩情，却从没吐露过一句往事。去年六月我回庐陵去探望家婆，回来后才得知王知县染了伤寒，我几次要去三堂卧房伺疾，都被鱼岸拦下来，他说王知县急需静养，生人不能进房。我只好作罢，每日在前院忙碌，心里还惦记着后院，谁知过了四天，鱼岸对我们说王知县病入膏肓，人已经去了。这噩耗听来如雷轰顶，我见识浅薄，真以为王知县是重病不治，丝毫不曾起疑。直到诸位大人来的那天晚上，我无意中发现，王知县的事或有蹊跷。"

方如许道："什么蹊跷？"

晋笙道："当时鲫鱼汤端上桌，沈见山说了句'和汤药一样白'。沈见山从来不说假话，他这么说肯定有缘由。我拉他去库房，他告诉我，去年王知县病中，有一次他在窗外看到鱼岸端了碗给王知县喝药，碗里的汤药并非平常的漆黑色，而是白色的汤水。王知县彼时已然神志迷离，眼睛不能视物。"

俞一应想起那晚晋笙叮嘱沈见山的情景，看来他已在私下里追查了，道："你在杜老涛那里又问到了什么？"

晋笙道："他说自打王知县生病起，鱼岸每天给他一尾彭鲫，要他炖成汤端去后院。鲫鱼汤是大补，伤寒却是疾病，进补倒在其次，因此我猜会不会是鱼岸给王知县喝了鲫鱼汤，使得病势紊乱，终致不治的。如今看来真是小瞧于他，鱼县丞的心思比我想的还要歹毒。"

年唯日心中暗骂，鱼岸这个混账王八蛋，居然害死了前任知县，给我捅出这么大娄子，上头怪罪下来，我这位子可怎生保得住？咦，他如何没下毒害我呢？真是谢天谢地，这家伙对我倒还不薄。

鱼岸苦笑道："晋笙啊，王大人是我上司，他和我同衙为僚时日不算长，对我却是知遇匪浅。他生病后，我忧心如焚，请医诊治，抓方熬药，寸步不离地守在病榻旁捧浆奉饭，几天几夜都不曾解衣合眼。王知县逝后，我张罗治丧送殓，那些天累得我筋疲力尽，跟着就病倒了。你恼我不让你见王知县故而诬陷我，我不怪你；但是你要顾忌亡者的体面，王大人是病殁而非被人害死，你不可再妄言亵渎他。"说到这里，他神情哀伤，低头沉默了片刻，又道："不错，鲫鱼汤是我要杜老涛炖的，那些天我身子打熬不住，每日喝一碗鱼汤补身子，哪里是喂王知县的。沈见山，你过来给我说清楚！"说着扭头四处看，却找不到沈见山。

原来，沈见山见众人言及自己，恐又惹祸上身，早就脚底抹油开溜了。

晋笙道："你真是巧舌如簧，我给你看样东西。"他回到自己房舍中取来一物，众人一看，是个蒲团。

晋笙道："中秋节那晚我陪诸位大人去狄公祠，曹廉第一个走进享堂，他说了句'奇怪，怎么有股子药味'，当时我就想起了王知县的病。"

欧阳一敬道："不错，当晚我也闻到了药味，第二天再去就没有了。"

晋笙道："我送萧大人回衙后，深夜又去了狄公祠。祠堂里空无一人，乾祥的尸体已被抬去漏泽园，我在享堂里仔细搜寻，发现是这个狄公像座前的蒲团发出一阵阵药味。我撕开蒲团一看，里面塞满了草药。"

他一手伸进蒲团，抓出一把草药来给众人看。俞一应读过医书，认出是半夏、生姜、黄连等几味药。

晋笙道："试想一下，蒲团里怎么会有草药呢？我又起了疑心。"

欧阳一敬道："你怀疑抓给王知县治病的药，被鱼岸塞进蒲团了？"

晋笙道："我没有证据，只是私自揣测，且鱼岸是上官，我纵然有疑，也不好直言质问，于是就想让俞大人替我出头查一查他，这才在寅宾馆留下字条。"

俞一应道："你写的'去岁有人逝'那句是指王知县，我反而意会为梅姑娘。"

晋笙道："我不能贸然作断，只在字条里隐隐提示，后来俞大人并没有怀疑鱼岸，我便暗自查访。我不知道是哪位大夫给王知县看的病，直到年大人被萧大人打伤后，鱼岸要去请焦三极大夫，我才悟到可能是他,就抢先去找焦大夫。他在傩庙看傩戏,我怕被认出,就偷来一张傩鬼的面具戴上,混在人群中给焦大夫看了蒲团里的草药。他告诉我,依他的手法,这几味药若开在一张方子上,便是医治伤寒的半夏黄连泻心汤,他记得去年给王知县开的也是这些药。我听后不寒而栗,看来我猜得没错,鱼岸抓来药却并没有熬给王知县喝,而是藏在了狄公祠的蒲团里,喂给病人喝的却是鱼汤。他估摸着狄公祠少有人光顾,不会被发现,岂料诸位大人来到彭泽,这才案发,正应了那句话,人有百算,天只有一算。我正寻思如何揭穿鱼岸时,被欧阳小哥发现,我和他在火海中大战,险些掉下竹塔,是他救了我,后来在粮庄圆囷顶上,我迫于无奈将他踢了下去,害他埋在仓底险些丧命,幸好他被及时救出来,否则,晋笙万死难辞其咎。"他又对欧阳一敬道:"我着实对不住你,这里给你赔罪了。"说着一个头向他磕下去,又飞快跪直身子。

欧阳一敬来不及阻拦,忙道:"你全是为着查案,一时情急才举措失当。衙门中缉凶破案,最要紧的是查出真相,让案情水落石出,生死小事又有什么好介怀的!"说着上前扶起晋笙。

晋笙不禁大为感动,看着欧阳一敬道:"真想不到你是这般坦荡无私,我官阶高过你,但是胸怀比起你真是差远了。"说着伸手和欧阳一敬的手紧紧握在一起,二人心结顿释,彼此互生出几分好感。

晋笙松手续道:"今日证据确凿,兼之众位大人在场,我适才见到方大人从库房出来,就偷偷摸了进去,写下第二张字条粘在萧苇背后。他还在草垫上昏睡,我解开他的脚绳后掩门出房,他醒转后自己跑了出来。"

鱼岸听罢道："看不出你平日里沉默寡言，原来话都在肚子里闷着，你当别人是小孩子吗？拿这些话来唬人。这蒲团不知是你从哪里捡来的，胡乱塞了几味药在里面，就谎称是王知县的药，黄连、生姜这些药材街面上随处都能买到，何以见得这是去年抓给王知县的药？"

晋笙道："那你说，蒲团里的草药是从哪里来的？"

鱼岸道："我倒要问你，这个蒲团是哪里来的？"

俞一应和欧阳一敬都记得当晚在享堂的地上的确有一个蒲团，万仞峰也道："有这么回事，那天晚上我一进享堂，就见乾祥跪在蒲团上。"

鱼岸道："那蒲团我也看到了，不过彼蒲团是此蒲团吗？即便就是，谁知道草药是不是他早就塞进去的？"

晋笙道："鱼岸，王知县对我恩重如山，没有十足的证据，我不会拿他的死跟你开玩笑，你敢做还不敢认？"

鱼岸道："我没做为何要认，你铁了心要我给王知县抵命吗？"

晋笙道："既然你每日服侍王知县喝药，为何他还是不治身亡？"

鱼岸道："我后来就此问过焦三极，他说这伤寒之症是因人而异，有的人几服药下去就能痊愈，有的人一夜之间病情加重，乃至溘然辞世，总之是凶险难测，绝不可一概而论。何况世上的病也不是都能治得好，照你这么说，焦三极没医好王知县，难道他也是凶手不成？"

晋笙道："焦三极跟王知县无冤无仇，不会作恶害他。"

鱼岸道："我跟王知县也素无冤仇，我害他又是为了什么？"

晋笙道："王知县从未说过自尽的案子无须入卷，你为何要捏造他的话来欺骗于人？"他满眼怒火瞪向鱼岸。

欧阳一敬指着公案道："因为他想坐知县的位子。"

鱼岸哼了一声，轻蔑地道："能不能做知县，要皇上的圣旨来定，不是你我升斗小民可以奢望的，真是无稽之谈。"

欧阳一敬道："这句话当是言不由衷吧！你骗取锦图，就是要献给平无峋讨他的欢心，再下手害死王知县，只要平无峋向上举荐你，大堂上这位子便是你的囊中之物。你为了当这个知县，拿这么多条人命做你的进身之阶，真是布的一手好局。"

鱼岸笑道："你这个故事是从《战国策》里看来的吧？"

欧阳一敬道："你在德化城中偶遇梅萼姑娘，骗走她辛苦制成的三幅锦图，回彭泽后，又巧言令色骗她为你赶制冬图，这些咱们暂且不说，我就问你，既然四季锦图都已得手，你为何还要诓梅姑娘去狄公祠，对她下毒手？"

鱼岸道："我不认识什么梅姑娘、兰姑娘，你说的我听不懂。"

欧阳一敬从腰袋中取出那块碑石道："你认得这个吗？"

鱼岸摇了摇头。

欧阳一敬道："这就是万大人和肇大人奔赴千里，所要求证的那个字。"

众人目光齐刷刷向他看去，肇室启伸长脖子问道："那是什么字？快点灯。"

曹廉跑去旁边吏舍找来一盏灯笼，点燃了托在手中照亮。肇室启奔下堂来，走到欧阳一敬跟前，看到石块上的"义"字顿时一愣，随即眼神一闪，脸色一变，满面堆笑道："这个……哎呀呀……我就说嘛，万大人身怀过目不忘的本领，读过的书记忆犹新，早就胜券在手啦！这点儿芝麻大的事，居然把案子打回刑部，哼，根本就是庸人自扰，看看吧，这一来可如何是好？"他摊开双臂，环视众人一周，仿佛干这事的是别人，与己无关一样，顿了一顿又道："不知万大人待如何处置啊？若是那些心胸狭隘之辈，定会狠狠惩治折辱输家一番，非令其颜面扫地不可，不过换成咱们宽大为怀的万大人，一定会不念旧怨尽弃前嫌啰，我说得没错吧？"

万仞峰早就厌烦了肇室启这套面谀腹诽的把戏，他自问不会记错引文，此刻倒也心平气定，横眉冷对肇室启，且看他如何收场。

肇室启上前一把攥住万仞峰的手，另一臂揽住他后腰，附耳低声道："不如我把案子取回来，就当没有这回事，给他大化小小化了呗？"

万仞峰听得这话，恼愤交加，张嘴斥责，一句"案子已行移到部，岂能无故收回，你当断案折狱是儿戏吗"还没出口，突然，肇室启对他周身上下其手乱抓起来。

万仞峰抽身后退，不料肇室启后臂抱住他腰胯，跟着身子一矮，钻进他臂弯，用另一只手使劲挠他的腋窝。

万仞峰又惊又窘,左躲右闪拧腰扭身,张臂低头喝道:"肇室启,你……你这是干什么?"

肇室启一面动作一面抬头笑问:"你答不答应?"

众人无不大笑。万仞峰被挠得酥痒难耐又难为情,直道:"行了行了,你快停手!"

肇室启罢手退开几步,道:"一言既出驷马难追,你可不许反悔啊!"

万仞峰哭笑不得,望着他怔了好半天,才道:"肇大人的手段真令万某大开眼界。"再欲诘责几句,转念一想,此人行事纯属泼皮无赖,多说无益,便转而问道:"这是三绝碑上缺失的那块碑石,怎么失而复得了?"

欧阳一敬道:"我不知道鱼岸和乾祥是怎样杀害梅姑娘的,不过这石块嵌入她额头时,他二人并未察觉,只把尸体抛入祠后荷塘里,让其顺水漂去江上。哪知尸体被卡在鹤嘴渡,次日清晨被人发现,乾祥装模作样地验了尸体,命任贵把尸体火化,以图毁尸灭迹。这石块自然没被焚化,混在骨灰里被埋入坟中,所幸我将梅姑娘的骨灰起了出来。天日昭昭,这就是指证鱼岸和乾祥二人罪行的铁证。"

鱼岸道:"荒唐至极,一块石头,跟我有什么关系?乾祥死了,随你对我空口污蔑,谁又能奈你何?"

欧阳一敬道:"去年那晚之后,乾祥变得如狂似病,惶惶不可终日,常在夜里跑到祠中跪在狄公像前忏悔,亲口说出了你们行凶害命的恶行,正印证了我之前的猜想。这些你恐怕不知道吧?"

鱼岸道:"你随口胡诌出来的,我如何能知道?"

欧阳一敬道:"陈三斤对我说,他亲眼看见乾祥在狄公祠中自承其罪。"

鱼岸道:"好,当着这么多人的面,你叫他出来跟我对质!"

俞一应暗道,这么多人当众揭穿他的罪行,鱼岸还能不慌不乱地一一反驳,真可谓机巧诡诈,即便陈三斤此刻现身指证,也未必说得过他。

欧阳一敬道:"你将他关在牢中,我昨夜已放他回家了。"

鱼岸放声大笑,道:"你口口声声说陈三斤听得我杀人,这么重要的证人,你不带来当面指证我,却放他走了,你分明就是空口无凭。"又指着晋笙道:"你们俩串通好了,捏造出连篇鬼话来陷害我吧?还说我为了知县的位子,害死王大人,怕是你二人想除掉我,接县丞的位子来坐吧?"

晋笙气道:"你休要血口喷人,就算没人能指证你,你害死那么多人,你就不怕他们来索命吗?"

便在此时,忽听萧苧"呀"的一声尖叫,冲着堂檐外喊道:"鬼啊!"跟着挣脱看押的衙役,一抬脚踢翻了近前的堂鼓架。

众人悚然一惊,只见黑漆漆的夜空中,悠悠荡荡地飘着一颗人头,万仞峰脱口喝道:"那颗少女的人头,又来了!"

第十四回
揭开真相

欧阳一敬定睛一看,认出那并非什么人头,而是一盏灯笼,灯笼外壁有一幅美貌女子的画像,冉冉向上飞升。堂鼓架上一面半人高的白皮大鼓"咚"的一声砸落在地上,滚动起来,碾过坑洼不平的青砖地面,摇摇晃晃地在堂上滚过一圈,又兜回来狠狠撞在年唯日的后腰上。年唯日在躺椅上正直起腰杆观望,这下子犹如挨了一记闷击,仰跌入椅中,腰部受到重击,气息便提不上来。可怜年大人托着老腰呻吟,半声也叫不出来,众人的目光齐齐被灯笼吸引,谁也没有发觉他遭殃。

欧阳一敬去墙角搬来打枣子的竹梯,望着灯笼下方立定,雷动和晋笙分立两侧把牢梯身,竹梯长一丈有余,竖起时已高过灯笼,欧阳一敬手脚敏捷地顺梯攀上,攀至半梯,灯笼正飘在肩际,他轻轻摘在手中,向下望了一眼,放开竹梯跃下地来。这一来众人看得清楚,那灯笼乃是一盏孔明灯,笼顶和笼围被白绢糊得密不透风,笼体用几根细篾条扎成,笼底由两根篾条十字交错撑开,交叉处插着一支短烛,笼壁外粘着一张少女的绣像,被烛光映得眉目如生,蓦然出现在夜空中,可不就像一颗人头?

原来,适才欧阳一敬和鱼岸辩得激烈,曹廉托着这盏孔明灯,随同众人听得入神,不知不觉松开了手,孔明灯脱手升至空中,才被萧苇看见。曹廉此时掌中空空,才发觉灯笼脱手,心知又闯下了一桩大祸,吓得两腿一软瘫倒在地。

欧阳一敬略一观察,道:"我明白了,这盏灯笼被点燃飞升,引发了机关,这才使得杀人的计谋得逞,真是煞费心机的构制。"他转而问曹廉:"这灯笼是从哪儿找来的?"

曹廉吞吞吐吐地道:"那……那后面的……一间吏舍……"

欧阳一敬道:"你带我去。"

他拉起曹廉,绕过大堂,来到二堂西侧的一间耳房前,曹廉指着里面道:"就是这里。"欧阳一敬知道这间耳房空置已久,平日里也不上锁,里面堆满杂物,这盏孔明灯不知是谁放进去的。

欧阳一敬回到院中,万仞峰顿足叹道:"嘻,我真是白长了一双眼,偌大一盏灯笼,愣是看成了人头,还一惊一乍的,这笑话闹的……"他自负精于破案,无论多么棘手复杂的案情,都能一语破的直指真相,从来没看走眼,不料来到彭泽后屡断屡误,大大折了颜面,又道:"当晚我进到享堂,可什么也没有啊?"

欧阳一敬道:"大人有所不知,享堂顶上有个天窗,这灯笼彼时恰好穿过天窗飞出了享堂,是以没有留下任何踪迹。"

万仞峰将信将疑地道:"真有这么巧的事?"

俞一应道:"这种芝麻掉进针眼里,十回没有一回的事,却叫万大人赶上了,若非如此,这点黔驴之伎哪能瞒过你的法眼?你在荷塘中搏浪追凶的时候，我们还不知道出了这桩事呢。"

鱼跃海道："万大人仆仆千里而来，蹈义而得义，此程实乃正义之道，犹是可钦可敬。"

二人赞不绝口，万仞峰的眉头立时舒展了不少，转而问道："这灯笼飞去了哪里，何以今晚在衙中重现？"

俞一应略一回想，眼睛在人群中扫视，只见左执中远远站在墙角处，大半张脸隐没在暗处。

欧阳一敬吹灭蜡烛，从笼壁上小心揭下绣像，捧在手中端详。鱼跃海凑上去观看，赞道："这就是梅姑娘的模样，真是美若天仙，亏得容欢绣工不凡，才让如此丽颜留存于世。"又道："这样的美人，怎么吓得萧大人丧了胆气？"

方如许道："我和他那晚在狄公祠同来同去，可没看见什么人头。"

萧苇靠在墙边，目光呆滞，结结巴巴地道："我……我在漏泽园见到的就是这……这个鬼。"

俞一应走到萧苇面前，见他神色恢复如常，眼神也不似先前那般恍乱迷离，便道："萧大人何时去的漏泽园？"

萧苇道："就……就是欧阳小哥去的那晚。"

方如许道："你去那里做什么？"

萧苇道："我……之前见乾老弟的腰包中有个物件，兴许值点儿钱，当时很多人在场……我不好明取。第二天深夜，我便偷偷跑去漏泽园，摸进间舍找了一圈，没找到乾祥的尸体，跟着欧阳小哥就来了……"

鱼岸顿时明白过来，原来前天夜里在漏泽园间舍中，那个随后进来四处摸寻的黑影是萧苇。中秋那晚，鱼岸见到鱼跃海手中的鱼骨锦图后立觉不妙，便借口先行离衙。二人行至狄公祠外时，鱼岸发现乾祥随身带着梅萼的银簪，要在今晚祭拜，即刻命他丢弃，乾祥却不依从，二人随即争吵起来。鱼岸在享堂中打倒乾祥后，乾祥身上的纸锭散落出来，鱼岸连忙一一拾起揣入怀中，旋踵之间，万仞峰已至门边，鱼岸来不及多想，便钻过墙洞从水路逃遁。昨夜在漏泽园，鱼岸本想一把火将乾祥的尸身连同银簪一起烧掉，哪知砖台上一具僵尸居然诈尸还魂，吓得他魂飞天外，夜奔出园，自是没敢放火。萧苇被那僵尸吓得神经错乱，发了癫疯。癫疯一类患症实乃痰迷心窍、气机郁滞，才致言语无序、举止癫狂，医治之法却不是开方用药，而是趁发癫者不备突然施予一击，以图震顺气律、驱痰通络，常可奏效。适才梅萼的绣像突然出现，萧苇还道那僵尸追来索命，再度受到惊吓，正如被人猛击一记，不知不觉间神志已恢复如常。

俞一应道："现在看来，是有人拾得了这盏灯笼，把灯罩套在头上扮成僵尸，唬得萧苇交出了银簪。"

欧阳一敬道："这盏孔明灯在耳房里，此人一定是县衙中人，银簪肯定在他的身上。"

俞一应暗道，你这么当众道出，必然打草惊蛇，再想找出此人就难了，遂令雷动解开绑缚萧苇的绳索，扶他坐下歇息。

欧阳一敬对鱼岸喝道："必是你装神弄鬼，东西一定在你身上，拿来！"

鱼岸道："不是我拿的，扮鬼吓人的也不是我。你若不信，尽管来搜，看看簪子在不在我身上。"说着解开外衣，朝欧阳一敬张开双臂，一副坦然自若的样子。

欧阳一敬怒道："即令簪子不在你身上，但是你和乾祥害命劫财的罪责却是铁证如山，试问若是没有杀人，这簪子怎会跑去他脖子上？"

鱼岸道："你有所不知，乾祥为人贪财好色，人品极其不堪，他一定是见到银簪后，心生贪念，才杀了梅姑娘，与我实无半点干系。"

欧阳一敬道："你还要抵赖，你知不知道，还有一个人也听到了乾祥自述罪行。"

鱼岸问道："那又是谁？"

欧阳一敬从公案上拿起毛笔，抓过一张椅子，在椅背写下"明睿"两个字，躬身拜了拜，道："就是梅姑娘的爱侣明睿。"

鱼岸道："何不叫他出来做证？"

欧阳一敬道："他已经不在人世了。"

鱼岸冷笑一声，道："说来说去，都是你一个人在唱独腔。"

万仞峰对欧阳一敬道："你长见识了吧？鱼岸犯下三条人命，还死硬地不肯认罪，你打算跟他这么你一言我一语拉锯到天亮吗？"

欧阳一敬摇摇头道："虽然鱼岸害死了梅姑娘和王知县，但他并不是杀死乾祥的凶手。"

万仞峰道："鱼岸和乾祥一同出衙离去，乾祥死在祠中，鱼岸铁定是凶手，绝不会错。"

欧阳一敬道:"万大人,那天晚上鱼岸只是打倒了乾祥,杀他的另有其人。"

万仞峰道:"那你告诉我,这个人是谁?"

欧阳一敬道:"凶手就在大堂之上。"

这句话出人意料,院中众人无不惊悚震动,衙役们纷纷侧目四顾,揣测究竟谁是凶手。

欧阳一敬指着椅背上明睿的名字道:"就是他。"

全场顿时一片哑然。

片刻后,万仞峰问道:"明睿是哪一天死的?"

欧阳一敬道:"今年的中秋前夜,八月十四的晚上。"

万仞峰又问:"乾祥又是哪一天死的?"

欧阳一敬道:"八月十五中秋之夜。"

万仞峰道:"这么说,乾祥被杀之前明睿已经死了,敢问死人如何杀人?"

昨夜陈三斤离去后,欧阳一敬独自一人留在享堂中经宿未眠,逐节推敲案情,直到明析谜团解出真凶时,天已破晓。连日来他奔命水火、出生入死,兼之殚思竭虑大耗精力,已然神困体乏支撑不住,倒头在雕像前昏昏睡去,睁眼时已然日头偏西近黄昏。他心知自己睡了将近一天,便急忙赶回县衙。

此刻,他对这桩狄公祠离奇命案已是了然于胸,当下对万仞峰道:"陈三斤告诉我,明睿对着狄公像摸索了好久,昨天夜里,我在雕像周身细细查看一番,没发现什么不寻常,但是总觉得乾祥的死不会那么简单,揣想之余不知不觉睡着了。"

雷动道:"享堂里死过人,你敢在那儿睡觉,不怕鬼吗?"

欧阳一敬道:"鬼有什么可怕的?要是见到乾祥的魂,正好问问他为什么要害死梅姑娘。不过我没遇见鬼怪,倒是做梦梦到了狄公。"

雷动道:"哦,你梦见狄阁老长什么样子?他老人家有没有胡子,是不是特别威严?"

欧阳一敬笑道:"狄公跟这雕像一样和蔼可亲,在梦里,他笑着冲我挥动右手,我正想上前见礼,他却消失不见了。我即刻醒了,起身打算离去时心里猛地一动,上前握住雕像的右臂扳了扳,它居然会动。"欧阳一敬转而来到狄公像前,指着雕像右臂道:"咱们大家只道这座雕像的右臂自始就是这样垂于身前的,是吧?但其中大有蹊跷。"

方如许道:"左臂横在胸前,右臂沉在腹前,嗯,这姿势是有些古怪。"

欧阳一敬道:"因为右臂原本不是这样的。"说着伸手紧握住雕像右臂腕处,抬着整支手臂缓缓向上转动,直至高过肩头,道:"这支右臂原是举在高处的,那是狄公离任时挥手作别彭泽父老的手势。"说着托了右臂慢慢放下,又放回原位。

方如许不解地问道:"为何会垂下来呢?"

欧阳一敬道:"这尊狄公像是去年用木头雕成的,您看看这条右臂又是什么雕成的?"

方如许伸手摸去,只觉触手冰冷坚硬,不似木料那般质性温厚,道:"不像是木头。"

欧阳一敬道："对，是用江边的大白石打凿而成，因此极为沉重。"

雷动在衙役中最是孔武有力，打人的刑杖，他单手能抡得飞舞如风，闻听此言，上前伸手抓住雕像右臂，发力往上一抬，不料臂肢纹丝不动。他暗吃一惊，欧阳小哥的力气想来不会比我大，定是有一处关节卡住了，否则不会抬不动的。

方如许奇道："石头臂膀居然镶在木像身上，真是稀闻罕见。"

欧阳一敬左手抓住臂身，用力一扭，将石臂拔了出来道："工匠在这肩窝处钻出个榫窝，再把石臂一侧凿出个榫头，打磨光滑，将榫头塞进榫窝里，这石臂就像人的关节一样，装在雕像身上了。"

众人围看之下，果如是言，纷纷点头。这根石臂少说也有五十斤重，却被欧阳一敬只手把玩于掌中，雷动见此情景，自量无法像欧阳一敬这般举重若轻，暗自叹服他手劲好大，心中顿时服气。

欧阳一敬指着石臂末端的榫头道："这里打了个眼。"只见榫头被钻通了一个细洞，从此端能看到彼端。他又道："榫窝也被凿穿了。"

方如许和万仞峰一齐跂起脚尖收颔下看，只见雕像右肩上也有一个竖洞，向下直钻入榫窝之内，深约数寸。

方如许恍然大悟，道："这石臂太重，榫窝咬不住榫头，自然会往下落，在肩臂两处各钻上一道细孔，再插入一根粗细相当的木梢钉，可将石臂固牢在半空，使之高举而不坠落。"

欧阳一敬把石臂塞回雕像肩膀，道："正是这个道理。"

方如许道："难得你居然推敲出这一处关窍来。"

欧阳一敬道："明睿那天在狄公祠用手触摸雕像，明白了此处关节有异，又听得乾祥八月十五中秋当晚要来祭拜梅姑娘，于是便心生一计，设下机关守株待兔。"他掏出那根硬刺，举在手中道："这是一根彭鲫的鱼鳍，是我从乾祥后颈发现的。明睿将这根鱼鳍卡在石臂掌中，鲫鱼的鱼鳍又尖又硬，石臂悄无声息地迅疾砸落，乾祥根本无从闪避，被鱼鳍插入后颈，一击毙命。"他停了一下，又道："待石臂落定不动，石掌恰按在他颈部，却不触及皮肉，而鱼鳍正好插入无余，是以他的颈部看不到任何伤痕。"

俞一应道："咱们见到狄公像时，石臂当是已被触发，砸过乾祥了，这才垂于身前。"

万仞峰道："我当晚确是未曾留意到这支石臂，不过，即便乾祥会如期而至，明睿究竟设下了什么机关，使得石臂自发落下呢？他中秋节前一晚已经死了，该不会有人暗中相助吧？"

欧阳一敬道："我在祠中想了一夜也没猜透，直到见了这盏灯笼，才想明白。这幅梅姑娘的像是容欢大姐绣给明睿的，他糊了这盏灯笼，把绣像粘在外壁上，事先把灯笼放在狄公像脚下，笼底牵了一根细线出来，缚住木梢。享堂入夜后一团漆黑，乾祥当晚祭拜梅姑娘之前，必先点燃灯笼照亮，跟着下跪磕头，孔明灯随即腾空而起，借飞升之势，牵扯线绳拔出木梢，使得石臂砸落，嗯……不过……这其中说来有点牵强，想那梢钉紧紧塞在细孔里，轻盈盈的一盏灯笼，如何能拔得出它？"

鱼跃海自腰囊中掏出一件物事递到欧阳一敬手中，道："这是我在祠堂外捡到的。"顺手接过欧阳一敬手中的绣像，折叠了握在掌中。他回京后要将此事详细禀明莫如泓，借此先取得绣像在手。

欧阳一敬接过一看，是一支鼠须笔，不由问道："这难道是梅姑娘买给明睿的那支吗？"

鱼跃海道："案发那晚，我在狄公祠外的草丛间发现了这支笔。接你所言，我猜是不是明睿拔去原来的木梢，换了这支鼠须笔插进细孔，用细线缚住笔身，然后孔明灯扯动细线拔出笔身，飞出祠堂后，这支鼠须笔自行脱落，掉在了草地上。"

欧阳一敬见笔身纤细，较那细洞还小一圈，道："此说可行，否则也不会落在祠堂周围。"

肇室启端起桌上的鱼汤灌了一口，舔着嘴唇道："欧阳小哥，你说的这些未免太过玄乎，这么布局巧妙的杀人案可不多见哪，你别是把在祠堂里做的梦讲给我们听吧？"

周围一众衙役哄笑起来。

万仞峰道："那倒不至于，不过这一连串的机关构制精巧，明睿他目不能视，怎能让每一步都衔接无遗？"

欧阳一敬道："我来回演一遍当晚的情形。"说完缓缓抬起石臂，将鼠须笔插入细孔，右臂被固在当空不动，笔管一插到底后，还留了大半截在外面。他撕开衣角抽了一根缝衣线出来，一头缚住笔管，另一头拴在笼底，将灯笼置于狄公像脚下，对雷动道："雷大哥，你和乾祥谁的身材更高一些？"

雷动道："我跟他比过个头，我俩一般高。"

欧阳一敬道："有劳你扮一下他。"

雷动道:"遵命。"

晋笙把蒲团放在座像前,雷动屈膝跪了上去,欧阳一敬取出火折,晃燃了交给雷动,雷动接过点亮灯笼。不过喘息工夫,孔明灯倏地离地腾起,升至高处,毫不费力地将鼠须笔扯出来,欧阳一敬急叫"留神",话音未落,雕像石臂迅疾砸落,落势既沉又猛。眼看雷动来不及躲闪要被砸中,欧阳一敬迅即伸手护在他头顶,接住石臂缓缓放下,石掌正按在雷动的颈后,不差分毫。雷动低头屏息,听得脑后再无动静才长舒一口气,起身站去边上。众人大感震骇,肇室启亦自心惊,不再戏语调侃。

万仞峰道:"合当我听到的第一声惨叫,是鱼岸击打乾祥时他发出的,然后鱼鳍插入颈部,他再次惊叫毙命。"

欧阳一敬道:"第二声是惊叫吗?"

万仞峰正欲出言肯定,又想起自己之前多次推断出错,语气便软和下来,道:"嗯……我依稀记得是'啊'的一声。"

欧阳一敬道:"他被刺痛,应该是惨叫,不会是惊叫。"

鱼跃海道:"会不会是这样,乾祥点亮灯笼,见梅姑娘陡然出现,被吓得叫出声来?"

俞一应道:"万大人所言当不会错,这绣像贴在笼壁上应为此用。乾祥惊魂之余呆愣不动,此时石臂趁隙砸落,明睿的计谋得逞。"

欧阳一敬道:"万大人第一眼见到乾祥是跪身像前,也就是说他被打倒之后,只受了点轻伤,而后再次爬起身来,才致丧命。"

众人亲眼见到灯引臂落,险将雷动砸死于像前这一幕,和欧阳一敬所推断的丝毫不差,方才信服欧阳一敬的论断,在佩服其思虑精深、推理透辟的同时,又为明睿的机谋所震惊。

鱼岸这才晓得,自己逃离享堂后,紧接着居然发生了这么一桩离奇命案,心中随即转念,既然乾祥被明睿所杀,便是与己无关,那么只需对另两桩命案咬死不认,欧阳一敬等人就无可奈何了。

肇室启感叹道:"一个书生,眼睛又瞧不见,能想出这么一条诡计杀人,真是何其歹毒。"

欧阳一敬道:"他对梅姑娘深爱至极,得知她惨遭毒手,自是痛不欲生。他一介文弱书生,手无缚鸡之力,更兼目盲,为给爱人报仇耗尽心力,布下机关,借狄公像之手报仇雪恨,终于遂心如愿,只望他二人于黄泉之下得续连理,再无梅香如当日,唯有月影似去年……"他悲不自胜,望着天边的残月,再也说不下去了。

万仞峰年逾五十,仍自孑然一身,至此亦是感同身受,酸楚不觉涌上心头,他连忙按下心绪,问道:"既然凶手是两个人,为何明睿只设计杀死乾祥一人,独留下鱼岸?"

欧阳一敬道:"他行动不便,杀了一人已属不易,哪能再次布局施计?"

方如许道:"一之为甚,岂可再乎!"说着连连摇头,对明睿之举颇为不许。

欧阳一敬道:"不过……以他的脾气,是宁为玉碎不为瓦全,若非眼疾之故,必然不肯善罢甘休。"又对鱼岸道:"乾祥死于非命,恰恰证明他说的是真话,你现在还要狡辩吗?"

鱼岸脸色一黯,适才狡赖自得的神情退得一干二净。

万仞峰喝道:"众衙役听令,将这个行凶害命的恶贼拿下。"

鱼岸张嘴待要说话,却突然拧眉皱鼻,一手捂起腹部,弯下身子。

欧阳一敬道:"怎么了?"

鱼岸道:"不知怎么了,肚子很……很疼……"话音刚落,已从椅子上溜了下来,扑在地上。

欧阳一敬上前扶转他身子,问道:"是吃坏了肚子吗,要不要去瞧大夫?"

万仞峰道:"这厮嘴里没有一句实话,欧阳小哥莫要上他的当。"

鱼岸指着仪门外道:"快……快请……焦大夫……"说话间一串串汗珠不断自额头滚落,面孔扭曲,神情极是痛苦。

晋笙道:"我认得路,我去请焦三极。"说着奔出县衙。

俞一应和鱼跃海围上去打量,只见鱼岸眼睑泛出青紫色,嘴唇不住地翕动,显是腹痛难当。俞一应暗道,不会是中毒了吧?

欧阳一敬本来对鱼岸满腔怒火,此刻见他痛苦不堪,便又于心不忍,道:"我扶你去吏舍中躺着,焦大夫随后就来。"

年唯日刚才差点被撞断腰杆,没一个人过问,心里愤愤不平,此时道:"这么个罪人,砍头都嫌迟,还理他做甚?"

欧阳一敬道:"即便他罪大恶极,也要过堂定谳,怎能看着他倒毙而不管?"说完就要将鱼岸搀扶起来。

鱼岸身子猛一抽搐,滚落在地,张嘴"哇"的一声将肚内饭食全吐了出来。地上一片狼藉,气味腥臭难闻,众人纷纷掩着鼻子，散开了一大圈。

欧阳一敬抚拍着他后背，柔声问道："可舒服点了，要不要再吐？"

鱼岸断断续续地道："午间吃了碗米……米粉，没想这会儿犯病了……"

俞一应道："晌午吃的东西怕是早已消化了，为何这会儿犯病？"

鱼岸身子蜷作一团，不住地呻吟："哎哟……疼啊……疼死了……"

欧阳一敬对着人群喊道："快拿水来，快去！"

众人干站在原地无人动弹，蒋得往后退开好几步，躲在曹廉身后。

欧阳一敬喊道："去呀，他快不行了！"

雷动应声道："我去。"拔腿向厨房跑去。

肇室启道："该不会是因为喝了鱼汤吧？"

欧阳一敬道："怎么回事？"

肇室启道："啧啧啧，我和他一人喝了一碗鲫鱼汤，我好好的，他倒成了这副模样，真是弱不禁风啊！"

欧阳一敬指着几案上鱼岸喝过的汤碗道："是这碗吗？"

正说着，雷动捧了一大碗清水，杜老涛端着水盆和毛巾，一同赶来。雷动把碗递到鱼岸嘴边，喂他喝了几口。

欧阳一敬把毛巾沾水拧干，擦去鱼岸嘴角的唾涎，再拿起汤碗对杜老涛道："这鱼汤是你炖了给鱼岸和肇大人喝的？"

杜老涛道："没错，是小的亲手炖的。"

欧阳一敬又道："你在汤里放了什么东西，害得鱼岸成了这样？"

杜老涛大吃一惊，嘴巴张得老大，好半天才道："只……只……只放了两勺子盐和一点生姜，再……再没别的。"

肇室启道："几片薄姜就毒翻了鱼县丞，邪乎，邪乎！"

杜老涛道："怎么会这样？鱼县丞往常喝的鱼汤都放姜的，从没出过事。"

万仞峰喝道："你老实说，还放过什么？"

杜老涛见他一对鹰目瞪着自己，不禁心有余悸，溜跪在地上道："我说的全是真的，大人不信可以问吴渔婆，她刚才也在厨中帮手。"

欧阳一敬道："哪个吴渔婆？"

杜老涛道："就是平日里在江边打鱼的那个贼婆子。鱼汤炖好后她端来的，人不就在这里吗？"说着扭头往人群中看去，哪有吴渔婆的影子？他忙道："两桶鲫鱼还在厨中，人怎么不见了？"

肇室启瞪起眼睛，喝道："啥，她没去送鱼？"

杜老涛道："她不是一直陪在您跟前吗？"

万仞峰道："她来县衙做什么？"

杜老涛忙把吴渔婆此来的缘由和盘托出。

肇室启道："我捎点鲫鱼给我妹妹，派这婆子押车，没想到这贼婆娘卷上银子跑了。"

这时，仪门处有人叫道："来了，来了。"自门外进来两个人,正是晋笙拎着药箱,延请焦三极一路跑来。

焦三极几步走上大堂,恭声对年唯日道:"现下怎么样啊?还疼不疼啦,都十多个时辰了,让我瞧瞧伤势。"说着解开年唯日右脚上裹缠的一圈圈纱布,点点头道:"嗯,消肿了,这就给你换药。"又回头对站在堂下的晋笙道:"拿我的药箱来。"

晋笙道:"您先瞧鱼岸,他需要救命的。"

焦三极道:"年大人受伤在先,自是要先给他诊病,凡事总有个先来后到不是?"说着回过头去,一边动手一边道:"快拿来。"

欧阳一敬抢上堂去,拱手施礼道:"焦大夫,鱼岸已是命悬一线,事有轻重缓急,请您先救他,稍后再换药不迟。"

年唯日闻言大怒,一拍大腿正要发火,转眼又一想未必骂得过眼前这个太岁,只好把气生生咽了下去。

焦三极道:"别急,换过药我自会救他,片刻即好。"

欧阳一敬急道:"来不及了,您看看他的脸色,撑不了多久的。"

焦三极一指年唯日道:"这位是大人,是上官,你懂不懂?"说着走下堂阶,去接晋笙手中的药箱。

欧阳一敬追下来拦在他身前道:"人命不分贵贱,年大人纵然官位高过鱼岸,命却是一样的。鱼岸现下情势危急,您不救他,他即刻就没命,您难道眼看着他丧命?"

焦三极慢条斯理地道:"他注定该死,谁也救不活他;他若命不该绝,换个药也不耽误工夫。"又用食指戳着欧阳一敬的胸口道:"你身子好利落了吗?管得这么宽,让开。"

欧阳一敬反手抓住他胳膊道:"这是什么话?请您来正要治病救人,您却把他弃之由命,还要这大夫做什么?"

焦三极道:"年大人的脚须得按时换药,误了时辰,落了残废走不成路,你担待得起吗?"

欧阳一敬道:"脚骨折了,不会有性命之忧,鱼岸的毒一旦侵入内脏就没得救了,您赶紧呀!"

一言甫毕,就见鱼岸在地上来回翻滚,口中连连呼痛。欧阳一敬不由分说,扯着焦三极就往鱼岸身边去。

焦三极身子回撤,叫道:"你做什么?快松手,你越这样我越不治。"

焦三极如此罔顾人命,方如许看得来气,正欲出言责让,就听俞一应道:"焦大夫,你就手开下方子再换药来得及,人命最重,还请救人为先。"他语气平和,却透出一股不容违拗的威势。

焦三极知道俞一应官阶又高过年唯日,换作笑脸道:"您说什么就是什么,我这就给他看。"说着调头来到鱼岸跟前,才要弯腰又抬起头对着堂上道:"大人稍候片刻,我速速就好。"这才蹲下身去把脉。

萧苇歇坐了半天,回复了精神,转脸问年唯日:"你脚趾怎么伤了?"

年唯日气不打一处来,道:"哼,被人打折了。"

萧苇凑到他身旁道:"哪条疯狗干的?你对我说,我给你撑腰,宰了他。"说完一巴掌拍在年唯日腰杆上。年唯日的老腰方才痛楚稍减,这一掌又打得他仰面跌在椅背上,疼得双眼金星乱

331

冒，泪水都流了出来。萧苇道："别哭别哭，有什么好怕的？任他是什么来头，就算天潢贵胄，老子也给你出这口气。"说着卷起袖子去揩他眼泪。年唯日恶气直冲顶门，差点咬碎了几颗后槽老牙。

焦三极一手把鱼岸腕脉，一手拨开他右眼皮，道："能看见吗？"

鱼岸道："一片麻……麻黑……"

焦三极诊了半晌，收手起身道："中毒了。"

欧阳一敬道："中了什么毒？"

焦三极拿起鱼岸喝过的汤碗，用指头蘸了滴残汁伸在鼻下一闻，又用舌尖舔了舔，道："汤里有鲫鱼胆。"

欧阳一敬心中一凛，知道鲫鱼胆乃有毒之物，如果不慎服食，极难救治，忙问："能救吧？"

焦三极又蘸了肇室启那碗的汤汁舔了舔，道："这碗没有，只那一碗有毒。"

肇室启忙道："你再仔细验一验，他喝下鱼汤好一会儿才发作，是否这鱼胆的毒性行起来较慢？"

焦三极道："错不了，这一碗鱼汤腥味中略带一丝咸苦，这是鱼胆的味道。那一碗没尝出来，应当是没有毒。"

肇室启心中大宽，暗叫一声好命，又一想鱼岸若是中毒身亡，借他的银子便不用还了，不禁暗自欣喜。

欧阳一敬捧来纸笔道："焦大夫您快开方子，赶紧赶紧。"

焦三极白了他一眼，道："欲速则不达，催什么催。"

他坐在几案旁，取过纸笔，手书一方。欧阳一敬伸手去拿，焦三极抓起药方背在身后,道:"诊金一百。"欧阳一敬忙如数给他。

雷动抢上前取方在手,道:"我去抓药,熬好了马上端来。"说着飞身跑出。

焦三极对欧阳一敬道:"鲫鱼胆没救的,我的药可不包治。"说着走去堂上,躬身给年唯日换药,一边道:"东街头的那间大铺,地方很是不错,劳烦您把东主传来县衙,敲打敲打,叫他给我把租子免了。"又压低声音道:"我每月给您这个。"说着右掌伸出五指,正手比了一下,反手又比了一下。

万仞峰对杜老涛道:"一碗有毒,一碗无毒,究竟是你还是吴渔婆?"

杜老涛道:"吴渔婆端出鱼汤后,我自己也舀着连喝了两碗,如果是我下毒,我早就死了。大人您闻闻,我嘴里还有鱼腥味。"说着张开大嘴,直冲着万仞峰哈气。

万仞峰皱眉退后一步,道:"难道真是吴渔婆趁着端汤的空当,把鲫鱼胆下在了鱼岸的碗里?她为何下此毒手呢?"

欧阳一敬道:"那是一个什么样的人?"

杜老涛道:"脸黑黑的,长相嘛……嗯……眉眼倒还中看的。"

欧阳一敬脑海中一念闪过,脱口而出:"那是梅姑娘的外婆。"

万仞峰回忆一下,道:"梅萼只有家婆,哪里有外婆?"

鱼跃海道:"彭泽方言里,家婆就是外婆。她的确有一位捕鱼为生的外婆,没想到竟然是她。"

俞一应对年唯日道:"你速命人沿水路驾快船搜捕吴渔婆,她此刻还没跑远,不可使其逃脱。"

年唯日还未答话,左执中应道:"我去。"当下点了数名捕快离衙而去。

欧阳一敬若有所思地道:"我真是小看了明睿,他原本就没想放过鱼岸。他在狄公祠动用机关杀死乾祥,吴渔婆这边来衙中下毒,我如果能早一步想到的话,鱼岸也就不会这样了。唉!"说着长叹一声,言语中尽是自责之意。

俞一应暗道,这少年一心想着活命救人,无意于治罪惩人,心肠倒是少有的干净。

此时鱼岸猛地焦躁起来,手脚向着半空中狂踢乱打,叫道:"不要啊……不要!欧阳一敬,别让明睿来杀我!"

欧阳一敬道:"你不是害死梅姑娘的凶手,为何怕人家找来寻仇?"

鱼岸语气一结,道:"他……他误会我也是凶手……"

欧阳一敬道:"乾祥把你们的罪行说得一清二楚,哪里有误会?"

鱼岸喊道:"都是你,肇室启!你招来那贼婆子,害死了我,你……你贪卑又下流……"

肇室启还嘴骂道:"呸,你这伤天害理的恶棍!你不造那戕害无辜、丧心病狂的孽,怎么会现报在你身上?这一切都是你咎由自取,反而诬赖我,即令我不唤吴渔婆来,人家也会来找你索命,这叫自作孽难得活,她怎不下毒害我?"

鱼岸在地上滚了几滚，放声长号，凄厉的声音如枭叫一般穿越夜空，远远传了出去，引得附近几处人家的狗吠了起来，良久乃歇。他干呕了几下，问道："药呢，怎么还没来？"

欧阳一敬拿过蒲团垫在他脑下，供他安枕，道："就快来了，你再稍等一会儿。"

此时，鱼岸腹中痛楚稍减，喃喃自语："一股黄连的味道，是……是王大人的药吗？倒了去，莫给他喝，他已经奄奄一息了，再给他灌几天鲫鱼汤，他就挺不过去啦……哈哈哈……"他毒性入脑，神智已大乱，口中开始胡言乱语。

晋笙怒目而视，恨不得扑上去痛揍他一顿。俞一应道："快做笔录。"晋笙被一语点醒，坐回几案前，铺开纸笔，疾书下鱼岸说的每一个字。蒋得手端烛台，凑上去哈着腰媚声道："我给您照亮，咱们一齐治他。"

只听鱼岸道："……知县的位子就腾出来了，得亏我早把路铺到平大人那里，他也有意帮我运作。那女娃娃的三幅图确是人间至宝，难怪平大人那样喜欢，送去京城博了莫大人一片欢心……一回来王知县就病倒了，只待他一死，彭泽知县的位子就是我的……那天我和桃羞厮会，正撞见那女娃娃，人走运了真是什么都挡不住，我不想白占便宜，我付给她银子，只要她把最后一幅冬图作好给我……"

他语气渐渐平复下来，不似刚才那样狂乱。后来的事欧阳一敬已然知晓，仍是问道："那女娃娃怎么说的？"

鱼岸道："她说家婆患了眼疾，要我请大夫诊治，我今晚才知道她是为情郎求医,更不知道吴渔婆居然是她外婆……唉,我成天和那婆子打交道,竟一点儿没瞧出来。我把冬图送去京城又急急赶回,累得快散架了,便让乾祥替我去送信。哪知第三天一大早,平大人就派人唤我去德化,我赶至府衙后宅,平大人端坐在太师椅上,脸色吓人,乾祥束手立在一边。我心里七上八下的,平大人要我把第二趟赴京的情形讲给他听。"

鱼跃海知道,接下来字字关乎莫如泓,当下愈加凝神倾听。

鱼岸道:"我七月十七赶到莫府,把平大人的手书和锦图递了进去,三日后门子交给我一封信,说东西莫大人很满意,要我把信火速带给平大人,回来后我不敢怠慢,让乾祥即刻把信送来。平大人问我,信在途中可曾离手。我说自离京后从头到尾只有我和乾祥经手,再没别人碰过。平大人又问我哪天回彭泽的,我说前天晚上。平大人指着乾祥说,也就是八月初十,为何他昨天傍晚才来。我脑中'嗡'的一声响,从彭泽快船去德化一晚即至,前晚出发,应该昨天一早到德化。我盯着乾祥,他面如死灰,半晌后说他前晚在魁星阁嫖了一宿,昨天早上动的身,信在狄公像座下塞了一整夜。我跳上去要扇他耳光,平大人喝住我,沉着脸把信封甩给我说,信被人看了。"

欧阳一敬心里"咯噔"一声,梅姑娘一双妙手,把火漆纹做得一般无二,平无峭是怎么知道的?

鱼岸续道:"乾祥发了急,说信是原封原样送到您手里的,何曾被人看过?况且前晚藏信时祠堂里除了我没旁人。平大人让我和乾祥看信封上的火漆,数数那梅花漆印几片萼叶。我一数是四片,平大人把早前他和莫大人的通信给我看,封口的梅花火漆萼叶却是五片。我心想,不过是少了一片萼叶,有什么打紧?平大人说,自十年前舅父升任金都御史后,与人书信来往都是用五萼梅花的火漆印纹,从未变过,这朵四萼梅花哪来的?我身子霎时凉了半边,他双眉竖起,严声厉色一字一顿地道,你是送信的人,你今天给我一个交代!"

欧阳一敬听得伤惋不已,银簪上的那朵玉梅花只有四片萼叶,比莫如泓加封的火漆少了一片萼叶,这么一个至微不过的疏漏,就被平无峒察觉了。

鱼岸道:"我明白是有人偷拆了信,狄公祠少有人去,谁能恰好偷信呢?平大人说,哼,不是你俩废篓,就是有第三人。他这么一说,我一下就想起那个女娃娃,但又觉得不是她。乾祥却说,有个姓梅的女孩子也到过狄公祠。平大人断然道,就是她。我说,她是作这四幅锦图的画师。平大人一掌拍在桌上,震倒了茶碗,水流得满桌都是,喝道,那又怎样,我的信,江西布政使都看不得,一个女子算什么!我和乾祥垂下头不敢吱声,平大人说,你俩这就回去,把人找见,给我审问清楚。我们唯唯诺诺出门,平大人又在身后喝住我,眼中两道凶光逼视而来,说道:'这封信比你的狗头还要紧,若是她看过的话,鱼岸,你就好自为之!'……我心里打了个突,平大人是何等人物,他要弄死我,还不比捏死一只蚂蚁容易?这件事我不给他处置妥当的话,后半辈子只怕都难得安生了,知县的美梦从此休要再提。"

欧阳一敬心头大震,自己和平无峒素未谋面,却感到此人十足是个狠厉角色,他那位落款"鹭轩"的舅父原来就是朝中重臣莫如泓。他倚仗乃舅权势,在九江只手遮天,梅姑娘看了他的信,还有好吗?想到这儿,胸口跟压着一盘磨石似的喘不上气来。

方如许跟平无崤共事一年有余,对这位上司的做派已是撑肠拄肚,此刻听得其狂傲嘴脸,气得起身离座而去。俞一应也是一样生气,这平无崤分明是不把人命放在眼中,可见其飞扬狂妄到了何等地步。

鱼岸絮絮叨叨还在讲述:"回彭泽后我仔细回想,又在祠堂周遭细看,才发现享堂后墙有个洞,一定是有人从外面钻了进来,窥见了当晚的情形。我连着在街上转了两日,中秋节那天叫我撞见了那女娃娃。大街上不便动粗,我骗她说,我舅舅已到彭泽,请她今晚去狄公祠相见,她眼中满是狐疑。我又说,你不来的话,你那位亲人怕是再难看见你的模样了。当夜,我和乾祥守在堂中,乾祥照旧闩了前门,又把狄公像挪去天井,脱下外衣披在雕像上扮作人样。眼看月到中天,人还没有出现。我们正当她不会来时,忽而一股淡淡的清香飘来,接着就见那女娃娃猫儿一样穿过墙洞,钻进享堂里来。她走到天井处的狄公像身后,止步观望一下,转到雕像前立觉不对,即刻拔腿回奔。乾祥早已堵住她去路,一把揪住她胳膊拎到我跟前。我问她拿没拿那封信,她惊恐万状,说不出话来,只是一个劲地摇头。我又问一遍,她还是摇头。我得了她的锦图,她没拿那封信的话,我也不想为难她,兴许另有其人,我让乾祥放她走。乾祥一松手,那女娃娃跌落在地上,突然一件物事掉落下来,是一支银簪,簪头有一朵玉梅花。明月照得天井一片雪亮,我一眼看见梅花冠周围镶着四片萼叶，原来真的是她。她抓起簪子就跑，乾祥两步赶上，从背后将她拦腰捉住，提转回来，冷不防被那女娃用尖尖的簪尾插在右臂上，乾祥疼得撒开双手。那女娃立得脱身，刚奔几步又折回来，想夺那银簪，乾祥恼怒交迸，伸出两只章鱼一般的长臂，死死缠住她身子，再不许她逃脱。那女娃子拼死挣扎，粉嫩额头上憋出一缕一缕的青筋，但被乾祥的铁臂牢牢捆住，根本无济于事。她直勾勾地望着我，眼中满是哀怨，不知是乞求还是悔恨，直到今天我都没想明白……突然她放声大叫起来，乾祥慌了手脚，急道怎么办，你快点呀，不能让她走的。我脑子乱作一团，平大人那杀人般的眼神寒森森地盯着我的脊背，今晚放了她，我就没有明天了。我一指石碑说，那里。乾祥把她拦腰横抱，撞钟一样将她脑袋用力撞在碑身上，'咔'的一声响，那女娃的呼救声似被一刀切断，再也没有半点声息。乾祥连夜把她抛在荷塘中，让尸身顺流漂到浔阳江上，我挖来塘泥把那洞封填完好，那就没人能发现我们了……"

欧阳一敬悲愤已极，抓着鱼岸的衣襟吼道："你为了当官，害死一条活生生的人命，你们……你们真能下得去手！"

鱼岸气息奄奄地道："我……我不明白，她原……原本跑得掉，为何还折回来，非要取那簪子……"说完脑袋一歪，断了呼吸，嘴角边一滴鲜血落地，绽若一片萼叶。

欧阳一敬心里五味杂陈，泪水不住地涌出。雷动端了药碗匆匆赶来，见到眼前情景，黯然停住了脚步。

俞一应上前一看，鱼岸两眼乌青，双唇紫黑，死状惨苦，不禁心下恻然。

县衙的佐贰官被人毒死在衙中，饶是方如许、万仞峰等为官多年，也是头一遭碰到。众衙役更是倍加惊惧，三三两两窃窃私语，继而骚动起来。

俞一应迈步登上大堂，正身负手而立，对院中众人朗声道："皇皇求利者，小人之事。适才大家都听到了，鱼岸和乾祥贪图官位，竟然丧尽天良戕害人命，杀了人还想做知县，真是白日做梦。这等权欲熏心的禄蠹，纵使不被毒毙，朝廷也一定会将其问罪正法！为人诚意正心，方能修齐治平，贪觊权势，不择手段乃至为非作歹，就会走火入魔，必将走上绝路，鱼岸和乾祥的下场就是明证。今晚的事，彭泽衙署要即刻呈文奏报朝廷，众吏员少安勿躁，各司其职，等候皇命圣裁为是。"

这番话义正词严，众役的嘈杂声立时被压了下去。

俞一应又道："大家将各人房舍中的杯盏盘碗、水盆毛巾等私物仔细清洗干净，任何不同寻常之物都要扫地出门，马上就去。"

衙役们多数在县衙里住，心中均想，对呀，适才吴渔婆在衙中时，若是顺手往谁的盆碗里丢个蝎尾或是蛇牙，我滴个乖乖，今后岂不是要和鱼岸一道去阎王殿应卯了？于是各自奔回廨舍。杜老涛也赶回厨房洗涮。片刻之间人群一哄而散，只剩下空落落的大院。

焦三极给年唯日换过药后，早已离衙而去。欧阳一敬将鱼岸的尸身从头到尾细细检验，晋笙在一旁将情状一一记入卷宗，大半个时辰才验完，命人搬去漏泽园停厝。

肇室启看得好不耐烦，踱了几个来回，嘴里念叨："真没想到啊，一个渔妇竟然跑到县衙来毒死了朝廷命官，还把我老肇蒙得晕头转向，真是如入无人之境，这是骑到彭泽县衙头上尿了一泡啊！"转头喝道："年唯日，左执中那几个人逮得到她吗，你还不多派些人手去？"

年唯日慌忙又命蒋得点起二十名捕快，在城中各处街巷要道缉拿。

肇室启在彭泽没捞到油水，反倒折了一笔，心里大大不甘，又道："年唯日，你一个坐镇地方的知县，若是连个捕鱼的婆子都捉不到，怕是给上头交不了差的。"年唯日羞惭难当，不知道说什么好。肇室启道："走了，明天就返程回京，这破地方待得没一点鬼趣。"说着抛下众人扬长而去。

肇室启发了话，俞一应等人自得陪同返程，便各自告辞回寅宾馆安歇。萧苇被方如许接回房里同睡，以便照应。

翌日清晨，天还未亮透，俞一应尚在睡梦中，就听得笃笃的敲门声，忙穿衣下地开门，只见年唯日恭立门外。

俞一应笑道："年大人巴不得我走，一大早就来送行？"

年唯日一脚高一脚低地瘸着走进来，反手关上门道："求大人救救卑职。"说着跪倒在地。

俞一应道："有话就说，不必行此大礼。"

年唯日仰起头，满脸哀恳，拱手道："卑职一时糊涂，擅自撕毁卷宗，还望大人恕罪。"

俞一应一边伸手去扶他,一边道:"起来说话。"

年唯日道:"大人不恕罪,我不敢起来。"

俞一应坐回床边,任由他跪在地上。

年唯日道:"卑职初履新职,于诸般法令尚自生疏,行事难免失了分寸,才做下这等蠢事。求大人高抬贵手,饶过卑职这一次,卑职感恩怀德,终生顶戴。"

俞一应心想,你从河南做官做到江西,混了大半辈子,岂能不知卷宗不可妄动?真是满口胡言。

年唯日又道:"诸位大人莅临那天,乾祥为了掩盖罪行,极力嗾使我撕去卷宗,我被冲昏了头脑,这才……这才……呃……这都赖他,若不是他……"

俞一应道:"翻窗进架阁库的人并不是乾祥啊。"

年唯日凑到俞一应跟前,道:"这倒不难,乾祥死的正是时候,正好把事情都推在他身上,我得以脱罪,大人也不会难做。"

俞一应顿为不快,问道:"我哪里难做?"

年唯日自顾自道:"昨晚那么多人在场,大人定要费心给我开脱罪责……"

俞一应冷笑道:"我为何要给你开脱罪责?"

年唯日一怔,听出来俞一应并无宥赦之意,讪讪地问道:"您不打算放过我?"

俞一应淡淡地道:"谈不上,我只是个佥事,上面还有正、副按察使大人,轮不到我做主。"

年唯日道:"您只需宽缓几日,我去京城搬救兵,给按察使大人说情。"又低声道:"吏部考功司郎中年唯时,是鄙人的亲弟弟,我让他出面斡旋,定可大事化小小事化了。"

俞一应蓦地想起来,吏部确有年唯时这么一位官员,年纪轻轻,官阶已是正五品,名头在北京官场传得很响,地方上也时有耳闻。俞一应暗道,你弟弟在吏部当官又怎样?你的行径离谱不说,我若饶过你,昨晚那些人日后还拿正眼瞧我吗?正要出语敷衍,就见年唯日从腰囊中取出一个锦盒,掀开盒盖,里面是四颗光耀夺目的珠子。

年唯日道:"这四颗珠子名唤猫睛,采自广西合浦,价值不菲,聊作薄仪,还请大人笑纳。"只见那四颗宝珠冰泽莹莹,赛似金蕊玉露,晶辉璨璨,宛若霜天海月,每一颗有一钱左右,四颗加起来少说也有两万两银子。

俞一应暗道,世人皆说知县是肥差,诚非虚言也,当下微微一笑,道:"人的路要人眼来看,用猫睛看路怕是要走错的。"

年唯日道:"您尽可放宽心,肇大人都收下了。"

俞一应心下来气,你把我当什么人了?伸手扶起年唯日道:"我们待会儿就陪肇大人启程,你快预备船只相送去吧。"不由分说连人带盒推出门去。

待他梳洗已毕,穿戴整齐走出寅宾馆时,鱼跃海、方如许、肇室启、萧苇等人已在馆外相候,独独不见万166峰。一问才知,他昨晚回馆整理行装,连夜上路赶回京城了,想是不愿与肇室启同行。

一行人在衙中用过早膳,年唯日拄着拐杖,率领一班衙役送众人去江边,陪着肇室启走在前头。肇室启手舞足蹈,眉飞色舞,谈笑间一副如愿以偿的样子，两名长随背着行囊跟在最后。

他们步出仪门时，欧阳一敬正在一旁拿尺子量狄公像的右臂，见到俞一应，走上前递给他一张字条。俞一应接过一看，上面写着："大人在上，我搞出诸多事端，连累欧阳一敬险些送命，无颜再在县衙供事，这就辞去差职，回庐陵侍奉父母颐养天年。还请您驳正王澍霖大人的死因，将真凶昭告世人，为王大人雪恨，晋笙叩谢。"原来晋笙今早已离开县衙，留下了这张字条。

俞一应心想，这倒是个知恩图报的忠义之人。

欧阳一敬道："晚生还在核对证据，就此拜别大人，请您多多保重，我日后再来南昌拜谒。"说完拱手作别，眼中尽是依依不舍之意。

这几日相处下来，俞一应对他也颇有好感，有意再叮嘱几句，道："每一样证据都要核准勘明，要把案件经过详细写入案呈。"

欧阳一敬点头答应，又道："就差那支银簪没有下落，定不了平无崤的罪。"

俞一应不觉一愣，问道："定谁的罪？"

欧阳一敬道："九江知府平无崤是杀害梅姑娘的主谋，要定他的罪。"

俞一应道："此话怎讲？"

欧阳一敬道："鱼岸临死时那番供述，指明了平无崤就是害死梅姑娘的主使。鱼岸和乾祥迫于其淫威才动手杀人，平无崤才是此案的正犯，鱼、乾二人只是帮凶。"

一个弹丸之地，出了三官一女四条人命，案中伏案，命仇害命，旧案二凶被人杀死，新案两犯一死一逃，案情曲折，且作案的手法极是离奇。按照明律，待县衙拟定裁决后，要将案呈先上报九江府和江西省承宣布政使司复审，再转呈江西省提刑按察使司再审。二审无异之后，由提刑司奏闻皇帝，并申呈刑部复审，刑部第四度复审无误后，交发大理寺复核，方得终裁。欧阳一敬心知案情重大，遂精验每一件证物、细核每一句证言，彻夜未眠，直至清晨，才将狄公祠整件命案的来龙去脉落笔成文。

他夜来研读鱼岸的供述，赫然发觉，平无峭那句要鱼岸"好自为之"的话，实乃威胁鱼岸对窥信之人痛下毒手，为的是杀人灭口，不使信中隐私泄露。杀人乃平无峭逼使，鱼、乾二人胁从，这一来，平无峭才是害死梅萼元凶一事便昭然若揭。他义愤不已，在案呈中写明白真凶，决意要为梅萼申冤。

俞一应听他说完，连连摇头："不要这么写。"

欧阳一敬道："为什么？"

俞一应道："这案呈首先就要递去九江府衙，九江知府正是平无峭，难道你要他判自己有罪吗？"

欧阳一敬道："事实就是如此，鱼岸的供词便是铁证，纵然平无峭有强权护身，也抵赖不过。"

俞一应道："你想过没有，这份案呈会通过复审呈去布政司吗？"

欧阳一敬也隐隐感到，案呈这样递上去，不会是一路坦途。他早已打定主意，若然如此，就冲去德化和平无峭据理力争，别看鱼岸、乾祥畏他如虎狼，自己可全不怕他。

俞一应又道："他把案子压下来的话，梅姑娘和王知县的死还能雪恨吗？你付出的辛苦不都白费了？"

欧阳一敬道："我不相信他平无崤真能一手遮天，不是还有方大人嘛，他那么正直厚道，一定会秉公行事的。"

俞一应眼望前面肇、方、鱼几人，不再和欧阳一敬理论，举步出衙。

欧阳一敬随后跟来，且行间又道："他若是徇私枉法，我就把案子上呈布政司，再不行就到京城去，到刑部大堂去。北京那么多衙门，我就不信平无崤都能吃得开。"俞一应只听他说话，并不言语。

二人沿着江堤漫行，欧阳一敬又道："总之他逼死了人命，决不能就此罢休，世上没有看一封信就偿命的道理。"

说时已到埠头，这一日是阴天，但见暗云蔽空，灰浪拍礁，岸边的几丛荻花在江风中瑟瑟乱舞，一艘大帆船早候在江畔。肇室启一行已上船在舱中就座，左执中手持帆索立在船头相迎。

俞一应见欧阳一敬一副不肯甘休的神情，道："好自为之，请多珍重。"随即和年唯日等人一一告别，转身登上甲板。

左执中解帆启碇，两个艄公在左右舷各持一根长篙，撑船离岸。江上东南风劲吹，大帆船载着众人溯江远去。

船到德化已是掌灯时分，平无崤早派了人在江边迎候，俞一应借口要连夜赶回南昌府处置急务，辞别众人，携长随在德化城中另寻了一家客店落宿。方如许邀左执中去九江府衙寅宾馆落宿，左执中推托不过，让两名艄公随之先去，自己站在船头。

看着众人走得不见人影,他才返回船中,吹灭烛火,挪开舱角一个矮柜,揭开一块舱板,露出一道宽缝,俯身冲里面低声道:"是我,人都走了,出来吧。"

一个人自舱下钻了出来,正是吴渔婆,手中抱着一个陶罐。

左执中道:"快出来透透气,一路上可闷坏了吧?"

吴渔婆拍了拍身上的灰尘,笑道:"才没有呢,我美美地睡了一路,别提多舒服了。"

左执中也笑道:"我生怕被他们发觉,心随着江流颠了一路。"

吴渔婆道:"若非你昨晚搭救,把我藏在这儿,今日又送我离开彭泽,我可要被捉吃官司了,这让婆子怎生报答!"

左执中道:"先不忙说这些,这个东西给你。"说着自怀中取出一样东西,揭开外裹的手帕,里面是一支玉梅银簪。

他把簪子递到吴渔婆手心,道:"梅姑娘的遗物,不能落在那些人手里。"

吴渔婆握紧簪子,紧紧贴在胸口摩挲,满脸慈爱不舍之色,半响才道:"大人在哪里找到这簪子的?"

左执中道:"我早先见乾祥戴着,他死后,我去漏泽园找,不想却被萧苇先拿到手。我捡到的那盏明睿做的灯笼上有梅姑娘的像,我把灯笼套在头上假扮僵尸,吓住他夺回了簪子,又踏在搬运尸体的板车上,倒退着出了园,任是谁都没有看穿。"

吴渔婆道:"难得你这片心意,可惜萼儿从来都不知道……"

左执中转头望着船外江水道:"往事难回,我这辈子心里不会有别人了。"江中船只上的渔火映入他眼眶,已是莹然欲泪。

吴渔婆亦是思绪起伏，心中泛起无限怅恨。

左执中一抹眼角，道："海捕文书还没有到德化，婆婆这就远走高飞，去找个偏僻的地方安身吧。"说着揭开垂帷，向外张望一圈，指明了方向。

吴渔婆点头作别，出舱下船，消失在茫茫夜色之中。